Douces voluptés

Gaelen Foley

Douces voluptés

Traduit de l'américain
par Catherine Plasait

J'AI LU

À Eric, et il sait pourquoi.

Titre original :

THE DUKE
An Ivy Book, published by The Ballantine Publishing Group,
a division of Random House, Inc., New York

Car qui est si fort qu'il ne puisse être séduit ?

Shakespeare

1

Londres, 1814

Autrefois, jeune homme romantique parti en voyage initiatique, il était tombé éperdument amoureux de la beauté, et il était resté à Florence afin de profiter des leçons avisées d'un sage professeur italien. Émerveillé, il avait suivi les muses au pied léger jusqu'à Torrente où il avait pour la première fois entendu le proverbe : « La vengeance est un plat qui se mange froid. » À présent, vieillard sans illusions, il était froid, calculateur. La beauté l'avait trahi, mais des décennies plus tard, par cette triste journée d'avril, l'adage sicilien prenait curieusement tout son sens.

Frêle, courbé, James Breckinridge, comte de Coldfell, serrait de ses doigts arthritiques le pommeau d'ivoire de sa canne. Il permit à un valet de pied de l'aider à descendre de son luxueux carrosse de ville, tandis qu'un autre le protégeait d'un parapluie.

N'eût été le martèlement monotone de la pluie, le silence assoupi qui régnait faisait penser à celui d'une église. Il se tourna lentement pour regarder, au-delà de ses serviteurs et des grilles de fer forgé, le cimetière de Saint-George où, trois semaines auparavant, il avait enterré sa jeune épouse. Sous le crachin glacial, à l'endroit où la colline s'arrondissait, son monument de marbre rose s'élançait, telle une aiguille vengeresse, à l'assaut du ciel gris. Et là, comme Coldfell s'y attendait, se découpait la sombre silhouette d'un homme, ses larges épaules voûtées, son manteau noir claquant au vent.

Hawkscliffe !

Coldfell pinça les lèvres et prit le parapluie des mains de son valet.

— Je ne serai pas long.

— Bien, monseigneur.

Robert Knight, neuvième duc de Hawkscliffe, ne sembla pas l'entendre approcher. Immobile comme une statue sous la pluie qui plaquait ses cheveux noirs sur son crâne, glissait le long de son visage, il fixait les jonquilles qu'on avait plantées sur la tombe.

Coldfell hésitait à le déranger. Après tout, Hawkscliffe, âgé de trente-cinq ans, était le seul de la jeune génération que le comte respectât. Certains conservateurs réactionnaires trouvaient les opinions du jeune homme un peu trop modernes, mais tout le monde admettait qu'il avait mille fois plus de valeur que n'en avait eu son faible père.

Robert était devenu duc à l'âge de dix-sept ans, et il s'était retrouvé en charge de trois vastes domaines, ainsi que de l'éducation de ses quatre frères et de celle de sa jeune sœur. Récemment, Coldfell l'avait entendu à la Chambre des lords prononcer des discours dont la force et la détermination avaient conquis l'assemblée. L'intégrité de Hawkscliffe était indiscutable, et son honneur résonnait haut et clair, telle une cloche de l'argent le plus pur. Beaucoup de gens de sa génération, comme ce gredin de sir Dolph Breckinridge, neveu et héritier de Coldfell, trouvaient le duc guindé et tatillon, mais d'autres, plus avisés, le jugeaient irréprochable, en un mot : parfait.

Or, c'était pitié de voir un tel homme ravagé par la mort de Lucy.

Bah ! les hommes trouvaient chez les femmes ce qu'ils avaient envie d'y trouver.

Coldfell toussota. Hawkscliffe sursauta et se retourna brusquement. Diverses émotions se lisaient dans son regard sombre. De triste, son expression se fit coupable lorsqu'il vit le comte. Étant donné sa droiture, il se reprochait sûrement d'avoir désiré l'épouse d'un ami de longue date, lequel n'avait pas toujours eu lui-même de tels scrupules !

— Hawkscliffe, le salua James.

— Pardonnez-moi, monseigneur, je partais, marmonna le duc, tête basse.

— Restez, Votre Grâce, je vous en prie ! rétorqua Coldfell. Vous tiendrez ainsi compagnie à un vieil homme, par cette sinistre journée.

— Comme vous voudrez.

Mal à l'aise, Hawkscliffe regardait au loin la rangée de tombes.

Coldfell avança clopin-clopant en maudissant ses vieux os qui le faisaient tant souffrir. Par beau temps, il était capable de chasser une journée entière sans éprouver de fatigue. Mais il n'avait sans doute pas eu assez d'énergie pour Lucy...

Enfin, elle avait au moins une élégante tombe londonienne, comme elle l'aurait souhaité. Étant décédée dans les faubourgs de la capitale, elle avait eu le droit de reposer pour toujours dans le plus huppé des cimetières, avec un monument funéraire qui était le fin du fin et pour lequel Coldfell n'avait pas lésiné. Il était normal qu'il eût payé pour sa plus onéreuse erreur – « la folie d'un vieillard », se dit-il amèrement. Oui, la beauté était bien son talon d'Achille. Avec pour seuls atouts une somptueuse crinière rousse et les plus magnifiques jambes de la chrétienté, Lucy O'Malley, à vingt-six ans, était modèle dans un atelier d'artistes de Sheffield quand elle l'avait envoûté au point qu'il fît d'elle sa deuxième comtesse. Il avait juré de ne rien dévoiler de son passé et lui en avait inventé un plus convenable. Au moins, elle avait prononcé ses vœux sincèrement, tant elle avait hâte de faire partie de la haute société.

Coldfell était cependant soulagé de ne pas avoir été obligé de l'enterrer près de Margaret, sa première épouse, qui avait été ensevelie à Seven Oaks, la demeure ancestrale du Leicestershire. Ah, sage Margaret, la compagne de son cœur, dont le seul tort avait été de ne pas lui donner de fils !

— Je... je suis navré pour vous, monseigneur, fit Hawkscliffe en évitant son regard.

Coldfell soupira.

— On a du mal à croire qu'elle est vraiment partie. Si jeune, si pleine de vie !

— Qu'allez-vous faire, maintenant ?

— Je pars demain pour le Leicestershire. Quelques semaines à la campagne me seront salutaires, en tout cas je l'espère.

Un séjour à Seven Oaks le tiendrait également à l'abri de tout soupçon quand cet homme agirait à sa place.

— Je suis certain que vous en serez apaisé, commenta machinalement le duc.

Ils demeurèrent un long moment silencieux. Hawkscliffe broyait du noir, tandis que le comte songeait au mal qu'il aurait à rester dans son élégante demeure de South Kensington, avec son ravissant jardin à la française – théâtre de la mort de Lucy.

— « Mettez-la en terre, et que de sa chair blonde, pure, poussent des violettes », cita Hawkscliffe d'une voix à peine audible.

Coldfell lui lança un regard compatissant.

— Les paroles de Laerte sur la tombe d'Ophélie.

Le duc ne répondit pas. Il fixait l'inscription sur le monument funéraire. Le nom de Lucy, la date de sa naissance, celle de sa mort.

— Je ne l'ai pas touchée, dit-il enfin dans une sorte de sanglot en se tournant vers Coldfell. Vous avez ma parole, elle ne vous a jamais trompé.

Coldfell soutint un instant son regard, puis il hocha la tête, comme s'il était rasséréné, mais en réalité, il le savait déjà.

— Ah, Robert, soupira-t-il après un silence, c'est tellement étrange, la façon dont on l'a trouvée ! Elle se rendait chaque jour près de la mare afin de dessiner les cygnes. Comment a-t-elle pu glisser ? Peut-être que le chagrin m'empêche de penser clairement, mais pour moi, cela n'a aucun sens.

— Elle n'aurait pas pu glisser ! renchérit le duc, véhément. Elle était si gracieuse, si sûre dans chacun de ses gestes !

Coldfell fut surpris par sa fougue. L'affaire serait plus simple qu'il ne l'avait espéré.

— Vos domestiques ont-ils remarqué quelque chose d'anormal ce jour-là, monseigneur ? reprit Hawkscliffe.

— Rien.

— Ils n'ont rien vu, rien entendu ? Elle était à portée de voix. Ils n'ont perçu aucun appel ?

— Peut-être n'a-t-elle pas eu le temps de crier avant de tomber dans l'eau.

Hawkscliffe serrait les dents.

— Monseigneur, je nourris les pires soupçons.

Coldfell l'observait attentivement.

— J'aimerais vous rassurer, mais je crains d'être, moi aussi, la proie d'horribles doutes.

Le regard de Hawkscliffe se fit perçant.

— Continuez.

— Tout cela me chiffonne. Il n'y avait pas de sang sur le rocher où l'on prétend qu'elle... s'est cogné la tête. Mais que puis-je faire ? Je suis un vieil homme, perclus de rhumatismes. Je n'ai plus la force de me comporter comme le devrait un époux ! termina-t-il avec emphase.

— Je m'en chargerai à votre place ! promit Hawkscliffe.

Le comte sentit son âme desséchée se ranimer devant l'impétuosité du jeune homme.

— Qui soupçonnez-vous ? reprit le duc avec une rage mal contenue.

Coldfell ne l'avait jamais vu dans cet état, et il dut faire un effort pour dissimuler sa satisfaction. Il n'avait plus qu'à prononcer un nom, offrir une cible à la fureur qui habitait Hawkscliffe, et celui-ci tuerait en duel l'homme qui avait osé s'attaquer à lui. Il n'avait aucun scrupule à lancer ainsi les soupirants de Lucy l'un contre l'autre, puisque c'était le seul moyen de se sauver, ainsi que sa douce fille, Juliet. De quelle autre solution disposait-il ? Il avait presque soixante-dix ans, il s'affaiblissait de jour en jour, tandis que Dolph, dans la force de l'âge, était un chasseur émérite et féroce qui avait servi son premier cerf à l'âge de neuf ans.

Coldfell se mit à trembler de tous ses membres.

— Dieu me pardonne, marmonna-t-il.

— Qui, Coldfell ? le pressa Hawkscliffe. Savez-vous quelque chose ? Cela ne peut être un accident, malgré ce que prétend le coroner. Nous ne nous y sommes pas trompés, vous et moi. Elle était dans la mare depuis quatre jours lorsqu'on l'a retrouvée. Qui sait ce qu'on lui a fait avant de la tuer ?

— Je vois que nous partageons les mêmes craintes, Robert. Songer qu'elle a pu être... violée. Ô Dieu, c'est presque pire encore que la mort ! gémit Coldfell en chancelant.

Hawkscliffe le soutint par le bras.

— Je vous en supplie, monseigneur, confiez-moi ce que vous savez.

— Je ne *sais* rien, Robert. J'ai seulement des soupçons. Lucy m'a dit un jour...

— Oui ?

Coldfell s'interrompit. Le duc avait tellement besoin d'un coupable, de quelqu'un qu'il pourrait rendre responsable de cette mort, songea-t-il en dévisageant Robert comme s'il s'apprêtait à faire son portrait. C'était le noble visage d'un guerrier. Sa chevelure aile de corbeau découvrait un large front. Sous d'épais sourcils, les yeux sombres révélaient une volonté de fer. Le nez était aquilin, la bouche ferme, énergique, avec une sensualité certaine dans la courbe des lèvres.

— Elle a dit qu'il y avait un homme qui... l'effrayait.

— Qui ?

Coldfell prit une profonde inspiration. Il allait prononcer une condamnation à mort.

Et il jubilait.

— Mon neveu, Votre Grâce, dit-il le plus froidement du monde. Mon héritier, Dolph Breckinridge.

— Qui veut des oranges ? Mes belles oranges ! Un penny pièce. Merci, monsieur, et bonne journée. À qui le tour ?

Au milieu de l'effervescence de cette sombre journée de la City, elle semblait aussi déplacée que les oranges de couleur vive qu'elle vendait au coin de Fleet Street et de Chancellery Lane. Elle les offrait comme autant de petits soleils aux gentlemen qui allaient du monde de la finance à celui du gouvernement – la City et Westminster. Des employés de banque, des avocats, des journalistes, des cochers, des tailleurs, de respectables commerçants... Même un diacre qui se hâtait vers Saint-Paul s'arrêta devant elle, aussi fasciné que les autres.

Si Mlle Belinda Hamilton se rendait compte que c'était sa beauté qui fascinait les passants, elle n'en montrait rien, absorbée à rendre la monnaie, ses doigts rougis de froid pointant çà et là à travers les gants élimés, et déterminée à accepter sa disgrâce en vraie dame qu'elle était, sans émettre une plainte.

Quelques mois plus tôt, elle préparait des jeunes filles espiègles à faire leur entrée dans le monde au sein de la pension de Mme Hall... À présent, seul son orgueil lui permettait de s'accrocher à sa respectabilité.

Une boucle blonde lui effleura la joue tandis qu'elle remettait quelques pièces à un client avec un sourire éblouissant.

— À qui le tour ?

Un de ses habitués s'avança. L'homme, un avocat trapu et rougeaud, retenait d'une main sa perruque qui menaçait de s'envoler. Il la couva d'un regard salace.

Belinda se détourna et choisit une grosse orange qu'elle lui donna après l'avoir essuyée du coin de son tablier. Puis elle tendit la main en réprimant un soupir.

— Un penny, monsieur.

L'avocat, après avoir hésité un bref instant, posa dans la main tendue un billet de banque. Belinda fronça les sourcils. Vingt livres ! Révoltée, elle le fourra dans la paume moite de son propriétaire, bien que cela représentât trois mois de labeur.

— Non, monsieur. Non !

— Vraiment ? Vous devriez réfléchir, mon petit.

— Vous m'insultez, monsieur ! s'indigna-t-elle avec un regard offusqué de comtesse douairière trônant au milieu de son salon.

— Je doublerai la somme, murmura-t-il en s'inclinant vers elle.

Elle releva le menton.

— Je ne suis pas à vendre !

Sous le regard méprisant de la jeune fille, l'avocat vira à l'écarlate et s'enfuit rapidement, la perruque de travers. Belinda frissonna, se ressaisit, puis s'occupa de ses autres clients. Il ne lui avait pas fallu longtemps pour comprendre que nombre d'entre eux n'étaient pas attirés que par les oranges, mais elle s'efforçait, en personne convenable, de l'ignorer.

Quand le dernier de ces messieurs fut parti, elle se pencha sur son panier et mit de l'ordre dans les fruits qui restaient.

— Eh, petite ! la héla l'un des marchands des quatre-saisons de l'autre côté de la rue. On va pas accepter indéfiniment ta présence dans le coin. On a des bouches à nourrir, et tu nous prives de nos clients !

— Pourquoi tu gagnes pas ta vie avec ton corps ? renchérit un autre. Pourquoi tu vends des oranges alors que tu pourrais vendre tes jolies pêches ?

Ils éclatèrent d'un rire gras d'ivrognes.

— Taisez-vous, imbéciles ! rétorqua-t-elle avec un accent qui aurait scandalisé les jeunes filles de chez Mme Hall.

C'était le seul moyen de s'adresser à ces créatures vulgaires qui prenaient la bonne éducation pour de la faiblesse, ou de la lâcheté. Elle ne devait à aucun prix laisser voir qu'elle avait peur.

— Tu resteras pas longtemps ici, sainte-nitouche. Bientôt, tu seras la catin d'un richard.

— Je suis la fille d'un gentleman ! protesta-t-elle.

— T'en as bien l'air, avec tes haillons !

Ils s'esclaffèrent de nouveau, et elle détourna le regard, gênée, lorsqu'elle vit Tommy, un gamin des rues, qui manquait de se faire renverser par un fiacre. Son frère, Andrew, le rattrapa au dernier moment.

— Andy ! Tommy ! s'écria-t-elle, oubliant son irritation.

— Salut, mademoiselle Belinda ! répondirent-ils en chœur.

Elle leur fit signe d'approcher. Ils faillirent passer sous les roues d'une calèche et quand ils arrivèrent sur le trottoir, elle leur recommanda de faire plus attention à l'avenir, avant de leur donner à chacun quelques pennies et une orange. Ils retournèrent aussitôt à leur poste. Tommy se mit à peler son orange, tandis qu'Andy déployait tout son charme pour proposer à un passant en chapeau haut de forme d'arrêter la circulation afin qu'il pût traverser la rue.

Belinda s'était plainte de son sort jusqu'au jour où elle avait fait la connaissance de ces enfants. Ils lui servaient de modèle, avec leur gaieté et leur optimisme inaltérables malgré les terribles conditions dans lesquelles ils vivaient. Les rues étaient pleines de gosses comme eux, sans domicile, pieds nus, mal vêtus et affamés. Elle n'avait vraiment pris conscience de l'étendue de ce problème qu'un soir de janvier où Londres avait connu une énorme tempête de neige. Tandis que les privilégiés donnaient des fêtes sur la Tamise gelée, Belinda s'était lancée à la recherche de Tommy et d'Andrew, espérant les ramener dans la petite chambre qu'elle louait dans un immeuble délabré de la City. Une fille revêche avait fini par lui indiquer un bâtiment sombre qui ressemblait à un entrepôt désaffecté. Elle y était entrée et, à la lueur de la lanterne qu'elle tenait haut devant elle, elle avait découvert une masse d'enfants grelottants serrés les uns contre les autres. Il y en avait au moins soixante-dix !

Une maison pour sans-abri, lui avait expliqué Andrew, et elle avait compris sans qu'on eût besoin de lui expliquer que c'était un repaire de voleurs en puissance et de futures prostituées. Belinda en avait été horrifiée. Elle avait passé la majeure partie de ses vingt-trois années de vie dans la peau d'une jeune fille de bonne famille, aux environs d'Oxford, et jamais elle n'aurait imaginé qu'un tel endroit existât.

Pis, elle se sentait impuissante ! Elle n'aurait certes pas le front de dire à ces gamins qu'il était mal de voler alors qu'ils mouraient de faim. Le véritable criminel, c'était ce cruel Code pénal qui condamnait des enfants à la pendaison pour avoir dérobé une misérable pièce de cinq shillings. Tout ce qu'elle pouvait faire, hormis participer à des bonnes œuvres, c'était offrir à ces malheureux son affection, sa tendresse, et leur conseiller d'aller à l'église.

Elle aperçut Tommy ramasser en hâte le quartier d'orange qu'il venait de laisser tomber, l'essuyer, et le fourrer dans sa bouche. Elle se détournait avec un soupir quand un phaéton tape-à-l'œil, malheureusement familier, tourna le coin de la rue et se dirigea droit sur elle.

Elle pâlit, l'estomac noué, et se pencha pour prendre son panier tandis que le martèlement des sabots se rapprochait.

Dieu, faites qu'il ne me voie pas !

Elle tentait de s'éloigner quand la voiture s'arrêta à sa hauteur. Elle serra les dents. Son bourreau serait bien trop content s'il la voyait fuir ! Mieux valait lui tenir tête, bien que leur guerre lui fût odieuse. Elle se prépara à l'affrontement tandis que sir Dolph Breckinridge, d'une élégance ostentatoire, mettait pied à terre, son habituel cigare aux lèvres.

Il confia le phaéton à son valet et, l'air avantageux, s'avança vers Belinda. Grand, mince, bronzé, il portait ses cheveux blonds coupés court. Il souriait, le cigare fermement planté entre ses dents de loup. Belinda avait naguère appris aux jeunes filles de Mme Hall à se méfier de ce genre d'homme. Le mal incarné.

— Ne vous approchez pas de moi avec cet objet nauséabond, dit-elle.

— À vos ordres, madame, répondit-il.

Ce jour-là, il s'amusait à lui obéir.

Il jeta le cigare sur le trottoir et l'écrasa du bout de sa botte. Depuis huit mois, sir Dolph était obsédé par elle, et Belinda en ignorait la raison. Peut-être était-il dans sa nature de se focaliser sur une proie jusqu'à ce qu'il la capture ou la détruise. Ce dont elle était sûre, en revanche, c'était que cet homme était responsable de sa déplorable situation.

Glaciale, elle se remit en route, son panier d'oranges au bras. Elle le sentait derrière elle. Il forçait toujours sur l'eau de Cologne.

— Où allez-vous, mon cœur ?

Elle lui lança un regard noir avant de s'adresser aux passants.

— Qui veut des oranges ? Mes belles oranges !

Le sourire de l'homme s'épanouit, révélant des dents ébréchées, résultat d'une de ses innombrables bagarres, tout comme son nez de travers.

Dolph était très fier de ses « blessures de guerre ». Dénué de tout sens de la retenue, il adorait retirer ses vêtements à la moindre sollicitation afin que l'on s'extasiât sur ses illustres cicatrices. Il tirait un orgueil tout particulier d'une marque qui traversait sa poitrine musclée, due à la griffe d'un ours lors d'une partie de chasse dans les Alpes. Belinda l'avait vue, elle ne s'en souvenait que trop bien ! Il la lui avait montrée la toute première fois où ils s'étaient rencontrés, à un bal. Elle avait alors regretté que l'ours ne se fût pas montré plus agressif !

Dolph se frotta les mains en feignant de frissonner.

— Il fait frisquet, aujourd'hui ! Je parie que vous avez faim.

— Oranges ! Mes belles oranges mûries au soleil d'Italie !

— Je vous offre une dernière chance de m'accompagner à Brighton. Je pars demain. Il y aura d'autres dames, si c'est cela qui vous tracasse.

Il attendit un instant, mais elle continuait de l'ignorer.

— La maîtresse du Régent donne une fête à la ferme, près de la plage. J'y suis invité, ainsi que mes amis.

— Un penny pièce !

Dolph jura entre ses dents.

— Cela ne vous touche pas que je vous aie choisie, vous, parmi toutes les femmes que je pourrais avoir ? grommela-t-il.

— Si vous devez venir m'importuner quotidiennement, vous pourriez au moins m'acheter une orange !

— Un penny ? Désolé, je n'ai jamais de petite monnaie sur moi, répondit-il dans un ricanement. Les oranges me donnent de l'urticaire, et d'ailleurs, pourquoi vous aiderais-je ? Vous êtes une petite vilaine, à toujours me fuir. Combien de temps encore allez-vous me repousser ?

— Jusqu'à ce que vous vous lassiez, marmonna-t-elle.

Dolph éclata de rire en continuant de marcher à ses côtés, tandis que le valet suivait à distance respectueuse avec le phaéton.

Belinda, exaspérée, cherchait du regard un uniforme rouge, ou mieux, son cher Mick Braden qui viendrait à elle, de retour de la guerre. Le *capitaine* Mick Braden, à présent, grâce à son courage sur les champs de bataille français, songea-t-elle avec une bouffée de fierté en évoquant le jeune officier qu'elle avait plus ou moins projeté d'épouser depuis l'âge de seize ans.

— Vous êtes une proie de qualité, ma douce, disait Dolph, mais il est temps de cesser ce petit jeu. Vous avez montré que vous étiez aussi futée que têtue, aussi intelligente que belle. Chaque fois que j'attaque, vous parez avec une admirable vivacité, et je vous applaudis volontiers. Mais pour l'amour du Ciel, mettons un terme à cette absurdité, et venez avec moi. Vous vous déshonorez !

— J'exerce un travail respectable ! grinça-t-elle. Mes oranges, mes belles oranges !

— Vous doutez de mon affection ?

— Votre affection ?

Elle posa son panier à terre si brutalement que les fruits roulèrent dans tous les sens.

— Voyez ce que vous nous avez fait, à mon père et à moi. Quand on tient à quelqu'un, on ne brise pas sa vie !

— Je l'ai brisée afin de vous en offrir une meilleure. Je veux faire de vous une comtesse, petite ingrate !

— Je ne veux pas être comtesse, Dolph. Je veux seulement que vous me laissiez tranquille.

— Oh, j'en ai assez de vous et de vos grands airs ! gronda-t-il en la saisissant par le bras. Vous m'appartenez. C'est juste une question de temps.

— Lâchez-moi immédiatement !

Il resserra son étreinte.

— Je finirai par vous avoir, Belinda. Rien ne m'en empêchera. Vous ne comprenez donc pas ? Mes actes prouvent mon amour.

— Vos actes prouvent que votre égocentrisme dépasse l'entendement !

Furieux, il plissa les yeux.

— Soyez juste...

— Juste ? explosa-t-elle en se dégageant d'une secousse. Vous avez fait jeter mon malheureux père en prison pour dettes, vous vous êtes arrangé pour que l'on me renvoie de la pension de Mme Hall. Nous avons perdu notre maison !

— Et vous pouvez la récupérer – comme ça ! fit-il en claquant dans ses doigts. Cédez-moi. Dites que vous acceptez de m'épouser. Vous ne gagnerez pas, Belinda. Ce n'est pas comme si ma proposition était inconvenante... cette fois.

— Vous êtes censé épouser la fille de lord Coldfell.

— Que ferais-je d'une femme simple d'esprit, sourde et muette ? Je mérite mieux, tout de même !

— Vous êtes injuste, Dolph. Et n'oubliez pas que je suis fiancée au capitaine Braden, ajouta Belinda, déformant un peu la vérité, car il n'y avait pas eu de promesse officielle.

— Braden ! Ne prononcez plus ce nom devant moi. D'ailleurs, il est sans doute mort, à l'heure qu'il est.

— Il est vivant ! protesta Belinda. J'ai lu la liste des disparus dans le *Times*, après la bataille de Toulouse.

— Alors où se trouve-t-il ? Où est-il, votre héros ? À Paris, en train de célébrer le retour du roi Louis avec les prostituées françaises ? Parce que moi, je ne le vois pas auprès de vous, et s'il vous aime tant que cela...

— Il ne va pas tarder à rentrer, le coupa-t-elle avec plus de conviction qu'elle n'en éprouvait.

— Tant mieux, parce que j'ai hâte de lui mettre mon poing dans la figure. Vous ne vous marierez pas avec lui.

— Je ne vous épouserai pas, en tout cas. Je ne vous connais que trop bien !

Elle releva fièrement le menton et reprit sa route, son panier sous le bras.

— Orgueilleuse jeune personne, dit-il avec un rire bref et inquiétant. Très bien. Vous refusez de me céder. Aujourd'hui. Mais bientôt...

— Jamais ! Vous perdez votre temps.

— Chère belle et folle mademoiselle Hamilton, répliqua-t-il en parcourant son corps d'un regard possessif. Vous prétendez me connaître, mais ne comprenez-vous pas que plus vous me fuyez, plus j'ai envie de vous pourchasser ?

Elle recula d'un pas et s'empara d'une orange, prête à la lui lancer au visage.

Le regard brillant, Dolph sortit un cigare de sa poche.

— À bientôt, ma douce. Je resterai à Brighton quelques semaines, mais soyez-en sûre, je reviendrai.

Il alluma un nouveau cigare, souffla la fumée en direction de Belinda et retourna vers le phaéton. Le claquement du fouet sur le dos des chevaux fit frémir la jeune femme.

Quand elle eut vendu toutes ses oranges, il était l'heure de sa visite quotidienne à la prison où son père était incarcéré depuis Noël pour une dette qui s'élevait à un peu plus de trois mille livres.

Le trajet jusqu'au vaste bâtiment de brique de Faringdon Street était long, et à chaque pas, Belinda maudissait les trous dans les semelles de ses bottines. Tout en marchant, elle rêvait du confortable cottage couvert de roses où elle avait vécu non loin d'Oxford, à Kelmscot.

Son père, gentilhomme et fin lettré, était également un brin excentrique. Alfred Hamilton n'aimait rien tant que passer ses journées à consulter de vieux manuscrits enluminés qui étaient sa passion, ou à hanter la bibliothèque de l'université. Elle menait avec lui une vie aussi paisible et régulière que le cours de la Tamise. Puis Dolph était arrivé, et avait poussé leurs créanciers à intenter des procès à son père. Alfred n'entendait rien aux finances, et c'était Belinda qui s'occupait de l'intendance de la maison. Mais son père, tel un enfant coupable, ne lui avait jamais avoué à quel point il avait compromis leur équilibre financier au nom de sa passion pour les manuscrits anciens. Il ne pouvait s'empêcher d'acheter ceux qui passaient à sa portée, et il avait atterri en prison pour dettes.

Afin d'être près de lui, Belinda s'était aussitôt installée à Londres, où elle avait trouvé un poste d'enseignante dans l'établissement très réputé de Mme Hall. Bien entendu, Dolph s'était arrangé pour l'en faire renvoyer. Il voulait qu'elle se retrouvât seule, sans ressources, afin qu'elle fût obligée de lui demander de l'aide.

Elle secoua la tête, tout en marchant. Jamais !

Les hauts murs de la prison étaient en vue, et elle répéta dans sa tête ce qu'elle allait dire au directeur pour le supplier de lui accorder une quinzaine de jours de crédit dans le paiement de la cellule particulière de son père.

Pleine d'incertitudes, elle franchit les lourdes portes. Elle savait au fond d'elle-même qu'elle avait peu de chances d'émouvoir le gros bonhomme au visage buriné. Le Christ sur sa croix n'aurait pu troubler cet individu qui avait dirigé les prisons de déportés en Nouvelle-Galles-du-Sud. On disait même qu'il s'était occupé de prisons de femmes, aussi n'espérait-elle pas qu'il la traiterait avec courtoisie sous prétexte qu'elle était une dame.

Les gardiens la connaissaient bien, car elle venait tous les jours, et l'un d'entre eux l'escorta dans le long hall rectangulaire. En passant devant le bureau du directeur, elle l'entendit hurler après l'un de ces employés avec toute la férocité d'un tyran. Elle l'aperçut, debout derrière son bureau, énorme, la peau tannée comme du vieux cuir, une longue cicatrice lui barrant le visage, un trousseau de clés à la ceinture. Il lui adressa un signe de tête, et elle sentit son regard la suivre longuement.

Arrivée devant la cellule de son père, elle remit au garde qui l'avait inutilement accompagnée l'indispensable pièce. Il l'empocha avec un sourire onctueux avant de lui ouvrir la porte.

Elle entra et trouva Alfred Hamilton – rêveur, violoniste, spécialiste des textes médiévaux – totalement absorbé par l'un de ces précieux manuscrits qui l'avaient envoyé derrière les barreaux. Ses lunettes étaient perchées sur le bout de son nez, sa chevelure blanche hirsute jaillissait de sous sa chère calotte de velours.

— Bonjour ! lança-t-elle, amusée.

Il leva des yeux étonnés, puis son visage poupin s'éclaira d'un sourire émerveillé, comme s'il n'avait pas vu sa fille depuis des années.

— Quelle est cette lumière qui inonde soudain mon univers ? Mon Dieu, c'est Linda-Bel !

Elle se jeta dans ses bras. Il l'avait toujours appelée

Linda-Bel, ce qui n'était guère étonnant, car il faisait tout à l'envers ! Il se rassit sur son tabouret, et elle lui tapota affectueusement l'épaule.

— Papa, comment vas-tu, aujourd'hui ? Tu as dîné ?

— Oui. Du ragoût de mouton. Je vais devenir irlandais, à force d'avaler tant de mouton ! dit-il en riant. J'aimerais bien un solide steak ! Ah, le bœuf braisé et le pain chaud que tu faisais... Le paradis !

— Si la crainte de devenir irlandais est la seule de tes préoccupations, j'en suis heureuse. Tu sembles de fort belle humeur !

— Toujours, ma chérie. Toujours. Mais ce n'est pas le cas de tout le monde, ici. Cet après-midi, je suis descendu dans la cour, et j'ai vu tant de tristes figures que j'ai pris mon violon pour distraire mes camarades avec mes chansons. Il y en a même qui se sont mis à danser ! Crois-moi, ils m'ont fait une véritable ovation, ensuite.

— Je n'en doute pas ! assura-t-elle en riant.

Elle savait qu'Alfred avait séduit la plupart des gardiens et des autres prisonniers grâce à son aimable nature, son talent de violoniste ainsi qu'à ses innombrables histoires de chevaliers, de dragons et de belles dames, qui les aidaient à tuer le temps.

Pour l'instant, les prisonniers les plus forts et quelques gardes le protégeaient, mais la prison n'était pas un club de gentlemen, or Alfred n'avait jamais été confronté à ce genre de milieu. Belinda ne pouvait l'oublier, et elle se rembrunit.

Alfred la regarda par-dessus le bord de ses lunettes.

— Allons, allons, ne fais pas cette tête. Il ne faut pas que tu t'inquiètes pour moi, jolie demoiselle. Les nuages disparaîtront, forcément. Occupe-toi de toi et de tes jeunes élèves. L'enseignement est le plus noble métier du monde civilisé. Mais n'oublie pas de rappeler à tes petites oies blanches que quand elles auront fini d'apprendre à marcher bien droites, cela ne leur fera pas de mal d'enlever le livre qui tient en équilibre sur leur tête et de l'ouvrir, pour changer. Comme je te l'ai appris.

— C'est promis, papa.

Alfred était un incorrigible optimiste, mais il aurait sans doute été moins joyeux s'il avait su la vérité. Pour lui éviter tout tracas, elle avait omis de l'informer qu'elle avait été injustement renvoyée de chez Mme Hall.

— N'oublie pas ce que dit Milton, ajouta-t-il. « L'esprit en lui-même peut faire un paradis de l'enfer, et un enfer du paradis. » En regardant ces quatre murs, tu vois une prison, mais moi, je vois... le bureau d'un enchanteur, dit-il avec un brusque sourire.

— Oui, papa. C'est juste que... je ne sais pas comment j'arriverai jamais à te faire sortir d'ici. C'est une telle somme d'argent ! Tu es mon père, et je ne te reprocherai jamais rien, mais parfois je regrette... que tu n'aies pas vendu les manuscrits à la Bodleian Library, au lieu de les leur donner.

Le vieux monsieur fronça les sourcils.

— Les vendre ? Quelle honte, ma fille ! Ce sont d'inestimables œuvres d'art que j'ai sauvées des mains de commerçants sans scrupule. Peut-on vendre la beauté ? Vendre la vérité ? Ces livres appartiennent à l'humanité entière.

— Mais tu les as achetés avec l'argent qui servait à notre maison, notre calèche, notre nourriture, papa.

— Et c'est moi qui supporte les conséquences de mes actes, n'est-ce pas ? Vu sous cet angle, je me considère en bonne compagnie. Saint Paul, Galilée... Et toi, tu as tout ce dont tu as besoin, non ? L'école te fournit le gîte, le couvert, des jeunes filles avec qui parler.

— Certes, mais...

— Alors ne te préoccupe pas de moi. Dans la vie, nous faisons nos choix, et nous en payons le prix. Je ne crains pas le destin.

— Bien, papa, répondit Belinda en baissant la tête.

Elle bouillait en écoutant le discours de son père, cependant, pour rien au monde elle ne lui aurait avoué que s'il se sentait bien dans son bureau d'enchanteur, c'était grâce à ses constants sacrifices. Il avait visiblement hâte de se pencher de nouveau sur ses textes chéris, et elle déposa un baiser sur sa joue en promettant de revenir le lendemain. Il lui caressa affectueusement les cheveux, puis le geôlier vint lui ouvrir.

Elle s'efforça de puiser en elle du courage tandis qu'elle suivait ce dernier dans l'escalier. Le moment était venu d'affronter le directeur. Par une porte ouverte au bout du hall, elle entrevit les prisonniers qui marchaient en traînant les pieds dans la cour. Il avait recommencé à pleuvoir, et elle soupira, écœurée à l'idée du long trajet qui l'attendait.

Elle tapa sur l'épaule du garde.

— Pourrais-je parler un instant à votre directeur en privé, s'il vous plaît ?

— Pour sûr, m'dame. Il sera content de vous voir... en privé, répondit le garde avec un ricanement lourd de sous-entendus.

Belinda lui lança un regard furibond, mais quelques minutes plus tard, il l'introduisait dans le bureau du directeur. Celui-ci se leva, énorme, rébarbatif.

— Merci de me recevoir, commença-t-elle, nerveuse. Je suis Mlle Hamilton. Mon père, M. Alfred Hamilton, occupe la cellule 112 B. Puis-je m'asseoir ?

Il hocha sèchement la tête, et elle s'installa sur la chaise qui faisait face à sa table de travail. La petite pièce était étouffante, sinistre. Il y avait des fusils fixés à un râtelier, une boîte de munitions, et un fouet accroché à un clou.

— Qu'est-ce qui vous amène ? demanda l'homme d'une voix impatiente teintée d'un fort accent australien.

Dieu, il ne lui facilitait pas la tâche !

— Eh bien, voyez-vous, monsieur, euh... Ce mois-ci, je n'ai pas vraiment de quoi régler la pension de mon père. Je... j'en suis sincèrement désolée et je promets que cela ne se reproduira plus, mais si vous pouviez m'accorder exceptionnellement un délai de quinze jours, alors je paierai tout...

Elle s'interrompit en voyant son visage se fermer. Il la contemplait comme s'il la soupçonnait d'avoir dépensé son argent pour boire.

— C'est pas un bureau de prêt, ici, mademoiselle.

— Je sais. Pourtant... il doit bien exister un moyen...

Elle risqua un brave sourire.

— J'ai plusieurs petits emplois, mais certains de mes jeunes camarades avaient besoin de souliers pour l'hiver, alors...

De toute évidence, il n'avait cure de ses explications.

— Je suis dans une situation désespérée, monsieur. Voilà tout.

— Vous n'avez pas d'hommes susceptibles de vous aider ? Des frères, un oncle, un mari ?

— Non, monsieur. Je suis seule.

— Bon. Voyons voir...

Les clés tintèrent quand il s'assit et ouvrit son livre de comptes. Son regard parcourut une série de colonnes.

— Apparemment, vous avez toujours payé en temps voulu.

— Je m'y suis efforcée, répondit Belinda avec une petite étincelle d'espoir.

Il leva vers elle un regard où brillait une lueur qui la fit instinctivement reculer contre le dossier de son siège.

— Voyons voir, répéta-t-il en caressant sa cicatrice. Compte tenu des circonstances, je suis sûr que nous allons arriver à un arrangement. Laissez-moi réfléchir... Jones ! cria-t-il à son assistant. Amène ma voiture pour la petite dame.

— Quelles circonstances ? demanda-t-elle en ouvrant de grands yeux.

L'employé avait disparu.

— Vous venez tous les jours à pied, reprit-il, je l'ai remarqué. Il tombe des cordes, alors on va vous raccompagner chez vous.

— Merci, monsieur. C'est très aimable, mais il n'est pas nécessaire...

— Si ! Au revoir.

Sur ce, le directeur se remit au travail sans plus s'occuper d'elle.

— Au revoir, répondit-elle, hésitante.

Mal à l'aise, elle sortit de la prison. Elle n'avait aucune envie d'accepter un service de cet homme. Ce n'était pas convenable. D'un autre côté, elle ne pouvait se permettre de le contrarier, puisqu'il tenait le sort de son père entre ses mains. Elle se mordillait la lèvre, indécise, sous l'arche qui l'abritait de la pluie glaciale. Elle était avant tout une femme de bon sens. Que se passerait-il si elle attrapait du mal par ce vilain temps ? Elle ne pouvait se permettre de rater une seule journée de travail. Et puis ce n'était pas comme si le directeur était avec elle.

Une vieille voiture bringuebalante approchait, tirée par une haridelle, et le cocher lui fit signe. Après une dernière seconde d'hésitation, Belinda traversa le trottoir et s'engouffra dans l'habitacle.

En toute innocence, elle donna son adresse au cocher.

Le duc de Hawkscliffe, lorsqu'il résidait en ville, habitait une somptueuse demeure à la vue imprenable sur Green Park. Derrière son mur de brique surmonté de piques de fer forgé, Knight House se dressait dans toute sa splendeur palladienne, distante et intouchable, froide dans cette humide nuit d'avril. Les torches mettaient en valeur l'élégante symétrie de la façade tandis que de gros terre-neuve et de robustes dogues patrouillaient dans les allées à la recherche d'intrus. Tout était calme. À l'intérieur aussi régnait le plus grand silence. Dans l'immense hall, dans la vaste salle à manger où le maître venait de souper, seul comme d'habitude, les serviteurs se déplaçaient sans bruit.

À présent, il se tenait immobile devant le pianoforte, dans un coin de la bibliothèque. Connaisseur et amateur d'instruments de musique, il possédait un piano à queue qui ornait la salle de bal, un autre dans le grand salon, un Walter ainsi que sa chère harpe trônaient dans le salon de musique. Mais celui-ci, son bien-aimé Graf, le roi des pianos, était sa joie et son orgueil. C'était typique de sa nature têtue et secrète que d'enfermer ainsi son instrument favori dans une pièce où il ne conviait jamais personne. N'importe qui aurait placé un pianoforte d'une telle valeur dans un endroit en vue, où tous auraient pu l'admirer, mais pour lui, la musique était un plaisir privé, et puis, personne n'était plus là pour écouter les divines notes.

Il effleura les touches sans y trouver le moindre réconfort. Il avait oublié la musique, comme il oubliait ses nobles causes. Il y avait une séance à la Chambre des lords, ce soir-là, mais il ne pouvait se résoudre à s'y rendre.

Tassé sur le tabouret, il fixait les touches noires et blanches. Le feu qui brûlait dans la cheminée se reflétait sur son visage, cependant rien ne pouvait le réchauffer depuis la disparition de Lucy.

Le médaillon d'argent qui renfermait son portrait bien serré dans sa main, il leva un regard morne vers le verre à dégustation où luisait un liquide ambré. La couleur de ses cheveux, songea-t-il. Mais non, ils étaient plus chauds, avec une pointe de roux.

Qui était-il ? que faisait-il, avant que Lucy fasse irruption dans sa vie et la bouleverse de fond en comble ? Ah, oui, il cherchait une épouse.

Il avala le brandy d'un trait en se rappelant la première fois où il avait posé les yeux sur la jeune épouse de Coldfell. Jamais la fille du comte n'avait provoqué en lui la même réaction, ce qui pourtant aurait été plus logique. « C'est la femme que j'aurais dû épouser », s'était-il dit avec amertume.

Trop tard.

Trop tard pour l'aimer, trop tard pour la sauver.

Il se leva brusquement et jeta de toutes ses forces le verre dans la cheminée, où il explosa dans une gerbe de flammes bleues.

La rage au cœur au souvenir de ce que Coldfell lui avait appris l'après-midi même, il se mit à arpenter furieusement le tapis d'Aubusson. Puis il alla s'appuyer, songeur, au manteau de la cheminée.

On lui avait un jour présenté l'insupportable et prétentieux neveu de Coldfell. Sir Dolph Breckinridge avait une réputation de fin chasseur, mais il était aussi connu pour mener une vie de jouisseur qui dépassait largement ses moyens. Aussi Hawk le soupçonnait-il de souhaiter devenir le plus vite possible le nouveau comte de Coldfell.

Hawk ignorait si James Coldfell, à son âge, était encore capable d'engendrer un enfant, et il refusait même de se poser la question. L'Abraham de la Bible n'y était-il pas parvenu ? Or, si Lucy avait porté un enfant, ç'aurait été lui et non Dolph l'héritier. En tant que neveu, le jeune homme avait libre accès à la propriété, aussi n'avait-il eu aucune difficulté pour se trouver seul avec Lucy. Et ses talents de chasseur lui avaient sûrement servi pour se débarrasser de celle qui l'empêchait d'accéder à la fortune et au titre de son oncle.

Hawk envisagea un instant d'engager un détective afin de mener l'enquête, puis il décréta que l'affaire était trop privée pour qu'un étranger s'en mêlât.

Après s'être rendu au cimetière, il était passé à son club et avait appris que le Régent donnait de nouveau une soirée à Brighton. Tous les godelureaux ambitieux l'y suivraient, parmi eux Dolph et ses camarades.

Hawk brûlait d'envie d'aller provoquer Dolph en duel, mais comme l'avait précisé Coldfell, il n'avait aucune preuve, seulement des soupçons. Il passa la main dans son épaisse chevelure noire.

Il allait devenir fou s'il ne découvrait pas la vérité ! Pourtant, il ne pouvait se permettre de lancer des accusations à tort et à travers qui ne se fondaient sur rien de concret – des accusations impliquant la femme d'un autre. Un tel comportement provoquerait un tollé dans la bonne société, or il ne supportait ni les ragots ni les scandales.

Il ne pouvait entacher le nom de sa famille, sa réputation, celle de sa jeune sœur, Jacinta, qui devait faire son entrée dans le monde dans un an. La petite était capricieuse, têtue, et Hawk craignait secrètement qu'elle n'eût déjà en elle le légendaire goût du libertinage de leur mère.

Il devait aussi protéger sa carrière politique. Le Premier ministre, lord Liverpool, avait l'intention de lui confier le prochain portefeuille vacant. En attendant, Hawk siégeait à une douzaine de commissions parlementaires, car il était respecté pour son intégrité au sein des deux Chambres. S'il perdait un tant soit peu de sa crédibilité, il échouerait peut-être dans sa réforme du Code pénal, qui, entre autres projets, était l'une de ses ambitions. Et puis il ne voulait pas que la mémoire de Lucy fût ternie par de vils commentaires. En outre, s'il accusait prématurément Dolph, celui-ci risquait de lui filer entre les doigts, et il réussirait seulement à se ridiculiser.

Cependant, il y avait tout de même une petite chance pour que la mort de Lucy fût accidentelle, comme il le semblait. Et Hawk ne pouvait raisonnablement négliger cette éventualité. Lui qui se battait au Parlement pour que la justice triomphât, il n'allait pas tuer en duel un homme qui était peut-être innocent !

Il voulait des faits avant d'agir, et il ne pouvait compter sur des aveux spontanés de la part de Dolph. Il lui fallait donc trouver un subterfuge. Pour cela il devrait l'étudier, feindre éventuellement de se prendre d'amitié pour lui afin de le pousser dans ses derniers retranchements. Tout homme avait ses faiblesses, et il découvrirait celles de Dolph, ferait pression sur lui, le briserait, lui arracherait la vérité.

Patience.

Au prix d'un effort surhumain, il parvint à faire taire son désir immédiat de vengeance et à élaborer le plan qui mettrait Dolph à sa merci.

Enfin, déterminé, il sortit de la bibliothèque et sonna son valet de chambre.

Il partirait dès l'aube pour Brighton.

La chandelle jetait une lumière indécise dans l'unique pièce tandis que Belinda terminait de raccommoder sa dernière chemise.

Puis elle se leva, s'étira pour détendre son dos douloureux et mit sa cape de laine grise sur ses épaules. Elle avait promis à la blanchisseuse de lui rapporter les chemises ce soir, afin qu'elle eût le temps de les laver et de les repasser pour les rendre à leurs propriétaires dès le lendemain. Les chemises sur le bras, elle ferma sa porte à clé, rabattit sa capuche sur sa tête et sortit dans les rues sombres.

Par cette nuit d'avril, il faisait noir comme dans un four et la température avait baissé d'au moins dix degrés. La respiration de Belinda formait de petits nuages de buée dans la lumière de l'unique réverbère. Au carrefour, elle chercha des yeux l'agent de police. Les gardiens de la paix étaient une plaie durant la journée, car ils lui ordonnaient toujours d'aller vendre ses oranges ailleurs, mais la nuit, elle les trouvait rassurants.

Les pans de sa cape bien serrés autour d'elle, elle se hâtait, et elle traversa la rue lorsqu'elle arriva à proximité du pub. Elle ne tenait pas à se trouver confrontée à des ivrognes !

Finalement soulagée, elle arriva chez la blanchisseuse à laquelle elle remit son travail. La brave femme eut un hochement de tête satisfait, puis elle lui donna d'autres chemises à réparer et la paya. Belinda glissa les pièces dans une petite bourse de cuir qu'elle portait à la taille, remit sa capuche, souhaita bonne nuit à la blanchisseuse et rebroussa chemin dans la nuit.

Elle avait environ un quart d'heure de marche pour regagner le taudis qui était devenu son foyer. Le brouillard jaunâtre semblait s'être encore épaissi, et il lui semblait entendre des pas derrière elle. Ses propres pas rendaient un son étrange, se répercutaient contre les murs de brique des maisons, dans les allées latérales... Elle accéléra l'allure.

Un chat lui fila entre les jambes, un rire strident jaillit d'une fenêtre au-dessus d'elle. Elle tournait le coin de la rue quand l'homme la saisit à bras-le-corps.

Son cri de terreur fut étouffé par une main calleuse.

Elle se débattit comme un beau diable, tandis qu'on l'entraînait dans une ruelle adjacente.

— Ferme-la !

Le colosse la poussa brutalement contre un mur.

Elle faillit tomber et leva un regard horrifié sur le directeur de la prison, visiblement ivre.

La nausée montait en elle, la paralysait. La voiture...

Il avait tout manigancé.

— Salut, ma belle, dit-il d'une voix pâteuse en la plaquant contre le mur.

Belinda s'efforçait de retrouver son calme, mais elle tremblait convulsivement, et elle essaya de lui échapper en glissant le long de la paroi. Hélas, il la bloqua d'une main boudinée, tandis qu'il enfouissait l'autre dans ses cheveux. Il avait un horrible sourire salace. Elle se mit à sangloter.

— J't'avais bien dit qu'on s'arrangerait, tous les deux, hein ? Tout ira bien, petite, si tu me donnes ce que je veux.

— Non !

— Oh, que si !

Il penchait sur elle un visage aviné et tenta de l'embrasser.

Elle se détourna de l'haleine fétide, se mit à crier, mais de nouveau il la bâillonna. Elle luttait de toutes ses forces, ne pouvant croire à ce qui lui arrivait ! Puis il enroula une de ses grosses mains autour de son cou et se colla à elle. Elle sentait son souffle rauque tout contre son oreille.

— Tout doux, ma belle, dit-il d'une voix éraillée. Tu savais bien à quoi t'attendre.

Il lui saisit les poignets et les immobilisa au-dessus de sa tête.

Elle ne se rappellerait jamais précisément ce qui se passa durant les quelques minutes qui suivirent.

Le monde autour d'elle devint flou, elle n'entendait plus que le bourdonnement de son sang à ses tempes et elle s'obligea à fixer le ciel à peine troué de quelques étoiles. Seul le cliquetis des clés que l'homme portait à la taille lui parvenait dans son état second tandis qu'il la maintenait contre le mur de brique, déchirait ses vêtements. Puis il y eut la douleur, cette atroce douleur qui l'aveugla, ce coup de couteau dans ses entrailles. Le garde-chiourme grogna et s'amollit soudain contre elle. Elle se dégagea, un cri bloqué au fond de sa gorge, et se mit à courir.

— Si tu dis un seul mot, j'aurai la peau de ton père ! cria la canaille.

En larmes, les vêtements déchirés, échevelée, elle s'élança vers une artère éclairée.

Elle ne saurait jamais quel agent l'avait trouvée, l'avait prise, tant elle était incohérente, pour une péripatéticienne bourrée de gin et l'avait amenée dans un foyer pour filles repenties. Elle ne se rappelait pas non plus les femmes qui l'avaient aidée. Elle se souvenait seulement d'être restée presque trois jours roulée en boule sur une couchette à se répéter inlassablement : « Je suis une fille perdue, je suis une fille perdue. »

La vie d'autrefois était bien terminée.

La digne et sage Mlle Hamilton savait mieux que personne qu'une frontière infranchissable séparait la respectabilité de la disgrâce.

Des siècles s'étaient écoulés depuis l'époque où elle était une jeune fille raffinée qui rendait visite à ses voisins, enseignait le catéchisme aux enfants des paysans après l'office du dimanche, assistait à des réceptions. Elle était devenue une autre personne, à présent, aussi souillée que les prostituées qui venaient dans cet asile chercher refuge contre le froid et la faim, ainsi que des médicaments pour soigner leurs maladies honteuses.

Elle n'avait personne vers qui se tourner. Il était hors de question qu'elle allât voir son père. Elle ne pouvait porter plainte contre son agresseur, car celui-ci avait certainement des amis parmi les magistrats. Impossible même de l'empêcher de recommencer si l'envie l'en prenait.

Le troisième jour, une de ses compagnes tenta de lui parler, tandis qu'elle était toujours recroquevillée, face au mur. Belinda ne se rappelait guère leur conversation, sauf lorsque la prostituée vieillissante avait murmuré d'un ton rusé :

— Si j'avais ton physique, j'irais voir Harriette Wilson et je me trouverais un riche protecteur, j'te jure. Alors je mènerais la grande vie !

Belinda avait enfin levé les yeux.

Elle avait déjà entendu chuchoter ce nom. La divine Harriette Wilson était la plus célèbre demi-mondaine de Londres.

Elle et ses sœurs étaient des courtisanes, des débauchées, qui organisaient des soirées peu convenables le samedi soir à la sortie de l'opéra. C'était, après le *White*, l'endroit favori des hommes les plus riches et les plus puissants de la capitale. On racontait qu'on y avait vu le Régent, le poète lord Byron, et même le grand Wellington en compagnie de ces ravissantes créatures.

Dolph évoluait dans ce milieu. Eh bien, se dit-elle, elle deviendrait la maîtresse du pire ennemi de cet individu ! Un froid sourire se dessina sur ses lèvres. Il serait humilié, comme elle l'était à présent, il serait fou de rage et d'impuissance s'il constatait qu'elle préférait devenir la maîtresse d'un autre plutôt que son épouse à lui.

Car tout ce qui lui arrivait, au bout du compte, était la faute de Dolph.

Un protecteur ! Quel mot délicieux !

Quelqu'un qui l'aiderait, qui chasserait ses fantômes, qui serait gentil, ne lui ferait jamais de mal. Cette idée fit son chemin dans sa tête. Pourquoi pas ? Sa réputation était d'ores et déjà complètement ruinée. Même Mick Braden, où qu'il se trouvât, ne voudrait plus d'elle.

La pensée de son ami d'enfance lui souleva le cœur. Il l'avait bien trahie ! Elle était à présent presque sûre qu'il était à Londres, qu'il s'amusait avec quelque fille facile, et profitait de son célibat avant de revenir à Kelmscot où il était persuadé de la trouver sagement en train d'attendre son retour.

Quelle sotte elle avait été ! Sans cet absurde espoir qu'elle avait mis en lui, elle aurait épousé un autre homme, et rien de tout ceci ne serait arrivé, songea-t-elle avec amertume. Harriette Wilson lui apprendrait peut-être à se protéger, dorénavant.

La colère grondait en elle, puissante, âcre, dangereuse.

Elle était trop orgueilleuse pour demander asile à la courtisane dont la générosité était pourtant légendaire, mais elle s'adresserait à elle en tant que femme d'affaires. Si elle lui promettait un pourcentage sur la rente que lui octroierait son futur protecteur, Harriette accepterait sûrement de lui enseigner l'art de la séduction. Qu'avait-elle à y perdre ?

Un instant plus tard, Belinda ramassait ses affaires en tremblant, troublée par l'importance de la décision qu'elle venait de prendre, mais trop en colère pour raisonner sainement. Elle remercia les femmes qui s'étaient occupées d'elle durant ces trois jours, et demanda à la prostituée où habitait Harriette Wilson.

Elle s'élança vers son destin sous un ciel sans nuages ou brillait le soleil. La route était longue, depuis la City jusqu'aux luxueuses résidences de Marylebone qui donnaient sur le tout nouveau Regent's Park. Sa colère lui tenait chaud, et si elle n'avait pas mangé depuis deux jours, sa faim de vengeance était bien supérieure à celle qui lui tiraillait l'estomac.

Un protecteur.

Il n'aurait pas besoin d'être jeune ni beau, se disait-elle en se hâtant le long des rues sans un regard en arrière. Il n'aurait pas besoin de la couvrir de bijoux.

Il lui faudrait seulement être gentil, ne pas la brutaliser, l'aider à faire sortir son père de prison, et se tenir à ses côtés lorsqu'elle affronterait son immonde agresseur.

Si le destin lui envoyait un tel homme, elle ferait en sorte qu'il n'eût pas à le regretter, se promit-elle.

« Melia, ma chère, comme on se retrouve ! Qui aurait imaginé que je vous rencontrerais en ville ? Et d'où vous viennent cette tenue raffinée, cette prospérité ?

— Ah, vous ignoriez que j'avais été ruinée ? » dit-elle.

Thomas HARDY

Appâtez bien l'hameçon ! Ce poisson mordra.

SHAKESPEARE

2

Dans la revigorante brise marine de Brighton, Hawk put enfin respirer. Était-ce de s'être éloigné de la foule londonienne et des lieux qui lui faisaient penser à *elle*, ou simplement la sereine majesté de la mer ? Toujours est-il que l'étau qui l'étouffait se desserrait peu à peu.

Les soirées étaient consacrées à son enquête, mais durant les douces journées d'avril, il parvenait à trouver la solitude lorsqu'il le désirait, à se promener pieds nus sur le sable, le bas de son pantalon relevé sur ses chevilles. Loin de la Promenade et des établissements de bains, il était seul avec le murmure de la mer et le cri des mouettes. Il guérissait, il reprenait des forces.

Souvent, le matin, il partait en bateau, droit devant lui, jusqu'à ce que la côte eût presque disparu, et il pêchait. Un jour, attiré par la surface calme, d'un vert jade très pâle, il se débarrassa de sa veste, de son gilet et plongea.

L'eau glaciale lui coupa le souffle tandis qu'il s'y enfonçait comme une flèche, et lui donna en même temps une incroyable lucidité. Il nagea longtemps entre deux eaux, savourant le silence, les couleurs irréelles. Il songeait à Lucy et tentait d'imaginer ce qu'elle avait éprouvé lorsqu'elle s'était noyée dans la mare.

Il retint son souffle, les poumons douloureux. Il se sentait seul mais libre, sur le point de se débarrasser d'un sortilège... Il jaillit à la surface, hors d'haleine. Il n'avait pas ramassé de perle, mais il revenait avec la vague et rassurante impression qu'il avait sans doute été plus amoureux de l'image de Lucy que de la jeune femme elle-même. Il avait toujours été trop cérébral, il le savait, ce qui était à la fois un défaut et une qualité.

Avec l'impression de s'être enfin retrouvé, il rama vigoureusement vers le rivage. Il résidait à *Castle Inn*, sur la rive ouest de la Steine. Une fois dans ses appartements, il se baigna, se changea, prit une collation et se prépara comme chaque jour pour la soirée à venir. Son nouveau compagnon, Dolph Breckinridge, assisterait à un concert dans le parc du Régent, donc, Hawk s'y rendrait aussi.

Entrer en relation avec le libertin et sa bande d'amis avait été d'une simplicité enfantine, pourtant, il était encore trop tôt pour parler de Lucy sans éveiller de soupçons. Dolph et ses acolytes mettaient souvent Hawk en boîte à cause de ses principes moraux, mais ils acceptaient de le fréquenter, car leur propre réputation s'en trouvait rehaussée. Quant à lui, il prenait son temps, et il sentait qu'il approchait du but.

Les réceptions que donnait le Régent à Brighton étaient si démesurées que Hawk s'y trouva presque anonyme tandis qu'il traversait les différents salons pour se diriger vers la pelouse où jouait l'orchestre philharmonique. Par chance, il aperçut Dolph, seul dans un coin de la terrasse, qui contemplait la mer d'un air pensif.

Après dix jours passés à étudier le baronet, peut-être Hawk allait-il enfin apprendre ce qu'il voulait savoir. Il vint s'accouder près de lui à la balustrade, dissimulant son antipathie sous une attitude cordiale.

— Breckinridge.

— Hawkscliffe, répondit Dolph d'une voix pâteuse en buvant une gorgée à la bouteille qu'il avait posée près de lui.

Il était ivre ! Parfait !

— Quelque chose ne va pas, vieux ?

Dolph lui lança un regard flou sous des paupières plus lourdes que d'habitude.

— Avez-vous déjà été amoureux, Hawkscliffe ?

Les mains dans les poches, Hawk se tourna vers la mer.

— Non.

— Ça ne m'étonne pas, pisse-froid comme vous l'êtes ! marmonna Dolph, trop saoul pour se rendre compte de son insolence.

Hawk haussa un sourcil intéressé.

— Seriez-vous amoureux, Breckinridge ?

— J'ai trouvé un pur diamant, Hawkscliffe !

— Ah ! La petite brune qui était sur vos genoux hier soir, après le théâtre ?

Dolph secoua la tête et fit un geste vague avec sa bouteille.

— Ce n'était qu'une amusette. Non, j'ai découvert la plus belle, la plus adorable, la plus désirable, la plus intelligente, la plus douce des jeunes filles.

Il serra la bouteille contre son cœur en reprenant d'une voix enamourée :

— Je connais un amour comme personne ne peut en imaginer.

Hawk était totalement déconcerté. Jamais il n'aurait cru que cet homme pouvait parler avec une telle passion d'autre chose que de la chasse, des chevaux, des chiens.

— Racontez.

— Si vous la voyiez... Non ! Non, personne n'a le droit de la voir avant qu'elle soit ma femme, c'est pourquoi je vous la cache, à tous. Vous lui tomberiez dessus avec votre titre, votre nom, et vous essaieriez de me la voler, ajouta Dolph avec un rire aviné. Et si ce n'était vous, ce serait un de vos insupportables frères.

— Elle est à ce point exceptionnelle ?

— Plus que vous ne le saurez jamais ! déclara Dolph en buvant une nouvelle gorgée d'alcool.

— Et cet ange a un nom ?

— Belinda.

— Quand l'épousez-vous ?

Dolph soupira.

— Elle ne veut pas de moi. Pas encore.

— Vous plaisantez ! dit Hawk.

— Elle finira par accepter, affirma Dolph. Je vais tellement lui manquer pendant que je suis ici qu'elle aura reconsidéré sa réponse lorsque je rentrerai en ville.

— Eh bien, je vous souhaite de réussir ! lança Hawk d'un ton léger avant de s'éloigner, une lueur calculatrice au fond des yeux.

Dans le mille ! songea-t-il.

Persuadé que sa proie avait eu tout le temps de méditer sur la tristesse de son existence sans lui, Dolph Breckinridge rentra à Londres au comble de l'excitation, tel le chasseur au plus fort de l'action. La renarde était piégée, elle n'avait pas de refuge possible.

Quel beau trophée elle ferait ! se disait-il en menant son attelage à un train d'enfer sur le Strand. Belinda lui avait tenu la dragée haute, mais la séparation qu'il lui avait imposée l'avait sûrement laissée faible et prête à rendre les armes. Dans le cas contraire, il n'aurait plus qu'à imaginer un nouveau moyen pour venir à bout de ses réticences le concernant.

Son phaéton dévalait la rue sans se soucier des piétons qu'il manquait d'écraser. Impatient de la retrouver, il scrutait tous les marchands ambulants en insultant les carrioles trop lentes à son gré. Comme il en dépassait une, il faillit heurter de plein fouet une voiture postale.

Il hurla des injures et se serait volontiers arrêté pour infliger une correction au cocher s'il n'avait été si pressé. Il se contenta de faire claquer son fouet sur le dos de ses chevaux et de reprendre sa course effrénée.

Où diable cette chipie était-elle passée ? Il avait hâte de se mesurer à elle, car elle était l'un des défis les plus importants qu'il eût rencontrés dans toute sa vie.

Il avait connu une existence relativement facile ; tout semblait lui sourire, ainsi, l'héritage du domaine de son oncle. Ses parents n'avaient jamais su lui résister, même lorsqu'il était enfant. Il avait passé les examens d'Eton et d'Oxford sans la moindre difficulté parce qu'il s'arrangeait toujours pour que d'autres fassent son travail à sa place. Grâce au physique plus qu'agréable dont Dieu l'avait doté, les femmes lui tombaient dans les bras – toutes sauf l'indomptable Mlle Hamilton.

Or, c'était celle-là qu'il voulait conquérir. Quel atout elle représenterait pour lui ! Avec une épouse aussi belle, aussi raffinée, aussi intelligente, il ferait des envieux chez ses amis. Parmi lesquels il comptait désormais le très puissant duc de Hawkscliffe, se rappela-t-il avec une extrême satisfaction.

— Par le diable, ma belle, où vous cachez-vous ? grommela-t-il.

Comme il ne la trouvait à aucun de ses emplacements habituels, il décida de s'offrir une récréation et se dirigea vers son club avec l'espoir qu'un repas bien arrosé le calmerait un peu. Il reprendrait ensuite ses recherches et finirait bien par la dénicher.

Peu après, il pénétrait au *Watier*, l'un des clubs les plus animés de la ville. Une certaine effervescence y régnait, comme toujours, et il n'en fut pas surpris.

Une douzaine d'hommes discutaient cordialement au sujet d'un nouveau pari, semblait-il, et Dolph les rejoignit, échangeant quelques saluts tandis que la conversation allait bon train. Il écoutait à peine, tout occupé qu'il était à commander son repas.

— Un article de toute première qualité. Personne ne l'approchera sans mettre une fortune à ses pieds.

— Ce qui m'élimine d'office... À moins que mon cher père ne rende l'âme.

Il y eut quelques rires.

— À votre avis, qui choisira-t-elle ?

— Dix livres sur Argyll.

— Non. Argyll appartient à Harriette.

— Worcester, alors ?

— Elle ne l'apprécie guère.

— Mais moi, elle m'apprécie !

— Allons donc !

— Elle me trouve spirituel.

— Elle n'a de penchant pour personne, et c'est sans doute ce qui la rend si séduisante. Ah, être celui qui fera fondre la glace ! Ce serait quelque chose !

— Elle ne vous a jamais prêté beaucoup d'attention, ni à aucun d'entre nous, d'ailleurs.

— Que cherche-t-elle ? Un demi-dieu ? La perfection ? Un saint ?

— Je parierais vingt guinées qu'elle attend l'arrivée du tsar Alexandre. Toutes les femmes sont déjà à moitié folles de lui, et le *Times* dit qu'il sera à Londres d'un jour à l'autre.

— Non, non. C'est une bonne Anglaise. Jamais elle ne voudrait d'un étranger. Croyez-moi, ce sera Wellington. Dix livres sur Wellington ! Et à la vérité, il la mérite plus que n'importe lequel d'entre nous.

— Avec tout le respect qui lui est dû, Wellington pourrait être son père, marmonna l'un des jeunes gens.

— Je me pendrai si elle ne me choisit pas ! rétorqua gaiement un autre.

— D'accord, d'accord, intervint Dolph. Vous avez gagné : dites-moi de qui il s'agit.

— Pardon ? demanda innocemment Luttrell.

— Mais où étiez-vous donc ?

— À Brighton, avec le Régent, répondit Dolph, hautain. Alors, quoi de neuf ?

— Il y a une nouvelle courtisane qui nous met tous à genoux, expliqua le colonel Hanger. Et nous sommes en train de parier sur celui qu'elle élira comme protecteur.

Dolph eut un petit rire méprisant. Ces idiots croyaient savoir ce qu'était la beauté.

— Vous doutez de nous ? s'indigna l'un des dandies.

— Comment est-elle ? s'enquit Dolph, sceptique.

Il y eut un soupir général.

— Des cheveux comme le soleil...

— Pour l'amour du Ciel, épargnez-nous vos comparaisons poétiques, Alvanley, coupa Brummell. C'est une blonde aux yeux bleus. En un mot, elle est époustouflante.

— Bah, les blondes courent les rues ! riposta Dolph.

Un peu mal à l'aise sans savoir pourquoi, il se détourna tandis que le serveur posait une assiette devant lui.

— Quelqu'un a-t-il entendu dire où Mlle Hamilton se montrerait ce soir ? reprit l'un des jeunes gens, derrière lui.

Dolph s'étrangla sur sa bouchée de viande.

— Elle sera sans doute à la soirée de Harriette.

Dolph avala une gorgée de bière et bondit de son siège.

— Comment s'appelle-t-elle ?

— Qui ?

— La courtisane ! rugit-il, la tête inclinée, tel un taureau prêt à charger.

Le colonel Hanger sourit et leva son verre pour un toast.

— Mlle Belinda Hamilton.

Dolph frissonna de tout son être.

— À Mlle Hamilton ! lancèrent joyeusement les dandies.

Mais Dolph était déjà dehors.

Il sauta dans son phaéton, et quelques instants plus tard, il se dirigeait à tombeau ouvert vers Marylebone. Il avait souvent assisté aux soirées de Harriette Wilson.

C'était impossible ! Il s'agissait d'une erreur, d'une mauvaise plaisanterie, d'une coïncidence ! Jamais elle ne... C'était une personne convenable, une vierge, une vraie dame. Et puis, elle lui appartenait !

Trop furieux pour se concentrer sur la conduite, il semait derrière lui un véritable chaos tandis qu'il se précipitait vers la demeure des courtisanes.

Si c'était vrai, si Belinda s'y trouvait... Par Dieu, il enfoncerait la porte et la traînerait dehors par les cheveux. Il la traînerait jusqu'à Gretna Green.

Il sauta à terre avant l'arrêt complet de la voiture et alla frapper des deux poings à la porte.

— Ouvrez ! Ouvrez, Harriette, espèce de garce ! Belinda, je sais que vous êtes là ! Je veux vous voir !

La porte s'ouvrit brusquement, et Dolph se trouva nez à nez avec l'un des énormes gardes du corps des courtisanes qui avait tout d'un ancien boxeur professionnel déguisé en domestique.

— Vous voulez quelque chose ? grommela le colosse.

— Je suis venu voir...

Dolph luttait pour retrouver son calme. Une goutte de sueur roula le long de sa joue.

— Y a-t-il dans cette maison une personne du nom de Belinda Hamilton ?

— Mlle Hamilton reçoit quelques amis, en ce moment. Vous voulez laisser votre carte ?

Ainsi, c'était vrai !

Dolph, horrifié, hagard, fixa le domestique, jusqu'à ce que celui-ci décidât de lui claquer la porte au nez et de la fermer au verrou. Il se mit à tambouriner furieusement, mais comme personne ne répondait, il recula en titubant et, du milieu de la rue, hurla, fou de rage :

— Belinda !

Il y eut un mouvement à une fenêtre de l'étage, un rideau qui bougeait. Le soleil se refléta dans la vitre lorsqu'on l'ouvrit, et elle apparut. Seulement ce n'était pas vraiment elle, sa petite Belinda dans son manteau râpé.

Ça ne pouvait pas être elle !

Il demeura bouche bée devant la superbe inconnue.

C'était une déesse pâle, élégante, aux cheveux blonds relevés en un chignon compliqué. Elle portait des boucles d'oreilles et une robe beaucoup trop décolletée pour cette heure de la journée. La brise colla ses manches à ses bras gracieux tandis qu'elle s'appuyait au rebord de la fenêtre, un sourire moqueur aux lèvres.

— Oui ?

— Belinda, balbutia-t-il. Que... qu'avez-vous fait ?

Elle haussa les sourcils, méprisante.

— Désolée, je n'ai pas l'honneur de vous connaître. Au revoir.

Les termes étaient polis, pourtant Dolph savait qu'il venait d'essuyer la plus ferme des fins de non-recevoir. Elle fit mine de refermer la fenêtre.

— Belinda, attendez !

Elle éclata d'un rire joyeux avant de se tourner vers l'intérieur de la pièce.

— Venez voir cet individu au milieu de la rue, lança-t-elle à ses compagnons. On dirait Caliban dans *La Tempête* de Shakespeare.

Deux hommes l'entourèrent aussitôt.

Seigneur ! Dolph les reconnaissait. Argyll ! Hertford ! Ces débauchés essayaient de la séduire. Et c'étaient des débauchés puissants, respectivement duc et marquis, des hommes intelligents, distingués. Dolph, prudent, ravala la bordée de jurons qui lui montait aux lèvres.

Le Régent en personne était peut-être là-haut, ou Wellington. En effet, il entendait d'autres rires provenant du salon.

— Belinda Hamilton, dit-il, les dents serrées, j'ignore ce que vous faites là, mais je vous conseille de descendre immédiatement !

Elle passa les bras autour des épaules de ses compagnons et sourit, effrontée.

— Je sais très exactement ce que je fais, Dolph. Je reçois de charmants amis, comme notre domestique vous l'a déjà expliqué.

— Il faut que je vous parle, reprit-il d'un ton presque gémissant.

Elle eut de nouveau un petit rire léger et, s'accoudant au balcon, posa son ravissant visage dans ses mains. Ses deux compagnons jetèrent un regard noir à Dolph.

— Pauvre Dolph, ironisa-t-elle. Vous semblez tellement bouleversé !

— Pour l'amour du Ciel, Belinda, descendez me parler !

— Vous êtes un rustre, Dolph. Que pourrais-je avoir à vous dire ?

— C'est inacceptable ! cria-t-il.

Des fenêtres s'ouvrirent, des gens se penchèrent pour voir qui causait tout ce tapage.

— Très bien, concéda Belinda. Je vous accorderai un bref entretien ce soir, à la réception, mais tout ce que j'attends de vous, ce sont des excuses. Maintenant, disparaissez avant que la police ne s'en mêle.

Sur ce, elle ferma la fenêtre.

En rage, les larmes aux yeux, il appela de nouveau, en vain. Seul le ciel se reflétait sur les vitres. Il avait encore du mal à accepter cette trahison lorsqu'il bondit dans son phaéton et lança ses chevaux au triple galop. Cette fois, elle avait gagné, sur toute la ligne !

Belinda avait le cœur battant de satisfaction. Elle avait tellement attendu ce moment. Jamais elle n'oublierait l'expression douloureuse de son ennemi, et elle n'avait pas fini de le torturer !

— Je vous avais dit que bientôt on se battrait dans la rue pour vous, mademoiselle Hamilton ! s'exclama lord Hertford avec un petit rire quand elle rejoignit ses compagnons.

Harriette, sa sœur Fanny et leur très élégante amie Julia Johnston étaient en train de bavarder autour d'une tasse de thé en compagnie de leurs amis favoris.

— Est-il bien raisonnable de laisser cet enragé venir ici ce soir ? demanda le duc d'Argyll en fronçant les sourcils.

— Ce sera le meilleur moyen de le tourmenter, riposta Belinda en prenant un petit-four.

— Cruelle beauté, murmura Hertford en la regardant mordre dans le biscuit.

La jeune femme haussa les épaules, nonchalante, et reprit sa place sur le sofa, les pieds repliés sous sa jupe.

Harriette vint s'asseoir près d'elle. C'était une petite

femme voluptueuse d'une trentaine d'années aux boucles auburn et aux yeux sombres pétillant de malice.

— Soyez prudente, ce soir.

— Je le serai, ne vous inquiétez pas.

Peut-être était-il téméraire de permettre à Dolph de venir à la réception, mais elle le détestait suffisamment pour se montrer à lui dans toute sa splendeur. Il s'en étranglerait de rage, et ce serait tant mieux ! Elle allait parader devant lui, nimbée de sa toute nouvelle gloire. Avec la maison remplie d'admirateurs et les colosses de Harriette, elle ne risquait rien.

Le petit groupe reprit sa conversation, tandis que Belinda, silencieuse, songeait aux événements des dernières semaines.

Ce jour d'avril où elle s'était présentée sur le seuil des sœurs Wilson, Harriette avait commencé par refuser d'aider une jeune femme visiblement de bonne naissance à détruire sa vie. Heureusement, sa sœur Fanny avait le cœur plus tendre, et c'était elle qui avait eu gain de cause.

Amy, l'aînée, qui brûlait de jalousie, avait carrément refusé de s'en mêler. Hésitant entre se rendre aux arguments de Fanny et s'offrir le plaisir de contrarier Amy, Harriette avait examiné Belinda sous toutes les coutures. Après avoir déclaré que le résultat n'était pas catastrophique, elle lui avait expliqué que le métier de courtisane était onéreux si on voulait l'exercer correctement, puisqu'il fallait se montrer à la hauteur de la riche clientèle. Ainsi, Belinda aurait-elle besoin de spectaculaires robes du soir. En échange de vingt pour cent de la rente que lui verserait son futur protecteur, Harriette accepta de patronner son entrée dans le demi-monde.

On l'installa dans la chambre d'amis, où sa première tâche fut d'écrire à son père afin de lui raconter qu'on lui avait demandé d'accompagner deux jeunes filles à Paris en tant que chaperon. L'un des valets de pied des Wilson était allé porter le message à la prison.

À partir de ce jour, Belinda le professeur devint Belinda l'élève.

Harriette, pour le profit, pour la distraction et parce que cela contrariait Amy, se prit au jeu et décida de transformer Belinda en une parfaite courtisane. Chassant jusqu'au souvenir de la jeune fille, si brutalement abusée et humiliée, qu'elle avait été, Belinda était plus que prête à devenir une créature ravissante, nouvelle... forte et dure.

Plus jamais elle n'aurait faim. L'argent qu'elle gagnerait lui assurerait la sécurité. Car enfin, Harriette obtenait cent guinées pour quelques heures de badinage et cela ne signifiait pas nécessairement aller au lit avec le client. Parfois le gentleman désirait seulement une compagne pour le dîner, quelqu'un à qui parler. Mais la première chose que Harriette lui avait enseignée, la règle d'or du métier, c'était : « Ne jamais tomber amoureuse. »

Aimer un homme, c'était être en *son* pouvoir, or le pouvoir était capital dans la vie d'une courtisane.

En effet, une courtisane était plus qu'une partenaire de lit ou une séductrice de talent. Elle devait être un brillant modèle de vivacité, d'humour, de gaieté, une experte en plaisir qui savait combler un homme sur tous les plans : physique, sentimental, intellectuel.

En plus de sa beauté, elle devait être une hôtesse charmante, une confidente attentive et discrète. Elle pouvait être bonne cavalière, elle devait se tenir au courant de la politique qui obsédait tant les messieurs, et cela signifiait lire le *Times* chaque matin, ainsi que le journal des conservateurs, la *Quarterly Review*. Celui des libéraux, l'*Edimburg Review*, était facultatif. Bien qu'il eût été fondé par l'un des amants de Harriette, le jeune Henry Brougham, elle-même le trouvait ardu et ennuyeux. De toute façon, les conservateurs avaient la majorité.

Belinda dut apprendre également comment placer ses gains, au motif qu'une femme ne pouvait rester courtisane toute sa vie. Elle fut intriguée par la manière dont se bâtissait une fortune, surtout lorsqu'on lui eut appris que les célèbres courtisanes, comme Bellona l'Effrontée ou la fameuse Blanche Colombe possédaient des milliers de livres de revenus. Jamais elle n'aurait rêvé d'une vie aussi indépendante, car aucune femme mariée, fût-elle hautement respectable, ne disposait de son propre argent.

Harriette devint son héroïne, son modèle.

Belinda ne lui avait pas parlé de ce qui s'était passé dans la ruelle sombre. Elle ne l'avait dit à personne. À la vérité, elle était convaincue qu'elle aurait pratiquement tout oublié, s'il n'y avait eu ces cauchemars qui la hantaient encore.

À la mi-mai, l'univers apparut comme lourd de promesses tandis que Londres se peuplait de dignitaires et de héros de la guerre, tous de retour pour l'Été de la Victoire. Belinda avait fait son entrée dans le monde en assistant à un opéra au King's Theater de Haymarket en compagnie du célèbre trio connu sous le nom des Trois Grâces – Harriette, Fanny et Julia.

Durant toute la représentation, tandis que la Catalani interprétait le drame de l'amour non partagé, *Sémiramide*, la loge des courtisanes vit un défilé permanent d'hommes jeunes et vieux, beaux et laids, spirituels et ennuyeux, tous plus titrés les uns que les autres, venus présenter leurs hommages au vu et au su de leurs épouses.

Il y avait des nobles, des officiers, des diplomates, des poètes, des artistes, des dandies, des oisifs, d'éminents savants de l'Académie royale, et tous avaient en commun le rêve sensuel de la volupté que seule peut offrir une courtisane.

Les yeux écarquillés, Belinda découvrit que Harriette et ses compagnes étaient traitées comme de véritables déesses, des incarnations de Vénus. Harriette l'avait prévenue : il fallait exiger ces hommages comme un dû. Cela paraissait certes un peu prétentieux, mais c'était le seul moyen d'être prise au sérieux. Si elle voulait devenir un sujet d'extrême convoitise, il fallait qu'elle se comportât comme tel.

C'était un jeu auquel Belinda ne tarda pas à exceller.

Il existait différents points de vue. Fanny trouvait plus facile de se consacrer à un seul protecteur, en l'occurrence lord Hertford. Harriette, elle, n'aimait guère mettre tous ses œufs dans le même panier, car elle en avait fait la rude expérience naguère avec lord Posonby. Elle recevait donc régulièrement une poignée de favoris, dont Argyll, Worcester et Henry Brougham qui détestait sa femme. Harriette se vantait même parfois avec une feinte nonchalance d'avoir séduit Wellington.

Belinda avait un faible pour la stratégie plus modeste de Fanny, mais Harriette la mit en garde contre la jalousie des épouses lorsqu'il s'agissait de liaison exclusive. Belinda prit bonne note de ces conseils et ajouta une nouvelle règle à son existence. Ne pas tomber amoureuse, certes, mais en plus ne jamais choisir un homme marié comme protecteur.

Bien que cela réduisît considérablement ses choix, Harriette, contre toute attente, jugea cette décision raisonnable. Elle regrettait de ne pas avoir appliqué cette règle dans son propre cas, quand elle était plus jeune, avoua-t-elle, car on ne se sentait jamais vraiment tranquille avec un homme affligé d'une femme jalouse. Or Belinda n'avait aucune envie de se faire des ennemies.

En outre, c'était sa façon à elle de se rappeler que, courtisane ou non, elle avait encore la notion du bien et du mal. Les riches veufs feraient l'affaire. Les jeunes célibataires aussi. Mais la Belle Hamilton refusait de se mêler d'adultère.

Elle avait rencontré bon nombre de candidats éventuels à l'opéra, et les soirs suivants, elle eut l'occasion de connaître mieux quelques-uns d'entre eux aux réceptions de Harriette et à *Vauxhall Pleasure Gardens*. Les offres ne manquaient pas, adressées à Belinda par l'intermédiaire de Harriette, mais elle n'avait pas encore rencontré l'homme avec lequel elle pourrait envisager de faire les choses choquantes décrites par Harriette et Fanny. À la vérité, elle avait du mal à ne pas frissonner quand un homme la frôlait, à ne pas se hérisser si on lui prenait la main.

Cependant, elle persévérait à incarner ce personnage de demi-mondaine parmi les plus recherchées de la ville, elle repoussait les doutes et ne voulait penser qu'à la sécurité que lui apporterait la fortune. Alors personne ne pourrait plus leur nuire, à son père et à elle. Elle serait libre, indépendante. Nul ne la soupçonnait d'imposture, et elle continuait de se construire une façade de parfaite courtisane, aguicheuse, joyeuse, insouciante.

Julia la trouvait trop difficile, mais Belinda persistait à chercher le bon numéro. Elle s'accrochait résolument à sa vision de chevalier en armure scintillante, tout en craignant que ce fût comme chercher une aiguille dans une botte de foin.

Quelque part, le protecteur idéal l'attendait, l'amant parfait qui saurait l'aider à se libérer de ses peurs.

Quelqu'un en qui elle aurait confiance. Quelqu'un qu'elle pourrait embrasser sans dégoût. Quelqu'un de doux, de noble, de bon.

« Quand je le rencontrerai, se disait-elle, je le saurai. »

3

Le samedi soir, après l'opéra, l'élégante demeure des courtisanes regorgeait d'invités lorsque Hawk fit son entrée, avec la désagréable impression de ne pas être dans son élément.

C'était un véritable kaléidoscope de couleurs vives et de rires tonitruants. Tout en se frayant un chemin parmi la foule principalement constituée d'hommes, et souvent en état d'ébriété, il cherchait Dolph Breckinridge des yeux. Une fenêtre devait être ouverte quelque part, car il sentit un courant d'air lui caresser la joue et le ramener quelque peu à la réalité.

Lorsque Dolph lui avait parlé de sa bien-aimée, jamais il n'aurait imaginé qu'il s'agissait d'une demi-mondaine ! Et il s'attendait encore moins, en rentrant en ville, à apprendre que la moitié des Londoniens avait engagé des paris sur elle. Il y en avait trois pages entières dans le registre réservé aux paris du *White*. Qui aurait l'insigne honneur de prendre Mlle Hamilton pour maîtresse ?

Les filles de sa condition n'avaient aucune moralité, pourtant Mlle Hamilton refusait toute liaison avec un homme marié, apparemment. Quelle délicatesse de sentiments ! ironisait Hawk.

L'aventure de Dolph qui s'était ridiculisé sous la fenêtre de cette fille avait rapidement fait le tour de la ville, et Hawk avait su aussitôt que c'était là la clé qui lui permettrait de tenir son ennemi à sa merci.

Il restait un problème à régler, cependant. Hawk ignorait comment courtiser les demi-mondaines ; cette façon de gagner sa vie heurtait le tempérament romantique qu'il dissimulait sous une apparente raideur.

Il savait seulement qu'il ne suffisait pas d'agiter sous leur nez une bourse bien garnie. Les courtisanes n'étaient pas des prostituées au sens habituel du terme. Elles avaient une réputation à maintenir, des caprices qu'il fallait honorer, des susceptibilités à ne pas froisser. Un homme était censé prendre plaisir à les courtiser, et faire leurs quatre volontés afin d'obtenir leurs faveurs.

Quel jeu absurde ! songea-t-il avec un soupir exaspéré. Même si cette Mlle Hamilton était aussi belle qu'on le racontait, jamais il ne pourrait respecter une femme qui n'était qu'une catin de luxe. Toutefois, pour arriver à ses fins, il devait en passer par là, aussi s'efforça-t-il d'afficher un air détendu, bien qu'il parvînt difficilement à masquer son mépris pour ces femmes de petite vertu. L'endroit aurait parfaitement convenu à sa mère, se dit-il.

Il tomba soudain sur trois de ses connaissances qui s'exclamèrent à qui mieux mieux en le découvrant dans une maison de plaisir. Après force claques dans le dos, ils lui mirent un verre entre les mains. Hawk prêtait une oreille distraite à leurs propos, quand soudain, il aperçut Dolph par le truchement d'un vaste miroir qui surmontait la cheminée.

Le neveu de Coldfell était à l'écart, dans une alcôve, et tout d'abord Hawk ne vit pas la jeune femme qui lui faisait face. Puis Breckinridge tomba à genoux, et il découvrit son visage.

Il s'immobilisa, pétrifié, fasciné. Puis, brusquement, il se détourna afin qu'on ne le soupçonnât pas de l'espionner. Son cœur battait follement.

Seigneur, c'était un ange !

Il grimaça un sourire à l'intention de ses amis, serra son verre avec tant de force qu'il faillit en briser le pied et se ferma tout à fait au récit des exploits de ses compagnons à la salle de boxe.

Un frisson lui parcourut la colonne vertébrale et il risqua de nouveau un regard en direction de l'élégante courtisane, vision or et argent, qui semblait trôner dans son alcôve telle la reine vierge de quelque pays nordique. Éthérée et cependant sensuelle, Mlle Hamilton regardait droit devant elle sans se soucier du soupirant agenouillé aux pieds de sa cruelle et sereine beauté. Son visage n'exprimait absolument rien, au point que ses traits si fins semblaient sculptés dans l'albâtre. Elle avait des pommettes hautes, un nez aristocratique et un petit menton volontaire. Hawk ne put s'empêcher d'admirer la courbe gracieuse de son cou.

Sa robe de mousseline blanche à manches longues avait un décolleté droit et un col de dentelle relevé sur la nuque à la mode élisabéthaine. Ses cheveux de lin étaient rassemblés sur sa tête en un savant désordre, tandis que de petites boucles glissaient, indiscrètes, le long de son cou, précisément là où Hawk aurait aimé poser les lèvres.

De nouveau, il s'obligea à se détourner. Le simple fait de savoir qu'elle n'ignorait rien des mille façons de plaire à un homme le fit frémir au plus profond de son être. Dieu, il y avait si longtemps !

« Traître ! » se dit-il avec mépris.

L'un de ses camarades lui posa une question, mais il ne l'entendit même pas, car dans le miroir Dolph et Mlle Hamilton se querellaient. Le baronet se releva, la fixant d'un air mauvais, mais elle soutint son regard en silence, sans bouger. Dolph se mit à gesticuler, et elle se contenta de lui adresser un sourire d'une ironie glaciale. Alors il plongea la main dans sa poche et lui jeta une poignée de pièces d'argent au visage.

Hawk retint son souffle, horrifié et furieux. La jeune femme tressaillit sous la pluie de pièces dont l'une l'atteignit au menton tandis que les autres roulaient sur sa robe avant de rebondir sur le sol.

Hawk planta là ses amis sans un mot d'explication et se dirigea vers elle. Il ne supportait pas qu'un homme soupçonné de viol et de meurtre s'en prît à une femme sans défense, fût-elle une demi-mondaine. Il était d'ailleurs surpris que Dolph se laissât ainsi aller à la violence dans une pièce pleine d'admirateurs de Mlle Hamilton. Apparemment, Hawk était le seul à avoir assisté à la scène, sinon il y aurait eu un tollé général, et le mufle aurait été lynché.

Comme la foule l'empêchait d'avancer aussi vite qu'il l'aurait voulu, il tourna les yeux vers le miroir, et vit les deux valets de Harriette, des colosses, s'emparer de Dolph afin de le jeter dehors. Hawk était tellement absorbé qu'il heurta quelqu'un et renversa son verre de vin sur ses gants blancs. Avec un juron, il déposa son verre sur un plateau et ôta ses gants qu'il abandonna également à un domestique qui passait. Il poursuivit son chemin à la hâte et se retrouva soudain nez à nez avec Dolph qu'encadraient les deux valets.

Il vit aussitôt que le jeune homme était fin saoul.

— Hawkscliffe ! gémit le baronet en s'accrochant au revers de Hawk. Ils veulent me chasser ! C'est à cause de Belinda. Elle me rend fou ! Il faut que vous m'aidiez !

Hawk serra les dents et ravala une bouffée de mépris.

— Que voudriez-vous que je fasse ?

Il était cruellement tenté de l'attirer à l'extérieur pour lui infliger une bonne correction, mais la canaille méritait plus que cela.

— Parlez-lui, dit Dolph d'une voix pâteuse. Raisonnez-la, dites-lui qu'elle m'a suffisamment puni. Je souhaite seulement prendre soin d'elle. Et dites-lui...

Son teint virait à l'écarlate.

— Dites-lui que si elle choisit un autre que moi, elle le regrettera !

À cette menace, les gardes l'entraînèrent de force vers la porte.

Hawk, furibond, serrait les poings. Il pivota sur ses talons et fendit la foule qui, cette fois, s'écartait d'elle-même devant son air redoutable. Il arriva près de l'alcôve de Mlle Hamilton au moment où elle finissait de ramasser les pièces pour les poser sur le plateau d'un serviteur. Ses mains tremblaient, et Hawk en fut peiné.

— Débarrassez-moi de cela ! Tout ! Et dépêchez-vous, il va partir ! lança-t-elle d'une voix un peu haut perchée en désignant Dolph au domestique.

Comme Hawk s'approchait, sans bien savoir que dire, Mlle Hamilton fronça les sourcils et sortit de son corsage une pièce d'argent qu'elle tint du bout des doigts, comme s'il s'agissait d'un insecte répugnant. Elle la tendit à Hawk.

— Rendez cela à votre ami, je vous prie, ordonna-t-elle.

La vulnérabilité qui se lisait dans son regard était en total contraste avec son attitude hautaine.

Il fut ébloui par ses yeux, qui lui rappelaient les orchidées sauvages. Non, ils étaient plus bleus encore avec la pointe de violet du bleuet des prés. Sous les longs cils bruns, le regard était mystérieux, secret... et innocent.

— Alors ? s'impatienta-t-elle.

Pris de court, Hawk tendit la main et elle y laissa tomber la pièce. Le métal gardait encore la chaleur de son sein, et il en fut bouleversé.

— Allez-y, insista-t-elle.

Il sortit enfin de sa torpeur.

— Je la lui donnerai plus tard. J'étais venu voir si vous alliez bien, mademoiselle... Hamilton, je crois ?

— Oh, vous ne voulez pas m'aider !

Elle lui reprit la pièce et appela un autre de ses admirateurs, le jeune duc de Leinster. Elle lui remit la pièce en lui expliquant ce qu'elle attendait de lui, caressa légèrement sa joue imberbe et lui offrit le plus doux des sourires.

— Merci, Leinster, murmura-t-elle d'une voix aussi envoûtante que le chant des sirènes.

Le jeune homme s'élança aussitôt, comme s'il avait des ailes.

Hawk se tourna de nouveau vers elle, étonné de la fascination qu'elle exerçait sur lui, pour s'apercevoir qu'il avait laissé passer sa chance. Deux jeunes gens s'étaient glissés devant lui pour présenter leurs hommages à la demoiselle.

Toute trace de contrariété avait disparu de son visage, et les deux nobles avec qui elle flirtait ouvertement n'auraient pu deviner qu'elle venait d'être pratiquement agressée par Dolph.

Quelle remarquable comédienne ! songea Hawk qui fronça les sourcils en se rendant compte qu'il était resté planté près de l'alcôve comme un benêt. Que lui arrivait-il ? Jamais de sa vie il ne se serait cru capable de solliciter les faveurs d'un bout de fille de vingt-trois ans. Pour qui se prenait-elle ? Lui, duc de Hawkscliffe, était venu à son secours, et elle s'en souciait comme d'une guigne.

Mlle Hamilton se leva enfin de son siège et passa entre les deux dandies, le nez en l'air, puis devant Hawk, afin de se mêler à la foule de ses admirateurs. Riant gaiement, elle leur tendait ses mains à baiser, acceptait leurs hommages enamourés. Les ducs de Rutland et Bedford, tout sourires, l'attirèrent vers les tables de jeu, tandis que ce vieil ours de lord Eldon, à la grande surprise de Hawk, lui offrait un verre de champagne. Il s'agissait de l'ennemi juré de Hawk en politique, et il se dit que cette chipie s'était mis dans la poche la moitié du Parlement !

Il se retrouva abandonné, aussi dérouté que les deux jeunes bellâtres. Jamais encore une femme n'était passée devant lui comme s'il n'existait pas.

De toute évidence, elle ignorait son nom, sa puissance, son rang... Oh, assez ! se dit-il en riant sans raison apparente avant de se lancer à sa suite.

Elle avait commis une erreur, et elle s'en rendait compte. Jamais elle n'aurait dû s'accorder le plaisir de savourer ainsi sa victoire, mais elle en avait payé le prix ! Dolph s'était arrangé pour l'effrayer, l'embarrasser.

Belinda se ressaisit afin de tenter d'oublier l'incident et de terminer agréablement la soirée.

Cependant, elle ne pouvait s'empêcher de se reprocher son excès de confiance en elle. Dolph semblait proche des larmes, lorsqu'il était arrivé à la réception en la suppliant de lui accorder un instant d'attention. Larmes de crocodile ! Plutôt que de provoquer une scène, elle avait accepté de lui parler en privé dans l'alcôve, mais dès qu'ils s'étaient trouvés en tête à tête, la situation s'était envenimée. Dieu merci, personne n'avait assisté à cette scène humiliante, hormis cet homme à belle prestance, l'ami de Dolph.

Encore secouée mais son sourire bien en place, Belinda chassa le baronet et son intimidant compagnon de son esprit tandis qu'elle s'asseyait à une table afin de s'adonner à son jeu favori, le vingt-et-un.

Ce n'était pas une véritable joueuse, mais cette distraction simple se révélait toujours lucrative. La mise était en sa faveur. Si dame Fortune le voulait bien, elle battrait son adversaire du moment et gagnerait son épingle de cravate qui devait valoir une cinquantaine de guinées. Si elle perdait, elle ne lui devrait qu'un baiser. Or, elle ne perdait jamais, peut-être parce que ces messieurs buvaient alors qu'elle restait sobre.

Une douzaine de gentlemen s'étaient regroupés autour de la table afin de l'encourager tandis qu'elle mettait son adversaire en échec sur la première de trois donnes.

Tout en observant le jeune homme qui lui faisait face, Belinda était intensément consciente de la présence de l'inconnu, l'ami de Dolph. Un personnage taciturne, imposant, nota-t-elle en le détaillant du coin de l'œil tandis qu'elle feignait d'étudier ses cartes. À la vérité, elle le trouvait un tout petit peu impressionnant. Bronzé, visiblement sportif, il devait approcher les trente-cinq ans. Ses cheveux de jais étaient plaqués en arrière, ce qui mettait en valeur l'architecture rigoureuse de son visage.

Il se tenait très droit, les épaules carrées, et promenait sur la foule un regard aigu, autoritaire et secret à la fois. Il était vêtu d'un impeccable costume noir ainsi que d'une chemise et d'une cravate blanches. Sans doute voyait-il le monde en noir et blanc, se dit Belinda, alors que les jeunes gens qui l'entouraient se paraient de couleurs vives. Incapable de résister, elle se tourna brièvement vers lui. Leurs yeux se croisèrent. Il soutint son regard, l'ombre d'un sourire passa sur son visage, et l'espace d'un instant elle fut comme hypnotisée par ses prunelles sombres. Elle avait soudain l'impression de l'avoir connu toute sa vie.

— À vous de jouer, mademoiselle Hamilton.

— Bien sûr !

Elle revint à son adversaire et lui offrit son plus séduisant sourire alors que son cœur battait la chamade. L'arrogant individu ! Comment osait-il la fixer ainsi ? Elle ne voulait avoir aucun rapport avec lui, qu'il fût attirant ou pas, puisqu'il était l'ami de Dolph. Elle les avait vus échanger quelques mots après l'horrible scène.

Du reste, un aussi bel homme ne pouvait être célibataire...

— Une carte, s'il vous plaît, dit-elle doucement.

La partie se termina sur son rire joyeux lorsqu'elle se retrouva en possession de l'épingle de cravate. Le jeune dandy accepta sa défaite de bonne grâce, car il savait qu'il pourrait aller au bureau de prêt sur gage dès le lendemain et la racheter s'il en avait envie.

Belinda lui proposa sa main qu'il baisa galamment avant de se retirer sur un petit salut. Sans qu'elle eût le temps de protester, le sombre inconnu s'était installé à la place vacante, et lui jetait un défi silencieux.

Les yeux plissés, elle posa son menton sur ses mains croisées et lui adressa un sourire glacial.

— Encore vous.

— À quoi jouez-vous, mademoiselle Hamilton ?

— Au vingt-et-un.

— Et j'ai cru comprendre que l'enjeu était un baiser de vous.

— Seulement si vous gagnez... Ce qui n'arrivera pas.

Il esquissa un sourire, puis ôta sa lourde chevalière en or et la posa sur la table.

— Cela suffira-t-il ?

Elle se redressa, prit la bague, l'examina attentivement. Elle était ornée d'un médaillon d'onyx avec un H en or.

Qui était-il ? Pas question de flatter sa vanité en le lui demandant. Les amis de Dolph ne pouvaient en aucun cas être les siens.

— Jolie babiole, commenta-t-elle. Hélas, j'en possède une douzaine de ce genre !

Elle lui rendit la bague.

— Je n'ai pas envie de jouer avec vous, conclut-elle.

— Grands dieux, aurais-je l'air d'un tricheur ?

— Je n'aime pas vos relations.

— Peut-être tirez-vous de fausses conclusions. À moins que ce ne soit un simple prétexte ? suggéra-t-il. Peut-être l'invincible Mlle Hamilton préfère-t-elle renoncer ?

Elle lui jeta un regard hautain qui amusa la compagnie.

— Très bien, dit-elle d'un ton sévère. Le meilleur sur trois donnes. Les figures comptent dix points. L'as compte pour un ou il est plus fort que le roi. Vous allez le regretter !

— Certes non.

Hawk remit la bague sur la table, passa un bras sur le dossier de sa chaise et croisa les jambes avec nonchalance. Puis il désigna le paquet de cartes du menton.

— Distribuez, mademoiselle Hamilton.

— Serait-ce un ordre ?

— Chacun son tour, ma chère.

Il faisait allusion à l'ordre qu'elle lui avait donné de rendre la pièce à Dolph, et elle lui lança un coup d'œil sardonique.

— Votre servante, monseigneur.

— Intéressante éventualité, murmura-t-il.

Sous son regard pénétrant, elle se sentait curieusement troublée, ses mains tremblaient légèrement tandis qu'elle battait les cartes, mais elle finit par donner deux cartes à chacun, l'une découverte, l'autre cachée. Elle posa le paquet et prit sa carte cachée. Un roi de carreau. Avec son six, elle décida de prendre une troisième carte, mais elle commença par jeter un coup d'œil interrogateur à son adversaire.

Il refusa d'un geste élégant, et elle tira un trois, ce qui montait son total à dix-neuf. Elle dissimula un sourire satisfait.

— Montrez-moi ce que vous avez, dit-elle, coquette.

Elle ne pouvait s'en empêcher, cet homme avait quelque chose...

Il eut un mince sourire et découvrit une reine et un dix.

— Vingt.

Elle jeta ses cartes et donna de nouveau, plus déterminée que jamais à battre cet arrogant personnage, et cela n'avait rien à voir avec la petite fortune qu'elle pourrait tirer de sa bague en or. Il était trop suffisant, trop dominateur !

Elle découvrit une paire de valets. Vingt points. Merveilleux ! Cette fois, elle l'aurait.

— Voulez-vous une autre carte ?

Il accepta et elle le servit, mais il repoussa ses cartes avec un grondement irrité.

— Perdu !

— Désolée, murmura-t-elle, les yeux brillants.

Elle mit la bague trop grande à son doigt en feignant de l'admirer, et la garda pour la dernière donne. La carte découverte de Hawk était un deux de trèfle.

De toute évidence, il en demanderait une autre, songea-t-elle tout en étudiant son propre jeu. Un quatre caché, et un neuf découvert. Il lui fallait faire attention à ne pas dépasser vingt et un.

Elle jeta un coup d'œil à son énigmatique adversaire qui répondit d'un signe de tête. Elle lui servit un cinq.

— Une autre, dit-il.

— Quatre de pique.

— J'arrête là.

Elle l'observa, essayant de déchiffrer son expression, puis elle se servit un cinq. Dix-huit. Si elle prenait une carte supplémentaire, elle risquait d'aller trop loin. Mieux valait jouer la prudence.

— Montrez, mon cher, dit-elle.

— Vous d'abord.

Il arborait un sourire plus qu'inquiétant.

— Dix-huit, fit-elle en dévoilant sa carte cachée.

Il se pencha sur le jeu, hocha la tête.

— Honnête.

— Alors, insista-t-elle, incapable de décider si cet homme l'exaspérait ou l'amusait. Allez-vous montrer vos cartes, oui ou non ?

— Les cartes ! Les cartes ! renchérissaient les spectateurs.

Il étala ses cartes une à une. Le deux, le cinq, le quatre. Total : onze.

« Non ! » gémit intérieurement Belinda.

Il retourna enfin un dix et lui décocha un sourire carnassier.

— Black jack, annonça-t-il.

— Un baiser ! Un baiser ! exigèrent les hommes en riant tandis qu'ils commandaient à boire.

Belinda s'appuya au dossier de son siège, les bras croisés, et s'accorda quelques secondes de bouderie avant de faire rouler la bague dans sa direction. Il eut un sourire innocent.

Autour d'eux, l'effervescence était à son comble. L'adversaire de Belinda ignora les spectateurs et se pencha en avant, les coudes sur la table, tapotant ses doigts, sûr de lui et franchement ironique.

— J'attends avec impatience ma récompense, mademoiselle Hamilton.

— Oh, très bien, murmura-t-elle en rougissant. Autant en finir tout de suite.

— Mauvaise joueuse ? glissa-t-il doucement.

Elle se leva, posa les mains à plat sur le tapis vert et s'approcha de lui tandis que les encouragements se faisaient plus bruyants. Elle avait le cœur battant, mais lui restait apparemment maître de ses émotions.

Elle se pencha davantage, s'arrêta un instant, ses lèvres toutes proches de celles de l'homme.

— Vous pourriez coopérer ! suggéra-t-elle.

— Pourquoi, alors que c'est tellement plus amusant de vous voir embarrassée ?

Elle plissa les yeux. Ignorant résolument l'assistance, elle l'embrassa sur la bouche, puis elle recula, les joues toutes roses, une étincelle de triomphe au fond du regard.

Il la fixa un instant, puis se mit à tambouriner sur la table, l'air ennuyé.

— Vous aviez parlé d'un baiser.

— Mais... Je viens de vous embrasser !

— Non.

— Comment ça, non ? Bien sûr que si !

Elle était à présent rouge de colère.

Hawk fit de nouveau glisser la bague sur la table.

— Regardez cette chevalière. Elle vaut dix de vos nouvelles épingles de cravate. C'est pourquoi je l'ai misée. Vous ne pouvez me donner un baiser comme celui-ci et vous juger quitte. Les règles sont les règles, mademoiselle Hamilton. Je veux un vrai baiser, à moins que vous ne teniez à être considérée comme une tricheuse.

Elle en resta un moment bouche bée d'indignation.

— C'est le seul baiser que vous obtiendrez jamais de moi !

Il se détourna en se caressant le menton.

— Et vous vous prétendez courtisane ?

— Ce qui veut dire... ?

Il haussa les épaules.

— J'ai connu des filles de ferme qui embrassaient mieux que ça.

L'assistance n'en perdait pas une miette.

Belinda lui lança un regard assassin. Elle lui aurait volontiers balancé sa bague au visage s'il n'y avait eu dans son regard cette lueur amusée qui signifiait qu'il ne la lâcherait pas si facilement.

— Franchement, ne devez-vous pas à vos adorateurs une véritable démonstration de vos talents de séductrice, mademoiselle Hamilton ? ajouta-t-il en jouant avec sa chevalière.

Elle jeta un coup d'œil incertain autour d'elle avant de revenir à lui. Comment ce sale individu osait-il discuter ses talents, mettre en péril ses moyens d'existence ? Il ne pouvait savoir, évidemment, qu'il avait touché là son point faible. Sa plus grande inquiétude était que ses soupirants, qui offraient des fortunes pour la prendre sous leur protection, découvrent qu'en réalité elle était terrifiée à l'idée de se retrouver au lit avec un homme. Si elle ne faisait pas ses preuves sur-le-champ, ils pourraient commencer à nourrir des soupçons.

La plupart approuvaient la suggestion de l'inconnu avec enthousiasme, même si les plus empressés semblaient choqués. Ce vaniteux, quel que fût son nom, aurait de la chance si l'affaire ne se terminait pas par un duel, se dit Belinda, qui se rappela aussitôt qu'on ne se battait pas pour des demi-mondaines, seulement pour des dames. Une courtisane n'avait pas d'honneur à défendre.

Belinda rejeta la tête en arrière, les mains à la taille, et déclara avec une hautaine nonchalance :

— À vrai dire, je ne donne jamais de baisers *sérieux* à des hommes dont j'ignore le nom.

— Il est facile d'y remédier, dit-il, avec un sourire. Je suis Hawkscliffe.

— Hawkscliffe ? répéta-t-elle, incapable de dissimuler son émotion.

Elle avait entendu parler du duc de Hawkscliffe – Robert Knight – jeune chef conservateur promis à un grand avenir, renommé dans les milieux gouvernementaux pour son courage, sa force de caractère et son sens inflexible de la justice. Non seulement il était célibataire, mais avec ses cent mille livres de revenu par an, c'était le parti le plus convoité de la capitale. Jusqu'à présent, aucune jeune femme ne s'était montrée à la hauteur de ses exigences.

Elle connaissait à peu près l'histoire de sa famille, et ses autres titres : comte de Morley, vicomte Beningbrooke. Elle savait que Hawkscliffe Hall était une énorme place forte normande fièrement érigée en haut d'une colline des monts Cumbrian. Tout cela, elle l'avait appris chez Mme Hall, car l'histoire de l'aristocratie faisait partie intégrante de l'éducation de ses jeunes élèves. Parmi lesquelles comptait, hélas, sa turbulente petite sœur, lady Jacinta Knight.

Elle regarda les gentlemen qui les entouraient, puis revint à Hawkscliffe. Cet homme ne pouvait être un ami de Dolph Breckinridge. D'une certaine manière, cette certitude, ajoutée au fait qu'elle connaissait sa sœur, le lui rendit un peu moins effrayant. De même que les brillants articles qu'il avait écrits dans la *Quarterly Review,* et auxquels elle adhérait totalement.

Elle aurait pu tomber sur pire !

Afin de dissimuler son soudain intérêt, elle croisa les bras et le toisa avec une condescendance amusée.

— Et dites-moi, je vous prie, ce que fait notre parangon de moralité dans cet endroit, à jouer et à essayer d'obtenir des baisers de la part d'une demi-mondaine ?

L'assistance éclata de rire.

— Oh, je me distrais, rien de plus ! Et vous savez parfaitement que j'ai gagné un véritable baiser, mademoiselle Hamilton.

— Ma foi, vous en avez sûrement besoin, répondit-elle avec malice.

Il y eut encore quelques rires, mais la plupart des spectateurs se taisaient, attendant la suite attentivement.

Maintenant qu'il lui avait révélé son identité, Belinda ne pouvait plus reculer. Jamais elle ne se laisserait intimider par un puritain hypocrite. Sans doute n'en connaissait-il pas plus qu'elle sur les *véritables* baisers.

Tandis qu'elle se penchait vers lui pour la seconde fois, son cœur se remit à tambouriner dans sa poitrine. Curiosité, mais aussi indéniable attirance. Le moment était venu de voir si elle avait retenu les leçons de Harriette.

Elle prit doucement son menton rasé de frais dans sa main, vit l'éclat de ses yeux avant de fermer les siens et de le caresser légèrement des lèvres en un baiser qui effaçait les spectateurs, la ville, le monde entier.

La bouche de Hawk était tiède, ferme, et elle l'embrassa plus hardiment en glissant les doigts dans ses cheveux. Il posa alors une main possessive sur sa nuque et l'attira à lui tandis qu'elle entrouvrait les lèvres. Il répondit avec ardeur, sans toutefois se débrider complètement, jusqu'à ce qu'elle tremblât de plaisir.

Enfin, il mit doucement un terme à leur étreinte.

Belinda revint à la réalité, encore tout étourdie, les lèvres brûlantes, les joues roses d'émotion, le souffle court. Les cheveux de Hawkscliffe étaient ébouriffés, sa cravate de travers, et en cet instant, il ressemblait à tout sauf à un parangon de moralité !

Le regard chargé de désir qu'il posait sur elle lui donna la délicieuse impression qu'elle était une vraie courtisane, pas une sotte innocente qui faisait semblant. Elle baissa la tête, se mordilla la lèvre, leva à nouveau les yeux vers lui.

Avec un sourire sensuel, il poussa sa chevalière vers elle.

— Prenez-la, murmura-t-il. J'insiste.

Cela signifiait qu'elle venait de la gagner, et elle la lui rendit.

— Gardez-la, Votre Grâce. Tout le plaisir était pour moi.

Les hommes qui les entouraient éclatèrent de rire.

Hawkscliffe quant à lui se contenta de sourire et de la regarder s'éloigner avec une promesse dans les yeux : il reviendrait.

Elle avait à peine atteint le deuxième salon que déjà Hawk était bruyamment applaudi et congratulé par les autres hommes.

Elle jeta un coup d'œil par-dessus son épaule et le vit sourire, bon enfant, tandis que lord Alvanley le gratifiait d'une joyeuse tape dans le dos. Peut-être venait-on de lui apprendre qu'aucun d'entre eux n'avait eu la faveur d'un baiser public, car il lui sembla que les joues de Hawk étaient légèrement plus colorées.

Ravie, elle se retira dans sa chambre avant qu'un autre de ses prétendants n'essaie de lui extorquer un baiser. Elle savait exactement qui elle voulait, désormais.

Elle souriait encore en se glissant entre les draps, mais bien que son cœur battît follement d'espoir et d'excitation, elle s'obligea à se reposer.

Il était tard, et il ne fallait pas qu'elle eût mauvaise mine, le lendemain, lorsque son futur protecteur se présenterait à sa porte.

4

Hawk passa la nuit seul dans son immense lit de bois sculpté à s'agiter sous les draps de satin et à fixer le dais de velours, en proie à un étrange sentiment d'incertitude et de frustration.

Une courtisane.

Jamais auparavant il n'avait embrassé une courtisane, jamais aucune ne l'avait touché. Il s'était toujours méfié d'elles. Certes, c'étaient des préjugés, mais un homme de son rang se devait d'être prudent. Et cependant... Le serait-il si elle se trouvait à ses côtés en cet instant ?

Il ferma les yeux et nourrit sa solitude du souvenir de son image mystérieuse, ravissante, tandis que son petit rire exaspérant résonnait encore à ses oreilles.

Il en voulait davantage. Un baiser ne lui suffisait pas. Il avait envie de goûter sa peau, de la sentir sous ses lèvres... Avec un gémissement silencieux, il se tourna vers le mur, palpitant d'un désir coupable.

Il s'imaginait, libérant sa chevelure qui cascadait en boucles blondes sur ses épaules. Puis ils se dévêtaient mutuellement et il l'attirait dans son lit où elle lui offrait son corps charmant pour sa plus grande jouissance.

Une fille de joie. Il avait mal, il brûlait de désir, et il savait qu'il pouvait arriver à ses fins.

Ce n'était qu'une question de prix, or il en avait largement les moyens, mais il hésitait.

Une femme comme elle risquait de profiter de lui avant de le quitter, légère et souriante. Ou pis, elle pourrait se l'attacher pour toujours par le truchement d'un enfant illégitime. Elle était de toute façon dangereuse.

Mais tellement séduisante !

Il dut finalement s'endormir, car il fut réveillé, le dimanche matin, par les cloches qui appelaient les fidèles à l'office. Il se sentait l'esprit clair, le corps revigoré, il avait hâte d'aller retrouver Belinda avant que Breckinridge, ayant cuvé sa gueule de bois, n'ait eu vent de leur baiser.

À en juger par son comportement de la veille, la réaction de Dolph ne serait guère plaisante, et Hawk était bien décidé à se trouver sur place afin de protéger Belinda lorsque le baronet se présenterait à sa porte.

Et puis, il avait trouvé une solution à tous ses problèmes. De toute évidence, Mlle Hamilton était le levier grâce auquel il pourrait agir sur Dolph. D'abord Hawk testerait la jeune femme, essaierait de savoir où allaient ses sympathies, mais si elle détestait Dolph autant qu'il y paraissait, il ne lui resterait plus qu'à la convaincre de se mettre sous sa protection.

Son plan signifiait qu'il devrait fréquenter assidûment Mlle Hamilton durant les semaines à venir, mais à la claire lumière du matin, il se disait qu'il pouvait se faire confiance. N'était-il pas un parangon de vertu ? Le monde entier savait qu'il résistait facilement à la tentation. Il traiterait la ravissante Mlle Hamilton avec courtoisie, il la récompenserait largement pour le temps qu'elle passerait avec lui, mais jamais il ne s'impliquerait « de cette façon » avec une courtisane.

À force de volonté, il parvint à attendre l'après-midi pour lui rendre visite.

Il était quatre heures et quart lorsqu'il sauta de son cabriolet, laissant l'attelage au soin de son jeune laquais, et alla frapper à la porte de Harriette Wilson. Les yeux plissés sous le soleil de mai, il contempla le ciel truffé de petits nuages cotonneux annonciateurs de l'été, tandis que le vent jouait dans ses cheveux et avec les pans de sa veste grise.

Lorsqu'une servante vint ouvrir, il lui remit sa carte en demandant à être reçu par Mlle Hamilton. La jeune fille fit une révérence et se hâta vers l'étage afin de voir si sa maîtresse était disposée à recevoir des visiteurs. Hawk arpentait la petite entrée, ses pas résonnant curieusement dans la pièce vide où ne subsistait plus trace de la fête de la veille. Il était tellement exalté à l'idée de revoir l'impertinente et délicieuse Mlle Hamilton qu'il en avait presque oublié qu'il était là à cause de Lucy.

La femme de chambre revint le prier de patienter encore quelques minutes, et il continua de faire les cent pas en tapotant distraitement son chapeau contre sa cuisse.

Mlle Hamilton le fit attendre, lui, le digne duc de Hawkscliffe, pendant un bon quart d'heure avant de daigner le recevoir. Sans doute était-ce pour lui signifier où était sa place : à ses pieds. Mais qu'y pouvait-il ? Jusqu'à ce qu'elle fût sous sa protection exclusive, ce petit bout de femme avait tous les atouts en main. Curieusement, sa bonne humeur n'en fut pas affectée. C'était plus fort que lui, cette chipie l'amusait.

Lorsque Mlle Hamilton envoya enfin sa camériste le chercher, il sentit son cœur battre de façon absurde. Il traversa le salon désert, passa devant la fameuse table de jeu, et la servante le laissa à la porte d'un boudoir à l'étage.

Mlle Hamilton était installée, tableau parfaitement composé, sur un sofa de style égyptien près d'un guéridon orné d'un bouquet d'hortensias fraîchement coupés. Elle avait un journal ouvert sur les genoux, et ses petits pieds, chaussés de coquettes mules, reposaient sur un tabouret recouvert de damas. Le radieux soleil qui entrait à flots par la fenêtre contribuait à l'harmonie de la scène en illuminant sa blonde chevelure qui flottait librement sur ses épaules, seulement retenue par deux peignes d'ivoire.

Hawk sourit. Elle feignait de ne pas l'avoir entendu arriver afin de lui permettre de l'admirer à loisir. Elle portait une robe de mousseline jaune pâle au profond décolleté dont les manches ballons mettaient ses bras minces en valeur.

Elle avait véritablement l'air d'un ange ! se dit-il, soudain en proie à un sentimentalisme stupide. Bien qu'il sût que toute cette mise en scène était destinée à le séduire, il était fasciné.

— Bonjour, mademoiselle Hamilton.

À cet instant, comme par hasard, elle leva les yeux, et lui adressa son plus lumineux sourire.

— Votre Grâce !

— J'espère que je ne vous dérange pas, fit-il avec une pointe d'humour.

— Pas du tout ! répondit-elle aimablement en lui tendant la main, telle une princesse magnanime.

Il vint baiser délicatement le bout de ses doigts. Les grands yeux d'un bleu violet s'éclairèrent, et il crut même voir rougir la jeune courtisane.

Au lieu de retirer sa main, elle l'attira afin de l'inviter à s'asseoir à ses côtés. Il ne pouvait détacher son regard d'elle.

— Je me demandais si vous me rendriez visite aujourd'hui, dit-elle presque timidement.

Il eut un rire bas.

— Vous en doutiez ?

Cette fois, elle rougit vraiment, et ils se contemplèrent un instant en silence, tous les deux sous le charme.

— Que lisiez-vous ? demanda-t-il enfin, pour résister à son envie de la renverser sur le canapé, de l'embrasser comme un fou.

— La *Quarterly Review*.

— Vraiment ?

Surpris qu'il ne s'agît pas d'un quelconque feuilleton à l'eau de rose, il posa la main derrière elle sur le dossier du sofa et se pencha afin de vérifier qu'elle disait vrai. Le doux parfum de ses cheveux, mélange de rose, d'amande douce et de camomille, lui monta à la tête.

— Je viens de terminer un article passionnant sur l'abolition de l'esclavage, par Sa Grâce le duc de Hawkscliffe. Vous avez entendu parler de lui ?

Hawk eut la surprise de s'empourprer de plaisir.

— Un type plutôt ennuyeux, non ?

— Au contraire, Votre Grâce, je trouve vos essais fort intéressants. Vos arguments sont logiques, votre style vigoureux et... oserai-je dire que vous êtes passionné par votre sujet ? Je m'étonne seulement que vos amis conservateurs n'en soient pas horrifiés.

— Pourquoi ?

— Certaines de vos opinions se rapprochent de celles des libéraux.

Il était partagé entre amusement et indignation. Après tout, elle n'était qu'une femme. Que connaissait-elle à la politique ?

— Oh, c'est ce que vous pensez ?

— Absolument.

Elle prit l'*Edimburg Review* qui était posée sur le guéridon.

— Il se pourrait que vous appréciiez de rencontrer l'ami de Harriette, M. Henry Brougham. Je lis les deux revues, et vos idées sont souvent très proches.

Hawk haussa les sourcils. Il ne savait pas s'il était vexé, choqué ou simplement amusé d'être comparé aussi allégrement à son principal ennemi en politique.

Mlle Hamilton se tourna vers lui, l'air innocent.

— Mais peut-être le connaissez-vous déjà, Votre Grâce ?

— Euh... Nous nous sommes croisés, en effet.

Sérieuse, elle reprit la *Quarterly* et la feuilleta de nouveau.

— J'ai lu également votre article intitulé : « Que la sanction soit à la hauteur du crime. » J'aime beaucoup vos idées sur la réforme de la justice, même si je n'en saisis pas toutes les subtilités administratives. Je respecte grandement un homme qui sait distinguer le bien du mal. Il y en a si peu...

Hawk était à présent un peu gêné par ses louanges, et il lui prit le journal des mains.

— Venez, mademoiselle Hamilton. Il fait trop beau pour rester enfermée à lire de rébarbatifs essais politiques.

— Vous êtes bien modeste ! lui reprocha-t-elle.

Mais ses yeux pétillaient de plaisir, et elle bondit sur ses pieds pour aller chercher son châle, sa capote et son ombrelle.

Resté seul dans le boudoir, Hawk ne put s'empêcher de sourire. Il se passa la main dans les cheveux afin de se ressaisir. Il ne s'attendait pas à la trouver aussi cultivée que belle !

Elle revint quelques minutes plus tard, et ils descendirent vivement l'escalier, joyeux comme deux enfants.

Les sabots des chevaux résonnaient sur les pavés et une volée d'enfants s'égailla à leur passage. Puis Hawk lança l'attelage au galop, et Belinda éclata de rire, les cheveux au vent. Hawk, qui n'avait pourtant pas l'habitude d'impressionner les jeunes femmes de cette manière, rit à son tour. La gaieté de Belinda était contagieuse.

Le trajet jusqu'à Hyde Park ne fut pas long, et ils trouvèrent le Ring peuplé de cavaliers et de voitures découvertes.

Hawk remarqua aussitôt qu'ils attiraient les regards. Les jeunes gens dévoraient Belinda des yeux, tandis que les dames souriaient langoureusement au duc, et ce n'était que le début. Bientôt tout le monde – y compris Dolph – saurait qu'il s'était affiché en ville avec la courtisane la plus recherchée du moment.

Il se demanda ce que pensait sa ravissante compagne quand ils croisaient des dames de la bonne société qui auraient voulu la voir morte, ou lorsque les hommes avec qui elle avait passé la soirée, escortés de leur épouse et de leur progéniture, feignaient de ne pas la connaître. Cette hypocrisie éveillait son instinct de protection.

Il se tourna vers elle et vit qu'elle était blessée : son visage était sans expression, comme la veille pendant la tirade de Breckinridge. Il se rembrunit. Demi-mondaine ou non, il ne permettrait pas qu'on la traitât ainsi !

Sans lui demander son avis, il s'engagea dans les jardins de Kensington, qui étaient ouverts au public le dimanche. Enfin, loin des regards hostiles, il ralentit l'allure. Elle leva vers lui un regard interrogateur.

— Nous pourrions marcher un peu au bord de l'eau, proposa-t-il.

Elle acquiesça, visiblement soulagée d'échapper à la curiosité hostile de la bonne société. Hawk serra le frein et sauta à terre pour l'aider à descendre, tandis que William s'occupait des chevaux.

Ils allèrent se promener dans l'allée qui bordait l'étang, suivis par une bande de canards qui criaillaient pour avoir du pain.

Les mains croisées dans le dos, Hawk glissa un regard de biais à la jeune femme qui cheminait à ses côtés. Elle avait repoussé sa capote dans son dos et semblait songeuse.

— Votre palefrenier paraît bien sérieux, pour un si jeune homme, dit-elle afin de rompre le silence.

Hawk lui fut reconnaissant de cette ouverture.

— Le croiriez-vous ? Il était ramoneur, autrefois. Il y a quelques années, son dernier employeur l'avait envoyé s'occuper des cheminées de Knight House, et ma cuisinière l'a trouvé évanoui sur le sol. Nous avons compris que cet enfant souffrait d'épuisement et de malnutrition. La cuisinière et Mme Laverty, ma gouvernante, l'ont gardé et remis sur pied. Ensuite, elles l'ont engagé comme marmiton, mais elles se sont vite aperçues qu'il s'y prenait fort bien avec les chevaux, alors nous l'avons placé aux écuries. Dans une dizaine d'années il pourrait bien devenir palefrenier en chef.

— Quelle preuve de bonté, dit-elle doucement.

Il fut pris de court par le compliment.

— Tout le mérite en revient à Mme Laverty, je vous assure... Je serais heureux que vous m'appeliez Robert.

— Comme il vous plaira.

Ils marchaient tous deux en regardant le sol, et leurs mains se frôlaient en un subtil marivaudage qui troublait Hawk plus qu'il n'aurait osé se l'avouer.

Belinda eut un petit sourire hésitant alors qu'ils s'arrêtaient à l'ombre d'un bouquet d'arbres.

— Après cette promenade publique, je crains que votre droit d'entrée chez *Almack* ne soit compromis.

— *Almack* ! répéta-t-il, dégoûté, en pensant aux ennuyeux quadrilles qu'il était obligé de danser avec les filles de ses collègues.

Il en épouserait probablement une dans l'année, et cette idée était fort déprimante.

Vraisemblablement, ce serait la fille de Coldfell, qui était sourde, par pitié ou par sens chevaleresque. Les rares fois où il l'avait vue, lady Juliet lui avait paru être une enfant sage et docile. Et comme personne d'autre ne voudrait de cette pauvre petite à cause de son infirmité, cela lui semblait une bonne idée.

— J'ai failli aller chez *Almack*, quand j'avais dix-sept ans, soupira Belinda en posant la main sur son bras tandis qu'ils se remettaient en marche.

— Et que s'est-il passé ?

— Ma mère est décédée quelques semaines avant la date tellement attendue de cette soirée.

— J'en suis désolé.

— Merci. Comme j'étais en deuil, je ne pouvais aller nulle part.

— Pourtant, cela vous aurait changé les idées.

— Croyez-vous qu'on m'y laisserait entrer, maintenant ? s'enquit-elle avec un sourire désenchanté.

Il lui tapota la main et eut un petit rire.

— Allons, allons, ma chère. Vous ne manquez pas grand-chose ! La nourriture y est atroce, le punch fade et le parquet en si mauvais état que tout l'immeuble devrait être frappé d'insalubrité. En outre, il est interdit d'y jouer au vingt et un en misant des baisers.

— Dans ce cas, je ne regrette plus de ne pas y être admise !

Avec un sourire malicieux, elle se pencha vers lui.

— Alors, dites-moi, Robert, où le parangon de vertu que vous êtes a-t-il appris à embrasser ainsi ? chuchota-t-elle sur le ton de la confidence.

Il la regarda, surpris, et elle éclata de rire.

— Alors ? insista-t-elle.

— J'ai un peu roulé ma bosse !

— Oh, vraiment ? Racontez-moi tout, Hawkscliffe !

— Certainement pas ! protesta-t-il gaiement. Ce serait inconvenant.

— Allons, vous pouvez bien me le dire !

— Ma foi, murmura-t-il d'une voix de conspirateur, si vous voulez tout savoir, j'ai eu une liaison, autrefois. Avec une veuve.

— Une veuve joyeuse ?

— Très joyeuse. J'étais plus jeune que vous ne l'êtes, et j'ai été amoureux fou pendant deux ou trois ans. Je lui ai même demandé de m'épouser, ajouta-t-il avec un frisson rétrospectif.

— Quelle honte, Robert !

— C'est étrange, je sais, mais c'est ce que je voulais. Je n'ai jamais apprécié le badinage.

— Vraiment ! Dans ce cas, que cherchez-vous ?

Il fixait l'eau et fut tenté de ne pas répondre, mais les mots lui échappèrent malgré lui.

— L'amour inconditionnel.

Elle le regarda un instant, déconcertée, se demandant s'il plaisantait ou s'il était sérieux, puis elle se remit en route comme s'il n'avait rien dit.

— Repousser le duc de Hawkscliffe ? reprit-elle. C'est incroyable. Pourquoi votre veuve joyeuse n'a-t-elle pas voulu vous épouser ?

Sa brusque nervosité étonna Hawk.

— Elle avait accompli son devoir en ayant des enfants, elle avait de l'argent, et elle ne tenait pas à se remarier, ni avec moi ni avec quiconque. Dieu, comme je la désirais ! Mais elle accordait le plus grand prix à sa liberté et à son indépendance.

— Une femme a droit à son indépendance, si elle en a les moyens.

— Cette dame en particulier l'a amèrement regretté, croyez-moi.

— Elle vous est revenue à genoux, c'est cela ? La veuve joyeuse n'était pas si joyeuse, après avoir pris son plaisir ?

— C'est le moins qu'on puisse dire.

— Alors vous l'avez repoussée à votre tour ? Jetée à la rue ?

Hawk eut un sourire mi-figue mi-raisin. Il était trop gentilhomme pour avouer qu'il n'avait jamais manqué de partenaires de lit. Malgré tout, et bien qu'il eût toujours préféré des liaisons discrètes avec des femmes averties, tôt ou tard, toutes ses maîtresses finissaient par le harceler, lui reprocher de ne pas s'occuper suffisamment d'elles, de consacrer trop de temps à sa carrière politique, ou quelque récrimination de ce genre. Lorsqu'elles menaçaient de le quitter, il ne protestait guère car, d'après son expérience, les femmes étaient incompréhensibles et toujours insatisfaites.

Il revint à Mlle Hamilton.

— Disons simplement que les gens ont une seule chance, avec moi, ma chère. Je suis assez intolérant et je ne supporte pas la bêtise. C'est une erreur, je le sais, mais je paie mon manque de charité en me fixant des objectifs encore plus élevés que ceux que j'attends des autres.

Il lui prit la main pour la guider doucement vers la rive de l'étang.

— J'ai envie de mieux vous connaître.

— Que voulez-vous savoir ?

Il l'observait tandis qu'elle sautait légèrement d'un rocher à l'autre en relevant un peu sa robe afin de ne pas la salir.

— Tout.

— Il n'y a pas grand-chose à dire. Naissance : Kelmscot, Oxfordshire, le 3 septembre 1791. Langues étudiées : le français et un peu de latin. Divers : joue du piano de façon médiocre, ne sait pas dessiner, aime l'histoire et les chats.

— Les chats, pas les chiens ?

— J'ai plutôt peur des chiens, je l'avoue. Surtout les gros.

— Hum ! J'en ai six. Des dogues et des terre-neuve. Tous plus lourds que vous.

Elle frissonna.

— Votre Grâce vit dans un chenil !

— Ils n'ont pas le droit d'entrer dans la maison. Dites-moi autre chose.

— Quoi, par exemple ?

Il la regarda droit dans les yeux.

— Ce qui se passe entre Dolph Breckinridge et vous.

Elle se raidit, visiblement méfiante.

— Dolph Breckinridge est un âne bâté, lâcha-t-elle après un instant de silence. Je n'ai rien à ajouter sur le sujet.

Elle feignit de s'absorber dans la contemplation de l'eau.

— Seriez-vous en pleine rupture ?

— Ne me faites pas rire !

— Alors ?

Elle eut une grimace de dégoût.

— Dolph a été la plaie de mon existence, ces dix derniers mois. Vous avez vu la façon dont il m'a traitée hier soir. Je sais que vous avez assisté à la scène.

— Certes. Néanmoins, il pouvait s'agir d'une querelle d'amoureux.

— Une querelle d'amoureux ? Pouah ! Je préférerais embrasser un crapaud ! Mais sommes-nous obligés de parler de cet individu ? Cela va me gâcher l'après-midi...

— Chère mademoiselle Hamilton, vous savez parfaitement que Dolph va me sauter dessus dès qu'il apprendra que je vous ai embrassée.

Elle l'interrompit d'un doigt levé.

— Désolée, c'est moi qui vous ai embrassé.

— Quoi qu'il en soit, j'ai besoin de savoir où je mets les pieds.

— C'est votre faute, c'est vous qui avez insisté pour

le deuxième baiser, lui rappela-t-elle en lui donnant une petite tape sur la poitrine.

— Et vous n'avez pas aimé ?

Elle lui lança un regard espiègle et lui tourna le dos.

Il la contempla un instant tandis qu'elle s'éloignait de sa démarche gracieuse, puis il s'élança derrière elle. Dieu, qu'elle était tentante !

— J'ai l'intention de vous séduire, vous savez, alors autant tout me dire, reprit-il, désinvolte.

— Vraiment ?

Elle avait fait volte-face et semblait incrédule.

— Harriette prétend que vous n'aimez guère les femmes de notre genre.

Il lui prit la main et la baisa galamment.

— Je suis aussi sensible qu'un autre à l'extrême beauté.

— Vous avez toujours la réponse qui convient ?

— Souvent.

Elle soupira.

— Entendu. Mais que les choses soient bien claires, c'est tout à fait confidentiel.

— Soyez sûre que cela restera entre nous.

— J'ai rencontré Dolph, l'automne dernier, à un bal de retour de chasse. Je n'avais aucune envie de lui parler, car je l'avais bien vu toute la soirée se moquer de nous autres, provinciaux, mais il a dû finalement décider que j'étais digne d'une invitation à danser. Il connaissait l'un de mes voisins et lui a demandé de nous présenter. Je n'ai pas pu me défiler, cependant il ne m'a pas fallu trois secondes pour me rendre compte à quel point il était odieux. Malheureusement, il s'est entiché de moi et il a commencé à me pourchasser dès le lendemain. Quand il s'est aperçu que je repoussais ses avances, il est devenu infâme.

— Infâme ?

— Il a fait jeter mon père en prison pour dettes. C'est ainsi que tout a commencé.

Hawk s'arrêta net.

— Comment s'y est-il pris ?

Elle frémit légèrement.

— Papa est un collectionneur impénitent de manuscrits enluminés. Si vous le connaissiez, vous comprendriez. Tous ceux qui croisent mon père l'adorent. Même nos créanciers n'ont jamais été très durs envers lui. Quand ils venaient réclamer leur dû, il les emmenait dans sa bibliothèque pour leur montrer les dernières merveilles qu'il avait acquises au lieu de régler nos factures. Ils se laissaient gagner par son enthousiasme et repartaient après lui avoir fait promettre de les rembourser le mois d'après, ce qu'il ne faisait jamais. Puis Dolph est arrivé, et il a exercé un chantage sur nos créanciers. Il leur a promis de leur envoyer des clients s'ils insistaient pour que mon père remboursât ses dettes. En moins de temps qu'il ne faut pour le dire, papa était en prison. Il y est toujours... et moi j'en suis là.

— Vous en êtes là ? Ce qui signifie ?

Elle eut un petit sourire contraint.

— Vous le savez fort bien, Robert.

— Et qui est donc votre père, mademoiselle Hamilton, je vous prie ?

— Un gentilhomme.

— Un gentilhomme ? Un homme qui achète de vieux livres et laisse sa fille vendre son corps sous peine de mourir de faim, vous appelez cela un gentilhomme ?

— N'insultez pas mon père, monsieur, répliqua-t-elle sèchement. Il est tout ce que j'ai au monde.

Hawk se tut, mais il n'était pas satisfait. Il l'avait visiblement contrariée, et elle vola au secours de son père.

— Ma décision de devenir ce que je suis n'a rien à voir avec lui. C'est la faute de Dolph, qui nous a pris tout ce que nous possédions. Comment osez-vous me regarder de haut ? Je n'avais pas le choix.

— Et que pense votre père que vous vous prostituiez pour lui ?

— Papa ne sait rien.

— Célèbre comme vous l'êtes à présent, vous ne craignez pas qu'il découvre un jour la vérité ?

— Il ne vit pas dans notre siècle ! cria-t-elle avant de se détourner, exaspérée.

Hawk avait du mal à se contenir.

— Vous voulez dire que votre père n'a pas pu se séparer de ses chers manuscrits, même pour vous sauver tous les deux de la ruine ?

— Il ne les a plus. Il en a fait don à la Library.

— Je n'ai jamais rien entendu d'aussi absurde ! éclata Hawk. Je vous demande pardon, mais votre père me semble complètement fou. C'est tout à fait le genre d'imbécillité irresponsable que je méprise.

Les yeux de Belinda lançaient des éclairs.

— Terminons-en là, monsieur.

Elle pivota sur ses talons, sa capote flottant dans son dos, et se mit à marcher rageusement dans la direction opposée à celle où se trouvait le cabriolet.

— Où allez-vous ?

— À la maison.

— Vous ne voulez pas que je vous raccompagne, mademoiselle Hamilton ?

— Je ne veux rien accepter de vous.

— Alors vous rentrez à pied ? ironisa-t-il.

— Oui !

Elle se retourna vers lui, rouge de colère.

— C'est ce que font les gens qui ne possèdent pas de cabriolet, figurez-vous ! Et vous pouvez bien jeter votre bel attelage dans l'étang, je m'en moque !

Elle reprit son chemin d'un pas rageur.

— Mademoiselle Hamilton ! Mademoiselle Hamilton !

Elle fit volte-face, hautaine, une interrogation dans le regard. « Dieu, quelle bonne comédienne ! » se dit-il.

— Je suis désolé, mademoiselle Hamilton. Je n'avais pas le droit de juger. Je vous en prie. Je suis trop entier, je n'y peux rien.

Elle secoua la tête, dédaigneuse.

Hawk avait découvert qu'elle détestait autant Dolph que lui, et il décida qu'il était temps d'abattre ses cartes, de passer à l'action.

— À la vérité, j'ai besoin de vous parler. En privé.

Les bras croisés sur la poitrine, elle semblait sceptique.

— À quel sujet ?

— Je vous expliquerai tout, mais ce n'est pas l'endroit.

— Ma foi, Votre Grâce, ne me dites pas que vous aussi allez mettre votre fortune à mes pieds ?

Son audace le rendait fou !

— Je ne mettrais pas ma fortune aux pieds de Vénus elle-même, mademoiselle Hamilton, dit-il de son ton le plus sec. Je ne suis pas assez fou pour cela, même si vous êtes la réplique de cette déesse la plus ressemblante que Londres ait jamais connue.

— Aimablement répondu, Votre Grâce, mais s'il ne s'agit pas de cela, nous n'avons plus rien à nous dire. En privé ou autrement. Au revoir.

— Belinda !

— Je vous en prie, ne me faites pas perdre davantage mon temps. J'essaie de gagner ma vie, voyez-vous.

— Soyez raisonnable, petite ambitieuse, marmonna-t-il en lui emboîtant le pas. Je n'ai pas le droit de vous accorder un crédit illimité sur ce que je possède quand je gère la fortune de toute ma famille. Vous pourriez être une joueuse invétérée, ou une voleuse, je n'en sais rien. En outre...

Il la saisit par la main et l'immobilisa.

Elle lui fit face.

— En outre quoi, insupportable puritain ?

— Puritain ? Vous faut-il un autre baiser pour vous rappeler combien je suis puritain ?

Il l'attira doucement à lui et ne put s'empêcher de sourire.

— Non !

— Alors cessez de m'insulter.

— C'est vous qui avez commencé.

Ses yeux le défiaient, mais elle se laissa aller contre lui et elle soutint son regard. Ils furent aussitôt magnétisés par la passion qui s'emparait d'eux.

— Je peux vous offrir mieux que ma fortune, murmura Hawk en la prenant à la taille, grisé par la tiédeur de son corps à travers la mousseline légère.

Elle ne protesta pas, mais elle avait toujours cet air de défi, le menton levé.

— Qu'est-ce qui pourrait être mieux ?

Il laissa courir ses lèvres le long de son oreille, de son cou, tout en se reprochant sa traîtrise. Quand elle fut tremblante de désir, il souffla :

— La vengeance.

Elle se pétrifia.

— Contre Dolph ?

— Intéressée ?

— Peut-être.

— Alors, si nous allions quelque part pour bavarder tranquillement, mademoiselle Hamilton ?

Elle restait sur le qui-vive, mais elle se laissa conduire au cabriolet.

Tandis qu'il la raccompagnait chez Harriette, Hawk espérait que leur ennemi ne les attendait pas déjà là-bas.

5

La maison de Harriette était calme quand ils y pénétrèrent un peu plus tard. Encore irritée par le jugement tranchant que le duc avait porté sur son père, Belinda le conduisit à son boudoir dans un silence glacial. L'imposante silhouette de Hawk semblait emplir tout l'espace.

Belinda continuait à fulminer. Passe encore qu'il l'eût traitée de prostituée, mais qu'il se permît de dire que son père était un fou et un irresponsable ! Elle retira ses gants d'un geste rageur. Le pis était de s'avouer que cette brute insupportable avait raison sur les deux points.

Hawkscliffe avait posé son chapeau sur la table ronde, et il se débarrassait de ses gants, puis il se mit à arpenter la pièce. Pour un homme de sa stature, il se déplaçait avec élégance, nota Belinda qui s'installa sur le sofa en attendant qu'il prît la parole.

L'air pensif, comme s'il pesait chacun des mots qu'il s'apprêtait à lui dire, il abandonna sa veste sur le dossier d'une chaise, fit jouer ses larges épaules afin de se détendre.

Belinda se renfrogna encore. Si elle avait été une dame, il n'aurait même pas envisagé d'enlever ses gants, et moins encore sa veste. D'un autre côté, cela lui permettait d'admirer son torse parfait, la courbe de son dos, les épaules mises en valeur par le confortable gilet, la souplesse de sa taille et de ses hanches. Elle s'aperçut qu'elle avait envie de toucher cette peau sous laquelle roulaient les muscles.

Choquée par sa hardiesse, elle se consacra à la contemplation de son visage, tandis qu'il se rendait à la fenêtre où le soleil déclinant souligna son profil au nez droit. Il avait les lèvres serrées, mais elle se rappela leur douce tiédeur. Que le diable l'emporte, cet homme était infiniment séduisant, et dangereux comme un oiseau de proie, avec ses cheveux si noirs et son teint hâlé !

« L'amour inconditionnel ! » songea Belinda avec un petit reniflement sceptique.

Les mains sur la taille, il regardait par la fenêtre comme s'il attendait quelqu'un.

— Je ne ferai pas insulte à votre intelligence en prétendant que j'apprécie votre profession, mademoiselle Hamilton, dit-il enfin. Néanmoins, je suis assez bon juge des caractères, or je vous trouve sensée, volontaire, et je vous crois capable de discrétion. Bien qu'il ne soit pas dans mes habitudes de raconter ma vie, je pense que je n'ai pas d'autre choix que de me confier à vous dans l'espoir que vous m'aiderez. Mais ce que je vais vous dire ne devra pas sortir de cette pièce.

Tendu, il vint s'asseoir près d'elle.

— Avez-vous déjà entendu Dolph parler d'une certaine Lucy ?

— Non, répondit Belinda après un instant de réflexion.

— Ou lady Coldfell ?

— Je sais qu'il est le neveu du comte de Coldfell, mais il n'a jamais évoqué la comtesse.

— Dites-moi une chose : Dolph vous a-t-il jamais menacée avec violence ? Avez-vous redouté une agression physique ?

— Pas jusqu'à hier soir. Il a affirmé que si je ne renonçais pas à chercher un protecteur, je le regretterais. Pourquoi me parlez-vous de lord et de lady Coldfell ?

Un éclair de douleur passa dans les yeux sombres.

— Je crois que Dolph aurait pu nourrir pour elle, avant de se fixer sur vous, une obsession du même ordre. Lady Coldfell est morte, mademoiselle Hamilton, et nous sommes plusieurs à penser qu'il aurait pu l'assassiner.

Elle écarquilla les yeux, horrifiée.

— C'est la raison de ma présence ici, poursuivit Hawk. Je veux louer vos services pour que vous jouiez avec moi une sorte de comédie. J'ai besoin de découvrir la vérité sur la mort de lady Coldfell, et vous êtes la clé qui me donne prise sur Dolph. Si je vous prends sous ma protection, je l'amènerai au point de rupture et je pourrai lui arracher la vérité.

— Ensuite ? s'enquit-elle d'une toute petite voix.

Le regard de Hawk se fit impitoyable.

— Je le provoquerai en duel et je le tuerai.

Tuer Dolph ? La première pensée de Belinda, sidérée, fut que cette lady Coldfell avait dû représenter beaucoup pour Hawk. Ils avaient été amants, songea-t-elle. Puis il lui apparut que s'il la courtisait, *elle*, c'était uniquement dans le but de résoudre le mystère de la mort de sa maîtresse.

Cruellement déçue, elle en eut un instant la respiration coupée. Elle baissa la tête pour dissimuler la douleur qu'elle avait ressentie et eut un sourire amer. Ce qu'il pensait d'elle était parfaitement clair !

Évitant son regard, elle lissa sa jupe.

— Laissez-moi récapituler. Vous voulez que je serve d'appât afin que vous puissiez prouver la culpabilité de Dolph et venger votre maîtresse.

— Lady Coldfell n'a jamais été ma maîtresse, mais dans les grandes lignes, c'est bien cela.

— Allons, Robert ! Pas de secrets entre nous, elle était votre amante.

— Non, mademoiselle Hamilton. Lady Coldfell était une jeune femme vertueuse. Il n'y avait rien de physique entre nous, c'était quelque chose de plus élevé, de mieux que cela. Elle était... pure.

« Pas comme moi », songea Belinda sans se départir de son sourire forcé. La honte lui faisait monter le sang aux joues.

— Mon Dieu, vous êtes vraiment un parangon de vertu !

— Non. J'ai seulement vu combien les incartades flagrantes de ma mère bouleversaient mon père, et jamais je ne voudrais infliger cette peine à quiconque, et surtout pas à un vieil ami de la famille comme lord Coldfell.

Admirable !

Elle ne pouvait qu'approuver la fidélité de Hawk à cette dame, mais ne voyait-il pas à quel point il l'insultait ? Ou alors il se souciait peu de l'insulter, puisqu'elle n'était qu'une courtisane.

— Vous auriez peut-être dû me séduire avant de m'expliquer votre plan.

— Je ne vous entraînerais certainement pas dans une situation dangereuse sans que vous soyez au courant des risques.

— Je suis navrée de vous dire que Dolph n'a rien fait.

— Quoi ?

— Il n'a pas commis ce crime.

— Si !

Belinda leva les yeux au ciel. Hawkscliffe était têtu comme une mule.

— Il avait un motif, et c'est la seule personne en dehors de Coldfell qui ait libre accès à leur propriété, mademoiselle Hamilton.

— Je connais Dolph, expliqua-t-elle patiemment. Je le hais, mais je dois avouer qu'il est courageux. Courageux à la folie, et il s'en vante. Ce n'est pas le genre à s'attaquer à une faible femme, car il n'en tirerait aucune gloire. Il préfère les ours, les loups, il préfère un adversaire qui se bat, une proie digne de lui.

— Il préfère aussi vivre au-dessus de ses moyens. Si Lucy avait donné un fils à Coldfell, Dolph aurait perdu l'héritage et le titre dont il a tant envie.

Là, elle n'avait pas d'argument à lui opposer. Dolph avait bien l'intention d'entrer en possession de cette fortune.

— Ou alors, continuait Hawk, il s'agissait d'un accident. Dolph aurait pu essayer d'abuser d'elle, ils se seraient battus...

— Cela me semble plus vraisemblable, dit calmement Belinda.

Son regard se perdit. Elle se sentit soudain oppressée à la simple évocation de ce qui nourrissait ses cauchemars.

Hawkscliffe retourna à la fenêtre.

Belinda se frotta énergiquement les bras. Elle était soudain glacée. Que faire ? Si lady Coldfell avait subi les mêmes outrages qu'elle – et pire –, ne se devait-elle pas d'aider à faire justice, pour cette autre victime, comme pour elle-même ? Cependant, elle n'était pas certaine d'avoir envie de se lancer dans cette affaire. Penser à tout cela n'était pas bon pour elle. Elle avait l'impression d'être à nouveau salie, humiliée. Mieux valait tenter d'oublier.

— Et si je refuse ?

— Refuser ? Si Dolph a fait cela à Lucy, ne semble-t-il pas logique, compte tenu de sa passion pour vous, que vous soyez la prochaine victime ?

Elle frissonna, les yeux rivés sur le tapis.

— Je peux vous protéger. Il lui faudra passer par moi pour vous atteindre. Pensez-vous réellement que vous serez plus en sécurité ici, avec un autre homme qui ignorera de quoi Dolph est capable ?

— Que proposez-vous précisément, Votre Grâce ? demanda-t-elle froidement.

— Acceptez-moi comme protecteur. Vous habiterez avec moi à Knight House où je vous tiendrai à l'abri de ses menaces...

— Non ! C'est impossible ! Je ne peux pas vivre sous votre toit. Il y aurait des rumeurs...

— Je me moque du scandale ! coupa-t-il en se passant fébrilement la main dans les cheveux. Qui peut se permettre de juger mes actes ? J'en ai assez de subir la tyrannie de la bonne société et, par le Ciel, je jure que je ne laisserai pas une autre femme mourir uniquement pour sauvegarder ma réputation !

— Que voulez-vous dire ?

Au supplice, il baissa la tête.

— Je craignais que les gens ne cancanent sur Lucy et moi. Certains sentiments se devinent, voyez-vous, et je... je savais qu'elle éprouvait de l'affection pour moi.

Quelle femme aurait pu lui résister ?

— Je l'évitais autant que possible, pour son bien. Mais à présent, je ne peux m'empêcher de m'interroger... Si je lui avais accordé une chance de me parler en privé, peut-être se serait-elle confiée à moi, peut-être m'aurait-elle fourni un indice qui m'aurait permis de la sauver... Savait-elle que Dolph représentait une menace ? Se sentait-elle en danger ? Je me rabâche ces questions à longueur de nuit, mais je suppose que je n'obtiendrai jamais la réponse.

— Ne vous torturez pas ainsi, Robert, dit doucement Belinda. Vous n'êtes pas responsable, vous avez fait ce que vous deviez faire à ce moment-là, vous n'avez pas cédé à votre attirance, c'est suffisant.

Il réfléchit un instant avant de rejeter sa proposition.

— Peut-être n'était-ce pas de la vertu. Peut-être avais-je peur, tout simplement.

Il crispa les mâchoires.

— Je me rends compte que vous pourriez avoir n'importe quel homme important de Londres, mademoiselle Hamilton, et que ce que je vous demande comporte des risques, mais je suis prêt à payer le prix. Que diriez-vous de mille livres pour l'ensemble du projet ? Cela ne durera pas plus de deux mois. Vous aurez un cabriolet, un cheval de selle, autant de domestiques que vous le souhaiterez, des loges au théâtre, un crédit pour vos toilettes, vos colifichets. Et en plus de tout cela...

Il se raidit, croisa les mains dans le dos, le visage tourné vers la rue.

— ... je n'exigerai pas votre présence dans mon lit.

Belinda retint son souffle.

— Vous plaisantez !

Il baissa la tête.

— La femme que j'aimais est morte, mademoiselle Hamilton. Je... je ne peux pas, c'est tout. J'espère que vous comprenez.

— Bien sûr, murmura-t-elle.

Si elle comprenait ? Mille livres pour deux mois de son temps. Une somme royale, un bon tiers des dettes de son père... Et elle n'aurait même pas à faire l'amour avec lui !

Oh, être dispensée de ce qu'elle redoutait par-dessus tout, et, en outre, voir Dolph puni pour ses forfaits !

Toute à sa joie, il lui fallut quelques secondes avant de remarquer la douleur qui assombrissait les beaux traits de Hawk. Elle vint le rejoindre à la fenêtre pour lui prendre la main.

— Je suis désolée pour vous, Robert, dit-elle avec tendresse. Sincèrement. Au moins lady Coldfell est auprès de Dieu, à présent, dans la paix.

Il hocha tristement la tête et baissa les yeux sur leurs mains unies avant de lever sur elle un regard chargé de sombres nuages.

— Vous m'aiderez à obtenir justice pour elle, mademoiselle Hamilton ? demanda-t-il à voix basse. Je vous en prie. Vous êtes la seule qui puisse m'aider.

Belinda se sentait fondre.

« Oh, être aimée d'un tel homme ! » se dit-elle. L'élue de son cœur était morte, et il l'aimait toujours... Belinda n'imaginait pas qu'il pût exister des hommes tels que lui.

Elle était incapable de refuser, même si elle ne représentait qu'un onéreux appât alors que la mémoire de lady Coldfell était sacrée. Elle aurait aimé le consoler, mais il ne semblait pas souhaiter qu'on le sortît de son chagrin.

— Deux mois ?

— Si cela vous rassure, nous pouvons noter par écrit la date où notre collaboration prendra fin. Disons, le 1er août ?

— Très bien. Et... vous ne me demanderez pas de partager votre lit ? risqua-t-elle.

— Je vous en donne ma parole, mais cela devra rester notre secret. La ruse serait inefficace si Dolph se doutait de quoi que ce fût. Nous devrons nous montrer convaincants.

— C'est entendu, alors, déclara-t-elle en posant les mains sur les revers de son gilet, la tête renversée en arrière, un sourire ironique aux lèvres. Vous avez une nouvelle maîtresse, Hawkscliffe.

Il sourit à son tour, presque intimidé.

— Tout Londres va me jalouser !

« Non, c'est moi qui vais l'être », songea-t-elle, amusée, tandis que son pouls s'accélérait.

— Encore un détail, Robert.

— Oui ?

— Je crois que vous avez une sœur qui n'a pas encore fait son entrée dans le monde.

— En effet. Pourquoi ?

— Ne la laissez pas venir chez vous pendant que j'y suis.

— Très bien. J'apprécie votre discrétion.

— Nous sommes payées pour être discrètes, riposta-t-elle avec un sourire tendu.

Il y eut un silence embarrassé.

— Eh bien... Je suppose que je vais rédiger les termes de notre arrangement.

— Il y a du papier et une plume sur le bureau de Harriette.

Peu après, le pacte était écrit, signé, rendu légal par le sceau ducal. Hawkscliffe sécha l'encre à la poudre.

— J'espère que vous savez ce que vous faites, dit Belinda d'un ton léger après avoir signé.

— Je sais toujours ce que je fais, mademoiselle Hamilton. C'est la plaie de mon existence, ajouta-t-il, désabusé.

Il y eut soudain un tumulte qui les fit sursauter, et ils se tournèrent vers la porte du boudoir tandis qu'une voix furibonde résonnait dans toute la maison. On tambourinait à la porte d'entrée.

— C'est Dolph, s'écria Belinda qui se rapprocha instinctivement de son compagnon.

— Ça va, murmura-t-il. Ne bougez pas d'ici.

Elle acquiesça et le regarda se diriger vers la porte. « Un protecteur », se répétait-elle silencieusement.

— Soyez prudent ! lança-t-elle, alertée par l'air menaçant de Hawk.

Il s'arrêta sur le seuil et lui adressa un sombre sourire.

— N'ayez pas peur, mademoiselle Hamilton. Parfois, c'est l'ours qui gagne.

Tandis qu'il traversait le salon, Hawk, pervers, se réjouissait à l'avance de sa rencontre avec Dolph Breckinridge dont la voix enflait à mesure qu'il approchait du palier.

— Où est-elle ? Où est cette petite garce ?

Hawk descendait l'escalier en sifflotant quand il rencontra Harriette, image même de la fureur féminine.

— Sortez de chez moi avant que j'appelle la police ! criait-elle à l'adresse de Dolph.

Le baronet lança quelques jurons à son intention tandis qu'il essayait de passer entre les deux colosses qui gardaient l'entrée. Cramoisi, les cheveux ébouriffés, il s'accrochait d'une main au battant et refusait de battre en retraite.

— Je m'occupe de lui, mademoiselle Wilson, murmura Hawk en écartant poliment la hautaine petite personne.

— Oui, je vous en prie, faites quelque chose. Il se donne en spectacle devant tous mes voisins.

— Ne vous inquiétez pas, il ne va pas s'attarder. Au fait, je crois que Mlle Hamilton aimerait vous parler.

— Oh ! s'écria-t-elle en souriant instantanément.

Oserais-je espérer que vous êtes arrivés à vous entendre ?

— Elle vous racontera elle-même.

— Merveilleux ! Félicitations, Votre Grâce. J'ai bien cru qu'elle ne se déciderait jamais à choisir !

Elle se précipita vers le boudoir.

— Vous ! rugit Dolph lorsqu'il aperçut le duc. Traître ! Fourbe ! Canaille ! Venez ici, que je vous règle votre compte !

— Quel est le problème, mon cher ?

Hawk fit un signe aux deux valets qui lâchèrent Dolph et reculèrent prudemment. Aussitôt, Dolph s'élança à l'intérieur, les poings en avant. Mais Hawk n'avait pas élevé pour rien quatre frères turbulents, et il avait appris à anticiper n'importe quelle attaque.

Il esquiva celle de Dolph, lui attrapa le bras et le lui tordit dans le dos. Le baronet avait à peine eu le temps de crier que Hawk lui plaquait son bras gauche sur la gorge, l'étranglant à moitié.

— Ne pouvons-nous régler cette affaire en personnes civilisées ?

Dolph se démenait en vain pour se libérer.

— Traître ! J'aurais dû m'en douter, quand vous m'avez dit que vous lui parleriez en ma faveur. Au lieu de cela, vous la courtisez ! Ce matin, on m'a appris que vous l'aviez embrassée ! Je suppose que vous avez passé la nuit ici ?

— Qu'il vous suffise de savoir que je lui ai proposé ma protection et qu'elle l'a acceptée. Un point, c'est tout.

Dolph pesta de plus belle, et Hawk para le coup de coude qui visait ses côtes.

— Vous ne pouvez pas l'avoir !

— Elle ne vous appartient pas.

— Si !

Il était parvenu à se dégager et tournait autour de Hawk, prêt à frapper.

— Je vous tuerai ! menaça-t-il, haletant.

Hawk le regardait, amusé.

— Certainement pas, mon pauvre garçon. Vous devriez apprendre à vous contrôler, sinon vous aurez des ennuis, un de ces jours.

— Vous m'avez trompé ! Vous vous croyez très intelligent et vous me prenez pour un imbécile, mais au moins, moi, je ne prétends pas être un saint.

— Quelle haine, Dolph ! C'est très mauvais pour la digestion, vous savez.

— Belinda Hamilton est à moi. Belinda ! hurla-t-il en direction de l'escalier. Descendez ! Vous venez avec moi !

— Qu'est-ce qui vous fait penser qu'elle est à vous ?

— Je l'ai connue le premier.

— Et il ne vous est jamais venu à l'esprit qu'elle pouvait avoir ses propres sentiments, sa propre volonté ? Elle ne veut pas de vous, et elle ne descendra pas.

— Belinda ! Venez immédiatement, sale petite traînée !

— Ça, c'est franchement désagréable, railla Hawk en avançant d'un pas, puis d'un autre. Si nous allions régler cette affaire dehors ?

— Avec plaisir ! gronda Dolph qui ne se rendit pas compte qu'il s'agissait d'une ruse pour le faire sortir.

Avec un regard meurtrier, il passa devant Hawk, prêt à en découdre. Ce dernier lui emboîta le pas tout en faisant signe aux domestiques qui fermèrent aussitôt la porte derrière eux.

Soulagé de savoir Belinda en sécurité à l'intérieur, Hawk plissa les yeux dans le soleil. Le phaéton de Dolph était arrêté non loin de là, et le lad avait un œil au beurre noir. « Quelle sale brute ! » se dit Hawk.

— Je suis bien allé voir Mlle Hamilton à votre sujet, Dolph, commença Hawk, déformant la vérité sans le moindre scrupule. Mais quand elle m'a assuré que vous n'aviez aucune chance auprès d'elle, je n'ai pas vu de raison de ne pas la courtiser moi-même. Elle est plutôt jolie, et j'ai un faible pour elle. Un homme dans ma position a besoin d'une hôtesse. Vous savez, pour toutes ces réceptions politiques...

— Une hôtesse ? répéta Dolph avec un rire rageur. C'est tout ce que vous avez l'intention de faire d'elle ? Ce n'est pas étonnant, espèce de prude. Et puis, vous ne l'aimerez jamais comme je l'aime. Personne ne le pourra, d'ailleurs.

— L'aimer ? Votre attitude vis-à-vis de Mlle Hamilton ressemble à tout sauf à de l'amour. Compte tenu de tout le mal que vous lui avez fait, comment vous étonner qu'elle vous déteste ? À quoi pensiez-vous quand vous avez fait jeter son père en prison ?

— Ce n'est pas ma faute ! Ce n'est pas moi qui ai poussé le vieux fou à se couvrir de dettes, se défendit Dolph, les joues rouges d'embarras. Il s'est fait du tort tout seul.

— Et vous venez de vous en faire tout seul aussi. Je veux bien oublier cette scène ridicule parce que vous êtes jeune et fougueux. Mais écoutez-moi bien : Belinda Hamilton est sous ma protection. Est-ce clair ?

Le désespoir déformait les traits de Dolph.

— Laissez-moi lui parler une minute...

Il fit un pas vers la porte, mais la main de Hawk s'abattit sur sa poitrine pour l'empêcher d'avancer plus loin.

— Enlevez votre sale patte, ou je la brise ! gronda Dolph.

— Je vois que vous n'avez pas compris mon avertissement, dit Hawk en le regardant droit dans les yeux. Tenez-vous à l'écart de ma maîtresse. Que penseraient les clients du *White*, du *Watier* et de tous les autres clubs de Saint-James s'ils savaient comment vous avez ruiné leur idole ? Réfléchissez. Voulez-vous que tout cela soit étalé au grand jour ?

— Je n'ai peur de rien ! De toute façon, personne ne se battrait en duel pour une vulgaire courtisane.

— Un duel, peut-être pas, mais vous seriez mis au ban de la société, rejeté. Importunez encore une seule fois Mlle Hamilton, et vous ne tarderez pas à remarquer que Londres est une ville tout à fait hostile.

Visiblement, cette fois, Dolph comprit la menace, cependant, il continuait à fixer la porte close comme s'il cherchait encore le moyen de la forcer.

Hawk ne put que se féliciter en songeant que Knight House était une véritable forteresse. Belinda y serait en sécurité.

— Maintenant, si vous souhaitez réellement rentrer dans les bonnes grâces de Belinda, vous avez intérêt à tout mettre en œuvre pour faire sortir son père de prison, suggéra-t-il. Vous l'y avez jeté, il est temps de réparer votre erreur. Si j'étais vous, je m'arrangerais pour trouver l'argent qu'il doit et rembourser ses dettes.

— Payer ses dettes ? s'indigna Dolph. Vous avez perdu l'esprit ? Le vieil imbécile doit presque trois mille livres, et même si je voulais les rembourser à sa place – ce qui n'est pas le cas –, je ne possède pas une telle somme. J'ai moi-même des arriérés qui me tracasseront jusqu'à ce que j'entre en possession de mon héritage.

— J'en suis navré pour vous. Cela dit, si vous ne pouvez payer la bagatelle de trois mille livres, jamais vous n'auriez pu vous offrir Mlle Hamilton. Adieu, Breckinridge.

Sur ce, le duc se dirigea vers la porte, plantant là un Dolph écumant de rage.

L'un des valets le fit entrer et verrouilla la porte juste au moment où Breckinridge se ruait derrière lui. Furieux, il recommença à tambouriner contre le battant. Hawk se frotta les mains en regardant la porte qui branlait sur ses gonds.

— Cet homme est malade, dit-il aux colosses. Bien joué, vous deux. Je vous remercie pour votre efficacité, ajouta-t-il en leur glissant à chacun un billet de dix livres. S'il n'a pas renoncé dans cinq minutes, venez m'en avertir.

— Oui, Votre Grâce. Merci beaucoup.

Hawk remonta chercher sa maîtresse.

Mais il ne s'attendait certes pas à se retrouver dans le couloir nez à nez avec Henry Brougham, en bras de chemise, qui semblait tout juste tombé du lit. Celui de Harriette, selon toute vraisemblance, se dit Hawk, contrarié.

— Qu'est-ce qui nous vaut ce tapage ? demanda le jeune libéral.

Henry Brougham était né dans le Westmorland, proche du Cumberland, où Hawk avait ses racines. Brillant avocat, il voulait réformer la justice et il était à la fois redouté et haï par tout le gouvernement conservateur. Le parti de Hawk avait des raisons de le craindre, car c'était un génie au courage moral indéfectible. Toutefois, il ne semblait pas plus immunisé contre le charme des courtisanes que n'importe quel homme.

Il se dirigea vers Hawk avec un sourire d'amusement cynique.

— Mais qui voilà donc ? Bonjour, Votre Grâce. Quelle surprise de vous trouver ici !

— Brougham, grommela Hawk en hochant la tête.

— Que signifie ce tapage ?

— Un client mécontent.

— Vous avez besoin d'aide ?

— Non, merci, répondit Hawk entre ses dents.

— Alors, si vous voulez bien m'excuser, je retourne au lit, dit-il en se dirigeant vers la chambre de Harriette. Lady Holland souhaite toujours vous accueillir à l'une de ses soirées, lança-t-il par-dessus son épaule. Vous savez que nous sommes déterminés à vous convaincre de rejoindre notre mouvement.

— Du côté des gens qui restent dans l'ombre à critiquer, rétorqua Hawk.

— Non, Hawkscliffe. Du côté de l'humanité et de la réforme.

— Je vous remercie, mais dites à cette dame que je suis obligé de refuser.

— Comme il vous plaira, Hawkscliffe, rétorqua-t-il en se retournant. Cependant rappelez-vous ceci : ce qui est vieux et corrompu doit disparaître. Le changement se profile à l'horizon, croyez-moi. Ce n'est qu'une question de temps. J'espère que vous saurez de quel côté vous vous trouvez, le moment venu.

— Belles paroles, Brougham, mais vous avez sûrement remarqué qu'il est difficile d'être efficace tant que vous n'appartenez pas au gouvernement.

— Je ne m'inquiète pas. C'est la justice qui gagnera.

— Seulement si on l'y pousse.

Brougham secoua la tête avec un sourire amer.

— Eh bien, continuez de pousser à votre manière, Votre Grâce, avec ces tyrans qui sont vos amis, Liverpool, Sidmouth, Eldon. Un jour le peuple d'Angleterre poussera en sens inverse, et c'est vous qui l'y aurez incité, particulièrement avec les dernières folies du Régent. Mais je vois que vous ne me croyez pas. Pourquoi ? C'est bien arrivé en France !

— Ça vous plairait, n'est-ce pas ? La révolution, le chaos, la violence, c'est ce que vous voulez ?

— Messieurs ! s'écria Harriette qui sortait de sa chambre et alla passer un bras autour de la taille de Brougham. Nous ne sommes pas au Parlement. Pas de prises de bec chez moi ! Belinda vous attend au salon, Hawkscliffe, et j'ai à m'entretenir en privé avec M. Brougham. Si vous voulez nous excuser...

— Certainement, dit sèchement Hawk.

Harriette et Brougham disparus, il resta quelques secondes à digérer l'altercation et les avances perpétuelles que lui faisait le parti libéral. Le duc de Hawkscliffe était conservateur. Point final.

Les membres du gouvernement n'étaient certes pas parfaits, et les dépenses du Régent les mettaient mal à l'aise, mais tout valait mieux que la révolution. Il voulait oublier que les causes défendues par Henry Brougham lui semblaient bonnes et justes : abolition de l'esclavage, l'école pour tous... Malgré tout, l'homme le hérissait avec son audacieuse libre-pensée. Pour qui se prenait-il, ce prétentieux individu ? La famille de Brougham élevait des moutons lorsque la sienne défendait leurs frontières contre les Écossais.

Haussant les épaules dédaigneusement, Hawk se rendit au salon où il trouva Belinda qui l'attendait près de la fenêtre en essayant de se montrer courageuse. Lorsqu'il entra, elle lui lança un coup d'œil anxieux. Il lui adressa aussitôt un sourire rassurant.

— Breckinridge sera parti dans quelques minutes, assura-t-il. Il nous fait un petit caprice, mais je crois avoir réussi à le raisonner.

Sa réaction le prit de court. Dans un envol de mousseline jaune pâle, elle courut à lui et noua les bras autour de sa taille, la joue pressée contre son torse. Elle l'étreignait de toutes ses forces, et il ne sut que penser.

Après une brève hésitation, il posa les mains sur ses épaules, et elle renversa un instant la tête pour le regarder. Il lut dans son regard une gratitude proche de l'adoration qui le déconcerta. Bien qu'il ne la connût que depuis vingt-quatre heures, il avait l'impression de découvrir la véritable Belinda derrière la distante demi-mondaine, et ce n'était pas la froide professionnelle qu'elle feignait d'être.

Étrangement ému, il l'enveloppa de ses bras et déposa un baiser sur ses cheveux.

— Chut, ma chérie. C'est fini. Il ne vous fera plus de mal.

— Merci, Robert, murmura-t-elle d'une voix à peine audible.

— Ce n'était rien.

Il lui releva le menton et chercha son regard. Il y avait des ombres violettes dans ses yeux bleus, semblables à de petits nuages au-dessus d'un champ de bataille après un affrontement mortel. Que s'était-il passé dans sa vie ? se demanda-t-il en cueillant une larme du bout du doigt. L'âme de Belinda était tout entière concentrée dans son regard, comme si elle ne pouvait parler.

— Venez, fit-il doucement. Laissez-moi vous emmener à la maison.

Elle renifla et s'appuya à lui tandis qu'ils quittaient le salon.

— Et vos chiens, Robert ? J'ai peur des chiens. D'ailleurs, j'ai peur de tout, ajouta-t-elle, malheureuse.

Il la tourna vers lui et lui sourit tendrement.

— Je ne crois pas que vous ayez peur de tout, Belinda. Au contraire, vous êtes forte et courageuse, pour quelqu'un d'aussi ravissant. Quant à mes chiens, ils vous obéiront, je vous le promets.

— L'amour inconditionnel, n'est-ce pas ? murmura-t-elle d'une toute petite voix.

— Pardon ?

Elle eut un léger sourire.

— Rien.

Redressant la tête, comme pour se donner du courage, elle monta seule préparer ses bagages.

Troublé par la beauté et le mystère de la jeune femme, Hawk s'appuya à la boule de l'escalier et la suivit du regard. Il ressentait de nouveau le besoin de la protéger. Il n'avait pas su sauver Lucy, mais, par le Ciel, il ne laisserait pas Dolph toucher un seul des cheveux de cette femme.

« Quelle créature étrange, fragile, blessée ! » songea-t-il, oubliant momentanément qu'il s'était juré de ne pas tomber amoureux.

Mais il donnait toujours le meilleur de lui-même quand un être humain avait besoin de lui.

6

Le soir même, Belinda se trouvait dans la vaste bibliothèque lambrissée de son protecteur.

L'heure tournait et elle était de plus en plus nerveuse. Hawkscliffe tiendrait-il sa parole, ou les règles du jeu allaient-elles changer maintenant qu'elle était prisonnière de cette luxueuse forteresse ? Elle tentait de dissimuler son inquiétude et passait distraitement en revue les livres sur les étagères, tandis que Hawk travaillait à son bureau.

Elle avait lu la puissance virile dans son regard alors qu'il la contemplait, de l'autre bout de la table cirée, bien carré dans sa chaise, un verre de porto à la main après un savoureux souper.

Cette incertitude était éprouvante pour les nerfs, d'autant qu'elle avait entendu une discussion au cours de laquelle sa gouvernante, Mme Laverty, s'était permis de lui infliger un sermon, lui reprochant de recevoir une prostituée sous son toit. Hawk avait répondu sans agressivité, et Belinda en avait conclu que Mme Laverty devait être dans la famille depuis plusieurs dizaines d'années pour oser parler sur ce ton à son employeur. Même dans ce cas, Belinda considérait que la vieille domestique avait dépassé les bornes.

— Nous sommes dans une demeure convenable ! J'aurais pu m'attendre à cela de la part d'Alec, ou de Jack, mais vous, Robbie ? Qu'aurait dit votre père ?

— Mlle Hamilton est une de mes amies, et elle est en danger.

— Envoyez-la ailleurs, ou je vous donne ma démission !

Belinda avait refusé d'en écouter davantage. Les servantes la considéraient avec un mélange d'envie et de mépris, tandis que les valets la dévoraient des yeux. Après tout, elle était une servante, elle aussi, d'un genre un peu particulier, et leur maître n'était pas là pour leur reprocher leur grossièreté.

Elle s'étonna même que le souper fût prêt, alors que son arrivée provoquait un tel tollé dans la maisonnée. Heureusement, les terrifiants gros chiens l'avaient adoptée d'emblée, et pour l'instant, ils faisaient leur devoir en surveillant les pelouses bien tondues de Knight House.

Belinda passait les doigts sur le dos relié de superbes ouvrages d'histoire ancienne qui auraient plongé son père dans l'extase. Elle était à l'abri des machinations de Dolph, mais quant à Hawk... Elle sentait son regard sur elle, et quand elle se retourna, elle vit qu'en effet il l'observait.

Elle leva le menton, fière.

— Oui ? demanda-t-elle fraîchement.

Il sourit et but une gorgée de porto.

— Je pense que pour mille livres, j'ai bien le droit de vous contempler. Je me disais que j'allais sans doute demander à un peintre de réaliser votre portrait. Vous avez un côté classique qui conviendrait à une allégorie. Accepteriez-vous de poser pour Thomas Lawrence ? de rendre votre beauté immortelle ? Nue, de préférence, ajouta-t-il avec un sourire.

— Oh, cela vous plairait, n'est-ce pas ?

— Énormément.

— Quel genre d'allégorie ?

Il se caressait le menton, songeur.

— Aphrodite, peut-être. Perséphone.

Il fit claquer ses doigts.

— Comment s'appelle la petite que Zeus a séduite sous la forme d'une pluie de pièces d'or ?

— Danaé.

Elle ne put s'empêcher d'éclater de rire, malgré son indignation, devant le curieux couple qu'ils formaient, l'ascète et la fille de joie.

— Seriez-vous en train de m'insulter de nouveau ? lança-t-elle.

— Je plaisantais.

La lueur inquiétante était revenue dans son regard, mais peut-être n'était-ce que l'effet du porto. L'atmosphère se tendit imperceptiblement.

Gênée, elle se dirigea vers le piano à queue qui trônait près d'une fenêtre.

— Vous jouez ? demanda-t-elle.

— Plus maintenant. Et vous ?

— Un peu.

— Alors, jouez, ma belle, murmura-t-il.

— À vos ordres, monseigneur.

Elle s'assit sur le tabouret et poussa un petit cri en voyant les lettres dorées.

— Un Graf ! s'émerveilla-t-elle. Oh, Robert, je n'ose pas !

— Bien sûr que si, dit-il avec un sourire indulgent.

— M. Graf fabrique les pianos du *maestro* Beethoven, reprit-elle, impressionnée. Mes maigres talents ne lui rendront pas justice.

— J'ai tout de même envie de vous entendre jouer pour moi. Allez-y.

— J'ai vu des pianos dans chacune des pièces de votre demeure, Robert, mais je m'étonne que vous gardiez une telle œuvre d'art dans votre bibliothèque.

— Pour moi, la musique est une affaire strictement personnelle, mademoiselle Hamilton. Maintenant, allez-vous jouer, oui ou non ?

— Si vous insistez...

Elle posa légèrement les doigts sur les touches et s'essaya à quelques arpèges avant de s'interrompre brutalement.

— Il est désaccordé !

— Je sais.

— C'est incroyable ! s'écria-t-elle. Comment pouvez-vous faire une chose pareille ? Vous gardez un piano dans une pièce où vous seul pouvez en profiter, et vous ne le faites même pas accorder ! C'est un crime pur et simple !

Il souriait.

— En tout cas, je refuse de jouer, alors que je sais parfaitement que mes notes seront discordantes tant que ce splendide instrument n'aura pas été remis en état. Mon jeu est suffisamment médiocre sans cela.

— En tant que courtisane, vous devez être une jeune femme accomplie. Que savez-vous faire d'autre ?

— Bien des choses que vous n'avez pas achetées.

Elle s'accouda au piano, le menton dans la main, un sourire impertinent aux lèvres.

— Petite canaille !

Elle se méfiait toujours de son regard enjôleur, et elle chercha une diversion.

— Possédez-vous un portrait de lady Coldfell ?

Il se raidit.

— Pourquoi ?

— J'aimerais voir à quoi ressemble la personne que nous allons venger.

Il se pencha vers un tiroir de son bureau. Belinda s'approcha de lui et, sans un mot, il lui tendit une miniature nichée dans un étui d'argent au fermoir d'or.

La jeune femme, une rousse aux yeux verts et au teint de porcelaine, rayonnait d'une beauté sereine. Belinda l'examina, attristée par la disparition d'une si vibrante personnalité.

— C'est lady Coldfell elle-même qui vous l'a donné ?

— Oui.

Hawk lui reprit vivement le portrait et referma l'écrin en évitant son regard.

— C'est un autoportrait, reprit-il après un long silence tendu. C'était une artiste très douée.

Belinda se percha sur le bord du bureau.

— Savait-elle que vous l'aimiez ?

— Je l'ignore.
— Vous ne vous êtes jamais déclaré ?
— Bien sûr que non !
— C'est dommage.
Il haussa les épaules, un peu gêné d'avoir accepté ce cadeau de la part d'une femme mariée. Si Lucy avait été tellement chaste et pure, pourquoi avait-elle offert son portrait à un homme qui n'était ni son mari ni un parent ? se demandait Belinda. Ce n'était guère convenable. La jeune comtesse était-elle flattée que Hawkscliffe s'intéressât à elle ? L'avait-elle taquiné en essayant de le pousser à franchir les limites de l'honneur ?
— Qu'est-ce qui vous fascinait tant, chez elle ? insista-t-elle doucement sans le quitter des yeux.
Il tenait encore le petit étui dans sa main et elle ne le voyait que de profil.
— Sa simplicité. Sa gentillesse. Oh, je ne sais pas précisément ! C'était juste un rêve. Je l'aimais dans ma tête. D'ailleurs je vis trop dans ma tête, c'est mon problème. Apparemment... enfin, rien ne s'est passé. Rien du tout.
— Vous le regrettez ?
— À quoi cela aurait-il servi de lui déclarer ma flamme ? À nous déshonorer tous les deux et à blesser un ami.
« Vous ne transgressez jamais les règles ? » avait-elle envie de demander.
Mais sa manœuvre de diversion avait réussi, il était tout préoccupé du souvenir de lady Coldfell.
Devant le chagrin que le sujet avait réveillé en lui, elle fut prise de remords et lui caressa les cheveux afin de le consoler.
Il se laissait faire mais ne la regardait toujours pas, et elle eut un petit soupir nostalgique.
— L'amour courtois. Je trouve cela beau, Robert, même si ce n'était qu'un rêve.
Il esquissa un sourire amer.

— Peut-être que je ne voulais pas d'une femme que j'aurais pu avoir.

— Pourquoi ?

— Parce que c'est ainsi ! trancha-t-il en levant enfin les yeux vers elle.

Il les détourna aussitôt, comme il aurait refermé une porte pour ne pas la voir, mais elle avait entrevu l'homme de désir sous le parfait gentilhomme.

Elle sauta légèrement à terre.

— Je vous souhaite une bonne nuit, Votre Grâce.

Il se leva aussitôt et la salua formellement, les mains dans le dos, raide et lointain de nouveau.

— Réfléchissez au type d'équipage que vous aimeriez ! ordonna-t-il alors qu'elle atteignait la porte. Je vous emmène chez Tattersall dès demain.

Elle se retourna, surprise. La lumière de la lampe vacillait sur son visage hâlé, sur sa silhouette puissante.

Elle se contenta de le regarder un instant sans mot dire.

Elle se rendait compte qu'elle était en sécurité avec lui. Elle en était sûre, elle le sentait. Même s'il avait un peu badiné, il n'avait pas l'intention de trahir sa parole et de s'imposer à elle.

Cette découverte provoqua en elle un immense soulagement... puis du remords. Hawk ne lui voulait rien de mal, et elle l'avait manipulé, elle avait fait remonter en lui de cruels souvenirs rien que pour le tenir à l'écart.

— Je suis désolée d'avoir évoqué lady Coldfell, dit-elle enfin, sans toutefois avouer qu'il s'agissait d'une ruse.

— Ce n'est rien, fit-il avec lassitude. Je regrette d'avoir été brutal envers vous.

Elle eut la gorge serrée. Il s'excusait, alors que c'était elle qui lui avait fait du mal. Cet homme était parfait, et elle se jura d'être à l'avenir une meilleure courtisane. Elle ne remplirait pas sa fonction élémentaire de femme, mais une vraie demi-mondaine était plus qu'une compagne de lit ; il y avait d'autres façons d'améliorer l'existence de Hawk. La gigantesque demeure reflétait sa solitude, or elle pourrait y remédier, elle le savait. Il était semblable à elle, bien qu'il ne s'en rendît pas compte – prisonnier de lui-même.

— Quelque chose ne va pas ? s'enquit-il.

Elle ravala les larmes qui lui étaient montées aux yeux et afficha un sourire forcé.

— Le croiriez-vous ? Un homme qui respecte sa promesse. Quelle nouveauté !

Il baissa la tête.

— Vous êtes trop jeune pour un tel cynisme. Bonne nuit, mademoiselle Hamilton.

— Votre Grâce.

Elle fit une brève révérence, qui traduisait un respect plus sincère qu'il ne pouvait l'imaginer, et elle sortit de la bibliothèque en proie à un tourbillon d'émotions.

Heureusement, elle avait mémorisé l'emplacement de sa chambre. En effet, Knight House était une demeure immense, destinée à impressionner les visiteurs. Tout y clamait l'apparat et l'authenticité de l'héritage aristocratique du maître des lieux. Irréel de perfection, c'était un vaste mausolée plutôt qu'une maison, comme si Robert s'était enseveli en même temps que lady Coldfell.

Arrivée sur le palier, elle prit un chandelier qui était accroché au mur et se dirigea vers le luxueux appartement qui lui avait été attribué.

Elle y pénétra, ses pieds s'enfonçant voluptueusement dans l'épais tapis, ferma la porte derrière elle. La lumière des chandelles éclairait les plafonds moulurés, les murs tendus de soie pâle. Elle se rendit dans la pièce servant de garde-robe afin de se déshabiller et d'enfiler une arachnéenne chemise de soie perle.

Après avoir soufflé les bougies, elle grimpa dans le grand lit à colonnes orné de tentures de damas, et resta un instant immobile, se familiarisant avec les odeurs, les bruits. Jamais elle n'avait habité une demeure aussi impressionnante, et jamais plus sans doute cela ne se reproduirait, après que cette histoire aurait pris fin. Knight House, son personnel et son maître l'intimidaient encore, pourtant, si étrange fût-elle, sa situation lui paraissait moins menaçante qu'avant, maintenant qu'elle se savait en sécurité sous la protection du duc de Hawkscliffe.

Peut-être que tout allait s'arranger, finalement, songea-t-elle, tandis qu'elle se détendait peu à peu. Pour la première fois depuis des semaines, elle plongea dans un bienheureux sommeil dénué de cauchemars.

Hawk commençait à s'apercevoir que toute son existence était transformée par la seule présence de Mlle Hamilton. Elle le mettait dans un état permanent de délicieuse perplexité.

Le lendemain de son arrivée, elle était d'humeur charmante, assise près de lui dans la pièce du petit déjeuner. La paroi du côté est possédait de larges fenêtres, et le gai soleil matinal inondait sa chevelure, faisait briller le satin rose pâle de sa robe.

Lorsque Walsh, le majordome, pénétra dans la pièce avec une table roulante, elle se retourna, curieuse, et Hawk lui jeta un coup d'œil par-dessus le *Times* qu'il parcourait. Il fut instantanément ému par la courbe de ses cils, son petit nez mutin.

— Oh, des omelettes ! Merveilleux ! s'écria-t-elle.

— Des omelettes aux morilles, mademoiselle Hamilton, précisa dignement le majordome en tentant de dissimuler sa désapprobation.

— Des morilles ? répéta-t-elle en riant. Je préfère mon omelette sans morale... mais vous vous en doutiez, j'en suis sûre.

Walsh fit mine de lui retirer son assiette.

— Je vous demande pardon, mademoiselle Hamilton. La cuisinière va vous en faire une autre...

— Je crois que Mlle Hamilton plaisantait, intervint Hawk, amusé, en abandonnant son journal.

— Merveilleuse omelette, vous pourrez le dire en cuisine, approuva Belinda qui piqua un petit champignon du bout de sa fourchette afin de le montrer à Hawk. Vous, vous la préférez sûrement avec beaucoup de « morale », je suppose.

— Pas toujours, murmura le duc, tandis que Walsh posait devant lui une assiette dont il ôta le couvercle d'argent avant de se retirer. Vous semblez d'excellente humeur, ce matin, fit-il remarquer en prenant un toast.

— J'ai dormi comme un bébé. Mes appartements sont extrêmement confortables. Je vous en remercie.

— Je vous en prie... Maintenant, mangez, nous avons une journée chargée.

Le petit déjeuner, qui était toujours une corvée pour Hawk, lui parut ce matin-là un véritable festin, sans doute grâce aux exclamations enthousiastes que poussait Belinda à chaque bouchée. Il se rendit compte que la nourriture avait perdu tout intérêt pour lui, depuis quelques semaines. Ce matin-là, il mangea comme un robuste paysan ! Omelette dorée, bacon grillé, beurre frais, confiture de framboises, toasts croustillants, croissants...

— Votre cuisinière est une perle, Robert, déclara Belinda.

Il but une gorgée de thé en acquiesçant.

— Dieu merci, elle est encore là. Nous allons avoir une vie quelque peu chaotique, dans les jours qui viennent, et je m'en excuse par avance. Il semble bien que Mme Laverty nous ait quittés.

Belinda ouvrit de grands yeux et posa sa fourchette.

— Elle a donné sa démission ?

— Pas exactement. Elle est partie à Hawkscliffe Hall, répondit Hawk qui secoua la tête, irrité. C'est une vieille harpie, mais elle travaille bien, et je ne pourrais pas chasser quelqu'un qui est auprès de moi depuis la nursery.

— Eh bien, décida Belinda, indignée, ne craignez rien ! Je m'occuperai de Knight House en l'absence de Mme Laverty.

— Oh, et comment vous y prendrez-vous ? Le personnel vous considère comme une espèce de ravissante sorcière qui m'a envoûté. Et puis, que connaît une courtisane en matière de domesticité ?

— Ne vous inquiétez pas de cela, répondit-elle avec hauteur. Informez seulement Walsh que l'autorité de Mme Laverty a été transférée sur ma personne, et ensuite, je m'en arrangerai. Il s'agit d'une broutille, pour moi, et c'est le moins que je puisse faire pour vous donner... satisfaction.

Il lui lança un coup d'œil sceptique, regrettant amèrement de l'avoir dispensée de partager son lit, mais il s'abstint de le lui avouer.

— Vous semblez bien sûre de vous. Vous savez exactement à quoi vous vous engagez ? Je suis très maniaque sur la tenue de la maison.

Elle lui retourna un regard presque condescendant. Hawk était trop curieux de connaître ses talents cachés pour refuser d'obtempérer. Il sonna Walsh et l'informa d'un ton sans réplique du transfert d'autorité.

Mlle Hamilton regardait droit devant elle, sereine et hautaine, tandis que le majordome manquait de s'étrangler, puis saluait avant de se retirer avec la tâche peu enviable d'annoncer la nouvelle aux autres domestiques.

La courtisane demeurait impassible, comme si elle s'était toujours occupée de faire rentrer des serviteurs rétifs dans le rang. Elle se comportait comme une véritable duchesse, lorsque l'envie l'en prenait ! Peut-être la petite tricheuse avait-elle un as caché dans sa manche, se dit Hawk.

Après le petit déjeuner, il la fit monter dans son carrosse de ville qu'elle déclara être le summum de l'élégance. Le cocher et les valets de pied étaient sobrement vêtus d'une livrée bleu marine, coiffés de perruques poudrées et de tricornes. Tiré par quatre chevaux noirs, le carrosse portait les armes des Hawkscliffe, et les confortables banquettes étaient de cuir crème.

Leur première étape fut la banque d'Angleterre dans laquelle Hawk pénétra, Belinda à son bras, en faisant jouer une canne à pommeau d'ivoire. Il fut aussitôt entouré par une nuée d'employés obséquieux, et on les conduisit dans le bureau du directeur où Hawk ouvrit un compte au nom de Belinda. Il y versa la somme de cinq cents livres.

Le sérieux avec lequel elle signa les documents le fit sourire. Ensuite elle relut les chiffres intensément comme si elle avait peur de les voir se désagréger sous ses yeux. Enfin elle rangea soigneusement la petite liasse de traites en blanc dans son réticule.

Elle avait connu le dénuement, songea-t-il avec un pincement au cœur. Il dut se détourner, sinon il l'aurait tout de go saisie dans ses bras. Cette prise de conscience lui fit dépenser une somme extravagante pour ses chevaux et son équipage à leur destination suivante, Tattersall.

Il fallait ce qu'il y avait de plus beau. Il se rappelait les regards méprisants qu'elle avait essuyés la veille à Hyde Park, et il tenait à ce qu'elle pût désormais répondre par le luxe à l'insolence, leçon qu'il avait apprise de sa scandaleuse mère.

Comme ils visitaient les stalles et les allées, Belinda fit la connaissance d'autres relations de Hawk, car cet endroit réputé était un des lieux favoris de rencontre des messieurs, généralement non accompagnés de leurs femmes.

Hawk ne savait pas très bien s'il était amusé ou irrité de s'afficher en tant que protecteur d'une beauté tellement convoitée. Un peu déconcerté, il se rendit compte qu'il avait envie qu'elle ne s'occupe que de lui, cependant, elle était trop bien élevée pour ignorer la horde de messieurs pendus à ses basques – quelques anciens sportifs, des cavaliers à la retraite, une poignée de jeunes passionnés de chevaux, et même un jockey qui donnait des conseils avisés à Belinda.

Hawk ne la quittait pas d'une semelle, et l'on aurait pu sincèrement penser qu'elle était vraiment sa maîtresse, qu'elle le menait par le bout du nez. En réalité, ce fut elle qui se récria devant le coût exorbitant des deux magnifiques chevaux noirs et de l'élégant « vis-à-vis » qu'il choisit pour elle. C'était la réplique miniature de son propre carrosse, qu'elle avait tant apprécié.

— C'est trop cher, Robert, protesta-t-elle doucement en l'entraînant.

— Vous n'aimez pas ?

— Si je l'aime ? C'est la voiture la plus élégante que j'aie vue de ma vie, mais...

Un geste au vendeur et l'équipage fut à elle.

« Ma foi, Hawkscliffe, se sermonna-t-il en fixant le sol avec un sourire, te voilà qui fais de l'esbroufe, à présent ! »

Belinda caressait ses chevaux, heureuse comme une enfant.

Elle était encore tout étourdie quand il la ramena à son propre carrosse. Une fois en route, il se tourna vers elle, content de lui, et il s'aperçut qu'elle l'observait. Il haussa les sourcils, interrogateur.

— Si vous essayez de me rendre encore plus redevable envers vous, fit-elle, c'est réussi.

— Je me contente de respecter les termes de notre accord. Vous n'avez pas confiance en moi ?

— Au moins, laissez-moi vous offrir quelque chose. Un cadeau.

— Vous voulez m'offrir un cadeau ? s'étonna-t-il.

Elle hocha vigoureusement la tête. C'était délicieusement absurde, mais Hawk comprit qu'il ne devait pas refuser, sous peine de blesser son orgueil.

— D'accord.

Il lui permit donc de lui acheter quelques grammes de son tabac à priser chez *Fribourg & Treyer*.

Pourquoi était-ce si important pour elle ? Il avait du mal à comprendre, mais il fut heureux de la voir rire aux éclats quand il la mit au défi d'en prendre une pincée. Après tout, la reine Charlotte adorait priser, et bien des grandes dames considéraient que c'était une habitude respectable, pour les femmes comme pour les hommes.

Ils s'attardèrent dans la fameuse boutique, en s'esclaffant tous les deux un peu trop fort, tandis que Hawk montrait à Belinda la façon de priser avec élégance. Suivant ses instructions à la lettre, elle se risqua, pour jouer, à en prendre une pincée du bout des doigts et à l'inhaler. Aussitôt, elle fut prise d'éternuements et ses yeux s'emplirent de larmes.

— Pouah, quelle horreur ! s'écria-t-elle.

Hawk eut un regard d'excuse vers les commerçants et lui tendit son mouchoir à monogramme. Elle éternua ainsi un bon moment, puis ils quittèrent la boutique tels deux joyeux complices. Hawk avait l'impression de s'être débarrassé de dix ans d'austérité.

Bras dessus, bras dessous, ils descendirent Pall Mall, audacieux alliés sous les regards désapprobateurs. Ils venaient de tourner à l'angle de Haymarket quand ils faillirent heurter trois jeunes officiers en veste rouge. Ceux-ci s'excusèrent, et Hawk murmura un « pardon » agacé, quand il remarqua soudain que Belinda fixait intensément celui du milieu.

Elle était pâle comme un linge.

Le jeune officier avait l'allure hardie de son âge, une masse de cheveux châtains... et il était bouche bée.

— Belinda ?

— Mick, souffla-t-elle.

Le beau visage du garçon s'éclaira.

— Belinda ! C'est bien vous !

Avec un cri de joie qui résonna dans toute la rue, il la saisit à la taille et la fit tournoyer en l'air.

— Je n'arrive pas à y croire ! Que faites-vous en ville ? C'est la jeune fille dont je vous ai parlé, les gars ! cria-t-il à ses amis.

— Lâchez-moi !

Elle se dégagea et courut se réfugier contre Hawk.

Celui-ci, silencieux, posa la main sur ses reins. Pris d'un accès de brûlante jalousie, il fusilla le soldat du regard, puis se pencha vers Belinda.

— Voulez-vous que j'envoie chercher la voiture, ma chérie ? demanda-t-il, assez fort pour être entendu du jeune homme.

Mick – puisque c'était son nom – fixait Hawk avec un étonnement qui ne tarda pas à se muer en colère. Il ouvrait la bouche pour ordonner à Hawk de s'éloigner de Belinda, mais il la referma lorsque la jeune femme leva vers le duc un regard chargé de reconnaissance.

— Oui, Votre Grâce. Merci.

Hawk se retourna pour donner un ordre à son valet. Le carrosse les attendait au bas de la rue, et il se dit que Belinda avait peut-être envie de parler un moment en privé avec son ami. Si c'était bien un ami. Il dut se forcer pour s'éloigner de quelques pas, mais il fallait bien se montrer galant...

— Votre Grâce ? entendit-il le dénommé Mick répéter avec colère. Par le diable, expliquez-vous !

Hawk vit que le jeune homme avait compris tout seul. Blême, il détaillait la toilette luxueuse de Belinda.

— Que s'est-il passé ? demanda-t-il, au bord de la panique.

Belinda releva le menton, redevenant une Aphrodite glaciale et hautaine.

— Où étiez-vous, Mick ?

— Dans le coin... Qui est ce type, Belinda ?

— Le duc de Hawkscliffe, mon protecteur. Au revoir, capitaine Braden.

Hawk revint rapidement à ses côtés, de crainte d'un éclat, mais Mick restait là, pétrifié. Il n'y aurait pas de bagarre. Ayant entendu prononcer le nom de Hawk, les deux autres soldats s'absorbaient dans la contemplation d'une vitrine.

Le carrosse vint s'arrêter dans un cliquetis de harnais, le laquais sauta à terre afin de leur ouvrir la portière. Hawk offrit son bras à Belinda et elle y posa la main sans le regarder.

— Belinda, attendez !

Mick fit un pas vers elle, mais Hawk lui barra le passage, le regard inflexible.

Le garçon recula enfin, et Hawk prit place à côté de Belinda.

Celle-ci regardait par la vitre sans voir le paysage. Son visage était un masque impassible. Hawk sut qu'elle était rentrée en elle-même, qu'elle l'avait chassé de ses pensées.

Lorsqu'ils arrivèrent à Knight House, elle marmonna une excuse et se réfugia dans sa chambre.

Impuissant, il la regarda monter l'escalier. Devait-il la laisser tranquille le temps qu'elle se ressaisît ?

La protéger contre des admirateurs trop empressés était une chose, mais il n'était pas sûr d'être prêt à lui offrir une épaule compatissante sur laquelle pleurer. Il n'était franchement pas habitué aux démonstrations d'émotion, pourtant, il était impossible de prétendre que tout allait bien. Peut-être devrait-il tout de même prendre de ses nouvelles... Par pure courtoisie.

Il lui fallut un certain courage pour monter l'escalier et suivre le couloir jusqu'à sa porte. Là, il tressaillit en entendant des bruits de pleurs. Il fronça les sourcils, lutta contre lui-même et finalement, bien que convaincu que c'était une mauvaise idée, il frappa à la porte.

— Belinda ?

Pas de réponse. Inquiet, il ouvrit et pénétra dans la chambre.

Elle était roulée en boule sur son lit, ses longs cheveux blonds épars sur ses épaules. Elle ne lui dit pas d'entrer, mais elle ne lui ordonna pas non plus de s'en aller, et il décida que son sens de la chevalerie exigeait qu'il lui offrît son aide.

Après avoir fermé la porte doucement derrière lui, il vint s'asseoir près d'elle sur le lit, lui caressa les cheveux.

— Pauvre ange, chuchota-t-il. Là, là... Ce n'est pas si terrible.

Elle continuait à pleurer.

— Voulez-vous me dire qui c'était ? lui demanda-t-il avec une extrême gentillesse.

Il y eut un long silence.

— Le jeune homme que je devais épouser.

Hawk ressentit la douleur de Belinda comme un coup au plexus. Il ferma les yeux, secoua la tête.

Les larmes de la jeune femme redoublèrent.

— Tout le monde a le cœur brisé un jour ou l'autre, ma belle. Vous êtes jeune, vous guérirez.

Il s'appuya à la tête de lit et repoussa les cheveux de Belinda derrière son oreille. Elle se calmait un peu.

— Vous aimerez de nouveau, quand l'homme de votre vie se montrera.

— Je n'aimerai jamais personne, dit-elle d'une pauvre voix.

— Qu'en savez-vous ?

Ce chagrin de jeunesse ressemblait fort à ce qu'il avait éprouvé après la mort de Lucy.

— Une courtisane qui tombe amoureuse ruine sa vie.

Elle se tourna enfin vers lui, des larmes perlaient encore à ses longs cils. Jamais elle ne lui avait paru plus belle !

Ému, il avait du mal à parler.

— Vous avez un cœur, Belinda.

— Tout le monde me trahit, Robert, murmura-t-elle.

Une très jeune femme sans espoir, sans rêves.

— Pas moi ! répondit-il avec une vivacité qui le surprit lui-même.

Dans le silence qui suivit, il soutint son regard en se demandant s'il n'en avait pas promis plus qu'il ne voulait donner.

Il comprit toutefois que sa ravissante petite cynique ne le croyait pas, bien qu'elle arborât une expression de légère gratitude. Elle soupira, ferma les yeux et posa la joue contre la cuisse de Hawk.

— Vous êtes un homme bon.

Il essuya tendrement une larme qui s'attardait sur sa joue et riposta d'une voix bourrue :

— Et vous, mademoiselle Hamilton, vous êtes beaucoup trop bien pour cet écervelé de soldat.

Elle esquissa un sourire, sans ouvrir les yeux.

— Robert ?

— Oui ?

— Si je vous disais qu'il y a quelque chose de très important pour moi... Quelque chose que je dois faire, accepteriez-vous de m'aider ?

— De quoi s'agit-il ?

Elle ouvrit enfin les paupières, ses prunelles étaient chargées d'ombres.

— Je voudrais rendre visite à mon père en prison, mais j'ai peur d'y aller seule. M'accompagnerez-vous ? Demain ?

— Bien sûr, il n'y a pas de problème.

— Vraiment ?

— Nous irons où vous voudrez.

Elle soupira et entrelaça ses doigts à ceux de Hawk.

Ils demeurèrent un instant sans rien dire, goûtant seulement le plaisir d'être ensemble. Hawk caressait les cheveux de soie.

— Robert, murmura-t-elle de nouveau.

— Oui, Belinda ?

Elle ne bougeait pas.

— Je crois... Je crois que j'ai envie que vous m'embrassiez.

— Vous êtes sûre ?

— Oui. Doucement.

Leurs regards s'aimantèrent et, très lentement, il se pencha, prit sa tête entre ses mains et effleura ses lèvres d'un baiser léger comme une caresse.

Ils restèrent ainsi des heures, des années, jusqu'à ce que Hawk reprît ses esprits.

— Ça va mieux ? demanda-t-il, complètement bouleversé.

— Oui. Merci, Robert.

Un instant, il ne put que la contempler, se repaître de sa beauté. Puis il sourit de toute cette folie et lui releva gaiement le menton.

— Je sais comment vous remonter le moral. Que diriez-vous d'une soirée au *Vauxhall* ?

Elle eut un brusque sourire enfantin, innocent, puis elle pouffa et roula à bas du lit.

7

Vauxhall Pleasure Gardens n'était pas à proprement parler un endroit de perdition, mais on n'aurait pu qualifier l'établissement de convenable. Sorte de fête permanente et colorée, il fallait s'y montrer, être vu. C'était bruyant, débridé, et les courtisanes y étaient reines.

L'atmosphère vibrait d'excitation, et Belinda était complètement grisée en montant le grand escalier au bras de l'un des célibataires les plus recherchés de Londres. Même si c'était dans le rôle de sa maîtresse.

Elle ne pouvait s'empêcher de lui lancer de petits coups d'œil admiratifs, tant il était grand, impressionnant, élégant, dans sa tenue de soirée. Le menton haut, la démarche assurée, il la conduisit vers la fausse ruine gothique, puis vers la cascade.

Tout le monde les regardait, chuchotait sur leur passage. Comme elle souhaitait que Hawk fût fier de l'avoir à son bras ! Ils étaient bien assortis, elle le savait – elle blonde et frêle, lui sombre, aristocratique –, mais n'importe quelle femme se serait sentie belle à ses côtés.

Elle avait choisi pour cette sortie un style sophistiqué, extrêmement féminin, dont elle se doutait qu'il plairait à Hawk. Elle portait une robe de mousseline légère qui dansait autour de ses jambes à chaque pas. Son étole écarlate était assortie aux petites roses rouges qu'elle avait piquées dans son chignon. Plaisanterie impertinente, elle avait tenu à porter la marque traditionnelle des filles de petite vertu : des bas de soie blanche ornés à la cheville d'une baguette rouge soulignée d'un fil d'or. Elle projetait, perverse, de laisser le parangon de vertu l'apercevoir à un moment ou à un autre. Pourquoi pas ? Sa vie manquait de piquant !

Il effleura la main qu'elle avait posée sur son bras.

— Regardez !

Non loin, derrière les arbres qui bordaient les larges allées, s'élevait la montgolfière, tandis que la musique du kiosque envahissait les pelouses.

Elle leva vers lui un regard émerveillé et, un instant, ils demeurèrent immobiles, les yeux dans les yeux, comme si le monde extérieur n'existait plus. Pas même Dolph. Puis Hawk, sans la lâcher, la mena dans l'entrée brillamment éclairée où ils se frayèrent un chemin à travers la foule.

L'une des premières personnes qu'ils rencontrèrent fut le chancelier Eldon. Cet homme, par son intelligence et sa force de caractère, avait obtenu le titre de baronet et atteint l'un des plus hauts postes du pays, bien qu'il fût simple fils de mineur. Comme il avait lui-même, autrefois, provoqué quelques scandales, Eldon, puissant à présent, ne se souciait pas de choquer les dames de la bonne société lorsqu'il voyait Belinda.

Le chancelier défendait farouchement le maintien de la peine de mort pour des fautes vénielles, aussi Belinda avait-elle décidé, lorsque Harriette le lui avait présenté, qu'elle ne l'aimerait pas. Mais elle avait été incapable de résister à son attitude étonnamment chaleureuse, affectueuse envers les gens qu'il appréciait. Or il appréciait fort Mlle Hamilton !

Abandonnant le groupe au sein duquel il bavardait, il se précipita vers Belinda avec une joie non dissimulée, ignorant tout bonnement Hawkscliffe. Belinda lui serra la main, puis son protecteur et lord Eldon s'observèrent avec circonspection.

— Monseigneur, fit Robert avec un signe de tête.

— Votre Grâce, répondit Eldon sur le même ton. Vous avez intérêt à prendre grand soin d'elle, ajouta-t-il, presque menaçant.

— Comptez sur moi.

— Et vous, jeune femme, n'oubliez pas de me garder une danse.

Elle eut un geste gracieux pour accepter.

— Avec joie, monseigneur.

Il ne put résister au plaisir de lui pincer la joue.

— Quelle ravissante petite personne ! Allez, amusez-vous !

Comme ils s'éloignaient, Robert se pencha vers sa compagne.

— Maintenant, je suis convaincu que vous avez passé un pacte avec le diable.

Elle rit.

— Oh, non, ce n'est pas ce que vous pensez ! Lord Eldon est amoureux de sa femme. C'est très démodé, d'ailleurs. Nous sommes simplement amis.

— Vraiment ? Eh bien, depuis six mois j'essaie d'obtenir le soutien de votre ami sur un projet de réforme, mais il trouve parfaitement normal de pendre des Anglais pour le plus mince des délits.

— Dans ce cas, Robert, nous l'inviterons à dîner, et nous verrons si nous sommes capables de le charmer suffisamment pour le rallier à nos idées.

Il l'attira à lui pour l'embrasser sur la tempe.

— Je n'aurais jamais imaginé que vous deviendriez mon arme secrète dans l'arène politique, commenta-t-il gaiement. Vous ai-je dit que vous étiez absolument ravissante ?

Les yeux de Belinda brillaient de malice insolente.

— Vous n'êtes pas mal non plus. Il faut que je me méfie, on risque de vous voler à moi !

— Ce ne serait pas impossible !

Il rajusta sa cravate en un geste de fausse vanité.

— Où est Brummell ? J'aimerais avoir son opinion sur ma veste.

Tandis qu'il faisait le tour de la pièce du regard, elle sentit soudain sa main se crisper légèrement sur sa taille.

— Notre ami commun est là, annonça-t-il sur le ton de la conversation.

Le cœur de Belinda se serra, mais elle demeura impassible.

— Vous saviez qu'il serait ici, j'imagine ?

— Je le supposais.

Elle ouvrit son éventail derrière lequel elle s'abrita.

— Comment entendez-vous jouer notre petite charade, Robert ?

— Vous le connaissez mieux que moi. Que suggérez-vous ?

— Qu'est-ce qui pourrait le perturber ? murmura-t-elle, songeuse.

La réponse lui vint aussitôt.

— Je vais feindre d'être folle de vous !

— Feindre ? répéta-t-il en prenant un air vexé que démentait l'étincelle dans son regard.

— Après tout, c'est ce que Dolph aurait souhaité pour lui.

— Ce sera peut-être plus drôle que je ne l'espérais !

— Profitez-en pendant que vous le pouvez, Hawkscliffe. Ce n'est qu'une ruse, marmonna-t-elle en lui prenant la main.

Elle l'entraîna vers un endroit aux lumières tamisées où les courtisanes bavardaient, riaient, buvaient et soupaient avec leurs protecteurs.

Parmi cette joyeuse compagnie trônaient les Trois Grâces, Harriette, Fanny et Julia, entourées de leurs soupirants habituels, Argyll, Hertford, le colonel Parker, Brummell, Alvanley, Leinster et son cousin, le jeune marquis de Worcester, qui était désespérément entiché de Harriette.

Belinda et Hawkscliffe furent accueillis avec chaleur. Leur liaison était connue de toute la ville, et lorsque Harriette ordonna qu'on leur fît de la place, ils s'installèrent pour commander à dîner. Comme Robert posait le bras sur le dossier de son siège, Belinda sourit, secrètement ravie de cette comédie.

À peine étaient-ils assis qu'il y eut une autre ovation

en l'honneur d'un nouveau venu que Belinda ne connaissait pas. Il aurait été impossible de ne pas admirer le magnifique jeune homme blond dont le sourire éclairait toute la pièce tandis qu'il approchait, au milieu des femmes qui tentaient de retenir son attention. Il n'avait pas trente ans, et on aurait dit un joyeux archange qu'un caprice du vent aurait envoyé sur terre.

Il portait ses cheveux en catogan et était vêtu d'une extravagante veste bleu roi ainsi que d'un pantalon moulant qui ne laissait rien ignorer de ses longues jambes musclées. Les épaules larges, le sourire avenant, il se déplaçait avec la grâce virile d'un romantique bandit de grand chemin.

Même Harriette rougit quand il lui effleura la joue en guise de salut.

— Ah, le voilà ! grommela Robert.

— Vous le connaissez ?

Renfrogné, Robert ne répondit pas, car à cet instant, le jeune coquin le regardait, par-dessus les têtes des autres convives, et éclatait d'un grand rire joyeux.

— Que se passe-t-il ? Calamité ! Le ciel nous serait-il tombé sur la tête ? L'enfer aurait-il gelé ? Ce n'est tout de même pas mon saint homme de frère, là, parmi ces pécheurs ! Non, il s'agit d'une illusion d'optique !

— Oh, ça suffit, Alec !

Belinda écarquilla les yeux.

Son frère ? Ils ne se ressemblaient en rien, c'était le jour et la nuit. L'un brun aux yeux sombres, graves, l'autre doré, les yeux bleus rieurs. Il vint taper dans le dos de Robert.

— Voyez comment un homme vertueux peut déchoir ! s'écria-t-il d'un ton mélodramatique.

Les convives éclatèrent de rire, mais Robert ne trouvait pas cela drôle du tout. Cependant, le jeune homme n'en avait pas fini, et il s'accouda au dossier de Belinda.

— Bonsoir, belle enfant, lui murmura-t-il à l'oreille d'une voix charmeuse.

Elle lui lança un regard d'ennui.

Il laissa tomber son monocle et se tourna vers Robert avec un sourire.

— Ainsi, voici la jeune personne pour laquelle tu dilapides nos rentes. Il y a une nette amélioration, Votre Grâce. Mademoiselle, je vous tire mon chapeau. Je craignais que mon frère ne fût un moine.

Ah, il voulait taquiner son frère ? Eh bien, elle allait lui retourner la politesse. Elle mit les bras autour du cou de Robert et eut un petit sourire évasif.

— Il n'est certes pas moine, croyez-moi !

Le jeune homme haussa les sourcils en la voyant embrasser Robert sur la joue et se coller à lui comme s'il était le seul homme sur terre. Puis il éclata de rire.

Le duc s'agitait sur son siège, et Belinda eut une bouffée de tendresse en le voyant rougir légèrement.

— Mademoiselle Hamilton, dit-il, puis-je vous présenter mon frère, lord Alec Knight ? Mon *petit* frère, précisa-t-il avec une pointe de sarcasme.

— Comment allez-vous ? demanda-t-elle distraitement sans prendre la peine de regarder Alec dont elle sentait que c'était un séducteur impénitent, habitué à monopoliser l'attention des femmes, accompagnées ou non.

Elle continua à embrasser la joue, l'oreille de Robert, tandis qu'il s'entretenait avec son frère. Prise par son rôle, elle ne savait plus si son adoration était feinte ou réelle. Elle sentit son pouls s'accélérer lorsqu'elle lui baisa le cou et elle ferma les yeux.

Qu'éprouverait-elle si elle était vraiment sa maîtresse ?

Elle jeta un coup d'œil à Harriette, la pratique Harriette, et comprit qu'elle serait folle si elle laissait passer la chance de garder un protecteur tel que Hawkscliffe. Pourquoi ne pas en profiter ? Après tout, ils s'entendaient bien, elle pourrait lui être utile, il avait plus que largement les moyens de l'entretenir. Il était célibataire, et elle n'avait finalement aucune envie de se remettre sur le marché quand leur arrangement arriverait à son terme.

Jouant avec sa cravate, elle se glissa presque sur ses genoux, tandis qu'elle songeait à l'éventualité de le conquérir pour de bon.

Lord Alec eut un petit rire.

— On dirait que vous avez envie d'intimité, vous deux. Mademoiselle Hamilton.

Il s'inclina, cligna de l'œil en direction de son frère et s'en alla bavarder avec d'autres convives.

— Vous n'en faites pas un peu trop ? marmonna Robert.

— Ne m'en veuillez pas, Robert. Nous devons être convaincants, ronronna-t-elle.

— Croyez-moi, vous êtes très convaincante, Belinda.

— Jusqu'à quel point ? murmura-t-elle.

Il lui adressa un regard brûlant.

— À vous de me le dire.

— Mmm... Cela ressemble à une proposition.

Dans un instant de brusque hardiesse, elle glissa la main sous la table et la posa sur l'évidence de son désir. Il cessa une seconde de respirer mais ne fit rien pour l'arrêter.

Elle observait son expression et se dit qu'elle adorait être aux commandes.

— Oh, Robert, je suis tellement flattée ! Dommage que notre accord m'empêche de vous soulager de votre... dur problème.

Elle retira sa main avec un sourire malicieux.

— Vous feriez mieux de bien vous tenir, petite allumeuse, souffla-t-il.

— Sinon ?

— Je ne sais pas, mais je vais sûrement trouver une idée quand j'aurai l'esprit plus clair. On peut être deux, à ce petit jeu.

Il posa la main sur son genou, sous la table, et remonta lentement vers sa cuisse.

Elle frémit de désir mais opta pour une attitude de défi.

— Que faites-vous ?

Il lui offrit un sourire de connivence qui la fit chavirer, et elle l'attira à elle pour un long, profond baiser. Que lui arrivait-il ? Elle ne se lassait pas de cet homme... C'était son sens de l'honneur, la confiance qu'elle avait en lui qui l'aidaient à déployer ses ailes. « Si Dolph nous voit, songea-t-elle, il va faire une crise d'apoplexie ! »

Puis elle ne pensa plus à rien, prise dans la spirale du plaisir, enivrée par la caresse de ses lèvres si douces.

— Prenez une chambre ! cria quelqu'un.

Alors seulement, sous les rires et les applaudissements, ils se séparèrent, empourprés, un peu haletants, en évitant de se regarder. Robert but de longues gorgées de vin tandis que Belinda repoussait ses cheveux derrière les oreilles en arborant son sourire le plus distant.

Peu après, lord Eldon vint réclamer sa danse. Elle hésitait à quitter Hawk alors que Dolph rôdait quelque part dans la foule, mais celui-ci l'y encouragea d'un hochement de tête ferme. En effet, Dolph ne se risquerait jamais à faire une scène déplacée devant quelqu'un tel que lord Eldon.

— Je vous surveille, murmura-t-il tandis qu'elle passait devant lui.

— Je sais, répondit-elle en lui effleurant la joue.

Comme son cavalier et elle prenaient place pour le quadrille, Belinda sentit de nombreux regards haineux fixés sur elle, et la censure des gens « comme il faut » la remplit d'une révolte rageuse.

De même que Dolph considérait qu'elle lui appartenait, les matrones de la bonne société estimaient que le duc de Hawkscliffe était leur propriété exclusive, réservée pour l'une de leurs filles. Belinda les connaissait par cœur, après les mois passés chez Mme Hall. Déjà à l'époque, elle n'appréciait guère leurs manières affectées, prétentieuses. Maintenant, elle aurait aimé leur tirer la langue, mais elle se contenta d'envoyer un baiser à Robert en attendant que la musique commence.

Il ne la quittait pas des yeux, elle en était consciente. Un moment, elle vit qu'Alec l'avait rejoint. Les bras croisés, la tête légèrement penchée l'un vers l'autre, les deux frères discutaient en regardant les danseurs. Sans doute Alec tarabustait-il Robert au sujet de sa conquête.

À la fin de la danse, elle répondit au salut de lord Eldon par une révérence, puis il lui proposa son bras pour la raccompagner à sa table. Elle retint sa respiration lorsqu'elle s'aperçut que, pendant qu'elle dansait, il y avait eu des étincelles.

Apparemment, Dolph avait manifesté l'intention de l'intercepter lorsqu'elle revenait de la piste de danse, mais Robert et Alec s'étaient interposés. Sentant la menace d'un duel, les amis de Dolph étaient arrivés à la rescousse. Et deux groupes d'hommes furibonds se tenaient près de la piste de danse. Dolph parlait à Robert, et Belinda, à l'attitude du duc, sut qu'il y avait de la violence dans l'air.

Elle murmura un mot d'excuse et quitta lord Eldon afin de se précipiter vers eux, priant pour arriver avant que l'irréparable ne se produise. Peut-être parviendrait-elle à calmer Dolph.

Argyll et le colonel Parker rejoignirent les adversaires en même temps qu'elle.

Dolph lui jeta un regard de haine pure, mais il ne dit rien. Un de ses amis, qui se tenait près de lui, n'eut pas la même sagesse.

— Regardez, tous, voilà la nouvelle catin Hawkscliffe !

— Qu'avez-vous dit ? grinça Robert.

Alec fit un pas en avant.

Le colonel Parker retenait Belinda qui voulait rejoindre Robert. Elle essayait de se dégager lorsque les paroles fatales furent prononcées.

— Tout le monde sait que les frères Knight ne sont que de sales bâtards.

La musique s'interrompit. Les gens, pétrifiés, fixaient le godelureau ivre qui venait de parler.

Robert regarda Dolph qui leva les mains, avec un rire insolent.

— Ce n'est pas moi qui l'ai dit !

Alec bondit tel un lion en fureur, poussa Dolph et saisit le jeune freluquet d'une main par les revers de sa veste. Le soulevant de terre, il lui envoya son poing en pleine figure. L'imprudent perdit l'équilibre et s'effondra sur le parquet.

Ce fut un véritable chaos.

— Dehors ! rugissait Argyll.

— Parker ! Occupez-vous de Belinda ! cria Robert qui la cherchait du regard dans la foule.

Quand il l'eut repérée, il ordonna :

— Allez avec le colonel Parker.

Elle tenta de protester, mais déjà Robert essayait de retenir son frère qui relevait sa victime pour la frapper de nouveau. Trop tard.

— Dehors, Alec ! hurla-t-il.

— Venez, mademoiselle Hamilton, fit Parker en l'entraînant vers l'endroit plus calme où Harriette, Fanny et Julia assistaient à la scène, sidérées.

— Que s'est-il passé, ma chérie ? demanda Fanny en la prenant dans ses bras.

— Un ami de Dolph m'a appelée la catin Hawkscliffe, et maintenant ils se battent.

— La catin Hawkscliffe ? répéta Julia, amusée.

Harriette ne semblait pas non plus vexée par l'insulte.

— Si c'est ce qui a été réellement dit, soyez sûre qu'il ne s'agissait pas de vous, ma chère.

— Comment ? s'exclama Belinda, qui se sentait ridiculement hystérique parmi ces trois jeunes femmes nonchalantes. De qui pourrait-il s'agir, alors ?

— Vous n'avez jamais entendu parler de la catin Hawkscliffe ?

— Non. Qui est-ce ?

Harriette eut un signe de tête en direction d'Alec et de Robert.

— Leur mère.

— Leur mère ! répéta Belinda, choquée.

— Oui. Georgiana Knight, la huitième duchesse de Hawkscliffe. Elle ne vivait que pour l'amour. Dans sa période de gloire, elle nous aurait fait passer pour des nonnes.

— Quoi ?

— On raconte que c'était une vraie beauté, passionnée, indomptable. Elle a eu des aventures avec tous les grands hommes de son époque.

— Des poètes aux boxeurs professionnels, renchérit Fanny.

— Je n'en reviens pas ! murmura Belinda.

Les adversaires avaient quitté la salle de bal, suscitant une vague de commentaires anxieux.

— Vous n'avez jamais entendu parler de l'histoire des Knight ? s'enquit Harriette en entraînant Belinda à l'écart.

La seule chose que la courtisane aimât plus qu'un homme riche, c'était un bon scandale.

— Non. De quoi s'agit-il ?

— Le père de Robert était trop noble pour ne pas reconnaître tous les enfants de sa femme, mais seul votre protecteur est son véritable fils. Les quatre autres frères ont tous des géniteurs différents – la petite sœur, elle, serait sa fille, le fruit de la réconciliation juste avant la mort du huitième duc.

— Seigneur ! s'écria Belinda.

Elle n'aurait pas dû s'intéresser à ces ragots, mais elle ne pouvait s'en empêcher.

— Et qui est le père d'Alec ?

Harriette se pencha vers elle, le regard brillant d'excitation.

— On suppose qu'il s'agit d'un célèbre acteur shakespearien.

Belinda ouvrit de grands yeux, et Harriette posa un doigt sur ses lèvres.

— Je ne vous ai rien dit, chuchota-t-elle.

— Tout cela est tellement choquant ! Savent-ils qu'ils ne sont que demi-frères ?

— Bien sûr, ma chère, mais cela ne leur importe guère. Vous ne trouveriez pas de vrais frères plus unis que ces magnifiques coquins.

— Robert n'est pas un coquin, c'est un parangon de vertu !

— Pensez-vous ! rétorqua Harriette. Il peut bien prendre des airs vertueux, au fond, croyez-moi, il est toujours le fils de Georgiana, et la passion coule dans ses veines.

Défendre leur mère n'était pas une nouveauté, pour Hawk et ses frères. Ils y étaient habitués depuis l'enfance. Entre eux, ils se battaient comme des chiffonniers, mais dès que l'honneur de la famille était en jeu, ils se seraient liés tous les cinq contre l'univers entier s'il l'avait fallu.

Dehors, la bagarre faisait rage sous les étoiles et les lampions. Une bonne vingtaine d'hommes s'étaient réunis afin d'y assister, voire d'y participer. Pour la plupart, ils lançaient de joyeux encouragements et prenaient des paris, mais tous ceux qui connaissaient les frères Knight n'auraient jamais pris le risque de miser contre eux.

Avec ses vêtements flamboyants, ses longs cheveux flottant au vent, Alec continuait à frapper l'imbécile qui avait insulté leur mère, tandis que Hawk protégeait les arrières de son frère en tentant, sans grand succès, de le calmer.

Heureusement, une cloche sonna, qui annonçait la mise en eau de la cascade artificielle. Il y eut un mouvement de foule, et Hawk en profita pour séparer Alec du gredin presque inconscient.

Comme les spectateurs se dirigeaient vers leur nouvelle distraction, le directeur du *Vauxhall Pleasure Gardens* ordonna à Alec, ainsi qu'à tous ceux qui avaient participé à l'échauffourée, de quitter les lieux.

Hawk put constater que son frère ne gardait comme trace de l'algarade qu'un mince filet de sang qui coulait de sa lèvre. Le jeune homme, toujours élégant, l'essuya de son mouchoir avant de déclarer légèrement :

— Voilà un début de soirée bien rempli ! Maintenant, je crois que je vais aller dans une maison de jeu dépouiller quelque malchanceux de sa fortune.

— Je ne pars pas, répliqua Hawk. Je me moque de ce que dit cet avorton de directeur, Belinda s'amusait beaucoup trop pour que nous nous en allions. Il est seulement 9 heures.

— Ce sinistre petit bonhomme ne t'obligera pas à partir, *toi*, mon cher duc. Amuse-toi bien avec ton nouveau jouet. C'est une sacrée amélioration, comparée à Lucy Coldfell.

— Attention à ce que tu dis ! gronda Hawk.

Sur un regard insolent, Alec s'en alla, suivi d'une poignée d'amis.

À cet instant, Hawk vit Dolph qui s'apprêtait à partir. Or il n'en avait pas terminé avec lui ! Il graissa la patte au directeur afin qu'on le laissât rester et se lança aux trousses de son ennemi.

— Breckinridge !

Dolph, entouré de ses camarades, se retourna.

— J'ai à vous parler. Seul.

Dolph fit signe à ses compagnons de le laisser, et ils s'éloignèrent, deux d'entre eux portant l'instigateur de la bagarre. Puis il vint vers Hawk, le menton levé.

— Que voulez-vous ?

— Je vous ai interdit de vous approcher d'elle.

Dolph serrait les dents.

— Je ne me suis pas approché à moins de trois mètres de votre catin, Hawkscliffe.

— Ne me tentez pas, Breckinridge. Je ne vous le redirai pas. Maintenant, venons-en au fait. De toute évidence, je possède quelque chose que vous désirez.

Dolph eut un regard amer vers le pavillon. Belinda se tenait près de l'entrée, illuminée par les lampions de papier. Au grand soulagement de Hawk, elle ne fit pas mine de les rejoindre. Elle se contentait de regarder dans leur direction, visiblement inquiète.

— Elle est belle, n'est-ce pas ? murmura Hawk.

— J'ai vu mieux.

Hawk eut un petit rire devant ce qui n'était qu'une réaction de dépit.

— Il se trouve que vous avez aussi quelque chose que je désire, Breckinridge.

— De quoi parlez-vous ?

— Vous le savez fort bien.

— Je n'en ai pas la moindre idée !

— Je serais prêt à procéder à une sorte d'échange, dit Hawk en s'efforçant d'ignorer le frisson qui le parcourait, bien que cette froide proposition ne fût qu'une ruse.

— Quel genre d'échange ?

— Donnez-moi ce que je demande, et vous aurez Belinda.

Dolph regarda de nouveau vers le pavillon puis, nerveux, revint à Hawk.

— J'ignore ce que vous cherchez, Hawkscliffe, mais Belinda ne m'intéresse plus. C'est de la marchandise de seconde main.

— Peut-être. Ou peut-être pas.

Les narines de Dolph frémirent.

— C'est-à-dire ?

— Peut-être n'ai-je pas acheté Mlle Hamilton pour le plaisir, Dolph. Je pouvais avoir d'autres raisons, des raisons qui vous concernent personnellement.

— Sacré puritain ! Vous n'êtes pas encore arrivé à la mettre dans votre lit ?

— Un gentleman ne parle pas de ces choses. Toutefois vous connaissez la philosophie épicurienne. Les mets de choix ne doivent pas être avalés à la première occasion mais savourés longuement, conservés pour la fin. Vous voyez, Dolph ? Il y a encore un peu d'espoir. Si vous suivez mes instructions à la lettre, vous pouvez encore l'avoir. Si vous échouez ou si vous essayez de me doubler, alors je la prendrai certainement dans mon lit où je profiterai au maximum de ses talents.

— Que voulez-vous ?

— Une information.
— À quel sujet ?
— Vous le savez.
— Pas du tout ! Soyez plus clair. Seigneur, vous êtes pire que le satané serpent qui me sert d'oncle !
— Méfiez-vous de votre impétuosité, Dolph. Cela pourrait vous nuire, un jour.
— Dites-moi ce que vous souhaitez. Je veux que Belinda me revienne. Que demandez-vous en compensation ?
— D'abord, elle n'a jamais été à vous, Dolph. Donc elle ne pourrait guère « vous revenir ».
— Hawkscliffe !
— Ah, je vois que le temps n'est pas venu. Vous n'êtes pas encore disposé à avouer.
— Avouer quoi ? cria Breckinridge.
Hawk, les mains dans les poches, avait déjà tourné les talons et se dirigeait vers le pavillon.
— Hawkscliffe !
— Bonsoir, Breckinridge. Je vous contacterai.

Belinda vit Robert revenir vers elle, décontracté, avec l'assurance du vainqueur. Il épousseta légèrement sa veste à queue-de-pie, tira sur son gilet de soie perle, rectifia l'ordonnance de sa cravate. Il lui souriait, une lumière tendre dans le regard, et il lui offrit son bras pour entrer dans le pavillon.

Bien que Dolph, la cible principale de leur comédie, fût parti, ni l'un ni l'autre ne semblaient désireux d'abandonner leurs rôles. Ils jouaient fort bien les amoureux, songea Belinda, qui entraîna Robert sur la piste de danse.

Vauxhall n'était pas *Almack*, pourtant leur valse fut un moment merveilleux.

Belinda, les joues roses de plaisir, un peu étourdie, regardait Robert avec adoration, et le monde désapprobateur autour d'eux se fondait dans un tourbillon de couleurs. Il n'y avait que lui, son sourire, ses yeux.

À minuit, main dans la main, ils cherchèrent un endroit confortable au bord du fleuve, pour assister au feu d'artifice. Robert se tenait derrière Belinda, les bras noués autour de sa taille afin de la protéger de la brise. Elle appuyait la tête contre sa poitrine tout en s'extasiant devant le ciel qui explosait en gerbes multicolores. Elle leva un instant les yeux vers lui et contempla son beau visage sur lequel jouaient l'ombre et la lumière.

Même dans la voiture qui les ramenait chez eux, ils ne cessèrent pas leur comédie. C'était si bon ! Robert prit Belinda dans ses bras, et elle se laissa aller à somnoler, confortablement appuyée à sa robuste épaule. Ils ne brisèrent pas le précieux silence, comme s'ils craignaient, par un mot maladroit, de rompre le tout nouveau et fragile lien qui s'était tissé entre eux.

En haut du grand escalier de marbre, à Knight House, ils s'attardèrent un peu, les yeux dans les yeux.

Soudain nerveuse, Belinda prit la parole :

— Je... je crois que tout s'est bien passé.

Il hocha la tête.

— Euh... Oui.

— Robert ?

Un éclair de désir traversa son regard, pourtant il ne bougea pas. Il semblait retenir son souffle.

— Oui ?

Belinda avait le cœur battant, mais la peur fut la plus forte.

— Je... j'ai passé une excellente soirée.

— Bien. Je veux dire, c'était le but. Moi aussi.

Il s'humecta les lèvres. Il se tenait aussi immobile que l'armure qui veillait dans l'entrée.

— Eh bien... Bonne nuit.

— Bonne nuit, Robert.

Il s'inclina. Elle fit quelques pas en direction de sa chambre, puis se retourna. Les mains dans les poches, il la fixait, solitaire, nostalgique, un peu triste, ses traits aristocratiques soulignés par le chandelier mural.

— Qu'y a-t-il, ma douce ? demanda-t-il à voix basse.

— Vous m'emmènerez à la prison, demain ? Rappelez-vous, vous avez promis...

— Je n'oublie jamais mes promesses, mademoiselle Hamilton. Faites de beaux rêves.

Elle lui offrit un timide sourire, puis s'enfuit vers sa chambre avant de faire ou de dire quelque chose qu'elle craignait de regretter.

8

L'atmosphère masculine de son club avait temporairement guéri Hawk du désir qu'il éprouvait pour une femme qu'il ne voulait pas désirer.

Il était plutôt irritable, après une nuit passée à se retourner dans son lit. Comédie à l'intérieur de la comédie, se disait-il, déterminé à jouer jusqu'au bout son rôle de saint immunisé contre la tentation.

Il rentra chez lui à 13 heures, pour accompagner Belinda à la prison. Cela ne le regardait pas, mais il avait plus ou moins l'intention de dire à M. Hamilton ce qu'il pensait de son comportement irresponsable.

Le matin, Belinda était allée faire des courses, et elle avait acheté quelques cadeaux destinés à améliorer l'ordinaire de son père, en particulier le *Times* du jour. Comme leur attelage roulait vers la prison, elle l'ouvrit à la page des échos mondains.

— Juste... pour voir, murmura-t-elle.

Elle était tendue, bien qu'elle fût ravissante, avec sa robe bleue à taille haute, son court boléro et ses gants blancs. Elle pâlit soudain, ferma le quotidien et le repoussa avec une grimace.

— Mauvaises nouvelles ? s'enquit Robert.

— On y parle de nous.

Il secoua la tête, agacé. De quoi se mêlait-on ? Les mots « vie privée » ne signifiaient-ils donc rien ?

Lorsqu'ils arrivèrent à la prison, elle abandonna le *Times* sur la banquette et, la main au creux du bras de Hawk, se laissa entraîner vers l'entrée.

À voir son teint blafard, on aurait pu croire qu'elle partait pour l'échafaud. Elle tortillait les rubans de son réticule si nerveusement qu'ils faillirent céder. Sur la droite, les murs de la cour étaient surmontés de piques, et elle les observait avec inquiétude.

— Allons, Belinda, fit Robert avec impatience, il n'y a rien à craindre.

Il n'avait pas envie de s'attarder dans cet endroit déplaisant, d'autant qu'il devait siéger à la Chambre des lords à 14 heures.

Elle leva les yeux vers lui, tandis que le valet de pied les suivait, chargé des présents pour son père.

— Nous ne sommes pas obligés d'entrer, si vous ne le souhaitez pas, reprit Hawk d'un ton plus doux. J'enverrai mon domestique...

— Non ! Il faut que je voie papa. Il n'a personne d'autre que moi.

Il lui releva gentiment le menton, conscient de l'humiliation qu'elle devait éprouver à révéler ainsi la disgrâce familiale.

— Votre loyauté est tout à votre honneur. Je me demande seulement s'il la mérite.

— C'est mon père, bien sûr qu'il la mérite. Vous avez promis de venir avec moi, Robert, ne m'abandonnez pas !

— Je n'en ai pas l'intention, fit-il, étonné par son attitude qui frisait la panique.

Puis il lui vint à l'esprit qu'elle lui faisait passer une sorte de test, et il s'interrogea sur ce qu'elle attendait de lui.

— Je suis à vos côtés, Belinda. Prête ?

— Oui. Oui. Je vous en suis très reconnaissante, Robert, dit-elle en se forçant à sourire. Rappelez-vous, il ignore tout... à mon sujet.

— Je le sais.

Bon sang, comment avait-il fait pour se retrouver dans cette situation ? Jamais il n'aurait imaginé être obligé de rendre visite au père de sa maîtresse. C'était sûrement une très mauvaise idée. Courtisane ou pas, c'était une jeune femme bien élevée qui n'aurait jamais dû se montrer dans un endroit pareil ! Cela dit, il ne pouvait s'empêcher d'admirer son sens du devoir filial.

Il la sentit trembler contre lui lorsqu'ils passèrent devant le bureau du directeur. La porte était entrouverte, et Belinda marchait de l'autre côté par rapport à Hawk, le visage dissimulé par sa capote. Robert sursauta en entendant des hurlements.

Une brute au visage barré de cicatrices, sans doute le directeur, passait un solide savon à l'un de ses subordonnés. Hawk secoua la tête. Quel enfer !

Un garde les conduisit le long des couloirs nauséabonds, où les prisonniers tendaient la main, criaient, les insultaient derrière les barreaux. Hawk attira Belinda plus près encore, regrettant de ne pouvoir lui épargner ces obscénités.

Au bout du couloir, ils arrivèrent à un endroit un peu plus décent, mais Hawk ne desserra que légèrement son étreinte lorsqu'on leur fit monter une volée de marches qui menait dans une partie de la prison où les débiteurs les moins importants jouissaient de cellules personnelles.

Ils s'arrêtèrent enfin devant une solide porte de bois. Belinda repoussa son chapeau en arrière. Elle était d'une pâleur de cire. Indécis, Hawk se tint en retrait. Désirait-elle qu'il entrât avec elle ? Il la vit redresser la tête, plaquer un sourire sur son visage. Quelque chose se déchira en lui lorsqu'elle carra ses frêles épaules.

Le geôlier ouvrit enfin le battant, et elle s'épanouit.

— Papa !

Les mains tendues, elle se précipita dans la cellule avec un éclat de rire qui résonna étrangement aux oreilles de Hawk. Il s'avança sur le seuil pour la voir se jeter dans les bras d'un homme à lunettes et cheveux blancs.

— Linda-Bel ! Quel plaisir ! Bienvenue ! Tu sembles en meilleure forme que la dernière fois. La bonne nourriture française, sans doute ? Alors, raconte-moi. Tu as aimé Paris ?

Sans raison apparente et avec une soudaineté déconcertante, elle fondit en larmes. Le vieil homme remonta ses lunettes et l'observa attentivement.

— Que se passe-t-il, espèce de petite Madeleine ?

Elle était trop bouleversée pour répondre, et Hawk jugea qu'il était temps d'intervenir. Il toussota afin d'indiquer sa présence, pénétra dans la cellule, ôta son chapeau et fit signe à son valet chargé de cadeaux.

— Monsieur Hamilton, je présume ? dit-il en tendant la main au vieux savant. Robert Knight, pour vous servir.

Le prisonnier prit avec hésitation la main qu'on lui offrait.

— Monsieur Knight ? Enchanté ! Êtes-vous un ami de Belinda, et dans ce cas, pourriez-vous me dire pourquoi la petite est dans cet état ?

Belinda s'accrochait au cou de son père.

— Je suis seulement heureuse de te voir, papa. Tu m'as tellement manqué, pendant que j'étais... à Paris.

Hawk fronçait les sourcils, mais il renonça à approfondir davantage ce nouveau mystère.

— Votre fille vous a apporté quelques babioles afin d'améliorer votre confort.

— Ce n'est pas un « monsieur », papa, reprenait Belinda en reniflant. C'est le duc de Hawkscliffe. Il est modeste, trop modeste.

Alfred éclata de rire.

— Je vous demande pardon, Votre Grâce.

— Ce n'est rien.

Hawk se rendait compte qu'il était un peu sec, mais il en voulait au vieux fou de faire subir cela à Belinda. À quoi pensait cet homme, pour préférer des enluminures à sa précieuse fille ?

— Je suis désolée, disait la jeune femme. Tu as raison, papa, je suis stupide. C'est seulement que tu m'as manqué, mon vieux magicien chéri. Maintenant, regarde ce que je t'ai apporté.

Elle essuya vivement ses larmes et se dirigea vers la couchette où le valet avait déposé les présents.

— Tu vois, papa ? Un nouvel oreiller, une couverture, du brandy, un peu de tabac à priser...

— J'aime priser, Linda-Bel ? Je ne me souviens plus !

Il rit de nouveau, comme si ce trou de mémoire était la chose la plus drôle du monde.

Hawk, sombre, se détourna.

— Je l'ignore, papa, mais cela pourra toujours te servir à corrompre les gardes, à défaut de mieux.

— Oh, c'est vrai ! Qu'elle est maligne, ma petite fille ! Tu ne m'as pas apporté de... livres, par hasard ? demanda-t-il, excité comme un enfant le matin de Noël.

— Bien sûr que si !

Le père et la fille s'extasièrent de concert devant les trois volumes que Belinda avait achetés, des traités horriblement austères sur l'histoire médiévale. Hawk et son domestique échangèrent un regard, déroutés.

Enfin le vieux monsieur se tourna vers lui.

— Pourquoi ne goûterions-nous pas au brandy que Belinda a apporté, Votre Grâce ?

Il se comportait avec courtoisie, comme s'il se trouvait dans son salon et non dans une sinistre cellule.

Hawk eut un sourire forcé.

— Non, merci, monsieur.

— Euh... Au fait, comment avez-vous connu ma fille ? demanda Alfred avec précaution.

Enfin l'homme montrait un brin de sens commun ! Si ç'avait été sa propre fille qu'il avait vue arriver luxueusement vêtue en compagnie d'un parfait inconnu, ç'aurait été la première question qu'il aurait posée, peut-être juste après avoir envoyé l'homme à terre. Hawk allait répondre, mais Belinda le devança.

— Sa Grâce a été d'une extrême bonté, papa. Sa jeune sœur, lady Jacinta Knight, était l'une des élèves que j'ai chaperonnées à Paris.

Son père adressa un joyeux sourire à Hawk.

— Merveilleux !

Hawk ne se souvenait pas d'avoir mentionné le nom de sa sœur devant Belinda.

— Linda-Bel, ma chérie, continuait le vieux monsieur, enseigneras-tu encore dans l'institution de Mme Hall l'année prochaine ?

Cette fois, Hawk était complètement perdu. Enseigner ?

Belinda, évitant soigneusement son regard, arpentait nerveusement la petite pièce.

— Si c'est indispensable, papa. J'aime bien ce travail. Mais l'année prochaine, nous serons sûrement de retour à Kelmscot. J'ai économisé presque toute la somme requise.

— Épatant ! Bravo, ma fille. N'est-elle pas exceptionnelle, monsieur... Pardon, Votre Grâce ?

Hawk regardait Belinda comme s'il la voyait pour la première fois.

Elle se doutait bien qu'il essayait de s'y retrouver parmi toutes ces histoires sans queue ni tête, et elle lui lança un coup d'œil de mise en garde et de prière.

— Vous avez accompagné les jeunes filles à Paris, Votre Grâce ? demanda son père, un peu hésitant.

— Bien sûr que non, papa ! répondit Belinda avant Hawk. Sa Grâce est un personnage beaucoup trop important pour escorter de jeunes débutantes sur le Continent !

Avec un petit rire qui ne ressemblait en rien à celui, lointain et artificiel, de la demi-mondaine, elle se détourna et entreprit de changer les draps de son père, sans oublier d'y ajouter la couverture et le douillet oreiller de plume d'oie.

Hawk la contemplait, le cœur serré. Il lui aurait été facile – bien trop facile – d'aller trouver le magistrat et de faire sortir Hamilton de prison, mais il n'en avait pas l'intention.

La somme était dérisoire, pour lui, cependant le vieil irresponsable méritait bien son enfermement, en punition de ce qu'il avait fait endurer à sa fille. En outre, si Hamilton était libéré, Belinda déciderait peut-être de ne plus rester auprès de lui, or il avait besoin d'elle. Besoin d'elle pour résoudre le mystère de la mort de

Lucy. Besoin d'elle dans sa demeure, assise au piano désaccordé.

Lorsque le geôlier vint leur signifier la fin de la visite, Belinda étreignit son père et lui promit de revenir bientôt. Elle lui demanda s'il avait besoin d'autre chose, et le vieux monsieur répondit qu'il aimerait avoir plus de papier et d'encre. Puis il tourna vers Hawk un regard naïf.

— Je suis grandement rassuré de voir que ma fille a un ami de confiance, Votre Grâce. Je vous en remercie du fond du cœur.

Son innocence était désarmante, et Hawk serra volontiers la main qu'il lui tendait.

En passant devant lui pour sortir de la cellule, Belinda lui adressa un regard de pure gratitude qui le récompensa de ses efforts. Irrité par son sentimentalisme, il la suivit dans le couloir, le valet sur ses talons.

Maintenant qu'il avait rencontré Hamilton, il comprenait mieux pourquoi Belinda avait tout fait pour qu'il fût logé dans la partie la moins sale et la plus calme de la prison. Le vieil homme n'aurait jamais survécu dans les cellules surpeuplées où régnait la plus vulgaire des violences.

Toutefois, il ne savait pas ce qu'il allait lui dire lorsqu'ils seraient seuls. Professeur de maintien pour jeunes filles de l'aristocratie ! La seule explication possible était qu'elle avait pris ce poste en attendant le retour de son soldat, puis qu'elle avait renoncé à l'un comme à l'autre afin de se diriger vers une carrière plus lucrative, dans l'intérêt de son père et le sien. Pour le moment, il préférait ne pas penser à sa relation avec Jacinta.

Soudain, ils entendirent des cris et des bruits de lutte, et tombèrent, au détour du couloir, sur une scène d'une brutalité inouïe. Le directeur de la prison, une espèce de colosse dont le trousseau de clés cliquetait à la ceinture, avait collé un prisonnier contre le mur et le corrigeait avec son fouet.

Hawk empêcha Belinda d'avancer.

— Arrêtez-vous, ma chérie. Y a-t-il une autre sortie ? demanda-t-il au garde.

Mais l'homme s'était déjà précipité pour prêter main-forte à son supérieur.

Hawk jeta un coup d'œil à Belinda.

Elle était pétrifiée, le visage blême et sans expression, tandis qu'elle fixait la scène d'un regard vide. Un fantôme, ou un ange tombé du ciel. Elle semblait à la fois triste et étrangement détachée.

Hawk serra les dents. Il trouverait une autre issue. Il tenta de l'entraîner dans la direction opposée, mais elle refusa de le suivre.

— Je ne veux pas m'enfuir devant lui, dit-elle d'une voix douce comme des pétales de roses au milieu des hurlements du prisonnier.

Petite fille accrochée à sa main, elle se remit en marche.

Il n'y avait ni explosions de canons ni tirs de fusils dans la guerre qui faisait rage en elle. Elle avait l'impression que son âme se déchirait, mais elle ne devait pas fuir. Il fallait qu'elle résiste, au lieu de se réfugier dans l'ombre de son puissant protecteur, il fallait qu'elle passe devant ce monstre, qu'elle le regarde droit dans les yeux, qu'elle lui montre qu'elle n'aurait plus jamais peur de lui. Peut-être ne comprendrait-il pas, mais elle l'aurait fait, et c'était tout ce qui comptait.

« Je ne fuirai pas, je ne fuirai pas, je ne fuirai pas », se répétait-elle à chaque pas, bien que le cliquetis des clés lui transperçât le cœur.

C'était le bruit qui hantait ses cauchemars.

Elle avait peur, tellement peur ! Elle était glacée jusqu'au bout des doigts, mais elle avait réussi à se relever après qu'il l'eut mise à terre et, à présent, elle avait un allié, un allié qui lui tenait la main.

— Belinda...

— Ça va, dit-elle d'une voix qui couvrait à peine le bourdonnement de son sang à ses tempes.

Dieu merci, si Robert ne comprenait rien, il restait avec elle !

Soit le malheureux prisonnier avait cessé de résister, soit le directeur les avait entendus approcher, toujours est-il qu'il se redressa lourdement, le fouet ensanglanté au poing.

Puis il se retourna et la vit.

Belinda en eut le souffle coupé. La scène défilait au ralenti, comme cette terrible nuit dans la ruelle. Elle avait envie de fuir, de retrouver la rue, le soleil. Mais elle ne flancha pas. Elle resta là, nauséeuse, glacée, tremblante de haine, serrant les dents à s'en faire mal.

Un léger sourire bestial se dessina sur le visage du directeur qui s'attendait qu'elle s'évanouît, ou qu'elle le dénonçât. Belinda avait l'estomac noué, mais elle parvint à garder une expression indéchiffrable. Elle tiendrait le coup. Robert avait dit qu'elle était courageuse, elle ne devait pas l'oublier.

Elle avança.

Le gredin en fut surpris, ses petits yeux méchants se posèrent brièvement sur Hawk.

Belinda se demanda un instant si elle avait mis son protecteur en danger, mais, d'un regard, elle vit que Robert considérait l'homme avec un dégoût hautain. Elle éprouva une froide satisfaction. L'immonde individu savait désormais qu'elle avait un ami puissant. Un protecteur. Qui oserait se mesurer à lui ?

L'expression du directeur se fit suspicieuse. Il se rendait compte, supposa-t-elle, qu'ils étaient dans une impasse : le silence de Belinda en échange du bien-être de son père. En réalité, il ne risquait rien. Pour tout l'or du monde, Belinda n'aurait révélé à Robert, ni à un autre de ses admirateurs, qu'elle avait perdu sa virginité au profit de ce monstre. Elle en serait morte de honte ! De belles toilettes et une allure hautaine les avaient abusés. Elle, la froide courtisane, était plus souillée que la dernière des prostituées.

Sans qu'une parole fût prononcée, Robert, Belinda et le valet passèrent devant le directeur.

Elle avait gagné cette bataille, mais le gredin infligea le dernier coup, sous la forme d'un ricanement qui la suivit le long du corridor. Il faisait tinter ses clés avec une nonchalance calculée, et ce geste faillit avoir raison d'elle.

Lâchant la main de Robert, elle se mit à courir à perdre haleine jusqu'à la sortie. Puis elle reprit son souffle, franchit la lourde porte, leva les yeux vers le ciel, au bord de l'évanouissement. Elle sentit Robert la soutenir et elle s'accrocha à lui.

— Vous êtes malade, Belinda ?

La voix lui parvint comme à travers une vitre épaisse.

Une vague de douleur la parcourut. Dieu, comme elle aurait aimé qu'il brise la cage de verre dans laquelle elle s'était emprisonnée, qu'il l'en sorte, qu'il la serre dans ses bras, leurs poitrines nues l'une contre l'autre, qu'elle n'ait plus rien à cacher... Mais cela n'arriverait jamais. L'amour, ce n'était pas pour elle.

— Je... Ça va, murmura-t-elle en recouvrant lentement ses esprits. Merci.

Elle l'entendit prier le domestique d'aller chercher la voiture, et il se mit à arpenter nerveusement le trottoir pendant qu'ils attendaient.

— Je ne veux plus que vous remettiez les pieds dans cet enfer, Belinda, déclara-t-il d'un ton sans réplique.

Elle baissa la tête.

— Croyez-vous que j'en aie envie ?

— Alors ne le faites pas.

Elle n'avait pas la force de discuter. Il fallait qu'elle revînt, naturellement, puisque son père était enfermé là. Un bref instant, elle fut tentée de demander à Robert de lui prêter la somme nécessaire à sa libération, mais son orgueil avait été trop malmené, ces derniers temps. Elle n'était pas une miséreuse, et il avait une opinion d'elle suffisamment mauvaise pour qu'elle n'ajoutât pas la mendicité à la prostitution.

Il s'arrêta à quelques pas d'elle, les mains dans les poches, et elle rassembla tout son courage pour relever le menton, croiser froidement son regard. Il l'observait attentivement, ses yeux sombres semblaient pénétrer jusqu'au plus profond de son âme.

Elle était incapable de parler comme de se dérober.

Il secoua la tête, impatient, mais ce fut d'une voix douce qu'il reprit :

— Vous auriez dû me laisser vous emmener par un autre chemin. Il était inutile d'assister à cette scène odieuse, Belinda.

Elle faillit éclater d'un rire amer. S'il savait ! Sa gentillesse et sa galanterie lui firent monter les larmes aux yeux.

— Mon parangon de vertu, murmura-t-elle.

— Pourquoi m'appelez-vous ainsi ? s'énerva-t-il. Ce n'est pas drôle !

Il était tellement raide et pincé qu'elle ne put retenir un sourire.

L'élégant carrosse s'arrêta devant eux. Une fois à l'intérieur, elle posa la tête sur l'épaule robuste de son compagnon. Il était en colère contre elle, elle le savait, mais au lieu de la repousser, il passa un bras autour d'elle. Elle ferma les yeux, exténuée après cette victoire sur elle-même. Robert sentait bon, son bras était ferme, rassurant, son épaule accueillante.

« Vous m'avez aidée, songea-t-elle. Vous ne le savez pas, mais c'est vous qui m'avez donné le courage d'affronter cette épreuve. »

— La prochaine fois, vous feriez bien de m'écouter, grommela-t-il en essayant d'avoir l'air fâché.

— Je le ferai, chéri. Tout ce que vous voudrez, chuchota-t-elle avec un sourire en remerciant le Ciel de lui avoir envoyé cet homme.

Laissez-moi seulement demeurer auprès de vous.

9

Le capricieux climat anglais s'était considérablement refroidi, et il pleuvait à seaux lorsque Hawk sortit de la Chambre des lords à 22 h 30. Il était las, de mauvaise humeur, et il avait faim. Pour couronner le tout, il avait une solide migraine à force d'avoir discuté au souper avec Eldon, Sidmouth et autres ultraconservateurs. Leur soif de sang l'avait tellement écœuré qu'il n'avait quasiment rien avalé.

Tout ce temps, des pensées confuses au sujet de Belinda tourbillonnaient dans sa tête, se mêlant de façon troublante à un désir inassouvi.

En chemin vers Knight House, il regardait la pluie tomber sur les platanes de Pall Mall. Quelques réverbères étaient éteints, laissant ici et là des trous sombres qui lui rappelaient son cerveau vide.

Cette histoire de Paris, de l'institution de Mme Hall... Était-ce vrai ou faux ? Et avait-il raison de s'en soucier ?

L'idée qu'une courtisane eût aidé à former sa petite sœur, dont le caractère était déjà bien assez affirmé, le consternait. Dans l'intérêt de Jacinta, il fallait qu'il apprît le fin mot de l'histoire, mais il n'était pas sûr de souhaiter en découvrir davantage sur Mlle Hamilton.

Il essayait – ô Dieu, comme il essayait ! – de maintenir une distance polie entre eux, mais il se sentait irrésistiblement attiré dans son orbite par cette espèce d'aimant qu'employaient les femmes de sa sorte envers les hommes riches et titrés dont il faisait partie. C'était sacrément injuste ! Tandis que la pluie, malmenée par le vent, s'écrasait contre la vitre, il tenta de se remémorer tout ce qu'il savait de Belinda Hamilton.

Il y avait des trous inquiétants dans son histoire. Ainsi, il ne savait pas exactement comment elle en était venue à être courtisane. Le lui demander aurait été tout à fait déplacé, aussi se résignait-il à ne jamais l'apprendre, sauf si elle s'en expliquait d'elle-même, ce qui était fort peu probable. Contrairement aux femmes bavardes qu'il connaissait, Mlle Hamilton était très secrète sur sa vie privée. Elle ne disait rien, et il ne posait pas de questions. D'ailleurs au nom de quoi s'y serait-il intéressé ? s'indigna-t-il. Il n'existait entre eux qu'un arrangement pratique où chacun trouvait son compte.

Pourtant, il ne pouvait s'empêcher de se demander qui, parmi ses amis et connaissances, avait acheté sa virginité. Hertford ? Il était suffisamment débauché pour cela. À moins qu'elle ne se fût donnée pour rien à ce jeune soldat, sur une vague promesse de mariage à une date indéterminée ?

« Cela ne te regarde pas, Hawk ! se sermonna-t-il alors qu'ils franchissaient les grilles de la propriété. Tu t'en moques, ça n'a pas d'importance, n'y pense plus ! »

Grognant intérieurement d'irritation et de désir frustré, il sauta par-dessus les flaques entre le carrosse et la porte. Il était à demi trempé lorsqu'il pénétra dans le hall somptueusement éclairé. Belinda vint aussitôt à lui, gracieuse, sereine.

— Pauvre ange, dans quel état êtes-vous !

Seigneur, qu'elle était belle et élégante dans sa robe de soie beige, un rang de perles au cou, sa chevelure d'or coiffée en chignon ! Ses yeux saphir brillaient de sensualité, tandis qu'elle l'examinait de la tête aux pieds.

— Bienvenue, chéri, dit-elle en lui prenant sa serviette de cuir des mains pour la remettre au majordome. Portez ceci dans le bureau de Sa Grâce, ordonna-t-elle calmement.

Walsh s'inclina.

— Bien, madame.

Hawk fut assez surpris par la docilité de son domestique, puis il se tourna vers Belinda, devinant qu'elle avait une idée derrière la tête. Et tandis qu'il l'étudiait, son cœur fit un bond dans sa poitrine et toutes les questions qu'il s'était posées en voiture s'évanouirent comme neige au soleil.

Que pouvait la raison contre la magie de sa présence ? Sa démarche souple, sa peau de satin, son parfum de gardénia, la lumière du chandelier sur son visage aux traits si fins... Cette diablesse était la femme la plus magnifique, la plus séduisante qu'il eût connue, et il avait bien du mal à lutter contre la fascination qu'elle exerçait sur lui.

Elle l'aida gentiment à ôter sa veste.

— Avez-vous soupé, très cher ?

— Je suis affamé !

— Parfait ! Je vous ai fait garder le repas au chaud. Venez.

Elle se dirigea vers la salle à manger, dans le bruissement léger de la soie.

Un peu déconcerté par cet accueil et le changement subtil qui s'était opéré dans toute la maison, il la suivit en se passant la main dans les cheveux. Il avait trop faim pour s'interroger davantage.

Belinda donna un ordre à une servante qui se hâta de lui obéir. Dans un seau à glace rafraîchissait une bouteille de vin blanc dont Belinda servit un verre à Hawk. Bon sang, que s'était-il passé ici en son absence ? Qu'est-ce que Belinda avait fait aux domestiques ? Le matin même ils la prenaient pour une fille perdue et, à présent, ils se précipitaient pour la satisfaire.

Elle remarqua son trouble et sourit.

— J'ai organisé une petite réunion avec les serviteurs les plus importants.

— Et dites-moi, avez-vous eu recours à la sorcellerie, ou à la corruption ?

— Ni l'un ni l'autre. Je leur ai simplement rappelé que c'était un honneur de servir à Knight House, qu'ils n'avaient pas à juger les faits et gestes de leur maître, et j'ai ajouté... Mais peu importe ! Disons simplement qu'ils ont compris qu'on ne se jouait pas de moi, Votre Grâce, conclut-elle en allant se servir un verre de vin.

— Cet avertissement me serait-il également destiné ?

Elle eut un petit rire et vint s'asseoir à sa droite.

— Comment était la séance ?

— Exaspérante ! marmonna-t-il en prenant un morceau de pain.

— Ah ? Que s'est-il passé ?

Elle l'écouta, le menton dans la main, tandis qu'un peu irrité il rapportait sa discussion avec Eldon et Sidmouth, puis se plaignait de sa satanée migraine. Toutefois, lorsque le laquais apporta le souper, il s'était délesté d'une bonne partie de sa frustration et avait retrouvé l'appétit.

Sous la cloche d'argent, il découvrit l'un de ses plats préférés : des côtelettes d'agneau grillées accompagnées de pointes d'asperges. Belinda lui servit du vin rouge.

Elle sirotait son vin tout en fixant la flamme d'une chandelle.

— Il faut que nous déterminions une date pour notre réception, Robert.

— Pardon ?

— J'ai besoin de la liste de vos invités. Plus vite nous aurons ces messieurs à dîner, mieux ce sera. Après tout, je ne serai pas éternellement là !

— Vous attendez-vous vraiment que ces vieilles bourriques têtues changent de point de vue sur les affaires de l'État juste parce que vous battrez des cils ?

— Les faire changer d'avis, Robert, c'est votre travail. Moi, je peux les obliger à vous écouter. Ce sera un dîner sans femmes, car les épouses n'accepteraient pas une invitation où je serais l'hôtesse. Dans l'intérêt de votre réputation, je n'ose pas non plus inviter Harriette et ses amies, sinon on dira que vous transformez votre demeure en maison de plaisir.

— Est-ce une très bonne idée ?

— Faites-moi confiance. Composez la liste, je m'occupe du reste.

— Vous m'inquiétez ! marmonna-t-il.

Elle eut un petit rire et posa une main affectueuse sur son bras. Il ne put s'empêcher de sourire.

Le dessert se composait d'une tarte aux framboises et de crème à la vanille. Après un verre de brandy, Hawk se sentait un autre homme. Il étira les bras au-dessus de sa tête en étouffant un bâillement.

Belinda lui prit la main.

— J'ai une surprise pour vous.

— Quel genre de surprise ? demanda-t-il, intrigué.

— Si je vous le disais, ce ne serait plus une surprise, voyons, Robert ! Soyez gentil, venez.

Emportant son verre, il se laissa conduire à la bibliothèque. Dans la cheminée brûlait un bon feu qui chassait l'humidité. Curieux, il pénétra dans la pièce. Un autre cadeau ?

— Le feu ne vous dérange pas ? Avec ce temps exécrable, j'ai pensé...

— C'est parfait.

— Installez-vous dans votre fauteuil, dit-elle, les mains croisées dans le dos.

Il se laissa aller avec un soupir d'aise dans son siège de cuir près de la cheminée, et il attendit.

— Appuyez la tête contre le dossier et fermez les yeux.

Il obéit.

Il l'entendit se déplacer dans la pièce, puis plus rien. Enfin quelques accords doux montèrent du pianoforte. Il ouvrit les yeux. Le Graf avait été accordé pendant qu'il était à la Chambre.

L'espace d'une seconde, il voulut se fâcher devant cette intrusion dans sa vie, mais bien vite ce sentiment fut remplacé par un frisson de plaisir lorsqu'il reconnut les premières notes de la ravissante aria de Chérubin dans *Les noces de Figaro*.

Il sourit en écoutant la musique. Elle suivait la

partition avec une concentration attendrissante, et elle ne chantait pas, mais il connaissait les paroles par cœur.

Mon cœur soupire
La nuit et le jour
Qui peut me dire
Si c'est d'amour ?
Qui peut me dire
Si c'est d'amour ?

Le menton dans la main, il contemplait sa maîtresse et l'écoutait jouer avec un plaisir ineffable, plus dû à la gentillesse de son attention qu'à son talent.

C'était un magnifique cadeau qu'elle lui offrait là. Il referma les yeux et se laissa emporter par la musique.

La vie était belle.

Lorsque les dernières notes se furent égrenées, il demeura ainsi, enfin détendu.

Les flammes jetaient sur son visage des reflets orange, son gilet était déboutonné et il s'était ébouriffé les cheveux en y passant les mains afin d'apaiser son mal de tête. Il avait les paupières trop lourdes pour ouvrir les yeux quand il sentit Belinda approcher.

— Comment va votre migraine ? s'enquit-elle d'une voix douce.

— Elle se porte bien, murmura-t-il sans bouger. Vous jouez de façon tout à fait acceptable, mademoiselle Hamilton.

— Je suis bien loin de vous égaler, à ce que l'on dit.

— Je suis rouillé.

— Pourquoi ne jouez-vous plus ?

— Je n'en ai pas le temps.

Il l'entendit soupirer légèrement.

— Nos âmes ont besoin de musique, Robert, comme nos corps ont besoin de contacts.

Elle lui ôta son verre des mains, lui écarta les jambes – qu'il avait étendues devant lui – et, se tenant debout entre elles, se pencha pour dénouer sa cravate.

Il ouvrit les yeux.

— Que faites-vous, je vous prie, mademoiselle Hamilton ?

— Je vous mets à l'aise.

— Ah !

Il referma les paupières, ravi de sentir ces mains féminines le libérer du tissu amidonné. Elle caressa fugitivement sa gorge en déboutonnant le haut de sa chemise.

— Ça va mieux ? demanda-t-elle en laissant courir ses doigts sur sa poitrine.

Il eut un petit grognement qui pouvait aussi bien traduire du bien-être que du désir.

Elle contourna le fauteuil afin de se tenir derrière lui, et il frémit lorsqu'elle passa la main dans ses cheveux.

— Et à présent, que faites-vous, mademoiselle Hamilton ? demanda-t-il un peu sèchement.

— Je vous libère de votre migraine, mon chéri. Détendez-vous.

Tourmenté par son désir, il essaya d'obéir. Avait-elle la moindre idée de l'effet qu'elle produisait sur lui ?

— Où avez-vous mal ? Ici ?

— Mmm...

Elle appuyait des pouces sur les deux points douloureux à la base de sa nuque, puis elle le massa avec insistance le long du cou jusqu'à ce qu'il sentît la douleur refluer peu à peu.

— Belinda, risqua-t-il enfin, choisissant soigneusement ses mots de crainte qu'elle ne cesse, pour une parole maladroite, de lui offrir ce délicieux plaisir. Toute cette histoire sur Paris, sur votre poste de professeur... C'est vrai ?

Elle s'interrompit un bref instant.

— Mon très cher Robert, le réprimanda-t-elle gentiment, croyez-vous que notre accord vous permette de fureter dans ma vie ?

— Lorsqu'il s'agit de ma sœur, votre passé me concerne.

— Alors, ne craignez rien, je n'ai pas perverti votre

sœur. Lady Jacinta est en parfaite sécurité. Cependant, elle est fougueuse, et à mon avis, c'est parce qu'il lui manque une présence maternelle.

— J'ai fait de mon mieux, se défendit-il.

Elle rit doucement en passant la main dans ses cheveux.

— J'en suis sûre. Mais vous êtes un homme.

— Vous avez éludé ma question.

— Bien. Si vous voulez le savoir, j'ai enseigné le français, la musique, l'histoire et le maintien un certain temps dans l'établissement de Mme Hall. Cela a été ma dernière occupation respectable avant... celle-ci.

Hawk se frotta le front. C'était un professeur qui lui massait la nuque, pas une courtisane !

— Dolph a réussi à me faire renvoyer, poursuivit Belinda. Il est venu tous les jours pendant un mois pour essayer de me voir, et il a fini par persuader la directrice qu'il était mon amant – que je n'étais ni chaste ni respectable et que j'avais une mauvaise influence sur ses jeunes pensionnaires. Mme Hall en a conclu que je représentais une menace pour mes élèves, et c'est ainsi que je me suis retrouvée à la porte.

— Ne lui avez-vous pas dit que Dolph mentait ?

— Bien sûr que si ! Mais vous savez combien Mme Hall peut se montrer obstinée, si vous l'avez rencontrée au sujet de Jacinta. Elle s'inquiétait du prestige de son école, et moi, je ne voulais pas que la réputation de mes élèves fût entachée avant leur entrée dans le monde. Donc, dans leur intérêt, je suis partie sans faire d'histoires.

— Qu'avez-vous fait ensuite ?

— Je suis allée trouver Harriette, puis je vous ai rencontré.

— Ah...

Quelque chose dans la voix de la jeune femme l'avertit qu'il s'était aventuré en terrain dangereux.

— Maintenant, Votre Grâce, auriez-vous la gentillesse de profiter de votre massage en silence ? Ou bien préférez-vous que j'arrête ?

Il pencha la tête en arrière et sourit.

— Je ne dirai plus un mot, c'est promis !

Elle caressa la joue assombrie par une barbe naissante.

— Vous êtes diablement séduisant, Hawkscliffe. Du moins, quand vous n'êtes pas renfrogné.

Elle reprit son massage en silence et il fut surpris de constater qu'il avait moins mal.

— C'est bon ?

— Mmm...

Toute tension disparaissait enfin sous ses doigts de fée.

— Oui, ça va beaucoup mieux, ma douce, murmura-t-il en sentant ses muscles s'assouplir.

Il se laissa aller à ses sensations, imaginant ce qu'il aimerait faire avec elle. Fille de joie, fille de plaisir... Ses doigts appuyaient légèrement sur les points sensibles, et il ne sentait plus qu'une vague douleur sourde.

Elle s'interrompit – juste assez pour qu'il craignît qu'elle n'en eût fini –, puis elle défit encore quelques boutons de sa chemise et glissa ses mains dessous pour caresser son torse.

Le cœur de Hawk battait la chamade, et il n'osait ouvrir les yeux de peur que ce ne fût qu'un rêve. Elle termina d'ouvrir sa chemise, en repoussa les pans.

Elle se pencha, le visage contre sa joue, et laissa ses mains effleurer son ventre. Il sentait sa peau devenir vivante sous sa caresse, il avait envie d'elle comme jamais il n'avait eu envie de personne. *Touchez-moi. Je vous en supplie, touchez-moi. Aidez-moi.* Il avait du mal à respirer, et il s'agrippa aux bras du fauteuil, dans l'attente de ce qui allait suivre.

Elle lui baisa l'oreille, joua avec son lobe, et il fut définitivement sous son charme. Un sourd gémissement lui échappa, et il allongea les jambes quand elle posa la main sur l'évidence de son désir.

Elle s'attendait peut-être qu'il protestât, mais il en était bien incapable !

Elle ouvrit son pantalon.

— Oh, Robert, souffla-t-elle en le caressant de la façon la plus intime qui fût.

Il gémit, haussa les hanches vers elle. Elle fit glisser davantage son pantalon et continua la longue caresse sensuelle.

Il sentait qu'elle l'observait, comme si elle voulait assimiler la moindre de ses réactions... en vraie professionnelle.

Il tourna enfin la tête et prit ses lèvres tandis qu'elle le caressait sans relâche.

Lorsqu'elle s'arrêta, il ouvrit les yeux, étourdi. Elle ne pouvait l'abandonner dans cet état ! Il donnerait tout pour...

Mais elle faisait seulement le tour du fauteuil pour venir face à lui. Dieu, comme il avait rêvé de cet instant ! Elle soutenait son regard, ses beaux yeux d'un bleu profond brûlants de désir.

Elle posa les mains sur ses cuisses et se mit à genoux entre ses jambes. Semblable à quelque superbe adoratrice païenne, elle fit courir ses doigts et ses lèvres sur son torse.

Hawk était émerveillé. Il n'avait rien demandé de tout cela, elle n'y était pas obligée. Et cela signifiait qu'à cet instant, ce n'était pas son argent qu'elle voulait, c'était lui.

Lorsqu'elle le prit dans sa bouche, il ne put que se demander pourquoi il s'était si longtemps privé de ce bonheur. Au bout de plusieurs minutes, elle leva les yeux vers lui et eut un demi-sourire coquin, puis elle baissa de nouveau la tête.

Si ses gestes et ses grands yeux lorsqu'elle le regardait trahissaient une certaine inexpérience, il n'en éprouvait que plus de plaisir.

Il avait perdu la notion du temps lorsqu'elle recula légèrement. Il avait envie de relever sa jupe et de la prendre, là, sur-le-champ. Il la saisit à la nuque pour un baiser passionné qui lui arracha un gémissement ravi. Seigneur ! Il avait désiré l'embrasser ainsi depuis la première soirée chez Harriette ! Sans retenue !

Sauvagement ! Il voulait l'aimer jusqu'à ce qu'il ait fait fondre la glace qui la protégeait, jusqu'à ce qu'il ait libéré l'ange qui se cachait derrière la façade hautaine.

Enfin elle le repoussa dans le fauteuil. Il lui prit la main.

— Laissez-moi vous faire l'amour, souffla-t-il.

Elle secoua la tête avec un mystérieux sourire avant de reprendre les caresses magiques qui ne tardèrent pas à avoir raison de lui.

— Dieu, Belinda ! cria-t-il avant de retomber contre le dossier de son siège, épuisé.

Il ne sut combien de temps s'était écoulé quand il la vit debout devant lui.

— Ça va mieux, Hawkscliffe ? demanda-t-elle.

Elle l'essuya de sa cravate qu'elle jeta ensuite dans le feu d'un mouvement vif, avant de terminer le verre de brandy.

Hawk la contemplait, muet d'admiration.

Quelle femme !

Elle revint à lui, ferma son pantalon et s'attarda à lui caresser la poitrine et les épaules.

— Vous avez l'intention de dormir ici ? Vous voulez une couverture ?

Il lui saisit les poignets et la fit doucement tomber sur ses genoux, un bras passé autour de sa taille afin qu'elle ne pût lui échapper. Il repoussa une mèche folle et remarqua une incertitude dans son regard.

— Pourquoi avez-vous fait ça ? demanda-t-il à voix basse.

— Parce que vous en aviez besoin. Vous n'avez pas aimé ? rétorqua-t-elle, sur la défensive.

Il eut un rire rauque.

— Oh, que si ! Ça vous ennuie ?

— Ne soyez pas stupide ! Vous avez mis en doute mes talents de courtisane depuis le soir où nous nous sommes rencontrés, alors j'ai jugé bon de vous en donner la preuve.

Il rit de nouveau en déposant un petit baiser sur sa joue.

— Eh bien, vous avez fait de moi un croyant, mademoiselle Hamilton. Donnez-moi des preuves chaque fois que vous le jugerez bon !

Il continuait à la taquiner, et elle se raidissait un peu, inquiète.

— Est-ce que c'était bien, Robert ? demanda-t-elle au bout d'un moment, presque timidement. Franchement ? Vous pouvez me dire la vérité. Parce que, voyez-vous, je... je n'ai jamais...

Il s'apprêtait à rire de l'absurdité de sa question, mais il s'interrompit, stupéfait.

— Ça ne vous a pas plu, s'inquiéta-t-elle, interprétant son expression.

— Vous étiez merveilleuse, mon ange ! affirma-t-il. Venez ici.

Il prit tendrement son visage entre ses mains et effaça ses craintes d'un long baiser. Seigneur, il ne mentait pas ! Mais pourquoi l'avait-elle choisi, lui, pour ce cadeau inestimable ?

Il se perdit dans leur baiser auquel elle commençait à répondre avec fougue. Il sentait le désir de Belinda s'épanouir en elle tel un bouton de rose à la lumière du soleil.

Au bout de quelques minutes, ce fut elle qui se détacha de lui pour poser sur lui ses grands yeux vulnérables.

— Dormez avec moi, cette nuit. Laissez-moi vous donner aussi du plaisir, souffla-t-il.

— Non ! Bonne nuit, Robert.

Elle tenta de se dégager, mais il la tenait fermement.

— Restez, ma belle. Restez dormir dans mes bras.

Il allait s'emparer de ses lèvres quand elle se leva vivement et sortit de la bibliothèque dans un chuchotement de soie.

Hawk fixa la porte close, les sourcils froncés. Devait-il la suivre ? Non. Quelles que fussent ses raisons, Belinda n'avait pas envie de faire l'amour maintenant, et il ne voulait pas la brusquer. Elle savait mieux que personne tenir un homme à distance. Comment un chevalier devait-il s'y prendre pour escalader le mur de sa tour d'ivoire, pour conquérir la citadelle de son cœur ?

Troublé, il faisait le tour de la pièce du regard quand il vit le piano. Il lui apparut alors qu'elle possédait d'autres sens qu'il pouvait enchanter.

Nos âmes ont besoin de musique comme nos corps ont besoin de contacts.

« Judicieux petit professeur ! » pensa-t-il.

Il se redressa péniblement et, la chemise ouverte, se dirigea vers le pianoforte en faisant craquer les jointures de ses phalanges.

Il se laissa tomber sur le tabouret, ouvrit le couvercle et, avec un pincement de nostalgie, effleura une touche dont le son se répercuta jusqu'au fond de son âme. Si elle refusait qu'il la caressât, il lui offrirait de la musique.

L'ivoire était satin sous ses doigts. Il ferma un instant les yeux, chercha dans sa mémoire son morceau favori et pria pour qu'il sût encore faire parler son cœur à travers ses mains...

Bouleversée, luttant contre ses larmes, Belinda, dévêtue, se tenait à sa table de toilette.

Ce baiser ! Dieu...

Les mains tremblantes, elle versa dans la cuvette de l'eau dont elle s'aspergea le visage. Elle avait le vertige, et l'affreuse impression de se battre contre un ennemi invisible.

Elle n'arrivait pas à croire qu'elle eût pu faire ça ! Elle s'était comportée comme une prostituée confirmée avec le duc de Hawkscliffe, et il avait été si... beau. Beau dans son abandon, dans sa jouissance, le regard si lumineux, ensuite. Elle ne comprenait pas très bien ce qui l'avait motivée, sans doute avait-elle eu besoin de tester son pouvoir sur lui, de lui prouver que celle qu'il prenait pour une catin était capable de lui faire baisser le masque.

Elle avait eu besoin de lui donner un aperçu de ce qu'elle pouvait faire pour lui afin qu'il cessât peut-être de la considérer comme un appât, qu'il la vît comme un être humain, une femme digne d'être sa véritable maîtresse. Et elle avait aussi voulu lui prouver qu'il n'était pas tellement supérieur à elle, comme il se plaisait à le prétendre.

Donc elle avait séduit son protecteur. Qu'avait-elle à craindre ? Sa position était assurée, désormais. Elle allait être riche. Robert avait eu tant de plaisir qu'il tiendrait sans doute à la garder auprès de lui quand ils en auraient fini avec Dolph. Mais il ne la respecterait plus. Plus après ce qui venait de se passer.

Elle-même ne se respectait guère, et elle devait avoir adopté la mentalité des catins, car elle n'en était même pas humiliée. Elle avait aimé tenir dans ses mains sa virilité soyeuse, elle avait aimé sa réaction à ses caresses...

Elle avait voulu le conquérir et elle avait découvert la terrible solitude de son propre cœur, ce vide qui appelait sa force, sa tendresse. Finalement, il n'était plus question de pouvoir. L'embrasser, lui donner du plaisir était pour elle un plaisir en soi. Et c'était une bien dangereuse situation !

Robert. L'eau glissait entre ses doigts, impossible à retenir, comme l'amour.

Elle se plia en deux tandis qu'une vague de panique lui tordait le ventre.

Il ne fallait pas ! Une courtisane qui tombait amoureuse courait à sa perte !

Elle alla s'allonger, le bras sur les yeux afin de cacher ses larmes.

C'est alors que s'élevèrent les premières notes, un peu hésitantes, comme le premier baiser de Robert, chez Harriette. Belinda retint son souffle. L'enchantement de la musique ne tarda pas à s'emparer d'elle tout entière, elle se concentrait sur chaque note comme si sa vie en dépendait.

Il jouait en virtuose. La sonate aurait été bien trop compliquée pour qu'elle pût l'exécuter, même médiocrement. Tour à tour tendre, lente, puis explosive, grandiose. Beethoven.

Elle fut bien vite persuadée que Robert s'adressait à elle, rien qu'à elle. Alors elle eut un petit rire joyeux, tandis que des larmes bienfaisantes roulaient librement sur ses joues. Pour la première fois, avec un étage entre eux, l'étoile glaciale qui brillait dans le ciel des courtisanes autorisait enfin un homme à la toucher.

10

Une quinzaine de jours plus tard, Belinda se tenait devant le miroir en pied, chez sa couturière de Bond Street qui mettait la touche finale à la dernière robe de soirée créée pour la Belle Hamilton ; une somptueuse toilette de soie bleu nuit au décolleté en forme de cœur qui plongeait loin entre les seins. Une véritable tenue de courtisane.

Belinda lissait sur ses hanches la jupe à taille haute en se disant qu'elle finissait par devenir ce qu'elle avait feint d'être, et qu'elle en tirait une joie immense.

Elle ne pensait qu'à Robert.

— Il aimera celle-ci, déclara la couturière au fort accent français, visiblement fière de sa nouvelle création.

— Certainement ! s'écria Belinda.

Elle avait hâte de voir l'expression de Robert devant l'audace du décolleté.

— C'est pour une occasion particulière ?

— Les *Argyle Rooms.*

— Je croyais que c'était pour un dîner.

— Non, pour le dîner, je porterai la rose. Celle-ci est pour le bal des courtisanes.

Depuis la soirée dans la bibliothèque, un lien nouveau, presque miraculeux, s'était établi entre eux ; quelque chose de vivant, tel le bouton non encore épanoui d'une fleur mystérieuse. Belinda se sentait en sécurité. Heureuse.

Ils poursuivaient leur petite comédie, et enchaînaient fêtes, concerts, *Vauxhall, Piccadilly Saloon*, le théâtre, l'opéra, le parc. Robert n'évoquait plus Dolph, ni lady Coldfell, et Belinda évitait aussi de parler d'eux, sachant que le 1er août arriverait bien trop vite, et avec lui le terme de l'accord qu'ils avaient signé. Elle espérait toujours que Robert lui proposerait de rester et de devenir sa maîtresse.

C'était la solution rêvée pour elle, sans doute la seule solution. Jamais elle ne retrouverait sa respectabilité, mais elle n'avait aucune envie de se remettre « sur le marché ». Comment découvrir un nouveau protecteur possédant les qualités de son duc ? En outre, elle se plaisait à penser qu'elle apprenait à le rendre heureux.

La rumeur publique prétendait qu'on l'avait entendu rire à haute voix, sans raison apparente, au beau milieu d'une séance de la Chambre. Puis il avait voté à l'envers, pour le plus grand amusement de ses pairs, et avait dû se rendre auprès du lord chancelier afin de changer son « non » pour un « oui ».

La semaine précédente, Mick Braden était venu rendre visite à Belinda, mais Robert lui avait refusé l'entrée de sa demeure. Curieusement, au lieu d'en être offusquée, elle s'était sentie délicieusement protégée.

L'épisode de la bibliothèque ne s'était pas répété, cependant leur relation s'était modifiée. Lentement, sûrement, ils baissaient les masques, ils cessaient de feindre, ils devenaient de véritables amis.

Et elle avait sept cents livres à la banque...

Elle sursauta en s'apercevant que la couturière venait de lui poser une question.

— Comment va Mlle Julia ? Elle est si belle ! Il y a longtemps que je ne l'ai pas vue.

— Elle est de nouveau enceinte, répondit Belinda sur le ton de la confidence.

— Mon Dieu ! C'est son cinquième, n'est-ce pas ?

— Sixième. Celui-ci est du colonel Napier.

— Soyez prudente, vous, mademoiselle, marmonna la couturière, les dents serrées sur ses épingles.

— Croyez-moi, je le serai, promit-elle.

Harriette lui avait bien expliqué comment se protéger, grâce à de petites éponges contraceptives et à une utilisation intelligente du calendrier.

Cette méthode avait cours sur le Continent, au grand plaisir des partenaires. En Angleterre, elle était même recommandée par le corps médical pour les épouses fragiles. Des préservatifs fabriqués à partir de boyaux de chèvre existaient également, mais Harriette prétendait qu'aucun aristocrate digne de ce nom n'acceptait de s'en servir, et c'était tant mieux, car Belinda trouvait cela répugnant. Si tout échouait, elle avait appris à concocter des potions abortives.

— Avec six enfants, s'écriait la couturière, je ne comprends pas comment elle parvient à garder une silhouette si parfaite !

Une fois l'essayage terminé, Belinda remit son fourreau de mousseline et son spencer bleu marine à épaulettes et boutons dorés. Elle remplit soigneusement la lettre de change destinée à payer le prix extravagant de la robe, heureuse de savoir que Robert avait déposé encore deux cent cinquante livres sur son compte.

Comme elle se dirigeait vers son élégant vis-à-vis, elle songea avec fierté à l'argent qu'elle avait investi. Elle ne manquait d'ailleurs pas de remercier Robert par divers présents. Avant de se rendre chez la couturière, elle lui avait acheté une fiasque en argent sur laquelle elle avait fait graver :

Pour Robert, avec un baiser.
Que Sa Grâce prépare ses lèvres
Aux futurs jeux de vingt-et-un.
De la part de Belinda,
Conquise et heureuse,
Juin 1814.

Ce cadeau irait parfaitement avec la caisse de cognac français que son frère corsaire, lord Jack, venait de lui rapporter de France.

Elle tendit à William ses divers achats en lui demandant de les ranger dans le coffre.

Comme elle jetait par hasard un coup d'œil de l'autre côté de la rue, elle aperçut Dolph Breckinridge, assis dans son phaéton, un cigare entre les dents, qui l'observait. Il ne fit pas un geste vers son chapeau, n'eut pas son irritant sourire ; il se contentait de la fixer, impassible. Avec l'atroce impression d'être une proie traquée, elle comprit qu'il était resté là tout le temps de son essayage, à la contempler à travers la vitrine.

— Nous ferions mieux de rentrer, mademoiselle, conseilla William qui avait aussi remarqué la présence de Dolph.

Elle secoua la tête. Si elle n'avait pas fui devant le directeur de la prison, elle n'allait certainement pas détaler devant Dolph Breckinridge !

— Non, William. Conduisez-moi chez Harriette Wilson, s'il vous plaît.

Elle devait à la jeune femme vingt pour cent de la somme que Robert venait de déposer sur son compte, et elle espérait trouver Harriette seule, car il y avait bien longtemps qu'elles n'avaient pas bavardé ensemble.

Dolph la regarda partir sans faire mine de la suivre. Elle soupira. Elle était lasse de toutes ces soirées passées dehors, elle aurait aimé prendre un peu de repos, mais ce soir-là, ils devaient assister à une réception donnée après un concert en l'honneur du général Blücher. Elle chassa sa fatigue d'un haussement d'épaules. Elle était tellement heureuse de sortir avec Robert !

À travers les rues au trafic intense, elle gardait un visage imperturbable tandis que les gens la suivaient des yeux comme s'ils savaient qui elle était.

Ce qui était sans doute le cas.

Elle regarda par-dessus son épaule et vit que Dolph la suivait, finalement, mais une calèche et un chariot de livraison s'étaient intercalés entre eux. Nerveuse, elle regarda résolument droit devant elle.

Lorsque la voiture s'arrêta devant chez Harriette, Dolph fit de même, à quelque distance. William sauta à terre afin d'avertir de la présence de Belinda et de demander si Harriette était visible. Comme l'un des énormes valets répondait, Belinda se sentit suffisamment en sécurité pour se diriger vivement vers la porte, au moment où Harriette venait l'accueillir.

Elle s'abstint de mentionner la présence de Dolph, car elle détestait être l'objet de cette obsession, et se contenta de sourire à son amie.

La reine des demi-mondaines s'extasia sur l'attelage de Belinda.

— Je croyais vous l'avoir déjà montré, s'étonna Belinda. Et que dites-vous de ma toilette ?

— Quelle grande courtisane vous faites ! Vous êtes tellement élégante, votre voiture est si luxueuse !... Entrez vite, nous allons prendre le thé.

Belinda ne se fit pas prier.

— Ma chère petite protégée, vous avez révolutionné notre bonne vieille capitale ! s'écria Harriette un peu plus tard, alors qu'elles étaient confortablement installées sur un sofa, une tasse à la main.

Dans le boudoir même où Robert avait fait sa proposition quelques semaines auparavant.

— Hawkscliffe ! reprenait la courtisane. Si j'étais plus proche de votre âge, je serais folle de jalousie. En l'occurrence, je ressens plutôt une sorte de fierté maternelle devant votre réussite. Hawkscliffe et la Belle Hamilton ! On ne parle que de cela, en ville. Alors, racontez-moi. Comment est-il, votre duc ?

— Il va très bien. Je pense qu'il va même mieux que lorsque je l'ai rencontré.

— Ce n'est pas ce que je voulais dire, bécasse ! Comment est-il au lit ?

— Harriette ! se récria Belinda en rougissant.

Même son amie ne connaissait pas la nature de leurs relations.

— Rigoureux comme il l'est, je parierais qu'il est soit parfaitement ennuyeux, soit bourré de raffinements pervers. Alors ?

Déconcertée, Belinda ouvrit la bouche pour répondre, mais elle ne savait que dire.

— Allons, Belinda, avouez-moi tout ! Je n'en répéterai pas un mot !

— Bien sûr que si ! Aussitôt Argyll et Hertford seront au courant, et ensuite le Parlement ne discutera plus que des... performances de mon duc !

Harriette eut un rire espiègle.

— Peut-être est-il réellement un parangon de vertu... Ah, Belinda, comme c'est confortable ! Un homme riche, puissant, beau comme un dieu, généreux et bon amant. J'avoue que je m'inquiète pour vous.

— Pourquoi ? J'ai une situation parfaite.

— Trop parfaite, fit Harriette en secouant la tête. Je vois bien la façon dont vous le regardez. Il est souhaitable d'éprouver une attirance pour son protecteur, mais je vous en supplie, n'oubliez pas la règle principale de notre métier.

Ne jamais tomber amoureuse.

Belinda piqua du nez dans sa tasse.

— Bien sûr que non, Harriette.

— Belinda ? Regardez-moi. Vous boudez ?

— C'est seulement que... Comment cette règle a-t-elle été établie ? éclata la jeune femme. Pourquoi ?

— Vous le savez bien ! Cela fausse le jeu. Le premier qui se déclare a perdu, Belinda. Voyez ce qui m'est arrivé.

— Ce qui vous est arrivé ? Vous êtes la femme la plus convoitée d'Angleterre !

— J'ai donné mon cœur à un magnifique traître, et il l'a brisé en mille morceaux lorsqu'il est retourné auprès de son épouse. À présent, mes amants me répugnent, pourtant je dois continuer à les recevoir, car c'est la seule vie que je connaisse. Je suis malheureuse rien que d'y penser.

Elle poussa un soupir mélodramatique.

— Je ne voudrais pas que la même chose vous arrive. Soyez belle, gaie, cruelle, mais ne tombez jamais amoureuse.

— Cependant, lord Blessington a épousé Marguerite...

— Je ne veux pas entendre parler de ça ! coupa Harriette. Pour une Marguerite, cent d'entre nous finissent dans le ruisseau.

— Le ruisseau !

— C'est là que je vais, tout droit.

— Allons donc, Harriette ! Un mot de vous et Worcester vous demande en mariage !

— Quel délicieux garçon ! Mais je n'accepterais pas, j'ai trop d'affection pour lui, or je sais que cette mésalliance desservirait mon petit marquis, et moi aussi.

— Il est plus jeune que vous, mais tout le monde sait qu'il vous aime.

Harriette caressa la joue de Belinda l'air profondément chagrinée.

— L'amour ? Ne parlons plus de cette folie. Je suis suffisamment ennuyée de vous avoir attirée dans cette maudite existence, et je ne veux pas qu'elle vous détruise. Ne commettez pas les mêmes erreurs que moi lorsque j'avais quinze ans, à mes débuts. Aussi merveilleux qu'il soit, votre Hawk risque de vous abandonner un jour. Blessington n'était pas une étoile montante du Parlement, lui, quand il a épousé Marguerite.

Belinda ne répondit pas. Elle fixait le tapis, visiblement révoltée.

— Belinda ? Vous croyez que Marguerite nage dans le bonheur, maintenant qu'elle est lady Blessington ? Vous vous trompez. Aucune femme de la bonne société ne l'accepte, elles refusent même de lui adresser la parole, bien que sa conduite soit irréprochable. Si vous ensorcelez Hawkscliffe au point qu'il vous demande en mariage, il pourra faire une croix sur sa carrière d'homme d'État. Si vous le privez de cela, si vous le poussez – surtout lui – à choisir le désir plutôt que son devoir, il le regrettera un jour, il finira par ne vous mépriser, et alors, que ferez-vous ?

— Je sais que ce que vous dites est vrai en général, mais Hawk n'est pas comme les autres. Il est foncièrement bon, il a une grande noblesse d'âme...

— Ça suffit ! cria Harriette en bondissant sur ses pieds, les mains sur les oreilles. Vous courez à votre perte ! Ne vous attachez pas à lui. Tirez de cet homme tout ce que vous pourrez, mais soyez prête à le quitter dès que vous percevrez en lui les premiers signes d'ennui.

— Tout cela paraît tellement froid...

— Réaliste, mon cher cœur. Je vous apprends à survivre, voilà tout.

Belinda lui prit la main.

— Ne vous fâchez pas, Harriette. Je fais de mon mieux. Vous savez que je suivrai toujours vos conseils, mentit-elle afin de clore la discussion.

Harriette ne savait pas tout, se disait-elle, rebelle. Elle avait sûrement raison dans la plupart des cas, mais la situation entre Hawk et elle était différente.

Harriette ne se détendit que lorsque Belinda lui remit les cinquante livres qu'elle lui devait, et elles parlèrent de choses et d'autres jusqu'à ce que Belinda se lève pour prendre congé.

Lorsqu'elle regagna sa voiture, elle constata que Dolph avait disparu.

Tandis que William la ramenait à Knight House, elle regarda plusieurs fois par-dessus son épaule sans apercevoir le baronet. Soulagée d'être provisoirement débarrassée de lui, elle se remémora les paroles de Harriette, et se persuada que Hawk n'avait rien de commun avec les chevaliers servants qui évoluaient autour des sœurs Wilson.

Soudain, elle aperçut deux petits visages familiers au coin de Regent Street. Elle avait l'impression de remonter le temps tandis qu'elle regardait Tommy, du haut de ses huit ans, déployer son charme en dégageant le carrefour devant un gentilhomme en haut-de-forme. Horrifiée, elle vit son frère, juste derrière, qui en profitait pour plonger la main dans sa poche !

Elle tira sur le cordon d'arrêt, et aussitôt, William immobilisa l'attelage. Sans attendre qu'il vînt lui ouvrir la portière, elle sauta à terre, se précipita au croisement et attrapa les deux garnements par l'oreille.

Elle les traîna vers sa voiture.

— Eh, m'dame ! Lâchez-nous !

— C'est moi, petits ballots ! Vous ne me reconnaissez pas ?

— Mademoiselle Belinda ? s'écria Tommy.

— Que fabriquez-vous ? Vous voulez finir pendus ? Grimpez immédiatement là-dedans !

— Oui, m'dame.

— Oui, mademoiselle Belinda.

Enfin matés, penauds, ils montèrent dans le cabriolet.

Furieuse, le cœur battant, Belinda se demandait si quelqu'un avait assisté au larcin. Elle s'assit en face d'eux. Les enfants dégageaient une odeur pestilentielle, et ils étaient si maigres qu'ils tenaient aisément sur le siège d'une personne.

Elle croisa les bras, le regard sévère.

— Je suis choquée et très en colère contre vous deux, espèces de petites canailles. Donnez-moi ça ! ajouta-t-elle en tendant la main.

Andrew sortit une montre en or de sa poche.

— Vous êtes de très vilains petits garçons, les gronda-t-elle. Avez-vous une idée de ce qui vous serait arrivé si quelqu'un vous avait vus ?

Ils échangèrent un coup d'œil sombre.

— C'est ça ! reprit-elle. La prison !

— Est-ce qu'on nous donne à manger, en prison, mademoiselle Belinda ? questionna Andrew.

— Sottise ! s'exclama-t-elle, tentant de dissimuler la pitié qui l'envahissait.

Elle mourait d'envie de les serrer dans ses bras, mais il fallait absolument qu'elle les réprimandât, car il aurait été criminel de les encourager dans leur mauvaise conduite. Dieu, elle ne se sentait pas le courage de les renvoyer à la rue !

Andrew baissa la tête.

— On est désolés, mademoiselle Belinda.

— Je le sais. Maintenant, vous ne volerez plus, et vous n'aurez plus faim. Je vous emmène dans un endroit où on s'occupera de vous comme il convient.

— Quel endroit ? demanda Andrew, méfiant.

— Une école.

Tommy haussa les sourcils.

— Une école ?

Belinda acquiesça fermement. Elle n'avait qu'à annuler la commande d'une nouvelle robe de bal. Ces enfants auraient un toit sur la tête, des vêtements sur le dos, et l'estomac bien plein, même si elle devait pour cela prendre de l'argent sur son compte.

— Je veux pas aller à l'école, déclara Andrew, boudeur, après un moment.

— Cela m'est égal ! répliqua Belinda.

— Comment ça se fait que vous vendez plus d'oranges ? demanda Tommy de sa petite voix flûtée.

— Regarde ses beaux habits. Elle est du métier, répondit Andrew avec toute la lassitude exaspérée d'un grand frère.

Belinda, bouche bée, aurait voulu rentrer sous terre. Elle détourna les yeux, se rappelant que ces gamins des rues avaient tout vu. Toutefois, elle fut soulagée qu'ils ne lui demandent pas pourquoi elle trouvait normal de se prostituer alors qu'elle leur reprochait de voler, car elle n'aurait su que répondre. Elle était bourrelée de remords en se rendant compte qu'elle n'avait pas accordé une pensée à ses deux malheureux petits amis depuis plus d'un mois.

Elle indiqua à William la direction à suivre. Lorsqu'elle enseignait chez Mme Hall, elle avait entendu parler d'une institution de bienfaisance qui fonctionnait grâce à des fonds privés. Elle arriverait sûrement à persuader le directeur d'accueillir ses protégés.

Quand la voiture s'arrêta, elle saisit la main de chaque gamin afin de les empêcher de se sauver et elle se dirigea résolument vers le bâtiment de brique.

Elle demanda à parler au directeur, et le secrétaire accepta de garder un œil sur les deux petits qui s'assirent sagement dans un coin, pendant qu'on la conduisait dans le bureau du responsable de l'établissement.

Elle attendit quelques minutes, nerveuse, puis elle se composa une expression lointaine quand un petit homme au visage pincé vint la rejoindre.

— Désolé de vous avoir fait attendre, mademoiselle. Je suis M. Webb. En quoi puis-je vous être utile ? nasilla-t-il.

— Merci de me recevoir, monsieur Webb. Je suis venue vous voir pour vous demander de prendre deux petits garçons dans votre école.

Il se rembrunit.

— Je crains que nous ne soyons complets, mademoiselle. Font-ils partie de la paroisse ?

Belinda hésitait.

— Vous avez apporté leurs extraits de naissance, mademoiselle... euh... ?

— Hamilton. Belinda Hamilton.

L'homme sursauta. Jamais Belinda n'aurait dû donner sa véritable identité !

Son nom était célèbre – entaché mais célèbre –, cependant, qui aurait imaginé que le directeur d'une école de charité eût entendu parler d'elle ?

Il pencha la tête et posa sur elle un regard acéré de méchant petit oiseau.

— Et quels liens avez-vous avec ces enfants ?

— Ce sont des amis. Ces enfants ont besoin d'un toit, monsieur Webb. Ils vivent dans la rue, ils n'ont rien à manger...

— Un instant, coupa-t-il. Ils vivent dans la rue ? Alors ils n'ont pas leur place, mademoiselle Hamilton. Ils risqueraient de corrompre nos autres pensionnaires.

— Monsieur ! protesta-t-elle. Ils ne corrompront personne !

— Nous avons des orphelins, ici, toutefois, ils viennent des maisons de *respectables* pauvres. Je suis sûr que vos deux galopins sont très malheureux, mais si vous ne pouvez même pas me fournir leurs certificats de naissance, je ne suis en aucun cas obligé de les accepter.

— Peut-être me suis-je mal fait comprendre, rétorqua-t-elle en s'efforçant de sourire. Je propose de payer pour leur pension. Ce sont de délicieux petits garçons qui ont seulement besoin d'étudier afin de trouver du travail plus tard, et d'un peu de discipline...

— Les enfants comme eux ne sont pas les bienvenus parmi nous, l'interrompit de nouveau le directeur. Et vous non plus.

Belinda n'en revenait pas !

— Moi ? Vous ne pouvez pas condamner ces petits à cause de moi !

— Vous êtes ici dans une institution chrétienne convenable, mademoiselle Hamilton. Je suis certain que vous comprenez.

— Votre réaction ne me semble pas très chrétienne, justement ! protesta Belinda. Votre Seigneur n'avait-il pas une amie péripatéticienne ?

— Au revoir, madame, dit-il fraîchement.

— Vous condamnez ces enfants aux galères, monsieur Webb.

— C'est à leurs parents de les garder dans le droit chemin.

— Ils n'ont pas de parents. Je suis la seule adulte de leur entourage.

— L'hospice de Marylebone les prendra...

Elle retint un juron.

— Je ne mettrais pas un chien perdu dans cet endroit ! Je paierai plus que...

— Nous ne voulons pas de votre argent, mademoiselle Hamilton, étant donné la façon dont il a été gagné.

— Alors que suggérez-vous, monsieur Webb ? Je ne peux pas les rejeter dans le ruisseau !

— Eh bien, occupez-vous d'eux vous-même !

Il détaillait sa tenue et jeta un coup d'œil par la fenêtre au luxueux équipage.

— Vous semblez en avoir les moyens, ajouta-t-il.

Belinda, furieuse et humiliée au-delà de toute expression, sortit en coup de vent du bureau.

— Les garçons, venez ! Nous partons !

La tête haute, elle s'en alla, un gamin à chaque main. Elle sentit le regard réprobateur du directeur quand elle poussa les petits dans la voiture, et elle ordonna d'un ton glacial à William de les ramener à Knight House. Les bras croisés, elle tourna vers la vitre un regard noir tandis que les deux frères l'observaient avec inquiétude.

— Ils... ils ont pas voulu de nous, mademoiselle Belinda ? risqua enfin Tommy.

Elle s'efforça de se calmer.

— Ce n'est pas ça, Tommy. Il n'y avait plus de place, mais ne t'inquiète pas, tout va s'arranger.

Je ne sais pas ce que je vais faire de vous !

Robert allait avoir une attaque si elle les amenait à Knight House, mais quelle autre solution avait-elle ? Et puis, il n'avait pas besoin de savoir qu'ils étaient là, après tout. Les garçons travailleraient pour payer leur pension. Andrew pourrait s'occuper des chiens et Tommy aider à la cuisine. Il n'y avait guère d'alternative.

Une fois à Knight House, William, l'ancien ramoneur, accepta bien volontiers de s'occuper des enfants, et la cuisinière les prit aussitôt avec plaisir sous son aile. La brave femme était ravie d'avoir des petits à nourrir et à chouchouter.

Belinda expliqua leur nouvelle situation aux garçons, qui la fixaient, les yeux écarquillés, et elle leur indiqua clairement que si l'un des deux volait ne fût-ce qu'un morceau de sucre, elle leur infligerait elle-même la correction de leur vie. Or mieux valait une raclée que la prison et le gibet. Ils devraient se défaire de leurs mauvaises habitudes.

Il y avait toute la place requise pour eux dans les quartiers des domestiques, et on leur installa deux couchettes près du feu. Les enfants, avec leur vivacité et leur drôlerie, charmèrent tout le personnel à peine franchi le seuil de la demeure. L'une des femmes de chambre, tout sourires, se précipita pour leur chercher des vêtements propres. Dans une maison où l'on avait élevé cinq garçons, il y avait au grenier des malles pleines de vêtements d'enfants.

Le duc était en rendez-vous dans son bureau, annonça Walsh. Le majordome observait cette agitation avec un froncement de sourcils réprobateur, mais il s'abstint de tout commentaire. La cuisinière fit chauffer un reste de ragoût de la veille que les petits dévorèrent avec un bel appétit. Belinda remercia la brave femme d'un sourire, tandis que celle-ci lui adressait un clin d'œil joyeux.

Rassurée sur le bien-être de ses protégés, Belinda se retira dans ses appartements. Elle n'aurait pas dû se laisser ainsi déstabiliser, mais elle était encore furieuse contre le directeur de l'école. Épuisée par sa journée en ville, elle sonna une domestique pour qu'on lui préparât un bain.

Un bain et un peu de repos, voilà ce dont elle avait besoin avant la soirée. Elle se rendit dans sa garde-robe afin de choisir la toilette qu'elle allait porter.

Moins d'une demi-heure plus tard, elle baignait dans une délicieuse eau chaude parfumée à la rose, les chevilles croisées sur le rebord de la baignoire. La vapeur faisait boucler les petites mèches échappées de son chignon. Elle s'était frictionné le visage et le cou avec du baume de La Mecque et sentait son teint ravivé. Elle but une gorgée de vin, soupira d'aise, les yeux fermés, tous soucis envolés.

Elle ne sut combien de temps s'était écoulé lorsqu'un coup autoritaire frappé à la porte la tira de sa béatitude.

— Belinda, c'est Hawkscliffe.

Elle ouvrit les yeux, s'assit dans la baignoire tandis que, sans prendre plus de précautions, Robert faisait irruption dans la pièce.

— Au sujet du dîner...

Il s'immobilisa. Elle le regardait, osant à peine respirer.

Un lent et magnifique sourire s'épanouit sur le visage de son protecteur.

— Ma foi, dit-il en refermant la porte derrière lui, Hawk, mon garçon, tu sais choisir ton moment !

Belinda devint écarlate. Elle avait redouté qu'il ne lui ordonnât de chasser les garçons, mais pour l'instant, il ne semblait s'intéresser qu'à elle. Elle se laissa glisser dans l'eau et ramena sur sa nudité autant de mousse que possible. Prétendue courtisane aguerrie, elle n'était pas censée faire montre d'une pudeur exagérée, mais à vrai dire, jamais elle ne s'était trouvée nue sous le regard d'un homme.

— Vous... désiriez quelque chose, Votre Grâce ?

— Pas jusqu'à présent, rétorqua-t-il avec un sourire canaille.

Elle lui adressa un regard sévère, ce qui ne l'empêcha pas de s'approcher, l'air fort content de lui. Il avait dû travailler dur, car son gilet était déboutonné et les manches de sa chemise blanche roulées jusqu'au coude.

Il vint lui relever le menton et effleura ses lèvres d'un baiser.

— Bonsoir, ravissante petite fleur. Merci pour votre jolie fiasque. Je la garderai toujours.

Elle se dégagea et sourit, soulagée. Peut-être n'était-il pas encore au courant de la présence des garçons.

— Pourquoi m'offrez-vous sans cesse des cadeaux ? s'étonna-t-il en s'asseyant sur le lit.

— Parce que cela me fait plaisir.

Il secoua la tête, déconcerté.

— Je voulais vous annoncer que nous avions un invité supplémentaire pour notre dîner.

— Pas le Régent ? murmura-t-elle, effrayée.

Elle avait déjà un mal fou à dresser un plan de table correct, avec les hommes politiques de petite naissance mélangés aux ducs et aux comtes ! Elle redoutait de commettre des impairs, de blesser la fierté de tel ou tel.

— Non. Il s'agit de lord Coldfell.

— Oh ?

Étonnée, elle posa son verre sur un petit guéridon près de la baignoire.

— Oui, les circonstances sont un peu étranges, reconnut Hawk, mais Coldfell est un ami de la famille depuis des années. Il a toujours su que pour rien au monde je n'aurais touché à son épouse. C'est lui, voyez-vous, qui m'a parlé le premier de ses soupçons concernant Dolph, qui m'a lancé sur cette piste.

Belinda hocha la tête.

— Et connaît-il la vérité au sujet de notre petite comédie ?

— Non, ma chère. Cela reste notre secret, répondit-il avec un sourire enjôleur qu'elle lui rendit.

— J'en déduis que c'est lord Coldfell que vous receviez tout à l'heure dans votre bureau.

Les yeux fixés sur les petites bulles de savon étincelantes, Hawk secoua la tête.

— Non. C'était l'assommant Clive Griffon.

— Qui est-ce ?

— Un jeune idéaliste qui me supplie de le faire entrer à la Chambre des communes.

— Vraiment ?

— L'une des circonscriptions que je contrôle a un siège vacant. Griffon voudrait l'occuper.

— Une circonscription électorale que vous avez dans la poche, vous voulez dire ?

— C'est à peu près cela.

— Je vois... Et combien de circonscriptions avez-vous dans la poche, Votre Grâce ? s'enquit-elle en agitant les orteils, ravie que la conversation prît un tour aussi neutre.

Il la regardait, amusé.

— Un gentleman ne l'avoue jamais !

— Allons donc !

— Six.

Elle ouvrit de grands yeux.

— Six ?

— C'est beaucoup, je sais, admit-il, faussement penaud. Mais Devonshire en a sept !

— Faut-il vraiment que vous autres, ducs, vous mêliez de tout ? Pourquoi ne pas vous contenter de votre club et de la Chambre des lords ?

Hawk haussa les épaules.

— Ce n'est pas ma faute, j'en ai hérité.

Il ne quittait pas Belinda du regard, et elle s'aperçut qu'elle n'en était plus gênée.

— À dire vrai, continua-t-il distraitement, j'ai essayé de placer Alec à ce poste, mais il refuse. Il ne s'intéresse qu'au jeu et aux femmes.

— En effet, il ne semble pas vraiment fait pour la politique !

— Cependant, ce jeune Griffon... montre trop de zèle.

— C'est en général le cas des zélateurs.

— Il a des idées un peu folles.

— Ce n'est pas un radical, j'espère ?

— Un indépendant.

— Vous semblez intrigué...

— Réformer le Code pénal, oui, cela je le sens bien. Mais réformer le Parlement ? Cela n'arrivera jamais... Même si on peut penser que cela se justifierait.

— Un de ces jours, ils feront de vous un libéral, mon cher, prédit Belinda, amusée par le froncement de sourcils que sa réflexion déclencha. Pourquoi ne pas donner une chance à ce M. Griffon ?

— Il a la formation nécessaire, je vous l'accorde. C'est le fils d'un juge, et il connaît le droit, mais il est jeune.

— Alec aussi. Vous également, d'ailleurs...

— Belinda, coupa-t-il d'une voix sourde.

— Oui ?

Elle passait nonchalamment l'éponge sur ses bras.

— Je refuse de parler politique une seconde de plus

avec une femme qui se baigne devant moi. Aucun homme ne serait assez vertueux pour ça.

Elle eut un sourire impertinent.

— Seriez-vous en train de me séduire, Hawkscliffe ?

— J'essaie, en tout cas.

— Vous avez l'intention de rester là à me regarder bouche bée pendant que je fais ma toilette ?

— Puis-je ?

— Je préférerais que vous vous rendiez utile. Venez me frotter le dos.

— C'est une invitation ?

— Plutôt un ordre.

— Ah !

Il se leva. Le cœur battant, elle lui jeta un regard entre ses cils.

— Petite... allumeuse, murmura-t-il.

— Qui dit que je vous allume ? Je crois que je vous aime bien.

— J'en suis extrêmement honoré, mademoiselle Hamilton.

Il approcha un tabouret sur lequel il s'assit, juste derrière elle.

Elle frémit lorsqu'il plongea la main dans l'eau afin de chercher le savon, la frôlant au passage. Enfin elle lui offrit son dos.

Il approcha la bouche de son oreille.

— Vous êtes une vilaine fille !

— Vous ai-je autorisé à parler ? roucoula-t-elle. Savonnez mon dos, esclave. Tout de suite !

Il posa un baiser sur son épaule, et elle sentit qu'il souriait.

— C'est nouveau ! commenta-t-il en passant le savon sur son dos. Je croyais que c'était *vous* mon jouet.

— Vous n'avez rien compris, cher bêta...

— Plus un mot, déesse, si vous ne voulez pas perdre votre cher et dévoué esclave.

Elle se pencha davantage en avant tandis que ses mains expertes glissaient doucement sur sa peau.

— Excellent travail, Robert, ronronna-t-elle alors

qu'il descendait doucement le long de sa colonne vertébrale.

— À votre service, madame.

Il lui massa la nuque langoureusement pendant un long moment, et Belinda sentit sa tension s'évanouir sous ses doigts.

— Dois-je laver vos bras, mademoiselle Hamilton ? chuchota-t-il à son oreille.

Elle laissa sa tête reposer contre la robuste épaule et eut un sourire de pur bien-être.

— Dites s'il vous plaît.

— S'il vous plaît, répéta-t-il d'une voix un peu voilée.

— Je vous le permets.

Il s'accroupit près de la baignoire et se mit à la tâche consciencieusement. Pendant ce temps, la tête tournée vers lui, elle dénoua sa cravate, déboutonna le haut de sa chemise, effleura son torse bronzé. Puis elle posa la main sur son cou et l'attira à elle pour un baiser.

De la langue, elle lui ouvrit les lèvres. Il prit un sein dans sa main, et Belinda gémit, se colla contre lui. Il était délicieusement tendre, et lorsque ses doigts savonneux vinrent agacer la pointe durcie de son sein, elle fut prise de vertige.

Elle oublia leur baiser et ferma les yeux, entièrement concentrée sur le plaisir qu'il lui procurait. Il parcourut son corps de ses mains, de sa bouche, et elle sentit comme une spirale de chaleur se dérouler en elle, l'envahir tout entière. Elle n'éprouvait aucune peur, seulement du plaisir, et une totale confiance, parce que c'était lui, Robert, son protecteur.

Agenouillé derrière elle, il plongea les bras dans l'eau pour caresser ses hanches, ses cuisses.

— Mon Dieu, savez-vous combien vous êtes parfaite ? souffla-t-il. J'ai rêvé de vous toucher, mais vous êtes plus belle encore que je ne l'avais imaginé, et votre peau... est plus divine que de la soie.

— Robert, s'il vous plaît...

Elle se laissa aller contre lui avec un soupir de désir.

— Que voulez-vous, mon ange ? Montrez-moi.

Le cœur battant la chamade, toute pudeur oubliée, elle lui saisit la main et l'amena entre ses jambes.

— C'est bien ce que je pensais, murmura-t-il en la caressant légèrement, ce qui déclencha en elle un déluge de sensations. Cependant, il faut d'abord que Mademoiselle prenne son bain, poursuivit-il.

Elle eut un soupir d'impatience mais le laissa faire. Il caressa doucement son bras gauche, jusqu'à sa main qu'il embrassa. Elle lui offrit sa paume, qu'il baisa également sans la quitter des yeux.

— Puis-je laver vos jolies jambes, mademoiselle Hamilton ?

— À condition de... d'enlever votre chemise.

Il eut un petit sourire.

— Très bien.

Il se débarrassa de son gilet et de sa cravate, sous le regard de Belinda, puis il passa sa chemise par-dessus sa tête. Lorsqu'il la fit glisser le long de ses bras, elle ne put résister à l'envie de le toucher, muscles d'acier et peau de satin. Elle descendit doucement jusqu'à la ceinture de son pantalon où elle introduisit un doigt en lui lançant un regard espiègle.

Ses yeux sombres se posèrent sur elle, les pupilles dilatées par le désir.

Avec un sourire, elle se redressa et inclina la tête de côté.

— Joli spectacle, Hawkscliffe.

Il lui saisit un mollet, sous l'eau, et elle eut un petit rire tremblant tandis que son corps était parcouru de frissons. Elle lui tendit le savon.

— Vous avez des jambes magnifiques, mademoiselle Hamilton.

Le souffle court, elle le regardait lui masser le pied, le caresser doucement. Il appuya sur un point, à la plante, qui lui envoya des ondes de plaisir-douleur dans tout le corps, puis il fit de même à droite. Enfin il la rinça avec tendresse avant de poser ses lèvres sur chacun de ses pieds.

— Par le Ciel, Robert...

Il eut un sourire nonchalant.

— N'est-ce pas ce que vous voulez, Belinda ? Un homme qui vous baise les pieds, qui adore le sol sur lequel vous marchez ? N'est-ce pas ce que vous souhaitez ? ce que vous méritez ?

Elle le fixait, incapable de parler. Il se pencha en avant et entreprit de couvrir ses chevilles, ses genoux, ses cuisses de baisers ardents.

Elle retint son souffle lorsqu'il releva la tête.

— Debout, Belinda, s'il vous plaît...

Elle n'aurait pas envisagé une seconde de désobéir, et, ruisselante, elle se dressa hors de l'eau, les jambes un peu flageolantes.

Toujours agenouillé, il embrassa d'un seul regard sa splendide nudité, ses seins tendus qui réclamaient les caresses, et en resta muet d'émerveillement.

— Aucune fortune au monde ne devrait donner à un homme le droit d'admirer une pareille beauté, murmura-t-il enfin.

Elle posa les mains sur ses épaules, et il la prit aux hanches, baisa son ventre. Elle lui caressait les cheveux, étonnée de ne pas ressentir la moindre crainte. Lorsque ses lèvres effleurèrent la partie la plus sensible de son corps, elle gémit et lutta pour se ressaisir, tout en sachant que la bataille était perdue d'avance.

— Cela ne faisait pas partie de notre arrangement, dit-elle d'une toute petite voix.

— Je sais ! Dieu, je le sais !

Sans attendre sa permission, il effleura des lèvres son mont de Vénus, puis il la caressa du pouce, d'abord légèrement, puis de plus en plus hardiment. Alors qu'elle croyait ne pouvoir en supporter davantage, sa bouche remplaça sa main, et elle laissa échapper un cri de pure jouissance.

Elle s'accrochait à ses épaules, éperdue de plaisir, de désir.

Harriette et Fanny lui avaient parlé de cela, mais *jamais* elle n'aurait imaginé qu'il fût possible d'atteindre pareille félicité.

Au bout de quelques instants, il lui ordonna de poser le pied droit sur le rebord de la baignoire et, lui écartant les cuisses, approfondit encore sa caresse. Il leva la tête une seconde, et s'étonna :

— Vous êtes étroite comme une vierge.

Elle faillit esquisser un sourire amer, mais l'orage qui grondait en elle ne lui en laissa pas le temps. Ses gémissements se transformèrent en cris d'extase tandis qu'elle ondulait en rythme, secouée par le plaisir qui déferlait en elle, violent, cataclysmique. L'explosion de la passion la traversa comme un éclair, l'aveugla. Elle cria, et il fit durer son extase jusqu'à ce qu'elle retombât contre lui, tremblante, épuisée.

— Oh, Robert...

Il la prit dans ses bras pour la porter vers le lit où il la déposa entre les draps. Belinda eut soudain peur qu'il prît son plaisir à son tour, mais il se contenta de la couvrir, puis il s'assit au bord du lit et l'embrassa tendrement.

Elle sentait l'effort surhumain qu'il lui fallait pour maîtriser son désir.

— Mon Dieu, que faisons-nous ? murmura-t-il, torturé.

— Je ne sais pas.

Elle noua les bras autour de son cou.

Il répondit à son étreinte par une pluie de baisers sur son front, ses yeux, ses joues, sa gorge...

— Vous saviez que cela arriverait, n'est-ce pas ? Vous saviez que je ne pourrais pas résister, qu'il vous suffisait d'attendre.

Elle caressait la chevelure brune, les yeux clos sur son bonheur.

— N'est-ce pas une bonne chose que cela ait eu lieu, Robert ? N'êtes-vous pas heureux ?

— Oh si, je le suis ! À un point tel que cela me terrifie. J'ai été seul longtemps, mais quand je suis avec vous... Quand je suis avec vous, Belinda, la terre chante et les étoiles dansent, je ne me dis plus que je suis un ennuyeux personnage.

Étonnée, les larmes aux yeux, elle prit son visage entre ses mains.

— Vous ne m'ennuierez jamais, Robert. Combien de fois devrai-je vous le répéter ?

« Je vous aime, avait-elle envie de lui dire. Vous avez transformé ma vie. »

Mais elle se tut.

Enfin, à regret, il se leva, et elle s'appuya sur ses coudes afin d'admirer son dos puissant sur lequel jouaient les lueurs mouvantes du feu de bois.

— Où allez-vous, mon amant ?

— M'habiller pour la soirée. Je vais vous manquer ?

— Terriblement.

Chemise, gilet et veste sur l'épaule, il se dirigea vers la porte.

— Robert...

La main sur le bouton, il se retourna, interrogateur.

Elle articula un « merci » silencieux et lui envoya un baiser.

Il s'inclina.

— À votre service, mademoiselle Hamilton. Tout le plaisir était pour moi.

11

Un peu plus tard, tandis qu'il attendait impatiemment que son valet de chambre, Knowles, eût terminé de nouer sa cravate, Hawk ne cessait de se demander s'il devait ou non rembourser les dettes d'Alfred Hamilton afin de le faire sortir de prison. Plus il s'attachait à Belinda, plus il avait envie de l'aider, de toutes les façons possibles.

Certes, elle lui en serait reconnaissante à jamais, il le savait, mais cette éventualité comportait de sérieux risques. Et si elle le quittait, si elle renonçait à se venger de Dolph une fois son père libéré ? Était-il raisonnable d'accomplir ce geste qui lui montrerait à quel point il tenait à elle ? Il craignait également, s'il sauvait son père, qu'elle ne considérât chaque fois qu'elle aurait des ennuis que le duc et ses millions l'en sortiraient.

Et par-dessus tout, si le vieux Hamilton apprenait quelle profession exerçait sa fille, il risquait fort de redescendre sur terre, de jouer les pères outragés et de la lui arracher. À ce point de ses réflexions, il chassa l'idée de sortir le vieux fou de prison. Personne ne lui enlèverait Belinda.

— Parfait, Votre Grâce, disait le valet après avoir mis la dernière touche à sa cravate. Cela devrait attirer son regard, ajouta-t-il, malicieux.

Hawk leva les sourcils.

Knowles s'inclina, dissimulant son amusement.

— Excellente soirée, monsieur.

— Eh bien, merci, Knowles. Je suis plutôt élégant, n'est-ce pas ?

Il dégringola l'escalier quatre à quatre afin d'attendre Belinda au rez-de-chaussée.

Il était entre les deux paliers lorsqu'il entendit un son familier, mais qui n'avait pas retenti en ces lieux depuis des années : des rires d'enfants. Des rires pleins d'espièglerie. Par le diable... !

Lorsqu'il aperçut l'entrée de marbre, il s'immobilisa et cligna des yeux, persuadé que son imagination lui jouait des tours. Là, sous le grand lustre, deux petits garçons examinaient l'armure que le roi Henri VIII avait donnée à l'un de ses ancêtres. Ils jouaient avec les pierres précieuses, tripotaient l'épée rutilante.

— Oh, regarde !

— Ça pourrait tuer quelqu'un !

— Hum, hum ! toussota Hawk.

Les deux gamins sursautèrent et se retournèrent d'un même mouvement, se cognant l'un à l'autre. Hawk, le menton levé, les mains derrière le dos, descendit les dernières marches.

— On ne doit pas toucher à cette armure, jeunes gens. Elle est très ancienne. Que faites-vous hors du quartier des domestiques ?

Les deux petits, impressionnés, le fixaient sans répondre. Leurs yeux s'agrandirent quand il s'approcha d'eux.

Bras croisés, sourcils froncés, il les dominait de sa haute taille.

— Vous avez laissé des traces de doigts partout. Maintenant, il va falloir la nettoyer.

— On est désolés, déclara le plus grand, s'armant de courage.

— À qui appartenez-vous ?

Ils se concertèrent en chuchotant, et Hawk ne put s'empêcher de penser aux jumeaux, ses frères cadets, Lucien et Damien. Enfants, ils partageaient un langage qui leur était propre, et encore à présent, ils semblaient pouvoir lire dans l'esprit l'un de l'autre.

— Je vous ai posé une question, leur signala Hawk en se penchant lentement vers eux.

— Euh... C'était quoi, déjà ? demanda l'aîné en se grattant la tête.

— Qui est votre mère, et où est-elle ?

Ils haussèrent les épaules, puis le plus grand se ressaisit.

— C'est à vous ? demanda-t-il en désignant l'armure.

— Oui.

— Vous la portez, de temps en temps ?

Hawk éclata de rire.

— Non.

— Pourquoi ?

— Je n'en ai guère l'occasion. Et puis, je suis trop grand.

— Je pourrais l'essayer ?

— Non. Tu es trop petit. Mais dites-moi, mes enfants, comment êtes-vous arrivés ici ?

— C'est Mlle Belinda qui nous a amenés, déclara le plus jeune.

— Mlle Hamilton ?

L'aîné lui jeta un coup d'œil scrutateur.

— Vous êtes son jules, hein ?

Confondu, Hawk risqua :

— Comment avez-vous connu Mlle Hamilton ?

— Elle nous donnait des oranzes.

— Quoi ?

— Des oranges, répéta l'aîné en levant les yeux au ciel devant le zézaiement de son frère. Elle nous donnait des oranges quand elle en vendait dans la rue.

— Maintenant, on a plus d'oranzes, conclut l'autre, tout déconfit.

Belinda descendit le grand escalier, merveilleusement parée pour la soirée du général Blücher. Vêtue d'une robe diaphane couleur perle, un turban à aigrette sur la tête, elle chantonnait, balançant son réticule au bout de sa main gantée, lorsque, à mi-chemin, elle entendit Robert discuter avec les deux gamins.

Elle se pétrifia.

Agrippée à la rampe, elle sentit son estomac se nouer quand Tommy révéla ce qu'elle aurait souhaité que son protecteur n'apprît jamais.

Robert, le dos tourné, s'accroupit devant les enfants.

— Elle vendait des oranges ?

Il semblait stupéfait, et il y avait de quoi ! Aux yeux d'un aristocrate, une marchande ambulante était mille fois plus méprisable qu'une courtisane.

Belinda, mortifiée, se sentait prise au piège. Andrew l'aperçut avant qu'elle pût s'esquiver.

— Mademoiselle Belinda !

Ils coururent à elle. Tommy serra les bras autour de ses hanches, tandis qu'Andrew la prenait par la main et l'entraînait sur les dernières marches. Les deux petits parlaient en même temps, tout excités.

Robert se releva lentement, les bras croisés, le visage de marbre.

Belinda faillit laisser échapper un gémissement de désespoir. Au moment où les choses semblaient s'arranger dans sa vie, quand Robert commençait enfin à la trouver digne de lui, il fallait qu'il apprît qu'elle était une ancienne marchande d'oranges ! C'était trop injuste !

Pendant ce temps, les enfants la tiraient dans tous les sens.

— Tu vas me faire tomber, Tommy ! Lâche-moi !

Irritée, elle tentait de lui faire lâcher prise lorsqu'elle aperçut des traces de doigts sur sa robe. Ce fut la goutte d'eau qui fit déborder le vase.

— Bon sang ! hurla-t-elle, couvrant leurs rires. Vous savez combien coûte cette robe ? Et vous venez de l'abîmer. Il faut que je remonte me changer, et nous serons en retard à la soirée, et je n'ai même plus envie d'y aller !

Robert s'approcha.

— Les garçons, ordonna-t-il fermement, asseyez-vous là et ne bougez plus !

Il désignait d'un doigt péremptoire la première marche de l'escalier.

Ils obéirent et lancèrent un coup d'œil inquiet à Belinda.

— Je l'ai pas fait exprès, mademoiselle Belinda...

— Je sais, je sais, dit-elle, radoucie. Ça va, Tommy. Je regrette de m'être emportée.

Elle aurait voulu disparaître dans un trou de souris. Encore toute rouge, elle s'obligea à lever les yeux vers Robert, redoutant la lueur de mépris qu'elle verrait dans son regard. Mais elle n'y lut que de la patience.

— Nous ne sommes pas obligés de sortir. Vous préférez rester à la maison ?

La maison, songea-t-elle, malheureuse. Était-ce ici, sa maison ?

Comme d'habitude, il prit calmement les choses en main et envoya les garçons à la cuisine. Ils ne se le firent pas dire deux fois.

Puis il vint examiner les taches sur la robe.

— Mon valet de chambre pourra probablement nettoyer ceci avec du vin blanc. Sinon, nous en achèterons une autre.

Sa gentillesse eut raison d'elle. Elle se laissa tomber sur la marche et se cacha le visage entre les mains.

Robert vint s'asseoir près d'elle, genou contre genou.

— Pourquoi ne m'avez-vous rien dit ?

— Comment l'aurais-je pu ? Je ne voulais pas que vous sachiez à quoi j'en avais été réduite. J'ai ma fierté, Robert. J'ai tout essayé, avant de me résoudre à mener la vie que je mène, vous devez me croire...

— Je ne parlais pas des oranges, ma chérie. Cela, je m'en moque. Pourquoi ne m'avez-vous pas parlé des enfants ?

Stupéfaite par la question, elle leva vers lui un regard incertain.

— Je serai seule responsable d'eux, Robert, et je vous jure qu'ils ne causeront pas d'ennuis. J'astiquerai moi-même cette armure...

— Chut ! D'où viennent-ils ?

— Dieu seul le sait ! Je les ai rencontrés quand je vendais des oranges dans la rue, avant de me décider à aller trouver Harriette. Je les ai aperçus par hasard aujourd'hui, et j'ai essayé de les faire admettre dans une école de bienfaisance, mais le directeur n'a pas voulu d'eux. Ils gagneront leur pension, Robert, je vous le promets. Vous comprenez, je suis la seule adulte qu'ils connaissent. Ce sont de bons petits, juste un peu turbulents, et ils n'ont nulle part où aller. J'ai considéré qu'il était de mon devoir de prendre soin d'eux...

— Et maintenant, c'est à moi de prendre soin de vous, murmura-t-il en lui saisissant la main.

— Vous n'allez pas me demander de les renvoyer ?

— Bien sûr que non ! Qu'est-ce qui vous tracasse, Belinda ? J'ai l'impression qu'il y a autre chose. Que me cachez-vous encore ?

— Je ne veux pas que mon passé vienne se mettre entre nous, Robert.

— Il se trouve, mademoiselle Hamilton, que j'aime les oranges, la taquina-t-il.

— C'est vrai ?

Il prit son visage entre ses mains.

— Qu'est-ce qui ne va pas, ma douce ? Dites-moi tout.

C'était impossible ! songea-t-elle, déchirée.

— Ne vous ai-je pas promis de ne jamais vous trahir ? reprit-il. La première fois que je suis venu vous rendre visite, vous ne vouliez pas me parler de Dolph, pourtant je vous ai protégée contre lui. Vous ne vouliez pas que je sois au courant pour Mick Braden, mais j'étais là aussi au bon moment. Vous ne m'aviez pas dit que votre père était en prison, ni que vous aviez enseigné chez Mme Hall, mais chaque fois que vous m'avez fait confiance, vous ai-je déçu ?

— Non.

— Vous ai-je fait peur ? Vous ai-je trompée, ou mise en colère ?

— Non.

— Je suis de votre côté, Belinda. Ne pouvons-nous mettre fin à ces secrets ?

Elle faillit ne pas résister devant tant d'insistance et de gentillesse.

— Je veux seulement vous aider, continua-t-il.

— Je sais, et vous m'avez aidée, Robert. Plus que vous ne vous en doutez.

Il posa la main sur son genou.

— J'aimerais que vous me laissiez comprendre d'où vient ce chagrin que je lis dans vos yeux. Je tente de le chasser, mais il revient toujours.

Elle baissa la tête, s'efforça de reprendre contenance.

— J'ai dû voir des choses tristes, répondit-elle.

— Par exemple ?

— Eh bien...

Elle cherchait une réponse plausible sans être trop compromettante.

— Ces enfants. Ils sont des milliers comme ceux-ci, qui vivent dans le dénuement le plus total.

Elle se tourna brusquement vers lui – Hawkscliffe, l'un des hommes les plus éminents du Parlement, qui possédait le pouvoir et les ressources pour agir là où le commun des mortels était impuissant. Il était tellement plus simple de penser à *leurs* problèmes plutôt qu'aux siens !

— Oui ?

Elle lui prit la main et se perdit dans les yeux de velours brun.

— Si cela ne vous ennuie pas de manquer la soirée du général Blücher, j'aimerais vous emmener quelque part ce soir. Mais ce ne sera pas facile...

— De quoi s'agit-il ?

— D'un aspect de la vie que vous n'avez jamais côtoyé. Ces enfants...

— Nous parlions de vous, Belinda.

— Je sais... Et je vous remercie de vous occuper de moi, de vous tenir à mes côtés. Vous êtes mon plus sincère ami, Robert. Mes problèmes ne sont rien comparés à ceux de ces petits malheureux. Acceptez-vous de m'accompagner ?

Il hocha la tête, dérouté.

— Si c'est ce que vous souhaitez.

Elle se laissa aller contre lui et déposa un long baiser sur sa joue.

— Merci, souffla-t-elle. Il vaudrait mieux que vous vous changiez pour des vêtements de tous les jours. Là où nous allons, il y a des enfants de l'âge d'Andrew qui n'hésiteraient pas à vous trancher la gorge pour voler votre chaîne de montre.

— Quoi ?

— Je vous retrouve dans dix minutes, dit-elle.

Elle s'élança dans l'escalier avant qu'il pût poser d'autres questions gênantes.

Hawk se maudissait d'avoir accepté d'entrer dans son jeu. Ils chevauchaient dans un dédale de ruelles nauséabondes. Un endroit qui ne convenait ni à une dame ni à un homme civilisé. Monté sur son fougueux étalon, Hawk avançait au pas près du docile hongre de Belinda, la main sur la crosse de son pistolet tandis qu'il scrutait la rue et les immeubles en ruine. William fermait la marche.

La puanteur du fleuve à marée basse envahissait les ruelles, aucun réverbère ne perçait l'obscurité. Des enseignes brisées qui grinçaient dans la brise pendaient lamentablement aux façades des échoppes, des nids-de-poule émaillaient les pavés moyenâgeux.

— J'espère que nous avons une bonne raison de nous trouver ici, marmonna Hawk.

Sous sa voilette, Belinda arborait une fois de plus son exaspérant masque de sérénité. Montée gracieusement en amazone, elle arrêta enfin son cheval en tirant légèrement sur les rênes.

— Là, dit-elle en désignant un vaste entrepôt de sa main gantée.

— Cela semble désert, fit remarquer Hawk.

— J'aimerais bien, rétorqua Belinda en faisant avancer sa monture.

Hawk poussa la sienne afin de rester à sa hauteur.

Elle s'immobilisa de nouveau en face du bâtiment décrépit.

— Que faites-vous, Belinda ?

— Je vais entrer là.

— Oh, non, vous n'allez pas...

— Mon cheval, William ! ordonna-t-elle.

Le domestique sauta à terre pour prendre la bride de sa monture.

— Belinda !

— C'est pour cela que nous sommes venus, Robert. Laissez-moi entrer la première.

— Vous plaisantez !

— Ils me connaissent. Je vous appellerai quand ils auront compris que vous ne représentez aucune menace pour eux.

— Il n'en est pas question, Belinda Hamilton ! Remontez immédiatement sur votre cheval !

Elle l'ignora, ôta son chapeau d'amazone et traversa vivement la rue.

Pestant entre ses dents, Hawk sauta à bas de sa monture ; il emboîtait le pas à Belinda lorsqu'il perçut un mouvement près de l'entrepôt. Il tirait son arme de sa ceinture, quand des petites silhouettes sortirent de l'ombre et commencèrent à se rassembler autour de la jeune femme.

Des enfants !

Il se trouvait devant un abri de gamins miséreux. Il savait que de tels endroits existaient, naturellement, mais jamais il n'en avait vu de ses propres yeux.

Belinda se pencha pour saluer les petits bonshommes dépenaillés dont la silhouette se découpait sur le mur. Plusieurs l'embrassèrent, et Hawk la vit fouiller dans sa bourse, leur donner de l'argent. Il était ébloui par la grâce, la compassion qu'elle apportait dans ce monde de misère et de crasse.

Bouleversé, il observait la petite troupe maigre, en haillons, qui se massait autour d'elle. Futurs voleurs et prostituées, du gibier de potence. Mais son souci de la sécurité de Belinda était plus grand encore que sa pitié. Non loin se cachaient certainement le proxénète et ses acolytes, des adultes dangereux, car ces malheureux gamins ne gardaient certainement pas pour eux le profit de leurs journées. Dieu seul savait quels gredins hantaient ce quartier mal famé ! Hawk se félicitait d'avoir emporté de quoi se défendre et d'avoir également armé William. Ils auraient de la chance s'ils ne finissaient pas tous les trois au fond de la Tamise !

Belinda lui faisait signe de venir la rejoindre, alors il rengaina son pistolet, s'assura que William n'avait pas de difficultés avec son fougueux étalon et s'approcha, Gulliver au milieu de Lilliputiens aux yeux creux qui s'écartaient de son chemin en silence.

Sur un geste de Belinda, il glissa un œil dans l'entrepôt par la porte bringuebalante. Et fut aussitôt glacé jusqu'aux os devant le spectacle qui s'offrait à lui : des grappes d'enfants entassés dans un infâme taudis.

Il était encore sous le choc lorsqu'ils retournèrent près de leurs montures.

— Ça va ? demanda Belinda.

— Et vous ?

— Oh, j'ai l'habitude !

Son regard s'égara vers une ruelle voisine qui se perdait dans l'obscurité tel un corridor vers l'Enfer. L'air absent, elle se força à revenir au présent.

— Je regrette seulement qu'ils m'aient vue ainsi. C'est un mauvais exemple que je leur donne là.

Il l'aida à grimper en selle ; quelques minutes plus tard, ils quittaient ce quartier oublié des dieux.

— Il faut faire quelque chose, déclara calmement Hawk.

Belinda lui adressa un regard qui lui alla droit au cœur.

— Je savais que vous réagiriez comme moi. Il y a quelques institutions de bienfaisance qui s'occupent de ces pauvres petits, mais d'après ce que je sais, c'est comme de tenter d'endiguer une inondation avec un bouchon de liège.

Il lui prit la main.

— Je ne vous ai jamais trouvée plus belle qu'en cet instant, murmura-t-il. Je mettrai tout en œuvre pour les aider, Belinda.

— J'étais sûre de pouvoir compter sur vous.

Dès qu'ils furent de retour à Knight House, elle déposa un baiser sur sa joue et se retira, arguant de son épuisement.

Encore sous le choc de ce qu'il venait d'entrapercevoir, Hawk se rendit à la bibliothèque, effleura son piano en passant et s'assit à son bureau afin de noter ses réflexions sur la façon d'aider l'enfance défavorisée, d'éviter la délinquance juvénile et d'éradiquer la maladie qui infestait Londres à un jet de pierre des beaux quartiers.

À plusieurs reprises ses pensées dérivèrent jusqu'à Belinda. Il commençait à se dire qu'elle n'était pas devenue courtisane par appât du gain ni par vanité, comme il l'avait supposé au début. À cause de l'inconscience de son père et de la brutalité de Dolph, la sage et convenable Mlle Hamilton s'était retrouvée marchande ambulante. Quelle humiliation elle avait dû éprouver ! songea-t-il, honteux au souvenir des piques qu'il lui avait lancées concernant sa profession.

À l'époque, il ne s'était pas rendu compte que son choix avait été une question de survie, mais ce soir, il avait eu un aperçu de ce que signifiait ce mot. Et malgré ses déboires, elle n'avait pas perdu sa capacité d'amour et de compassion.

Il posa sa plume, se prit le visage entre les mains. Quel hypocrite il faisait ! Pendant qu'il la regardait de haut, la prenait pour une prostituée, elle n'était qu'amour de son prochain, et resplendissait d'une vertu tranquille.

« Seigneur, mets un terme à tout cela ! criait la voix de la raison, une voix qui ressemblait étrangement à celle de son père. C'est absurde. Toi, un Hawkscliffe, tu te ridiculises pour une courtisane. Cesse d'idéaliser cette femme et de te torturer. Ressaisis-toi avant qu'elle ne te rende fou, ce qui est exactement ce qui t'arrivera si tu t'entêtes à te conduire comme tu le fais. »

La pendule ancienne sonna un coup, et la vision qu'il avait de son père en colère s'évapora, le laissant seul avec la peur que les sentiments que Belinda lui inspirait faisait naître en lui.

Rien n'était réglé. Au contraire, la lutte entre son cœur et son esprit reprenait de plus belle. Même à cet instant, il mourait d'envie d'aller la retrouver...

Il ne pouvait l'utiliser comme appât, se disait-il, pourtant il le fallait. Et il le ferait. Il eut un rictus amer. Il n'avait qu'une solution : se jeter à ses pieds et avouer à l'étoile du demi-monde qu'il était devenu son esclave.

12

Dans le doux paysage du Leicestershire, la malle-poste s'arrêtait chaque jour sur la place de la petite ville de Melton Mowbray. Un robuste garçonnet de dix ans, à qui l'on avait donné une tâche de confiance, saluait aimablement le cocher et prenait le courrier destiné à son maître ainsi que l'édition quotidienne du *London Times*.

Ce jour-là, le gamin rentrait de sa marche d'une heure, content qu'il y eût des sentiers ombragés, car le soleil tapait dur. Enfin il aperçut les toits d'ardoises du manoir de l'autre côté de la colline. Une fois en haut, il fit halte pour reprendre son souffle.

La brise jouait dans ses cheveux quand il arriva en vue de la solide bâtisse de brique qui se nichait dans la verdure, son étang scintillant sous le radieux ciel d'été. Il ne s'attarda pas, car le comte de Coldfell attendait son journal avec impatience.

Rajustant sa sacoche, il plissa les yeux. Au loin, il apercevait les charpentiers et les maçons qui réparaient l'aile droite du manoir, celle qui avait été incendiée avant que la malheureuse comtesse ne se noyât.

« Pauvre maître ! » songea le garçon en voyant le comte, lourdement appuyé sur sa canne, qui venait constater l'avancement des travaux.

Son précieux chargement à l'épaule, il courut tout le reste du trajet. Le comte lui sourit en lui ébouriffant les cheveux, puis il se rendit dans son bureau dont il ferma la porte derrière lui. Le monocle à l'œil, il feuilleta le quotidien, espérant y apprendre la mort de

Dolph. Au bout de quelques minutes, il fronça les sourcils.

Rien.

Sombre, il se redressa et le monocle tomba au bout de son cordon.

— Bon sang, Hawkscliffe, qu'attendez-vous ?

Robert avait juré de venger Lucy, mais depuis que Coldfell s'était retiré à la campagne, le duc n'avait rien fait d'autre que de se pavaner en ville au bras de sa jolie maîtresse. Certes, Hawkscliffe était un homme jeune, viril, et il avait besoin de distraction après la mort de Lucy. Il le comprenait fort bien, pourtant cela ne lui plaisait guère. Il fallait de toute évidence rappeler sa mission au duc. C'est pourquoi Coldfell avait prévu de se rendre à Londres quelques jours plus tard, afin d'assister au souper de conservateurs que donnait la maîtresse de Hawkscliffe. Il pourrait ainsi se rendre compte par lui-même de ce qui se passait entre la ravissante courtisane et celui qu'il appelait déjà mentalement son gendre.

Tandis que l'été avançait, Dolph était plongé dans un état d'abattement indescriptible.

Il était assis près de la fenêtre, à son club, et contemplait d'un air morne la parade de la Victoire qui semblait railler sa défaite. *Belinda ne sera jamais ma femme.*

Il posa son verre de bière et décida de se distraire en conduisant son attelage. Il parcourut les rues au hasard, et ralentit devant la vitrine où il avait épié Belinda alors qu'elle essayait ses luxueuses toilettes. *Je la déteste. J'ai envie d'elle. J'ai besoin d'elle.* Par le diable, de quel échange Hawk avait-il voulu parler, l'autre soir, au *Vauxhall* ?

Jetant son mégot de cigare sur la chaussée, il fit de nouveau claquer son fouet avec un rictus mauvais. Il traversa la capitale ventre à terre, comme s'il voulait semer son obsession. Pourquoi ne parvenait-il pas à l'oublier ? Pourquoi son attitude le mettait-il tellement en colère ? Soit c'était le destin, soit – pis encore – quelque chose ne tournait pas rond dans son cerveau.

Il passa devant tous les endroits où elle avait coutume de vendre des oranges, devant le sinistre immeuble où elle louait une chambre.

Il quitta les faubourgs de Londres pour se retrouver devant l'allée cavalière au bout de laquelle se dressait l'établissement de Mme Hall. L'endroit où Belinda avait travaillé. Il avait enfin trouvé un moyen d'atteindre Hawkscliffe, s'il osait s'y risquer.

L'école se trouvait non loin d'un petit village. Comme il était venu y voir Belinda chaque jour pendant un mois, il en connaissait les horaires ainsi que la situation précise.

Le bâtiment de brique était séparé des échoppes et du pub par un vaste pré que l'on avait transformé en parc. Au centre de la pelouse se trouvait une mare avec des canards et un superbe cygne qui cherchait, vaniteux, son reflet dans l'eau. Les jeunes élèves aimaient bien venir les voir.

Dolph arrêta le phaéton au bord du chemin et sauta à terre, laissant le véhicule aux soins de son palefrenier. Il consulta sa montre de gousset, puis il se rendit à la boulangerie du village afin d'acheter une miche de pain. Ensuite il revint nourrir les canards avec l'air indifférent d'un homme qui se promène.

Comme il se penchait vers la mare, il entendit la cloche de l'école tinter et se retint de sourire. Ce jour-là, sa proie allait enfin lui parler, il le sentait.

Derrière lui, les jeunes filles sortaient en pouffant et en babillant, car c'était l'heure de la promenade.

Marchant à petits pas comme il convenait, les élèves, toutes vêtues d'un blanc virginal, s'engageaient dans l'allée qui menait à lui. Elles étaient une trentaine. Le regard expérimenté de Dolph parcourut le groupe, pour s'arrêter sur une jeune beauté qui évoquait un ravissant cygne au milieu d'une portée de canards.

Lady Jacinta Knight, la petite sœur chérie de Hawkscliffe.

Elle serait un intermédiaire parfait pour faire savoir au duc qu'on ne plaisantait pas avec Dolph Breckinridge.

Alors que les autres jeunes filles portaient de sages capotes sur la tête, Jacinta laissait flotter librement la chevelure couleur de miel sauvage qui encadrait son visage animé. C'était un petit diable précoce, hardi, plein de fraîcheur avec ses pommettes hautes et ses yeux en amande pétillants. Elle riait plus souvent et plus fort que ses camarades, elle ne cessait de bouger, et elle semblait danser quand elle marchait. Âgée de seize, dix-sept ans tout au plus, elle possédait une grâce de nymphe qui convenait parfaitement à son air espiègle.

Dolph avait envie d'elle. En chasseur expérimenté, il ne bougea pas, malgré le désir qui s'emparait de lui. Comme la brise lui apportait des chuchotements amusés, il comprit que la jeune fille était ravie qu'il fût venu une fois de plus l'admirer. Mais comment arriveraient-ils à communiquer ?

Il avait compté sur sa naïveté, sa jeunesse, mais il savait qu'elle n'avait pas le droit d'adresser la parole à un homme sans qu'il lui eût été présenté dans les formes. Et lui ne pouvait pas non plus l'aborder sans briser les règles de la bonne conduite.

Lady Jacinta avançait sur le chemin avec une de ses compagnes, une jeune fille aux cheveux bruns tirés en chignon qui semblait d'ores et déjà destinée à rester célibataire. Jacinta jouait avec son ombrelle, elle se déplaçait avec la grâce d'une jument coquette qui sent un étalon dans les parages, tandis que sa camarade lisait à haute voix le livre qu'elle tenait à la main.

À voir les regards aguicheurs qu'elle lui jetait à travers la pelouse, Dolph estima qu'elle était prête à se laisser séduire. Il l'imaginait bien tarabustant les garçons de son âge, mais sans doute n'avait-elle jamais reçu les hommages d'un homme – un homme qui saurait satisfaire les besoins naissants de son jeune corps. On prédisait déjà dans la bonne société que Jacinta aurait un tempérament de feu. Après tout, n'était-elle pas la seule fille de la scandaleuse Georgiana Hawkscliffe ?

Comme elle lui lançait de nouveau un coup d'œil furtif, il se passa la langue sur les lèvres et lui sourit.

Elle secoua ses boucles, se détourna en rougissant. Sa compagne regarda en direction de Dolph et prit un air pincé, réprobateur, pour s'entretenir à voix basse avec Jacinta. Dolph se réjouit intérieurement. Quand ils réussiraient à se retrouver seuls, Jacinta aurait peut-être envie de voir ses cicatrices. Les femmes adoraient cela, en général.

Il jeta quelques miettes de pain aux canards, sentant sur lui le regard des deux jeunes filles.

Soudain, en un clin d'œil, lady Jacinta prouva qu'elle avait hérité de sa mère le génie de la séduction. Par une ruse féminine, ou grâce à l'intervention de Mère Nature, une femelle encore plus rouée, son ombrelle lui fut arrachée par une bourrasque de vent et vint se poser au beau milieu de la mare.

Dolph se retourna au moment où elle arrivait en courant parmi les canards caquetants. Elle s'immobilisa au bord de l'eau, non loin de lui.

— Oh, non ! s'écria-t-elle, les mains sur les joues.

On aurait dit une diva sur la scène de Covent Garden !

Dolph faillit bien tomber amoureux sur-le-champ.

Il ravala un petit rire et s'inclina courtoisement.

— Permettez, mademoiselle...

— Mais, mon bon monsieur, jamais je n'oserais vous demander...

Déjà Dolph avait ôté sa veste et s'avançait dans la mare. De l'eau jusqu'aux cuisses, il se saisit de l'ombrelle en dissimulant son mécontentement à l'idée de gâcher des bottes qui lui avaient coûté soixante-dix guinées. Mais cela en valait la peine, pour atteindre Hawkscliffe, se raisonna-t-il. Il revint vers la berge où l'attendait la jeune fille, épanouie, rougissante, sa somptueuse chevelure embrasée par le soleil.

— Elle est plutôt endommagée ! dit-il en lui tendant son bien.

Un rire en cascade sortit de la ravissante bouche de Jacinta.

— Merci, monsieur...

— Sir Dolph Breckinridge, pour vous servir, mademoiselle.

— Bonjour. Je m'appelle Jacinta, murmura-t-elle en jetant un bref regard à sa compagne par-dessus son épaule.

L'autre, à quelques pas de là, les observait, l'air sévère.

— Vous êtes belle, dit-il sur le même ton. Puis-je vous écrire ?

Les grands yeux brillaient d'excitation.

— Ce ne serait pas convenable !

— Il n'est pas convenable non plus que les jeunes filles lancent leurs ombrelles dans les mares, rétorqua-t-il doucement. Vous aimez donc ce qui est convenable ?

— Jacinta, grinça la future vieille fille, voilà Mlle Alverston !

— Retiens-la, Lizzie, s'écria Jacinta.

— Vous aimez les promenades en voiture ? Venez faire un tour avec moi.

— Sir Dolph ! protesta-t-elle en prenant l'air scandalisé, mais ravie de l'invitation.

— Je vous apprendrai à conduire mon phaéton. Cela ne vous tente pas ? Je vous apprendrai tout, chuchota-t-il sans cesser de fixer ses lèvres pleines.

— Lady Jacinta ! tonnait le professeur qui arrivait sur les lieux.

— Son ombrelle s'est envolée, mademoiselle Alverston, expliqua Lizzie.

Jacinta ne leur prêta pas la moindre attention, fascinée par le beau jeune homme au discours si hardi.

L'éducatrice vint la prendre par le poignet.

— Bonjour, monsieur. Vous êtes sur une propriété privée. Allez lire votre journal ailleurs.

— Oh, je l'ignorais ! Désolé, répliqua Dolph, hautain.

— Merci d'avoir sauvé mon ombrelle ! lança Jacinta, que Mlle Alverston entraînait par le bras.

La dénommée Lizzie s'approcha de Dolph, les poings sur les hanches.

— Je me souviens de vous, déclara-t-elle. Vous êtes cet homme qui a fait renvoyer notre professeur préféré. Vous avez intérêt à ne pas remettre les pieds ici !

— Que ferez-vous, sinon ?

— Je vous dénoncerai !

— Ciel, je risque de me faire taper sur les doigts par votre directrice !

— Ce n'est pas à elle que je le dirai, grossier personnage, mais aux frères de lady Jacinta. Elle en a cinq ! Ils ne feront qu'une bouchée de vous !

À cet instant, quelqu'un l'appela.

— J'arrive ! répondit-elle.

— Vous feriez mieux de vous taire, gronda Dolph.

— Et vous, vous feriez mieux de cesser de harceler ma meilleure amie.

Sur ce, elle tourna les talons et partit en courant vers l'école.

Dolph la regarda s'éloigner, conscient qu'il était piégé.

Si savoureuse que pût être cette vengeance, courtiser Jacinta Knight relèverait du suicide. Si Hawkscliffe à lui seul était déjà un ennemi redoutable, il préférait ne pas penser à la réaction de Jack, le hors-la-loi, ou de Damien, héros de guerre, qui ne tarderait pas à rentrer en Angleterre.

Il cracha de dépit dans l'herbe et retourna à son phaéton.

Peut-être était-il partial, se dit Hawk tandis que la fête battait son plein à la nuit des courtisanes, mais sa maîtresse était de loin la plus belle, et il en était très fier. Elle était moulée dans une robe bleu glacier, et son décolleté était si profond qu'il en était tout retourné. Il aurait aimé la voir vêtue de son seul collier de diamants et de lapis-lazuli.

Il l'avait encore sidérée en le lui offrant juste avant la soirée. Il eut un soupir amer. Il s'enfonçait chaque jour davantage dans sa passion, et ne semblait même pas s'en inquiéter. Rien qu'à la regarder, il se sentait le cœur léger.

Elle bavardait joyeusement et, de toute évidence, elle séduisait tout le monde. Elle paraissait entourée d'une aura dorée qui attirait les gens à elle, et ils la quittaient toujours le sourire aux lèvres – surtout s'il s'agissait d'hommes, songea Hawk, un peu irrité de la voir papillonner ainsi. Il voulait qu'elle revînt près de lui, là où était sa place. Dieu, il était vraiment entiché d'elle !

Il termina son verre de sherry d'une traite et le posa sur le bar. Allait-il devenir aussi obsédé par Belinda que Dolph ? Les yeux braqués sur elle, il fendit la foule en répondant distraitement aux saluts de ses amis et connaissances. Tout autour de lui ce n'était que rires, anecdotes salaces, caresses hardies et baisers, mais il ne s'en souciait guère.

Belinda le vit approcher et ses yeux se mirent à briller, faisant pâlir l'éclat des joyaux. Elle lui adressa un sourire qui l'ensorcela.

Elle soutint son regard tandis qu'il se dégageait d'un groupe d'hommes, et dès qu'il la toucha, il s'embrasa. Il la prit par la main afin de l'entraîner sur la piste, sourd aux protestations des jeunes gens à qui il l'arrachait.

Ils ne se quittèrent pas des yeux tout le temps que dura le menuet. Hawk se grisait de son parfum lorsqu'elle passait près de lui, le regard mutin. Il posa la main sur sa taille, et ils cessèrent de danser bien que la musique continuât.

Ils se regardaient sans se toucher, sans s'embrasser, telles deux figurines de porcelaine. Le sang de Hawk grondait à ses oreilles. Au-dessus du rythme joyeux de l'orchestre montait en lui une autre mélodie, sauvage, libre, aussi douce que le chant du rossignol.

Belinda le regardait, les yeux agrandis, les lèvres entrouvertes, émerveillée, comme si elle l'entendait, elle aussi.

Alors il sut. Tremblant, il prit sa main. L'impossible s'était produit, il l'aimait.

Belinda ne comprenait pas très bien ce qui se passait. Son protecteur la regardait comme s'il venait d'être frappé par la foudre. Elle allait lui demander s'il se sentait bien lorsque Harriette vint la prendre par le bras.

— Désolée, Votre Grâce, je vous l'emprunte juste un moment. Je la ramène tout de suite. Belinda, si vous voulez bien me suivre, quelqu'un aimerait faire votre connaissance.

— Non ! s'exclama Robert en agrippant le poignet de Belinda.

Les deux jeunes femmes se tournèrent vers lui, surprises, et il se rendit compte qu'il s'était montré tout à fait grossier.

Harriette lui donna un petit coup d'éventail en riant.

— Allons, soyez beau joueur, Hawkscliffe. Elle est là pour distraire nos amis, vous savez.

Robert lâcha Belinda, non sans lui lancer un regard suppliant.

— Elle fera ce qu'elle juge bon, j'en suis sûr.

Belinda fronçait les sourcils.

— Vous vous sentez tout à fait bien ?

— Très bien, murmura-t-il.

— Venez, mon petit, c'est urgent, insistait Harriette.

Belinda obtempéra, mais elle jeta un coup d'œil pardessus son épaule tandis que son amie l'entraînait. Hawk la contemplait avec une intensité troublante.

— Dépêchez-vous, la pressait Harriette. Vous ne

devinerez jamais qui veut vous rencontrer ! Je suis folle de jalousie.

— Qui est-ce ?

— Le tsar Alexandre !

Belinda s'immobilisa et dégagea son bras.

— Vous plaisantez !

— Ne regardez pas tout de suite, mais il est sur la galerie avec son escorte. Il vous a remarquée dans la foule, répondit Harriette avec une pointe d'envie.

Belinda leva les yeux ; il y avait foule, en effet.

— Que... que me veut-il ?

— À votre avis ? Vous avez attiré son attention. J'espère que vous allez vous montrer complaisante.

— Non !

— Non ?

Harriette s'immobilisa, les poings sur les hanches, pugnace.

— Comment ça, non ?

— Je suis venue ici avec Hawkscliffe.

— Qu'est-ce qui ne tourne pas rond chez vous ?

— Rien...

— Belinda, petite folle, ne vous ai-je pas assez avertie ?

— J'ignore de quoi vous parlez.

— Vous êtes amoureuse de lui.

— Non, je ne le suis pas ! protesta Belinda qui se sentait rougir.

— Bien sûr que si. Vous avez perdu.

— Pas du tout !

— Vraiment ? Eh bien, je suis heureuse de l'entendre. Parce que, en ce moment, le tsar de toutes les Russies rêve de vous accueillir dans son lit. Venez. Il n'est pas question que vous l'offensiez, et me mettiez ainsi dans l'embarras.

Harriette fit mine de l'entraîner vers l'escalier, mais Belinda refusa de bouger.

— Non !

— Vous ne pouvez pas refuser, vous êtes une courtisane, lui rappela Harriette, courroucée.

— Je choisis mes amants, or je ne veux pas de celui-là.

— Ne soyez pas stupide ! C'est le tsar, et il est bel homme. L'avez-vous seulement vu ?

— Je l'ai vu, mais il n'est pas question que je laisse Robert seul toute la soirée.

— J'enverrai d'autres jeunes femmes le distraire...

— Ne jouez pas à ça...

— Belinda Hamilton, vous ne pouvez repousser le tsar. Faites-le pour l'Angleterre.

— Oh, je vous en prie ! Si c'est un gentleman, comme on le prétend, il comprendra.

— Vous me déconcertez. C'est la chance de votre vie, vous ne pouvez pas agir ainsi ! Soyez gentille avec lui, et qui sait ce qu'il fera de vous ? C'est un *empereur*, Belinda ! Ne gâchez pas tout !

— Puisqu'il vous impressionne tant, allez donc au lit avec lui, Harriette.

Cette fois, Belinda se dégagea et s'éloigna résolument, sentant ses jambes trembler sous elle.

— Petite garce arrogante ! Comment osez-vous me laisser dans l'embarras ainsi après ce que j'ai fait pour vous ?

— Je vous donne vingt pour cent en remerciement, Harriette, alors, pardonnez-moi si je ne suis pas tout à fait assez docile.

— Que suis-je censée dire au tsar ?

— Dites-lui que je suis flattée, mais que je suis fidèle à Hawkscliffe. Maintenant, je rentre à la maison.

— Knight House n'est pas votre maison, pauvre sotte ! Et vous l'apprendrez de la manière la plus dure qui soit. Vous n'y êtes qu'une servante.

Belinda se perdit dans la foule, cependant, l'avertissement de Harriette résonnait encore à ses oreilles. Elle ne voyait Robert nulle part. Pourvu qu'il ne fût pas en colère ! Que signifiait son étrange regard ?

Elle tomba soudain face à lui, et vit que ses yeux bruns étincelaient de rage et de douleur. Elle posa la main sur sa poitrine en une prière silencieuse. Il lui releva brutalement le menton, chercha son regard.

— Auriez-vous changé d'avis ? gronda-t-il.

En guise de réponse, Belinda noua les bras autour de son cou, l'attira à elle et l'embrassa sur la bouche. Il lui rendit son baiser avec une ardeur débridée, au beau milieu de la salle de bal.

Ils n'entendirent pas les sifflets ni les plaisanteries qui fusaient autour d'eux. Les gens prenaient tout à la blague, dans cette assemblée, mais Belinda brûlait de désir, tandis qu'elle fourrageait dans les cheveux de Hawk, qu'elle écartait davantage les lèvres en réponse à son baiser dominateur. Il voulait lui donner une leçon, lui apprendre qu'elle lui appartenait complètement... Et elle n'avait qu'une envie : se rendre.

Pleine de défi, elle espérait que le tsar, son entourage et Harriette regardaient. Leurs bouches se séparèrent, mais elle garda le visage de Hawk entre ses mains tremblantes et posa son front contre le sien.

— Rentrons, souffla-t-elle.

Il ne se le fit pas dire deux fois. Il l'enleva dans ses bras et l'emporta vers son carrosse.

Elle fut à peine consciente de la présence du cocher et des laquais. Lorsqu'ils furent tous les deux à l'intérieur, Robert tira les rideaux et ils se jetèrent dans les bras l'un de l'autre tandis que la confortable voiture les conduisait en douceur à travers la ville endormie.

Il la renversa contre la banquette de cuir ivoire. Ils se caressaient, s'embrassaient avec ivresse, et seuls leurs souffles rauques troublaient le silence. Soudain, Robert se redressa et la prit sur ses genoux, ses mains brûlantes tremblant d'impatience.

— J'ai eu envie de cela toute la soirée, murmura-t-il. Laissez-moi goûter à ces merveilleux...

Il déchira le devant de sa robe, libérant ses seins, et y enfouit son visage.

— Je voudrais vous dévorer ! gémit-il.

Comme il prenait un bouton rose dans sa bouche, elle poussa un petit cri de plaisir.

Déjà sa main glissait sous sa jupe, et elle s'assit à califourchon sur lui.

Sous la caresse intime, elle ferma les yeux avec un sourire de pur bonheur. Il continua sa tendre exploration jusqu'à ce qu'il la sente sur le point d'exploser de passion, alors il s'arrêta. Elle ouvrit les yeux, tandis qu'il la reposait fermement sur le siège opposé. Les yeux irradiant la sensualité, il la poussa doucement contre le dossier de la banquette et s'agenouilla devant elle.

— Robert...

— Chut ! Laissez-moi faire

Avec un soupir de bien-être, elle ferma de nouveau les paupières et s'abandonna sans retenue au délice qui s'emparait d'elle.

Il avait relevé sa jupe, et elle s'accrochait aux poignées de cuir comme si sa vie en dépendait, concentrée sur le ballet que dansaient en son honneur les mains et la bouche de Robert. Toute pudeur oubliée, elle se surprit à épouser son rythme, qui s'intensifia bientôt et la mena à des sommets jusqu'alors inconnus.

Enfin il releva la tête.

— Je veux vous prendre, tout de suite, fit-il d'une voix rendue rauque par la passion.

Un frisson de panique la parcourut. Pas ça ! Elle n'était pas prête. Elle le repoussa des deux mains en espérant ne pas le mettre en colère par son refus.

— Robert, pas... pas dans la voiture. Pas pour notre première fois.

Il renversa la tête en arrière et poussa un soupir de frustration.

— Oh, mon chéri ! dit-elle doucement.

Elle caressa son sexe à travers le pantalon de soie.

— Je peux, Votre Grâce ?

Au grondement de désir qui lui répondit, elle le poussa à son tour sur son siège et lui rendit tout le plaisir qu'il lui avait donné.

Lorsque le carrosse s'immobilisa devant le perron de Knight House, ils en sortirent en s'efforçant de se recomposer une apparence digne.

L'odeur de l'amour emplissait l'habitacle quand le valet de pied vint leur ouvrir la portière.

Rouge de confusion, retenant un rire nerveux, Belinda descendit, ses souliers dans une main, son réticule dans l'autre, le menton haut, le regard fixé droit devant elle. Elle se rendait parfaitement compte que sa tenue était choquante, pourtant elle se sentait merveilleusement bien, et elle n'avait plus qu'une envie : aller dormir.

Robert n'était guère plus présentable, avec sa cravate dénouée, sa chemise ouverte, ses cheveux ébouriffés. Ils gravirent sans un mot le vaste escalier, et Belinda apprécia la fraîcheur du marbre sous ses pieds.

Sur le palier, ils se regardèrent avec une pointe d'incertitude.

Robert se passa la main dans les cheveux.

— Je n'étais jamais allé à un bal de courtisanes, dit-il.

— Moi non plus.

Il y eut un silence gêné.

— J'ai passé un bon moment, reprit-il.

Elle lui adressa un sourire radieux.

— C'était le but.

Elle avança d'un pas, se dressa sur la pointe des pieds pour déposer un baiser sur sa joue.

— Bonne nuit, Robert.

Comme elle reculait, il chercha son regard.

— Quand, Belinda ?

Elle effleura du doigt le revers de satin de son habit.

— Bientôt.

Soudain bouleversée, elle plaqua un sourire sur son visage et fit volte-face afin de se diriger vers ses appartements avec désinvolture.

— Bonne nuit, mademoiselle Hamilton, dit-il sans bouger, les mains dans les poches, un demi-sourire aux lèvres.

13

Le comte de Coldfell, en compagnie d'autres dirigeants du parti conservateur, buvait du porto dans le salon du duc de Hawkscliffe. Le soir du dîner de Mlle Hamilton était enfin arrivé, et Coldfell affichait un sourire poli, mais il se sentait dans la peau d'un marionnettiste auquel ses poupées refusent d'obéir. Pourtant elles lui céderaient bientôt, oh, oui !

Il était venu simplement pour voir où en était la situation entre Robert et sa maîtresse. Il s'en voulait d'avoir si mal jugé la vraie nature de Hawkscliffe. Le jeune et fougueux duc aurait déjà dû tuer Dolph, alors qu'il roucoulait avec sa beauté blonde, complètement indifférent au scandale qu'il provoquait.

Quant à sa promesse de punir Dolph pour son crime, il paraissait l'avoir définitivement oubliée. Coldfell en conclut que c'était l'enchanteresse qui avait détourné le chevalier de sa quête. Hawkscliffe était visiblement sous son charme.

Fort amateur de beauté lui-même, le comte ne pouvait reprocher à la Belle Hamilton d'exister, mais il n'appréciait pas la façon dont, de toute évidence, elle avait pris en main Knight House, la domesticité, et le duc lui-même, dans une moindre mesure. Elle se comportait comme une maîtresse de maison, non comme une prostituée, et cela déplaisait fort à Coldfell qui avait bien l'intention de voir sa fille neuvième duchesse de Hawkscliffe.

Robert et Juliet iraient parfaitement ensemble.

Coldfell avait bien des défauts, il le savait, mais il

fallait lui reconnaître qu'il était un père aimant et attentionné. Il voulait, avant de quitter cette terre, que sa fille unique fût mariée à un époux prévenant qui saurait prendre soin d'elle. À qui d'autre que Hawkscliffe pourrait-il confier sa douce et fragile enfant ? Qui d'autre serait assez chevaleresque pour épouser la jeune infirme, en ayant parfaitement conscience qu'elle n'était *pas* simple d'esprit, mais que la fièvre jaune l'avait rendue sourde depuis l'enfance ?

Contrairement à la belle courtisane qui partageait le lit de Robert, Juliet était innocente dans tous les sens du terme. Elle ne ferait pas d'entrée officielle dans le monde, le destin l'avait privée de ce dont toutes les jeunes filles bien nées rêvaient. Elle ne pouvait danser, puisqu'elle n'entendait pas la musique. Elle ne pouvait soutenir de conversation avec des inconnus, bien qu'elle fût capable de lire sur les lèvres de son père et de sa gouvernante. C'était un petit faon délicat, dont elle avait la beauté.

Avec son sens de l'honneur, Hawkscliffe ne pourrait refuser de la prendre pour épouse, surtout lorsqu'il aurait admiré ses grands yeux bleus et ses boucles châtaines. Coldfell en était convaincu. Leur premier fils – son futur petit-fils – hériterait du comté, alors il quitterait cette terre, rassuré de savoir le sort de sa fille et des siens entre de bonnes mains.

Et que Hawkscliffe garde donc sa catin, cela allégerait le devoir conjugal de Juliet.

Il en était là de ses réflexions lorsque la double porte donnant sur la salle à manger s'ouvrit sur un valet en livrée qui s'inclina cérémonieusement.

— Sa Grâce est servie, annonça-t-il.

— À vous l'honneur, Wellington, dit Robert en offrant avec élégance la main de sa maîtresse au Duc de Fer.

Le grand, sévère et intraitable duc esquissa ce qui pouvait ressembler à un sourire quand il tendit son bras à Belinda.

— Avec plaisir. Mademoiselle Hamilton...

Elle se laissa conduire avec grâce dans la pièce adjacente.

La dame était une aussi redoutable conquérante que le général, se dit Coldfell, cynique.

Il devait admettre qu'elle était d'une beauté à couper le souffle, contre laquelle aucun homme, jeune ou vieux, ne pouvait être immunisé. Elle les fascinait tous par son charme, son sourire à la fois serein et réservé. Eldon semblait particulièrement séduit. Il était assis en face d'elle, un peu plus tôt, au salon, et il l'aurait sans aucun doute attirée sur ses genoux sans la présence de Hawkscliffe. Peut-être aurait-elle accepté, s'il y avait mis le prix.

Belinda Hamilton avait de l'élégance et du style. Son corps de rêve était drapé dans une robe de mousseline rose pâle. Lucy et sa chevelure rousse étaient le feu, Mlle Hamilton, la glace, songea Coldfell. De la glace aux mille facettes qui renvoyait la lumière comme le plus parfait des diamants, pourtant, il l'imaginait bien fondant dans les bras de Hawkscliffe.

Le jeune duc adressait un sourire cordial à ses invités en leur désignant la salle à manger.

— Après vous, messieurs.

Coldfell passa devant lui, appuyé sur sa canne, et se dirigea vers la table impeccablement dressée. La courtisane était aussi une hôtesse hors pair. La lumière des chandeliers jouait sur l'acajou des meubles et se reflétait dans l'argenterie. De délicats rince-doigts emplis d'eau parfumée à la fleur d'oranger ornaient la nappe brodée, et des valets en livrée se tenaient aux quatre coins de la pièce.

Hawkscliffe prit place au haut bout de la table, et regarda sa maîtresse, en face de lui. Ils échangèrent un sourire de connivence. Visiblement, ils s'entendaient à la perfection.

Coldfell les observait discrètement.

De toute évidence, cette jeune femme convenait merveilleusement au duc, qui était plus détendu, plus chaleureux que naguère. Son regard était plus serein. Elle avait montré qu'elle savait comment se comporter avec lui, un peu plus tôt, en intervenant au moment où Sidmouth commençait à échauffer sérieusement les oreilles de Hawkscliffe.

Mlle Hamilton, de son côté, semblait un peu nerveuse en début de soirée, et Robert l'avait apaisée d'un simple contact sur le bras, geste qui témoignait d'une profonde affection. Coldfell avait alors eu une révélation : ces deux-là s'aimaient.

Et la magie qui se dégageait d'eux se communiquait aux importants personnages présents, nota Coldfell, irrité. L'atmosphère était pétillante, joyeuse, comme si Mlle Hamilton avait versé quelque drogue dans le champagne.

Lorsqu'on servit les entrées raffinées, Coldfell déploya sa serviette sur ses genoux après s'être rincé les doigts dans l'eau odorante.

Très bien ! se dit-il. Il allait falloir prendre des mesures draconiennes.

Tout se déroulait à merveille, mais Belinda, tendue, se contentait de picorer dans son assiette. À l'apéritif, elle s'était surtout occupée des personnalités politiques, mais à présent, elle s'intéressait davantage aux gens de lettres. On se devait d'avoir des poètes à sa table ; seuls les libéraux parlaient politique pendant un repas.

Elle essaya d'interroger Walter Scott sur ce qu'il écrivait, mais il ne daignait parler que de la demeure faussement médiévale qu'il se faisait construire en Écosse. Il revenait sans cesse sur les problèmes techniques, les fondations, les charpentes, les tours.

Avec un sourire poli, et en se promettant de se rappeler que les romanciers étaient des gens intarissables, Belinda se tourna vers Robert Southey dans l'espoir que ce jeune poète ferait rebondir la conversation, or celui-ci semblait l'âme même du conservatisme. Le vin aidant, il consentit non à parler des Muses, mais seulement de ce perverti de lord Byron qu'il haïssait au-delà de toute expression.

Belinda et le duc échangèrent un regard par-dessus la table, réprimant un fou rire devant la jalousie patente du jeune écrivain. Au temps pour la poésie ! Diplomate, Robert demanda à M. Southey de parler de son excellente *Vie de Nelson*, et même le taciturne Wellington se joignit à la discussion. Cela se termina par un toast porté en l'honneur de l'amiral.

— Lord Castlereagh, commença Belinda en se tournant vers l'élégant secrétaire d'État aux Affaires étrangères, Hawkscliffe m'a appris que vous vouliez faire voter au Parlement la réalisation d'une statue de lord Nelson ?

— Qui le mériterait plus que lui ? répondit Castlereagh dont le regard sombre s'adoucit quelque peu. Je regrette seulement qu'il soit parti avant de voir son vieil ami Wellesley finir d'écraser Bonaparte... Oh, pardonnez-moi, *Votre Grâc*e ! ajouta-t-il en plaisantant.

Wellesley avait été nommé duc de Wellington quelques semaines auparavant.

Le tout nouveau duc s'esclaffa avec les autres.

— Et quel style de monument envisagez-vous ? reprit Belinda.

— Nos architectes proposent une haute colonne surmontée de sa statue.

— Ce serait magnifique ! approuva-t-elle dans un sourire. Nous l'honorerons ainsi par le marbre, comme M. Southey l'a rendu immortel par les mots.

— Ce sont ses actes qui l'ont immortalisé, mademoiselle Hamilton, rectifia Southey. Je n'en ai été que le rapporteur. Mais dites-nous, que lit donc notre belle hôtesse, en ce moment ?

— Comme c'est aimable à vous de me poser la question ! À la vérité, j'ai découvert un roman tout à fait surprenant. J'aime beaucoup les librairies, expliqua-t-elle en songeant au temps passé à chercher de vieux manuscrits pour son père. C'est une œuvre anonyme qui est sortie l'année dernière. Après avoir lu la première ligne, je n'ai pu m'arrêter.

— Anonyme ? Il ne s'agit pas de l'un de ces pernicieux livres français, j'espère ? la taquina Eldon.

— Non, monseigneur !

— Comment s'appelle-t-il ?

— *Orgueil et Préjugé.*

— Hum... On dirait un essai politique !

Belinda se mit à rire.

— Pas exactement.

Elle remarqua alors que Robert la contemplait d'un air tendre. Décontenancée, elle s'empressa de regarder ailleurs, les joues en feu, avant de changer de sujet.

On apporta toute une série de desserts plus délicats les uns que les autres, et elle surprit sur elle le regard acéré de Coldfell.

Les yeux baissés sur son assiette, Belinda éprouva un élan de sympathie pour la jeune femme rousse qui avait été son épouse. Lady Coldfell n'avait guère dû goûter les plaisirs de la vie conjugale. Avec un homme aussi séduisant que Robert amoureux d'elle, où avait-elle trouvé la force de résister ?

Mais c'était *lui* qui avait résisté, se rappela Belinda. La comtesse n'était peut-être pas opposée à une petite aventure...

Un peu plus tard, elle se retira, laissant les hommes boire leur digestif en discutant de choses sérieuses. Ils se levèrent tous pour la saluer, elle fit une petite révérence et les remercia d'être venus. À leur tour, ils la remercièrent pour le merveilleux souper.

Du bout de la table, Robert lui adressa un signe de tête, le regard brûlant de promesses.

À peine quittée la salle à manger, elle s'adossa à la porte et poussa un long soupir de soulagement. Elle échangea un bref regard victorieux avec M. Walsh, qui attendait dans le couloir, ses mains gantées de blanc croisées derrière le dos. Un sourire effleura le visage digne du majordome, puis Belinda se précipita aux cuisines afin de féliciter le traiteur français et les marmitons qu'elle avait engagés pour la circonstance.

L'endroit était en état de chaos contrôlé, avec la cuisinière pour orchestrer le rangement. Il y avait une montagne de vaisselle sale et, devant le mal que s'étaient donné les domestiques pour que le dîner fût réussi, Belinda leur accorda la journée du lendemain.

Sitôt formulée cette offre généreuse, elle se rappela qu'elle n'y était pas habilitée. Elle n'était pas à proprement parler la maîtresse de maison. Tant pis, il était trop tard, déjà les domestiques nourrissaient des projets de promenades, se réjouissaient d'aller admirer les stands du festival de la Victoire, qui devait commencer le 1er août. Il y avait des temples orientaux, des pagodes, des ponts. Le temple de la Concorde était également érigé tout près, dans Green Park, pour qu'on y tirât les feux d'artifice.

Devant la joie générale, elle n'eut pas le cœur de se rétracter. Certes, elle avait outrepassé ses droits, mais Robert était un bon maître, il approuverait son initiative.

Tommy et Andrew jouaient sagement sous la table, mais comme il était près de minuit, elle décida de les envoyer se coucher. Elle les obligea auparavant, pour leur plus grand déplaisir, à se laver le visage, les mains et les dents. Enfin ils enfilèrent leurs chemises de nuit de coton et se couchèrent. Belinda leur lut une histoire en attendant que Robert en eût terminé avec ses amis. S'occuper des enfants lui permettait de ne pas penser à la terrifiante décision qu'elle avait prise de se donner enfin à lui.

Elle se sentait prête. Totalement.

Lorsqu'elle souffla la bougie, quitta le deuxième étage, réservé aux domestiques, et descendit l'escalier d'un pas mal assuré, les invités se tenaient dans l'entrée où ils se souhaitaient une bonne nuit.

Coldfell fut le dernier à prendre congé, et Robert l'accompagna à la porte.

— Donc, je vous verrai demain, à midi.

— Parfait. Je vous attendrai. Merci pour cette excellente soirée, Robert. Votre Mlle Hamilton est une délicieuse personne.

— Bonne nuit, James, répondit Robert, épanoui.

Coldfell monta péniblement en voiture, avec l'aide de son valet de pied.

Après un signe d'adieu, Robert ferma doucement la porte et s'y adossa. Levant les yeux, il aperçut Belinda, au milieu de l'escalier, qui le fixait. Avec un sourire carnassier, il se détacha du battant de bois et se précipita au pied des marches.

— La voilà. Mon arme secrète. Ma magicienne. Castlereagh et Wellington ont été conquis. Eldon et Liverpool ont accepté de relire mes rapports, et Sidmouth a déclaré que si ces deux derniers me soutenaient, il ne se mettrait pas en travers de mon chemin.

Belinda poussa un cri de triomphe, empoigna sa jupe et s'élança vers lui. Il l'attrapa au vol et la fit tournoyer follement dans ses bras.

— Vous avez été merveilleuse ! Nous formons une équipe imbattable, mademoiselle Hamilton ! Que pensez-vous d'une domination mondiale ? Devrions-nous essayer, à votre avis ?

— Il y a d'autres choses que je préférerais essayer avec vous, monsieur. J'ai eu envie de vous câliner toute la soirée !

— Moi de même, mademoiselle Hamilton, assura-t-il en la portant le long du corridor. Vous m'impressionnez tellement !

— Je vous avais prévenu... La salle à manger, Robert ? demanda-t-elle, intriguée, tandis qu'il entrait dans la pièce. Vous êtes vraiment dépravé, pour un parangon de vertu !

— Vous n'avez rien mangé ! Oui, je l'ai remarqué. Il fallait que quelqu'un s'occupe de vous, et je vous ai réservé une petite surprise.

— De quoi s'agit-il ?

— De la tarte aux griottes, avec de la crème fouettée.

Il la déposa sur la table, qui avait été débarrassée,

hormis le surtout d'argent, la tarte et un petit bol de crème. Un peu plus loin s'entassait l'argenterie propre, prête à être rangée par Walsh.

La table revêtue de sa nappe blanche ressemblait à une immense étendue neigeuse, et les miroirs reflétaient à l'infini leur couple enfin réuni.

— Et vous pensez que je vais manger avec les mains ? Allez me chercher une fourchette, s'il vous plaît.

— Quel manque d'imagination, mademoiselle Hamilton !

Il trempa un doigt dans la crème et le lui offrit avec un sourire sensuel.

Elle eut un rire de gorge avant de sucer avidement son index.

Il se tenait debout devant elle et elle écarta les jambes pour qu'il vînt plus près. Il prit son visage entre ses mains et l'embrassa : un baiser lent, profond, étourdissant de passion contenue. Accrochée à lui, encore tout heureuse de leur victoire commune, elle songeait que jamais ils n'avaient été aussi proches.

Il baisait à présent son cou, sa gorge, tout en lui caressant le dos. Soudain elle sentit qu'il venait de déboutonner son corsage.

— Que faites-vous, monsieur, je vous prie ? demanda-t-elle avec une feinte hauteur.

— Je prends mon dessert, murmura-t-il en faisant glisser le haut de sa robe.

À demi nue sur le coin de la table, le collier de diamants brillant à son cou, elle s'appuya sur les mains, et attendit.

Il jeta un coup d'œil au bol de crème, et elle éclata de rire quand il entreprit de tartiner ses seins de crème fouettée. Mais son rire s'étrangla bien vite dans sa gorge lorsque sa bouche remplaça ses doigts. Le désir fusa en elle, brûlant, incontrôlable.

Elle noua les bras autour de son cou, caressa les larges épaules, la chevelure brillante. Robert leva la tête, il souriait.

— Vous avez une bouche bien tentante, murmura-t-elle en cueillant un peu de crème égarée au coin de ses lèvres.

Les mains tremblantes, elle entreprit de le déshabiller. Lorsqu'il fut devant elle, nu jusqu'à la taille, elle parcourut d'une main frémissante son torse, ses épaules, ses bras musclés, fascinée par la beauté de ce corps si masculin.

— Vous me permettrez de vous faire l'amour, cette nuit ? demanda-t-il d'une voix sourde en se hissant près d'elle avant de l'allonger avec précaution sur la table, une main sous sa tête.

— Peut-être, répondit-elle faiblement, les yeux clos, le souffle court.

— Oh, je ferai mieux que ça...

— Vous pouvez toujours essayer...

— Cela ressemble à un défi, mademoiselle Hamilton, fit-il en ôtant tranquillement les épingles de ses cheveux.

Elle dessinait les contours de sa poitrine, ne se lassant pas de le toucher.

— Mmmm ?

— Vous venez de jeter le gant, et maintenant, il ne me reste plus qu'à vous séduire.

Elle rit, laissa retomber ses bras sur la nappe.

— Exécutez-vous.

— Je n'y manquerai pas ! dit-il en suivant ses courbes des deux mains. Dieu, que vous êtes belle !

— Caressez-moi, Hawk, souffla-t-elle.

Elle ouvrit les jambes dès qu'il glissa la main sous sa jupe, gémit lorsqu'elle sentit ses doigts jouer avec son sexe, s'insinuer dans les profondeurs humides de son intimité.

Elle était entièrement à sa merci, et il lui donna du plaisir jusqu'à ce qu'elle ondule fougueusement sous sa caresse. Alors il se redressa sans la quitter des yeux, déboutonna son pantalon. Elle attendait, tremblante d'anticipation, et il guida son sexe vers elle.

Avec un sourire canaille, il joua de ses sens, la taquina, se frotta contre elle, l'amenant au bord de la jouissance. Comme elle le suppliait, il la pénétra un tout petit peu, lui donnant un aperçu de ce qui l'attendait.

— Vous êtes pervers, se plaignit-elle.

— Oui, admit-il. Mais ceci doit rester notre secret. Vous me désirez, maintenant, mon amour ? Vous me voulez en vous ?

— Oh oui ! Hawk, je vous en prie !

Il lui prit les mains, doigts mêlés et, buvant ses soupirs, il entra lentement en elle.

Belinda osait à peine respirer tandis qu'elle sentait son corps s'ouvrir pour lui. Pourquoi n'avait-elle pas mal ? C'était divin, mais elle craignait qu'il ne la déchirât si elle faisait un geste.

— Belinda, mon ange, murmura-t-il tout contre ses lèvres, il y a si longtemps que j'ai envie de vous...

Il se mit à aller et venir en elle lentement, et elle se laissa porter par son instinct. Elle aimait son ravisseur, elle aimait le combler.

Pourtant, tout au fond d'elle, la peur était là, tapie, chuchotant pour se rappeler à son souvenir. Farouche, Belinda s'accrocha aux épaules solides de Hawk, pour ne plus l'entendre.

Il glissa fébrilement les mains sous ses reins, un mince voile de transpiration recouvrait sa peau bronzée, il semblait sur le point de la dévorer.

« N'est-il pas un peu brutal ? » murmuraient ses démons.

Elle tenta de les ignorer.

Il est si grand, si fort...

Elle caressa ses cheveux comme si cela pouvait tempérer son ardeur, mais elle ne voulait pas se dérober. Robert croyait faire l'amour à une femme expérimentée. Si elle parvenait à jouer son rôle jusqu'à ce qu'il ait trouvé l'assouvissement, tout irait bien. Tandis qu'elle luttait contre ses pensées négatives, son désir s'évanouissait, et elle tenta de faire le vide dans son esprit. Elle ferma les yeux, s'obligea à tenir bon, à le laisser prendre son plaisir avec son corps. Mais le destin en décida autrement.

Alors que Robert accélérait le rythme, la table trembla et l'argenterie se mit à cliqueter doucement.

Un écho sorti tout droit des cauchemars de Belinda.

Elle ouvrit les yeux. Ce son ! Comme les clés. Elle sentit alors ses mains clouées au-dessus de sa tête, le bois de la table aussi dur que les briques du mur.

Et tout remonta à la surface.

Elle se mit à hurler de façon incontrôlable, se détourna des lèvres avides de Robert, tenta en vain de se dégager. Mais il était trop lourd pour elle, ce qui ne fit qu'accroître sa panique. Elle le repoussa, le supplia d'arrêter.

— Quoi ? dit-il, le souffle court. Qu'y a-t-il, Belinda ?

— Lâchez-moi ! cria-t-elle.

Il obéit aussitôt, le regard empli d'inquiétude.

— Ça ne va pas ? Je vous ai fait mal ?

Elle était déjà à mi-chemin de la porte, en larmes.

— Belinda ! Attendez !

Elle continuait à courir, mais il la rattrapa en un clin d'œil, lui barra le passage.

— Bon Dieu, que se passe-t-il ? demanda-t-il en rajustant son pantalon.

— Poussez-vous !

— Me pousser ? Mais nous... nous étions...

— C'est fini. Bonne nuit, Votre Grâce, dit-elle, les dents serrées.

Désarçonné, il se passa la main dans les cheveux.

— Qu'est-ce qui est fini ? C'est un jeu ?

— Oui. Un jeu. Et c'est tout ce que vous obtiendrez. Maintenant, laissez-moi passer, Robert.

Elle tremblait de la tête aux pieds.

Il posa une main ferme sur le battant.

— Pas question.

Elle déglutit, suivit du regard les muscles de ses bras, de ses épaules, et elle recula d'un pas.

— Un jeu ? reprit-il d'une voix dangereusement

calme. Je me suis enfin pris d'affection pour vous, et vous pensez pouvoir jouer avec moi ?

— Je fais ce que je veux, rétorqua-t-elle froidement, déchirée, mais incapable désormais de baisser la garde. Mon corps ne vous appartient pas.

— Oh, je vois... Vous voulez plus d'argent, c'est ça ? Oui. Espèce de petite garce avide !

Elle poussa un cri étranglé et le gifla de toutes ses forces.

Il porta la main à sa joue, le regard brûlant de colère.

Tremblante, elle le fixait, horrifiée par son geste, mais consciente qu'il était trop tard pour revenir en arrière.

— Jamais je ne paierai pour ce qui ne devrait pas être à vendre, gronda-t-il. Je ne suis pas tombé si bas.

Sur ces mots, il sortit de la pièce, lui claquant la porte au nez.

14

La chaude et lumineuse matinée du lendemain ne parvint à apaiser ni la colère ni la peine incrédule de Hawk. Il aurait dû se réveiller dans le lit de sa maîtresse, et au lieu de cela, il était déjà vêtu de pied en cap à 7 heures du matin.

En tenue de cheval, botté de cuir, il descendit l'escalier quatre à quatre, empli d'une froide résolution. Il fit seller son étalon et partit pour un galop effréné dans Green Park.

« Bien fait pour toi, Hawkscliffe, se tançait-il sombrement. Je t'avais prévenu, mais il te la fallait absolument, espèce d'idiot ! Tomber amoureux d'une courtisane... »

Il atteignit le bout du parc bien trop vite à son goût et s'engagea dans Hyde Park, sur la route de la Serpentine. Le soleil scintillait sur l'eau de la rivière tandis qu'il talonnait sa monture.

Comment avait-il pu ne pas se rendre compte que seul l'argent l'intéressait ? Elle ne cessait de consulter les journaux financiers afin de voir où en étaient ses obligations. Et lui, pauvre imbécile, avait trouvé que c'était là une délicieuse preuve de son intelligence. Il était bien trop fier de son esprit pour réfléchir aux conséquences de son avidité.

Il n'arrivait pas à croire qu'elle ait eu l'audace de le gifler, même s'il le méritait. Il n'aurait pas dû s'abaisser à l'insulter, mais elle l'avait mené trop avant dans la jouissance pour le repousser ainsi, comme s'il la dégoûtait. Jamais de sa vie il n'avait été traité de façon aussi humiliante, songeait-il avec amertume, couché sur l'encolure de son cheval tandis qu'il s'engageait sur le Ring dans un nuage de poussière.

Jamais, dût-il vivre mille ans, il ne paierait pour faire l'amour à Belinda Hamilton, ni à aucune autre femme, d'ailleurs ! Bon sang, il avait cru qu'ils avaient dépassé ce stade !

Peut-être que leur brouille était une bonne chose, finalement. Ce n'était qu'une courtisane, et il aurait dû se féliciter d'avoir l'occasion de prendre ses distances avant de s'attacher davantage à elle. Certes, il souffrait, mais mieux valait la laisser sortir de son existence. Elle lui avait clairement fait comprendre qu'elle ne partageait pas ses sentiments.

S'apercevant soudain que sa monture écumait, il la mit au trot.

Longer la rivière où il s'était promené avec elle le premier jour lui fit mal.

Si elle ne voulait pas de lui, que le diable l'emporte ! Il y avait des ombres dans son passé, mais puisqu'elle refusait de se confier à lui, comment aurait-il pu l'aider ? Qu'elle garde donc ses secrets pour elle !

Une chose était claire. Il était temps d'affronter Dolph Breckinridge et de classer l'affaire. Plus vite la froide Mlle Hamilton quitterait sa demeure, mieux cela vaudrait.

Curieusement, cette sage décision ne fit qu'accentuer sa colère.

Il retourna à Knight House à une allure raisonnable, à peine conscient de la circulation. Puis il donna une tape amicale sur la croupe de son étalon et gravit les marches du perron en ôtant ses gants. Son estomac criait famine, pourtant, lorsqu'il entra dans la salle du petit déjeuner, à l'heure habituelle, il n'y trouva ni omelette, ni toasts, ni jus de fruits, pas même une tasse de thé. Le personnel semblait s'être volatilisé.

Surpris, il se dirigea vers les cuisines, également désertes, avant de pousser la porte de service où il découvrit les deux petits protégés de Belinda en train de jouer avec les chiens.

Ces derniers se précipitèrent vers lui en aboyant joyeusement, mais il les repoussa, irrité par leur enthousiasme.

Les deux petits se mirent instantanément au garde-à-vous.

— Où sont les autres ? demanda Hawk.

Ils se jetèrent un bref regard avant de lever vers lui des yeux comme des soucoupes.

— J'attends ! tonna-t-il.

— Promenade en bateau, lança enfin le plus jeune.

Hawk cligna des yeux.

— Pardon ?

Les deux gamins tinrent une conférence à voix basse.

— Où est la cuisinière ? insista Hawk. Et mon petit déjeuner ?

— La cuisinière et les aides sont partis se promener en bateau, monsieur.

— Mais... C'est impossible !

— Mlle Belinda leur a accordé une journée de repos.

— Ah, vraiment ! aboya Hawk.

L'un des chiens vint se coucher à ses pieds en gémissant, tandis que le plus petit des garçons se cachait derrière son frère.

Furibond, Hawk fit demi-tour. Si Mlle Belinda jugeait bon d'accorder leur journée aux domestiques, alors Mlle Belinda n'avait plus qu'à lever son joli derrière du lit et à cuisiner elle-même. Il ne prit pas garde aux enfants qui le suivaient en silence quand il grimpa l'escalier pour aller tambouriner à la porte de Belinda.

— Levez-vous, paresseuse, grinça-t-il entre ses dents. J'exige que vous ouvriez cette porte, mademoiselle Hamilton ! reprit-il à voix haute. Et ne faites pas comme si vous ne m'entendiez pas !

— Elle est pas là, m'sieur.

Il fit volte-face et découvrit les gamins à quelques pas de là, le plus jeune avait enfourné son pouce dans la bouche. Hawk le fusilla du regard.

— Tu n'as pas honte, à ton âge ? Où est Mlle Hamilton ?

— Partie.

— Comment ça, partie ?

Une brusque panique envahit Hawk. Il fit jouer le bouton et la porte s'ouvrit. Le garçon avait raison. Personne dans la chambre, ni dans l'antichambre. Il regarda même derrière les rideaux, comme si elle avait pu s'y cacher.

— Où est-elle allée ? demanda-t-il aux gamins.

— À l'église.

— C'est ce qu'elle a de mieux à faire ! grommela Hawk, soulagé au-delà de toute expression. Elle vous a donné votre petit déjeuner ?

Les enfants secouèrent la tête.

Hawk pinça les lèvres. Elle devait être dans un drôle d'état pour avoir oublié ses petits protégés !

— Allons, venez, ordonna-t-il. Nous nous débrouillerons entre hommes. Ça ne doit pas être si difficile !

Une fois aux cuisines, le duc de Hawkscliffe ôta sa veste, remonta ses manches et se mit en devoir de carboniser une demi-douzaine d'œufs, sous l'œil attentif de ses petits compagnons.

— En général, la cuisinière met le beurre avant, fit remarquer judicieusement Tommy en regardant les restes calcinés de ce qui aurait dû être leur omelette.

Hawk lança la cuiller de bois sur la table.

— Tu aurais pu me le dire plus tôt !

— J'ai oublié.

— Donne ça aux chiens.

Andrew fronça le nez.

— Ils le mangeront pas.

Finalement, Hawk dénicha les restes du souper de la veille dans le cellier, et tous trois se régalèrent de blancs de dinde froids et de tarte au citron.

Il devait se rendre chez Coldfell sous peu, aussi confia-t-il les enfants à William, persuadé que Belinda rentrerait à temps pour les faire déjeuner. Quant à lui, il prendrait son repas au *White*, car il n'avait vraiment aucune envie de la croiser ni de lui parler ! Qu'y avait-il à dire, de toute façon ?

Avant de sortir, il se rendit à la bibliothèque. S'efforçant de chasser de son esprit toute pensée concernant Belinda, il rédigea une brève note à l'intention de Dolph Breckinridge.

Je suis prêt pour notre échange. 23 heures, demain, à l'auberge du Cygne Blanc, Bedford Street. Venez seul.

H.

Il affranchit la lettre avant d'aller retrouver Coldfell dans sa demeure londonienne. Le comte considérait sans doute que Hawk lui devait quelques explications, et s'il n'y tenait guère, du moins pourrait-il assurer à son vieil ami que l'affaire approchait de son dénouement.

Comme il franchissait la grille, il fallut qu'il tombât sur cet idéaliste de Clive Griffon, venu une fois de plus le harceler. Le jeune homme avait les joues colorées sous ses boucles blondes.

— Quelle chance ! Je venais justement vous rendre visite !

— Quelle chance, en effet !

Le garçon l'exaspérait par son enthousiasme à toute épreuve.

— Merveilleuse journée, n'est-ce pas ? insista Griffon en faisant faire demi-tour à sa monture afin d'accompagner le duc.

— La pluie ne va pas tarder.

Griffon éclata de rire et prit sur lui de suivre Hawk jusque chez Coldfell, à Kensington, quartier calme et résidentiel qui était devenu l'endroit favori des Londoniens avides de silence et d'espace. Chaque demeure était entourée d'un parc planté d'arbres, tout en étant proche du Parlement.

Griffon ne cessa de parler durant tout le trajet, tandis que Hawk s'appliquait à l'écouter, à seule fin de ne plus penser à Belinda.

— Et que dites-vous des femmes, Griffon ? demanda-t-il soudain, interrompant le jeune homme au milieu d'un discours sur les lois concernant la culture du blé.

— Les femmes ? s'exclama-t-il.

— Oui, les femmes, monsieur Griffon. Ces créatures que l'on qualifie de « beau sexe ».

— Pardonnez-moi, Votre Grâce, mais je ne vois pas le rapport... Ne parlions-nous pas de l'état des finances nationales ?

— C'est là que je voulais en venir, justement. Les femmes ne s'intéressent qu'à ce qu'il y a dans nos poches.

— Possible, répondit le jeune homme en lui coulant un étrange regard.

Hawk s'adoucit quelque peu. Les individus exploités devaient s'unir face à cet univers de femmes belles et vénales.

— Écoutez-moi, Griffon. Je vais vous donner une chance de plaider votre cause auprès de lord Coldfell. S'il apprécie vos idées, le siège est à vous. D'accord ?

— Votre Grâce ! s'écria le garçon, les yeux brillants. Oui, monsieur !

Il se répandit en remerciements que Hawk interrompit d'un grognement agacé avant de changer de sujet.

— Vous avez là un bel animal, remarqua-t-il en jetant un coup d'œil en direction du cheval de son compagnon.

Griffon donna une tape amicale à son étalon.

— C'est un rejeton d'Éclipse. Vous voulez voir de quoi il est capable ?

— Pas spécialement.

Avec un éclat de rire, Griffon fit se cabrer son cheval qui secouait la tête, Pégase sans ailes prêt à prendre son essor. Hawk ne put s'empêcher de sourire, puis la belle bête partit au galop, faisant voler les graviers derrière elle. Ah, ces jeunes ! songea Hawk qui suivit à une allure plus paisible.

Peu après, ils franchissaient les limites du domaine où Lucy avait vécu, où elle était morte. Le vaste manoir de pierre grise se dressait, majestueux, sous le ciel d'un bleu pur. Hawk admira les pelouses impeccablement tondues, les massifs tracés au cordeau. Sans aucun doute, Coldfell et lui étaient de la même race. Ils partageaient les mêmes valeurs, et, hélas, ils avaient aimé la même femme.

Une image lui vint à l'esprit, mais ce n'était pas celle d'une rousse aux yeux verts, c'était une blonde aux yeux myosotis.

Lorsqu'ils mirent pied à terre, Hawk se tourna vers son compagnon.

— Attendez là où l'on vous dira d'attendre, et surtout ne bougez pas.

— Bien, Votre Grâce.

Hawk se dirigea vers l'entrée où le majordome lui ouvrit la porte.

Le comte le reçut dans un salon qui donnait sur le jardin et l'étang où Lucy s'était noyée. Un grand portrait d'elle surmontait la cheminée.

Hawk eut un pincement douloureux au cœur. Il avait un double sentiment de perte. Belinda n'avait pas quitté ce monde, mais il l'avait perdue quand même, et c'était sans doute pis encore, car un moment, il avait cru qu'elle était sienne, alors que Lucy ne l'avait jamais été. Il ne s'était pas rendu compte que pendant qu'il perdait son cœur, Belinda gagnait seulement sa vie.

Elle avait sans doute espéré qu'il capitulerait, qu'il lui offrirait sa fortune, qu'il la garderait comme maîtresse officielle. Mais il s'était juré que jamais une femme ne tirerait ainsi avantage de lui. Il avait trop vu son père se détruire à chaque nouvelle frasque de son épouse.

— Merci d'être venu, Votre Grâce, dit Coldfell qui vint l'accueillir d'un pas traînant, chaussé de pantoufles de feutre et vêtu d'une confortable veste d'intérieur.

Avec un sourire contraint, Hawk serra la main qu'il lui tendait, et ils s'assirent.

— Robert, commença Coldfell, j'ai bien connu votre père, et je vous ai vu grandir. Je vous ai invité ici afin de vous poser une seule question : Au nom du Ciel, que vous prend-il de garder cette femme à demeure ?

Hawk appuya la tête au dossier de son siège.

— Prendre une maîtresse est tout à fait normal, à votre âge, poursuivit le comte. Je vous félicite même pour votre bon goût, mais...

— Je sais.

— Vraiment ? Vous n'ignorez donc pas que votre réputation est en danger ?

— Ce n'est pas ce que vous croyez, répliqua Hawk. Sachez seulement que Mlle Hamilton obsède Dolph Breckinridge, et que j'ai l'intention d'exploiter cet élément. Il s'agit d'une mascarade.

— Cela m'a pourtant semblé diablement réel. Méfiez-vous de cette femme, Robert. Vous savez qui elle est.

Hawk n'essaya même pas de discuter ce commentaire.

— Soyez certain que tout cela sera bientôt terminé. J'envisage de régler le problème de votre neveu d'ici un jour ou deux, comme promis.

— Parfait. Je veux me trouver là le moment venu, déclara le comte. Vous m'enverrez chercher ?

Hawk acquiesça.

Coldfell eut un soupir satisfait.

— Maintenant, sans vouloir abuser de votre temps, je sais que ma Juliet serait ravie de vous voir. Elle ne reçoit guère de visites, dit-il en se levant avec peine.

Hawk parvint à esquisser un sourire de pure politesse.

— Cela ne me dérange pas du tout, assura-t-il.

— Merci, mon garçon.

Le vieil homme l'entraîna dans le parc. Hawk était trop sombre pour songer même à protester. De toute évidence, Coldfell cherchait à caser sa fille, et, après tout, elle était de bonne lignée, douce, docile, bien élevée. Elle ne risquait pas de transmettre son infirmité à ses enfants, car elle était devenue sourde après avoir contracté la fièvre jaune. Elle était suffisamment jolie pour inspirer de la compassion, et il comprenait Coldfell qui voulait la voir mariée à un homme d'honneur capable de la protéger.

Toutefois, Hawk se surprenait à regretter qu'Alfred Hamilton n'ait pas eu la même attitude à l'égard de sa propre fille.

Hawk, le chapeau à la main, admirait les jardins, les fontaines, les statues, les massifs, les arbustes soigneusement taillés. Il frémit en passant près de l'étang où Lucy s'était noyée.

— À propos, j'ai amené avec moi un jeune homme qui brigue un siège à la Chambre des communes. J'aimerais avoir votre opinion sur lui.

— Je vous la donnerai avec plaisir, au nom du parti.

Hawk s'abstint de préciser que le candidat était un indépendant.

— Comment s'appelle-t-il ?

— Clive Griffon.

— Des Griffon du Derbyshire ? Une bonne vieille famille terrienne.

— C'est cela, monsieur.

— Il est l'héritier ?

— Eh bien, oui. Il a un avenir prometteur.

Ils arrivaient près d'un groupe de cerisiers et, entre les feuilles d'un vert tendre, Hawk découvrit l'image même de la beauté innocente.

Agenouillée près d'un petit pigeonnier, lady Juliet caressait une colombe perchée sur sa main. À dix-sept ans, elle était absolument ravissante, avec ses épaisses boucles châtaines, ses joues roses et son teint de lis. Elle parlait tout bas à son oiseau.

Malgré lui, Hawk fut ému par ce spectacle. Il se tourna vers le vieil homme.

— Nous ferions mieux de ne pas la déranger, suggéra-t-il.

Coldfell rayonnait de fierté paternelle.

— Sottise ! Elle sera enchantée de vous voir. Vous

devriez faire plus ample connaissance. Je lui ai parlé de vous.

Qu'avait-il bien pu lui dire ? « Regarde, Juliet, c'est le charmant jeune homme qui avait envie de faire l'amour avec ta belle-mère » ?

— Rappelez-vous, parlez lentement, afin qu'elle puisse lire sur vos lèvres.

Comme ils approchaient, ils entendirent un joyeux rire de jeune fille.

— Par le diable, que se passe-t-il ? s'écria Coldfell qui se pencha pour regarder sous les arbres.

Hawk haussa les sourcils. Apparemment, Juliet s'était déjà trouvé un compagnon ! Les feuilles leur avaient caché Clive Griffon, qui faisait le poirier en agitant les jambes pour l'amuser.

Il se laissa rouler à terre, pour se relever aussitôt, exécuter une série de cabrioles et lui tendre une fleur de pissenlit.

— Faites un vœu, dit-il, aussi à l'aise que s'il l'avait toujours connue.

Elle le contemplait, fascinée, et elle souffla doucement sur la petite sphère duveteuse. Elle avait encore les lèvres offertes lorsque le jeune homme se pencha pour y déposer un baiser, puis il se pétrifia en entendant le comte rugir :

— Cela suffit, monsieur ! Éloignez-vous immédiatement de ma fille !

Il brandissait sa canne en direction du couple.

L'entretien commençait mal.

Peu après, Hawk et l'intrépide Griffon se dirigeaient vers leurs chevaux.

— Je l'aime ! déclara le jeune homme.

— Ne soyez pas stupide. Comment avez-vous osé l'embrasser ? Et sous le nez de son père !

— Je n'ai pas pu m'en empêcher, c'est mon cœur qui me l'a dicté. En outre, ça lui a plu.

— Qu'en savez-vous ? Comment avez-vous pu communiquer avec elle ?

— Ses yeux disent tout. J'ai un cousin qui est sourd, et ce n'est pas un problème, lorsqu'on y est habitué. Elle est si belle !

Son chapeau serré sur le cœur, Griffon se dirigeait à reculons vers l'écurie, les yeux rivés sur l'imposante demeure. Hawk se retourna au moment où une Juliet un peu penaude lui envoyait un baiser de sa fenêtre. Griffon poussa un cri de triomphe, et Hawk fronça les sourcils, ennuyé. Il n'était certes pas jaloux que ce garçon courtisât celle qui deviendrait peut-être sa femme, car pour l'instant, il n'avait qu'une envie : rester célibataire jusqu'à la fin de ses jours.

— Je veux l'épouser, Hawkscliffe. C'est la femme de ma vie.

— Vous êtes l'individu le plus stupide que j'aie jamais rencontré ! marmonna Hawk en grimpant en selle.

— Il faudra bien qu'elle se marie un jour, non ? insistait le garçon. Je me moque de sa surdité. Elle est divine !

Il continua sur ce ton jusqu'à ce que Hawk n'en puisse plus.

— J'ai décidé de vous donner le siège, Griffon, coupa-t-il.

Le jeune homme resta un instant muet.

— Votre Grâce ?

— Mlle Hamilton considère que je dois vous accorder une chance. Maintenant, taisez-vous, sinon vous allez me faire changer d'avis.

Dolph Breckinridge rentra de son club pour trouver le message de Hawkscliffe.

Il était grand temps !

Pourtant il n'était pas question qu'il se laissât mener par le bout du nez. Il prit du papier, une plume, et rédigea vivement sa réponse.

Le Cygne Blanc ne me convient pas. On m'y connaît, or ce problème ne concerne que nous et elle. Dirigez-vous vers Hampstead Heath, prenez Chalk Farm Road. Après le croisement avec Adélaïde, vous verrez sur votre droite un cottage au toit de chaume en retrait de la route. Je vous y retrouverai demain à 21 heures. Venez avec Mlle Hamilton.

D.B.

Ce soir-là, entourée de ses soupirants et couverte de bijoux, Belinda se tenait dans sa loge à l'opéra et fixait la scène en proie au plus profond désespoir.

Maintenant qu'elle avait tout gâché avec Hawkscliffe et qu'elle avait trahi la règle de base des courtisanes, elle ferait aussi bien de se trouver un nouveau protecteur. Harriette lui avait conseillé de garder toujours un œil ouvert, le moment était sans doute venu de l'écouter.

Elle ne parvenait pas à croire qu'elle l'avait giflé ! Pensait-il vraiment qu'elle n'en voulait qu'à son argent ? Elle était anéantie à l'idée que le seul moyen de réparer les dégâts fût de lui dire la vérité.

Elle avait aimé qu'il lui fasse l'amour, elle avait répondu avec une ardeur qui la faisait rougir, rétrospectivement, mais comment pouvait-elle lui expliquer la panique qui s'était emparée d'elle au simple cliquètement de l'argenterie ? Il aurait fallu qu'elle avoue avoir été violée par le directeur de la prison, or elle s'en sentait incapable. Robert avait vu ce sinistre individu. Imaginerait-il qu'elle l'avait provoqué, d'une manière ou d'une autre ? Qu'elle l'avait séduit dans l'espoir d'en tirer quelque avantage pour son père ? Elle le redoutait.

Après tout, pour lui elle n'était qu'une prostituée qui se servait de son corps afin de satisfaire ses ambitions. Et c'est ce qu'elle était devenue, en effet, même si ce n'était pas le cas à ce moment-là.

Jamais il ne comprendrait.

Elle jeta un coup d'œil furtif à ses compagnons. Elle se demandait comment elle pourrait aller plus loin avec eux, alors qu'elle interdisait à l'homme qu'elle adorait de lui faire l'amour. Elle était asexuée, impuissante... frigide.

De retour à Knight House, elle se dirigea vers l'entrée en s'exhortant au courage. Elle ne savait pas si Hawkscliffe apprécierait qu'elle fût sortie seule, ni même s'il avait remarqué son absence.

Avec un soupir, elle releva le bas de sa robe et s'engagea dans l'escalier, résignée à aller se coucher sans l'avoir vu de la journée. Elle était à mi-chemin de l'étage lorsqu'elle perçut des bruits de pas au rez-de-chaussée et entendit sa voix profonde.

— Un instant, mademoiselle Hamilton, je vous prie.

Elle se retourna, saisie d'angoisse. Il était là, grand, élégant dans son sobre costume noir, les mains dans le dos, l'allure hautaine.

— Oui ?

— Demain soir, à 9 heures, nous rencontrerons Dolph Breckinridge. J'aurai quelques instructions à vous donner sur la façon de jouer votre rôle.

— Très bien, dit-elle d'une toute petite voix, glacée par son intonation.

— Ensuite, vous pourrez quitter cette maison dans les meilleurs délais.

Elle eut l'impression d'être mortellement touchée.

Qu'y avait-il d'étonnant à ce qu'il eût envie de se débarrasser d'elle le plus vite possible ?

Elle observait sa haute silhouette, le cœur brisé. Elle avait envie de crier, de courir vers lui, mais elle se contenta de répondre :

— Je comprends.

— Bonne nuit, mademoiselle Hamilton.

Il fixait résolument le sol de marbre, la lumière des chandeliers jouant sur sa sombre chevelure.

Elle était incapable de prononcer un mot, et il n'y avait de toute façon rien à ajouter. Alors elle se ressaisit, leva le menton et regagna ses appartements.

15

Le lendemain arriva bien trop vite à son gré.

Tandis qu'ils menaient leurs montures dans la direction indiquée par Breckinridge, Belinda devait se retenir pour ne pas faire demi-tour et rentrer à Londres plutôt que d'aller affronter son ennemi, son bourreau, mais elle ne voulait pas laisser tomber Robert. Jouer son rôle – l'aider à venger sa bien-aimée – était le seul moyen de remonter dans son estime.

Mais peut-être la méprisait-il au point de l'offrir à Dolph.

Robert jetait de fréquents regards sur sa droite, cherchant des yeux le cottage en retrait de la route.

Enfin il ralentit l'allure et fit signe à Belinda de l'imiter. Il avait trouvé.

La pleine lune se levait derrière le cottage, illuminant de reflets d'argent les feuilles d'un grand orme qui dominait le toit de chaume. Il n'y avait pas de lumière aux fenêtres. Le pur-sang de Dolph broutait tranquillement l'herbe, mais il remua les oreilles en les entendant approcher.

Belinda glissa un coup d'œil inquiet à Robert. Entièrement vêtu de noir, deux pistolets chargés ainsi qu'une épée à la ceinture, il arborait un visage de marbre.

Il y eut un mouvement sur le seuil, et Dolph apparut.

— Toujours ponctuel, Hawkscliffe. Et je vois que vous avez amené ma récompense.

Belinda déglutit péniblement.

— Elle sera vôtre cette nuit, Dolph, si vous acceptez de coopérer.

— Elle est d'accord ? Je ne veux pas d'entourloupe.

— Je le suis ! déclara Belinda d'une voix mal assurée.

— Nous arrivons.

Robert mit pied à terre et aida Belinda à descendre de sa monture. Ce bref contact fut pathétique. Elle faillit le supplier de ne pas l'obliger à entrer dans cette maison, mais elle se retint.

Elle redressa les épaules, et ils se dirigèrent vers la porte. Dolph s'effaça pour les laisser entrer. Elle suivit Robert à l'intérieur.

Dolph la regardait avec une concupiscence non dissimulée.

— J'ai envie de vous, chuchota-t-il lorsqu'elle passa devant lui.

Suivant à la lettre les instructions de Robert, elle parvint à lui lancer une œillade langoureuse tout en effleurant son torse.

— Venez, murmura-t-elle.

Elle évita soigneusement le regard acéré de Robert tandis qu'elle se dirigeait vers un petit salon. Là, dans la pénombre, elle se tourna et attendit que Dolph la rejoignît. Comme prévu, Robert resta dans l'autre pièce.

Belinda se débarrassa de son manteau, sous le regard avide de Dolph.

— Vous avez changé, fit-il en s'approchant.

— En effet.

— Enfin prête pour moi.

— Oui, Dolph.

Il avait les yeux fiévreux, voilés par une ombre de soupçon.

— Pourquoi maintenant ?

— Parce que je sais enfin que vous êtes le seul homme qui tienne vraiment à moi.

D'une certaine manière, perverse, c'était vrai...

— Je croyais que vous ne le comprendriez jamais, Belinda, murmura-t-il d'une voix peinée.

Il était tout près d'elle, la dominait, hardi, impressionnant, et elle entendait sa respiration haletante. Elle était terrorisée, pourtant elle ne flancha pas, elle ravala la protestation qui lui montait aux lèvres lorsque Dolph posa la main sur sa poitrine.

Il guettait sa réaction, presque comme s'il espérait la voir se rétracter, mais elle se contenta de le fixer d'un regard vide. Il eut un mince sourire et pressa son sein plus fort, plus fort encore.

« Entrez avec lui et provoquez-le, avait ordonné Robert, qui avait ajouté : Vous devriez exceller à ce petit jeu. »

Elle se libéra de la main de Dolph en lui passant les bras autour du cou.

Les yeux du jeune homme brûlaient de désir, et il l'attira contre lui puis, avec un petit gémissement, il enfouit le visage au creux de son cou.

— Belinda, ô Belinda, vous avez été si méchante ! J'aurais tout donné pour vous, mais vous persistiez à me fuir, et maintenant...

Il l'étreignait si fort qu'elle pouvait à peine respirer. Soudain il agrippa ses cheveux pour tirer sa tête en arrière.

Belinda était paralysée de peur.

— À présent que vous m'appartenez, je veillerai à ce que vous ne m'échappiez plus.

Elle eut du mal à retrouver son souffle lorsqu'il la souleva de terre pour la plaquer contre le mur avant de l'étouffer de baisers voraces. Elle ne pouvait plus parler, plus crier, et elle tentait en vain de le repousser. Ses dents lui écorchaient les lèvres, il l'écrasait de tout son poids, il la déshabillait avec une habileté qu'elle n'avait pas envisagée.

« Dieu, il va me violer ! » comprit-elle avec une lucidité effrayante.

Pis que tout, l'homme qu'elle aimait se trouvait dans la pièce voisine.

Et il n'intervenait pas.

C'était beaucoup trop calme ! se disait Hawk en arpentant nerveusement la cuisine.

Il fallait qu'il laissât à Belinda le temps de réduire Dolph à sa merci, mais ce silence le rongeait, et il fut bientôt incapable de le supporter davantage.

Le cœur battant, il pénétra dans le salon et vit que Breckinridge avait plaqué la jeune femme contre le mur. Une rage intense monta du plus profond de son être – ainsi qu'un violent sentiment de culpabilité.

Il poussa un juron et vint s'emparer brutalement du bras de Dolph.

— Ça suffit !

— Sortez ! gronda Dolph.

Hawk n'osait regarder Belinda de peur de lire la terreur dans ses yeux. Il s'efforça de retrouver un semblant de calme.

— Si nous revenions à notre affaire ? dit-il.

— Je vous ai dit de sortir, bon Dieu ! cria Dolph en lâchant Belinda pour se tourner vers l'intrus. Que me voulez-vous ?

Hawk sortit son pistolet dont il pointa le canon sous le menton de Dolph.

Celui-ci se pétrifia.

Belinda se dégagea, et s'enfuit en pleurant. Hawk lutta contre l'envie qu'il avait de la suivre, de la consoler.

— Je vais vous dire ce que je veux, Dolph. Assez joué. Expliquez-moi pourquoi vous avez assassiné Lucy, fils de garce !

Dolph écarquillait les yeux.

— Lucy ? Vous pensez que j'ai tué Lucy ?

— Je vous suggère de me dire toute la vérité, sinon je tire.

— Vous êtes fou ? Lucy s'est noyée, tout le monde le sait ! Posez cette arme, Hawkscliffe. Qu'est-ce qu'il vous prend ?

— C'est vous qui l'avez noyée. Avouez.

— Je n'ai rien à voir avec sa mort...

— Avouez ! répéta Hawk. Soyez un homme, pour

une fois dans votre vie. Vous l'avez tuée parce que si elle mettait un enfant au monde, vous perdiez votre héritage.

Dolph eut un petit ricanement incrédule.

— Et à votre avis, de qui aurait été l'enfant, si elle avait été enceinte ? Seigneur, pourquoi l'aurais-je tuée, alors qu'elle était ma maîtresse ?

Hawk eut l'impression que le sol se dérobait sous ses pieds. Il mit un moment avant de retrouver sa voix.

— Qu'avez-vous dit ?

— Vous avez très bien entendu. Nous couchions ensemble, et croyez-moi, elle n'avait pas plus que moi envie de procréer.

Saisi d'une fureur aveugle, Hawk frappa Dolph à la tempe de la crosse de son pistolet. Le baronet jura, recula, trébucha contre un tabouret et s'écroula à terre.

Hawk arma le pistolet qu'il tenait à présent des deux mains.

— Maintenant, j'exige la vérité, Dolph, ou je vous fais sauter la cervelle, je le jure !

— Calmez-vous, Hawkscliffe, pour l'amour du Ciel ! J'essaie de vous dire...

— Elle n'était pas votre maîtresse. Non ! Elle était... pure.

Il tremblait de rage, tandis qu'un terrible soupçon s'insinuait en lui, lui broyant lentement le cœur, tel du métal en fusion qui refroidit, se solidifie...

— Pure, Lucy ? Vous plaisantez !

— Pas du tout. Vous l'avez violée, de la même façon que vous auriez violé Belinda si je n'étais pas intervenu.

— Certainement pas ! Écoutez, vieux, c'est elle qui m'a séduit...

— Jamais elle n'aurait fait ça. C'était... Lucy. Une femme vertueuse.

— Si c'est ce que vous pensez, alors vous ne la connaissiez pas du tout. Mais évidemment, Lucy ne voulait pas que vous découvriez sa véritable personnalité, sinon vous, le puissant Hawkscliffe, ne l'auriez plus désirée. Elle se jouait de vous, Votre Grâce. Elle donnait son corps à la moitié de la ville, tout en rêvant de devenir votre duchesse. Et je vais vous dire autre chose encore, noble *dupe* de Hawkscliffe... Votre sage Lucy avait l'habitude de se déshabiller devant sa fenêtre ouverte afin d'exciter les garçons d'écurie.

— Je vous tuerai, murmura Hawk qui transpirait à grosses gouttes. Vous mentez. Elle n'était pas votre maîtresse, et j'en suis sûr, parce que vous aimiez déjà Belinda depuis des mois.

— Et alors ? répéta Dolph avec mépris. Depuis quand faut-il aimer une femme pour accepter de l'honorer dans son lit ? Vous êtes d'un puritanisme !

— C'était l'épouse de votre oncle !

Dolph haussa les épaules.

— Sans doute pas très élégant, je vous l'accorde, mais c'était l'idée de Lucy. Je ne pouvais guère lui refuser ce plaisir.

— C'est un mensonge, fripouille !

Hawk mit le doigt sur la détente. Il allait le tuer. Il allait tuer Breckinridge de sang-froid quand une petite voix ferme s'éleva derrière lui.

— Non, Robert.

Belinda s'était ressaisie, et elle avait tout entendu de la pièce voisine. Les rêves d'amour courtois de Hawk avaient volé en éclats. Les traits durs, les mains crispées sur son arme, il visait Dolph au cœur.

Belinda avança d'un pas.

— Vous ne pouvez pas faire ça, Robert.

— Pourquoi vous souciez-vous de lui ?

— C'est à vous que je pense, et vous n'êtes pas un assassin.

— Il ment !

— Il n'est pas armé, Robert. Je vous en prie... Vous seriez pendu, or il n'en est pas digne. En outre, il se peut qu'il dise la vérité.

— Je *dis* la vérité, renchérit faiblement Dolph.

— Prouvez-le ! grinça Robert.

— Ce cottage lui appartenait. C'est là que nous nous retrouvions. Je crois qu'elle y rencontrait aussi d'autres hommes, mais elle tenait à une parfaite discrétion afin que mon oncle ne se doute de rien.

Visiblement en état de choc, Hawk était blafard, il avait le regard vitreux. Belinda revint à Dolph.

— Prouvez que vous dites vrai, insista-t-elle.

— Je ne sais pas... Regardez dans le bureau, là, dit Dolph sans quitter l'arme de Robert des yeux. Vous y découvrirez peut-être des éléments qui vous convaincront.

— Allez-y, ordonna Robert à Belinda.

Belinda trouva une petite lampe à huile, chercha à tâtons des allumettes et fit enfin de la lumière. Puis elle souleva l'abattant du secrétaire et fouilla à l'intérieur.

— Oh, un carnet de croquis...

— Apportez-le.

Belinda s'approcha de Robert et ouvrit le cahier.

— Des cygnes, dit-elle. Ravissant ! Des jonquilles. Une jeune fille...

— La fille de Coldfell, marmonna Robert.

Belinda tourna encore une page et se figea, horrifiée.

— Robert... Ce carnet a bien appartenu à lady Coldfell ? demanda-t-elle, mal à l'aise.

— Je reconnaîtrais son style entre mille. Mais cela ne signifie pas qu'elle utilisait ce cottage pour des rendez-vous galants.

— Alors, regardez plutôt ceci...

À contrecœur, elle lui tendit une page où l'on voyait Dolph Breckinridge nu sur le lit, assoupi, un sourire de bien-être aux lèvres.

Robert jeta un coup d'œil, choqué, puis il fourra le pistolet dans la main de Belinda.

— Prenez ça, et au moindre geste, tirez.

Il se dirigea vers la lampe avec le carnet tandis que Dolph faisait mine de se redresser.

— Ne me tentez pas, canaille ! le menaça Belinda en le visant entre les deux yeux.

— Vous ne tireriez pas, Belinda, fit-il. Rappelez-vous, je suis le seul qui tienne vraiment à vous.

— Taisez-vous !

Dolph se rassit, tel un chien vicieux furieux contre son maître.

Belinda vit Robert se décomposer tandis qu'il feuilletait le carnet de dessins. Il y découvrait, joliment exécutés, des portraits de divers jeunes gens de la bonne société plus ou moins dévêtus.

— Seigneur ! gémit-il d'une voix caverneuse.

Ses yeux s'emplirent d'une douleur sans nom alors qu'il tombait sur un portrait de lui de trois quarts.

Belinda ressentait sa souffrance comme s'il s'était agi de la sienne.

Il figurait sur nombre de pages, dans différentes attitudes. Il ne faisait aucun doute que, bien qu'elle se fût jouée de son cœur, Lucy avait sincèrement eu envie de lui. La comtesse avait dû l'étudier subtilement pour avoir tiré de si belles esquisses de sa mémoire. Elle avait saisi la sensualité qui se cachait derrière sa rigidité, son intégrité, sa noblesse d'âme.

Il tourna enfin vers Belinda un regard complètement désemparé.

— Elle voulait vous conquérir, et vous ne vous en êtes pas rendu compte, dit-elle doucement.

— Bien entendu ! intervint Dolph. C'est ce que je vous disais.

— Si c'était Hawkscliffe qu'elle voulait, pourquoi vous est-elle tombée dans les bras ? objecta Belinda.

— À votre avis ? Mon oncle était impuissant, et elle voulait un homme, un vrai, pas comme vous, espèce de frigide...

— Avant de m'insulter, rappelez-vous que je suis armée ! l'avertit-elle.

Elle discernait une nuance de culpabilité dans son regard, et elle fut certaine que, s'il n'avait pas tué lady Coldfell, il cachait en tout cas quelque chose.

Robert abandonna enfin le carnet.

— Vous êtes libre de partir, Breckinridge. Excusez-moi pour cette histoire. Je me suis trompé, de toute évidence.

— C'est le moins qu'on puisse dire ! grogna Dolph en époussetant sa veste. J'ai bien envie de vous attaquer en justice, Hawkscliffe, mais Dieu merci, je sais, moi aussi, me montrer généreux. Je vous pardonne.

— Je crois qu'il nous cache quelque chose, Robert, intervint Belinda. Je le connais...

— Il n'a pas tué Lucy ! coupa fermement Hawk. Le reste, je m'en moque.

— Sage réponse, Votre Grâce. Maintenant, puisque vous avez eu ce que vous vouliez, mettons un terme à cette comédie. Belinda et moi allons vous quitter.

— Non ! cria-t-elle sans cesser de tenir le jeune homme en joue.

— Un marché est un marché, ma chère.

— Robert !

Hawk revint à ses côtés et lui prit le pistolet des mains.

— Sortez et montez en selle, murmura-t-il.

— Je ne pars pas avec lui ! cria-t-elle, désespérée.

— Si ! affirma Dolph.

— Non, elle n'ira pas.

Dolph plissa les yeux et fit un pas vers Hawk sans se soucier de son arme.

— Elle vient avec moi. Vous m'aviez donné votre parole.

— J'ai menti.

— Vous avez menti ?

— Oui.

— Je ne parviens pas à le croire ! Je vous ai dit la vérité, et voilà comment vous me remerciez ? Par une trahison ?

Robert, immobile, soutenait son regard.

Belinda recula, mais elle ne pouvait se résoudre à quitter la pièce. Il allait se passer quelque chose d'horrible, elle le sentait.

— Vous, Hawkscliffe, le rigoriste ! explosa Dolph. Vous n'êtes qu'un sale menteur, un tricheur !

Belinda prit la main du duc. Un homme que l'on traitait de menteur n'avait pas d'alternative possible...

— Venez avec moi, dit-elle tout bas. Il n'en vaut pas la peine.

— Vous êtes un homme mort ! déclara Dolph.

— Je vous en prie, Robert...

Dolph était un tireur hors pair.

— Oui, partez, Hawkscliffe, suggéra Dolph, méprisant. Retournez dans votre manoir, espèce d'hypocrite, et emmenez votre catin avec vous. Mon témoin vous contactera, et nous en découdrons entre hommes dès demain matin.

— Non ! cria Belinda.

Mais Robert redressa le menton pour montrer qu'il acceptait le défi.

Dolph sortit en trombe de la pièce et claqua la porte derrière lui.

16

Ils rentrèrent à Knight House dans un silence pesant. Robert était sombre, et Belinda luttait contre la panique qui l'étreignait à l'idée que cet ignoble Breckinridge allait tuer l'homme qu'elle aimait. Elle jetait à ce dernier des coups d'œil furtifs. La lune sculptait son profil aquilin, et il gardait le regard fixé droit devant lui.

Au bout d'une heure, ils arrivèrent enfin en ville. En abordant Green Park, ils entendirent des explosions qui firent se cabrer leurs montures. Robert calma son étalon et prit le cheval de Belinda par la bride. Un immense feu d'artifice ouvrait les festivités du festival de la Victoire.

Le 1er août était arrivé. Le terme de leur contrat.

Les fusées montaient dans le ciel nocturne et s'épanouissaient pratiquement au-dessus de Knight House.

Belinda eut un frisson d'angoisse. Elle se rappelait leur dernier feu d'artifice, tellement tendre et romantique, au *Vauxhall*. Évitant son regard, Robert ordonna aux chevaux d'avancer.

Une fois franchies les grilles du manoir, Belinda ôta son chapeau et essuya la sueur qui perlait à ses tempes. Robert gravit avec lassitude les marches du perron.

Le cœur gros, elle le vit disparaître à l'intérieur. Il devait souffrir mille morts, maintenant qu'il savait que la femme qu'il regardait comme un idéal hors de portée n'était qu'un leurre.

À la compassion de Belinda se mêlait un sentiment de culpabilité, car elle aussi, à sa manière, était un leurre. Comment pouvait-elle lui laisser croire qu'elle l'avait repoussé par appât du gain ? Contrairement à lady Coldfell, elle avait, elle, la possibilité de rétablir la vérité. À condition qu'elle en trouvât le courage ! C'était sans doute sa dernière chance de faire la paix avec Robert.

Elle contemplait l'imposante façade, s'attendant presque à la voir s'écrouler comme les façades de chacun ce soir-là.

Elle frissonna de nouveau, puis se ressaisit. Elle savait ce qui lui restait à faire. Si humiliant que ce fût, Robert était son protecteur, et elle lui devait la vérité.

Dans la bibliothèque, Hawk avait convoqué deux valets, l'un pour aller chercher son frère, Alec, qui lui servirait de témoin, l'autre pour avertir Coldfell que le duel tant attendu aurait lieu à l'aube.

Puis il s'assit à son bureau, la tête entre les mains, solitaire, abattu.

Comment avait-il pu se tromper à ce point ? Lucy l'avait bien berné ! Il s'était lancé dans cette histoire tel l'archange vengeur, et il se retrouvait le dindon de la farce.

Il ne pouvait reprocher à Breckinridge de le provoquer en duel, car c'était la seule réponse possible à une accusation de meurtre. N'importe qui, à sa place, en aurait fait autant.

— Robert ?

Il leva les yeux pour découvrir Belinda sur le seuil, tendue, pâle. Sa beauté le frappa comme un coup inattendu au plexus et il feignit de s'absorber dans la contemplation d'une plume.

— Avez-vous besoin de quelque chose, mademoiselle Hamilton ? Je suis désolé, je n'ai guère de temps à vous accorder. J'ai des papiers à mettre en ordre, car il semble que je doive quitter ce monde plus tôt que prévu.

Elle tressaillit et baissa la tête.

— Vous ne répondez pas ? reprit-il. Laissez-moi deviner. Vous êtes venue m'assener un : « Je vous l'avais bien dit. » Et vous avez raison. Vous saviez que Dolph n'avait pas tué Lucy, mais j'ai refusé de vous écouter. Vous avez gagné. Je rends hommage à votre intuition, et je resterai jusqu'à ma triste fin le jouet de Lucy. Ainsi que le vôtre.

— Dieu, vous savez comment me blesser, murmura-t-elle. Ne me comparez pas à elle. Au moins, je n'ai pas été hypocrite sur ma profession.

Il jeta la plume sur la table d'un geste rageur.

— J'ai quelque chose à vous dire, poursuivit-elle courageusement.

Qu'allait-elle lui reprocher ? se demandait-il.

Belinda ferma la porte et il la regarda pénétrer dans la pièce où ils avaient partagé tant de merveilleux moments d'intimité. Faisait-elle semblant, alors ? Sa tendresse n'était-elle qu'une illusion, comme tout le reste ? Il ne savait plus où était le vrai et, franchement, il était trop las pour chercher à le découvrir.

Elle se dirigea vers le piano, posa les mains sur le couvercle luisant.

— Je voulais vous dire que je... j'ai essayé de vous rendre la vie plus agréable, à ma manière, ces derniers mois. De vous apporter... du plaisir.

Il s'abstint de lui avouer combien elle y avait réussi.

Il en avait fini avec elle, fini avec la vie qu'il allait perdre, un peu par sa faute. Parce qu'il avait refusé de la remettre entre les mains de Dolph. N'était-ce pas suffisant ? Malgré tout, il avait d'envie de la prendre dans ses bras, de donner et de chercher du réconfort.

Il demeura cependant immobile, stoïque, à attendre ce qu'elle avait à dire tout en observant les émotions qui se succédaient sur son visage si fin.

— Robert, risqua-t-elle enfin, l'autre soir, dans la salle à manger, ce n'est pas par appât du gain que je vous ai repoussé. À la vérité... Ô Robert, je vous en prie...

— Quoi ?

Elle se raidit, ses mains délicates se crispèrent, elle ferma les yeux.

— Je sais que vous méprisez les courtisanes, mais je vous en prie, essayez de me comprendre. Vous êtes mon premier protecteur. Et si je vous ai repoussé, c'est parce que...

Les mots s'étranglèrent dans sa gorge.

— Oui ? fit-il sèchement.

— Je ne sais pas comment on fait l'amour, acheva-t-elle d'une toute petite voix.

— Pardonnez ma grossièreté, Belinda, mais soyons raisonnables. L'amour est votre commerce. Vous n'étiez pas vierge, quand je suis entré en vous.

— Non, répondit-elle, à l'agonie. Il faut que je vous raconte une chose dont je n'ai parlé à personne. Un drame qui m'est arrivé.

Elle releva la tête et croisa son regard.

— Je n'ai pas décidé de devenir courtisane un beau jour, pour échapper à la misère, Robert. J'étais une honnête femme. Lorsque Dolph m'a fait renvoyer du collège de Mme Hall, je m'en suis sortie en vendant des oranges la journée et en raccommodant des chemises le soir, comme vous l'ont dit les enfants. C'était épuisant, mais j'avais ma fierté. Il y avait Tommy et Andy dont les pieds nus saignaient en plein hiver.

À mesure que son débit s'accélérait, un affreux pressentiment étreignait Hawk.

— Alors j'ai utilisé l'argent censé payer la cellule individuelle de mon père pour leur acheter des souliers. Puis je suis allée expliquer au directeur que je n'avais pas l'argent, et je lui ai demandé de me faire crédit une quinzaine de jours. Il a dit qu'il réfléchirait, il pleuvait...

— Asseyez-vous, Belinda, calmez-vous, dit doucement Hawk qui se leva de son bureau, effrayé par sa pâleur.

— Non. Écoutez-moi.

Elle recula quand il s'approcha d'elle, mais les mots continuaient à se succéder rapidement.

— Le directeur savait qu'il pleuvait, alors il a demandé à son cocher de me raccompagner. J'ai pris cela pour de la simple politesse alors que... il voulait seulement savoir où j'habitais. Il m'avait demandé si j'avais des frères, un mari, et j'ai été assez sotte pour lui avouer la vérité.

— Mon ange, s'il vous plaît, non, dit-il d'une voix à peine audible tandis que les larmes lui montaient aux yeux.

— Si ! Il est venu, le soir, et il m'a prise de force. J'étais vierge, Robert. Dieu, pourquoi m'a-t-il fait ça ?

Elle se plia en deux, et il fut là en deux enjambées, la prit dans ses bras.

— Pourquoi ! gémissait-elle à travers ses larmes. Je n'ai jamais nui à personne, Robert, pourquoi m'a-t-il fait ça ?

— Seigneur, ma chérie, chut... Non...

Il la berçait, horrifié et furieux, les tempes douloureuses comme si on l'avait frappé.

Je le tuerai !

— C'est la raison pour laquelle je suis devenue courtisane. Mais Lucy était une menteuse, Dolph vous a traité de menteur, et je suis aussi une menteuse. J'ignore tout de l'amour. L'autre nuit, avec vous, j'ai cru que je pourrais, parce que je vous aime de tout mon cœur, puis il y a eu ce cliquètement de l'argenterie. C'est stupide, cela ressemblait au bruit de ses affreuses clés.

Hawk se rappela en effet l'énorme trousseau que ce salaud portait à la ceinture.

— Tout est revenu, sanglota-t-elle, à bout de forces. Jamais je ne vous aurais dit non pour de l'argent, Robert. Aidez-moi, je vous en supplie, ça fait si mal !

— Je suis là.

Il la souleva dans ses bras, s'assit sur le sofa et continua à la serrer contre lui, tandis que des larmes de rage et de remords lui brûlaient les yeux.

S'il avait su, jamais il ne lui aurait demandé d'entrer dans cette pièce sombre avec Dolph ! Le directeur de la prison. Par le Christ ! À côté de cette brute sinistre, Dolph prenait des allures d'enfant de chœur.

Mais il n'avait pas su, il tentait seulement de ne pas trop s'engager sentimentalement. Il s'était trompé sur Lucy, sur Dolph, et avec Belinda, il s'était montré résolument, volontairement aveugle. Il avait perçu son innocence dès le premier instant, sans vouloir se fier à autre chose qu'aux apparences.

— Je suis désolé, désolé, répétait-il comme une litanie en baisant le petit visage trempé de larmes.

Belinda tremblait, s'accrochait à lui, son corps menu secoué de sanglots déchirants.

— Je ne veux pas vous perdre, Robert. Renoncez à ce duel. On ne se bat pas pour une demi-mondaine.

Il prit son visage entre ses mains, plongea son regard dans ses yeux implorants.

— Vous êtes plus que cela, pour moi, et je vous le prouverai.

— En risquant votre vie ? Je ne veux pas vous perdre ! répéta-t-elle en l'embrassant fiévreusement. Restez avec moi. Aimez-moi, Robert. Faites-moi l'amour.

Il ferma les paupières, luttant contre sa colère.

— Je le ferai, ma chérie, mais pas cette nuit. Pas comme ça.

Elle se dégagea.

— Cette nuit est peut-être tout ce qui nous reste, Robert ! s'emporta-t-elle. N'y allez pas !

Il posa la main sur sa joue baignée de larmes.

— Ayez confiance en moi. Je ne vous mérite pas encore, mais quand j'en aurai fini avec ceux qui vous ont blessée, alors peut-être serai-je digne de ce cadeau.

De nouvelles larmes emplirent les yeux bleus, et il la reprit contre lui en lui caressant les cheveux, le dos. Elle finit par s'apaiser quelque peu.

— Je regrette que vous ne m'ayez pas dit tout cela avant que je vous touche.

— Comment l'aurais-je pu ? Depuis notre première rencontre, j'ai désespérément souhaité que vous me respectiez.

Aucun reproche n'aurait pu le toucher davantage que cet aveu. Il s'en voulut de nouveau amèrement de son insupportable arrogance. Combien de fois avait-il été méprisant avec elle ? De quel droit l'avait-il jugée ? Il continuait à lui demander pardon et il sentit enfin sa respiration prendre un rythme plus normal.

— Voulez-vous un verre de vin ? demanda-t-il doucement.

Elle acquiesça.

Il lui baisa le front et se leva afin d'aller la servir, puis il jeta un coup d'œil discret par-dessus son épaule. Si elle devinait ce qu'il projetait de faire cette nuit, elle tenterait de l'en empêcher.

Dolph ne serait pas le seul puni.

Il versa dans son vin quelques gouttes de laudanum qu'il gardait dans sa cave à liqueurs pour les nuits d'insomnie.

Puis il remplit la fiasque qu'elle lui avait offerte, aux temps heureux, de cognac que son frère lui avait rapporté de France. Il avait à faire, et il aurait bien besoin du coup de fouet de l'alcool.

Il glissa l'élégant flacon dans la poche de son gilet.

Il lui apporta son verre, puis il permit à son chien favori, Hyperion, de venir veiller sur elle. Le terre-neuve se coucha au pied du sofa où reposait Belinda, épuisée. Robert lui baisa de nouveau le front.

Elle lui saisit la main.

— Ne me laissez pas, Robert.

— Je suis là.

Il s'assit près d'elle et y resta le temps qu'elle boive son vin. Puis elle défit le premier bouton de sa blouse amidonnée et lui rendit le verre.

— Merci.

— Vous avez été si courageuse, ce soir, dit-il, le cœur serré. Si j'avais su, jamais je ne vous aurais demandé de subir une pareille épreuve.

— J'en suis sûre, murmura-t-elle avec un sourire tremblant.

— Cette idée de vous faire jouer l'appât pour Dolph... C'était une erreur. Pourquoi m'avez-vous laissé faire ?

— Il fallait que je tienne ma promesse, et je ne voulais pas que vous me preniez pour une lâche.

— Vous êtes si forte, ma chérie !

Elle sourit et s'enfonça davantage dans les coussins.

— Voulez-vous que je vous joue une berceuse ?

— Non, restez près de moi, s'il vous plaît...

— Je suis là. Pauvre ange ! Vous avez porté ce fardeau toute seule pendant si longtemps !

Il continuait à lui caresser tendrement les cheveux, pourtant, l'idée que cette brute au visage barré de cicatrices ait pu molester une créature aussi innocente le mettait hors de lui. Il lui fallut faire appel à toute sa volonté pour rester assis près d'elle à la consoler.

Il se rappelait comment ils avaient graissé la patte aux gardiens de la prison, et il se dit qu'il trouverait certainement là-bas quelqu'un pour lui fournir les renseignements dont il avait besoin.

Pressé de se mettre en route, Hawk jeta un coup d'œil à la pendule.

— Il faut que vous vous reposiez, ma chérie. Essayez de dormir. Je dois m'absenter un petit moment.

— Pourquoi me quittez-vous ? murmura-t-elle. Restez...

Ses paupières s'alourdissaient sous l'effet du laudanum.

— Reposez-vous, répéta-t-il en déposant un baiser léger sur sa joue. Je suis votre protecteur, et rien de fâcheux ne vous arrivera plus jamais.

Elle dormait déjà, et il se leva sans bruit, termina ses préparatifs, puis quitta la bibliothèque armé de deux pistolets chargés. Après un instant de réflexion, il ôta sa chevalière aux armes de la famille. Mieux valait qu'on ne l'identifiât pas.

Il se rendit directement au bâtiment où étaient garés les attelages. Au bout de la rangée de carrosses rutilants se trouvait une voiture plus ancienne qu'il réservait depuis quelques années à ses domestiques – robuste et anonyme, parfaite pour ses projets de cette nuit. Il pria William d'atteler les quatre chevaux, puis il monta sur le siège du cocher et prit les rênes.

William, inquiet de son air sombre, lui demanda s'il avait besoin de lui, mais Hawk ne voulait impliquer personne dans sa vengeance. Le chapeau rabattu sur les yeux, il s'engagea dans les rues où la foule venue assister au feu d'artifice commençait à se disperser.

Il devait être correctement déguisé, car quelques jeunes gens éméchés, le prenant pour une voiture de louage, le hélèrent, puis brandirent le poing dans sa direction en constatant qu'il ne s'arrêtait pas.

Il se rendit tout droit à la prison. Là, il sauta à terre et appela un jeune garçon qui traînait dans le coin pour qu'il veillât sur les chevaux, en promettant de revenir un quart d'heure plus tard.

On lui ouvrit lorsqu'il demanda à parler à Alfred Hamilton, et il suivit le garde à travers le grand hall d'entrée. Il remarqua que la porte du bureau était fermée.

— Le directeur n'est pas là, ce soir ? questionna-t-il sur le ton prudent de la plaisanterie.

— Il travaille pas la nuit.

— Ah ! Une bonne chose pour vous. Il n'a pas l'air commode !

— C'est le moins qu'on puisse dire, grommela le jeune gardien. Un esclavagiste, ouais !

Quand ils atteignirent la cellule de Hamilton, le jeune homme tendit la main, attendant son pourboire.

Hawk lui remit dix souverains d'or, sans doute plus que l'homme n'en gagnait en un mois.

— Vous savez où je pourrais le trouver ? demanda-t-il tranquillement.

— Le directeur ?

— J'espérais le rencontrer.

Le gardien referma la main sur les pièces et déglutit nerveusement.

— La *Cock Pit Tavern*, sans doute.

— Et où est-ce ?

— Pudding Lane. À deux pas de Billingsgate.

— Vous en êtes certain ?

Le garde jeta un coup d'œil furtif par-dessus son épaule.

— Sûr. On vient de toucher la paye, et c'est là qu'il va parier sur les combats de coqs. En plus, ils servent de l'alcool à n'importe quelle heure, là-bas, et le directeur aime bien avoir son verre, qu'il soit tôt ou tard.

Hawk hocha la tête.

— Il vaudrait mieux que ma visite ne soit enregistrée nulle part, n'est-ce pas ?

— Ça peut s'arranger.

— Brave garçon !

Hawk lui donna encore quelques pièces, puis il pénétra dans la cellule d'Alfred afin de lui assener la dure vérité.

Il n'y alla pas par quatre chemins, et le cri angoissé du vieil homme lui résonnait encore aux oreilles lorsqu'il quitta l'établissement, l'estomac noué. S'il avait été un temps tenté de le faire sortir de prison, ce n'était plus le cas désormais, sachant les conséquences pour Belinda de son irresponsabilité. Il avait largement mérité ce qui lui arrivait !

Il donna la récompense promise au garçon qui surveillait sa voiture et prit la direction de Billingsgate, le marché aux poissons à l'odeur pestilentielle.

Il n'eut pas de mal à trouver la *Cock Pit Tavern* et dissimula son attelage dans une ruelle sombre avant de pénétrer dans le bouge surpeuplé. Collé au mur, il le chercha des yeux et ne tarda pas à le découvrir parmi les parieurs braillards.

Hawk retourna à sa voiture où il s'assit sur le siège du cocher et attendit en silence, s'accordant de temps en temps une gorgée de cognac.

Il avait les sens en alerte chaque fois que la porte du pub s'ouvrait, mais ce n'était jamais sur celui qu'il guettait.

Au bout d'une heure, il alla se dégourdir un peu les jambes. Un objet brillait près du mur, et il se baissa pour voir de quoi il s'agissait. Un morceau de tuyau de plomb. Avec un sourire, il le ramassa et retourna à son poste de guet. Une autre heure passa. Le temps filait, il ne lui restait plus que deux heures avant son duel. Le jour se levait tôt, en été.

Le crachin qui tombait depuis un moment se transforma en pluie, et il jetait un regard irrité vers le ciel lorsque le directeur de la prison sortit en chancelant de la taverne.

Hawk se raidit, le cœur battant, tandis que le tonnerre grondait au loin.

Il était avec deux hommes, mais ils se saluèrent au coin de la rue, et les autres ivrognes s'éloignèrent d'un pas mal assuré. Hawk attendait, tel un rapace qui guette sa proie.

Il se laissa glisser en silence de son siège et, comme l'immonde individu approchait, il émergea de l'ombre. Le directeur le vit, cligna des yeux sous la pluie ;, il vit aussi la voiture.

— Cocher, conduisez-moi à Cheapside ! ordonna-t-il d'une voix pâteuse.

Hawk ne s'attendait pas à ça, mais il eut un petit sourire.

— Par ici...

Une minute plus tard, l'homme était à plat ventre sur le sol de la voiture, un bâillon sur la bouche et le genou de Hawk au creux de ses reins. Ils luttèrent férocement sur le plancher, mais la colère de Hawk était si démesurée qu'il ne sentait même pas les coups qu'il recevait, et il finit par avoir le dernier mot. Il lui lia les mains dans le dos avant de retourner à son siège.

Le cœur battant à tout rompre, il lança ses chevaux à travers les rues sinistres, passa devant la Tour de Londres pour aboutir sur les docks de Shadwell où il s'arrêta entre deux entrepôts désaffectés.

La pluie continuait à tomber, il n'y avait pas âme qui vive dans les environs.

Il sauta à terre, alla ouvrir la portière, sortit l'ivrogne de la voiture, le jeta au sol, puis il avança sur lui, armé du tuyau. Tant pis si l'homme était attaché et bâillonné, il n'était pas question d'honneur, dans ce combat. L'immonde individu s'était-il privé d'agresser une jeune fille sans défense ?

Le directeur leva sur lui un regard horrifié.

— Vous me reconnaissez ?

Le gredin secoua la tête.

Hawk s'accroupit devant lui.

— Je vous dirai seulement un nom : Belinda Hamilton.

Terrorisé, le directeur tenta de se redresser, mais Hawk l'en empêcha d'un coup de pied dans la poitrine. Comme s'il s'agissait d'un autre que lui, Hawk se vit lever le tuyau et frapper.

Encore.

Le bruit du métal contre les os se répercuta dans sa tête.

Belinda.

La pluie tombait, le sang coulait.

Les gouttières déversaient des cascades d'eau.

Rien n'avait préparé Hawk à la sauvagerie qui l'habitait tandis qu'il laissait libre cours à sa vengeance. Dans l'ombre, sa chevelure trempée tombant sur son visage, un rictus aux lèvres, il devenait quelqu'un d'autre, un étranger, et c'était à la fois terrible et exaltant. Hawk parlait tout en frappant, il tournait autour de sa victime tel un fauve qui joue avec sa proie. Le directeur se mit à genoux, mais de nouveau Hawk l'envoya rouler sur les pavés luisants. Il lui assena un coup de pied au visage, puis il s'immobilisa. S'il ne cessait pas immédiatement, il allait le tuer.

Il jeta au loin son arme improvisée, haletant, la chemise tachée de sang. Bouleversé par sa propre violence, il alla jusqu'au bord du quai tandis que le directeur se relevait péniblement.

Un gros navire – de ceux qui emportaient les condamnés vers les colonies pénitentiaires d'Australie – était amarré un peu à l'écart. Hawk eut un sourire mauvais. Quel superbe retour de manivelle, s'il parvenait à acheter les matelots qui gardaient le bateau pour qu'ils acceptent de prendre le gredin à leur bord et de le jeter en pâture aux prisonniers. Il y en avait certainement parmi eux qui se rappelaient la cruauté du directeur et la lui feraient payer cher.

Un petit canot de pêche dansait sur l'eau sombre, et Hawk regarda de nouveau le navire. Ce que le nom du duc de Hawkscliffe n'obtiendrait pas dans cet univers particulier, celui de lord Jack Knight, le corsaire, le lui procurerait. Et si cela ne marchait pas, il pourrait toujours jeter le bourreau de Belinda par-dessus bord et laisser la Tamise se refermer sur son corps.

Il traîna son ennemi jusqu'à la barque et prit les rames.

Lorsqu'il revint à quai, il n'y avait déjà plus trace de sang sur les pavés.

Encore grisé par le déchaînement de ses instincts, Hawk renversa la tête en arrière et, les yeux clos, laissa la pluie ruisseler sur son visage.

— Messieurs, vous avez cinq minutes ! déclara le témoin de Dolph en sortant sa montre de gousset.

Belinda vit Robert discuter avec lord Alec à quelques mètres d'elle.

Dans la brume de l'aube, à Hyde Park, le duel se préparait.

Dolph marchait de long en large près de son cabriolet. Les médecins et les chirurgiens convoqués par Alec attendaient, impassibles, appuyés à leur voiture. Le comte de Coldfell était là aussi, installé dans son luxueux carrosse noir, et il pianotait impatiemment sur le manche d'argent de sa canne.

Alec quitta Robert sur un signe de tête et alla vérifier auprès du témoin de Dolph si les balles contenaient bien la même charge de poudre.

Belinda, bouleversée, vit Robert se diriger vers elle. Elle haïssait chaque seconde de cette épreuve, cependant, pour rien au monde elle n'aurait renoncé à se trouver là. Il y avait au moins un petit avantage à être une courtisane : jamais une dame n'aurait eu le droit d'assister à un duel.

Heureusement, les témoins s'étaient mis d'accord pour que les deux hommes tirent en même temps. Elle n'aurait pas supporté de voir Robert s'offrir en cible à Dolph en attendant son tour.

Elle n'avait pu se résoudre à lui demander où il était allé pendant qu'elle dormait. Tout au fond d'elle-même, elle le savait. Il était rentré avec du sang sur lui...

En approchant, il sortit la fiasque qu'elle lui avait offerte et avala une gorgée d'alcool, avant de la lui tendre avec un petit sourire. Comme elle refusait d'un signe de tête, il remit le flacon dans la poche de son gilet, puis il attira Belinda sous un grand chêne.

Ils se regardèrent longuement, indéfiniment.

— Robert...

Elle ne voulait pas pleurer, elle ne voulait pas non plus le supplier une dernière fois de renoncer. Il n'avait pas le choix, en réalité.

Il baisa ses mains l'une après l'autre.

— Pas de larmes, ma douce. Juste un baiser pour me porter chance.

Elle jeta les bras autour de son cou et ils s'embrassèrent avec passion jusqu'à ce qu'Alec vînt chercher son frère.

Elle s'accrocha à lui, en pleurs, gravant dans son esprit la douceur de ses cheveux, la légère rugosité de ses joues bleuies par la barbe naissante...

Il prit son visage entre ses mains et plongea son regard dans le sien.

— Vous êtes ma dame, et je me bats pour venger votre honneur.

Il la lâcha presque brutalement et lui tourna le dos.

La main sur le cœur, Belinda le regarda s'éloigner. Il savait forcément que ce petit mot – ma dame – signifiait tant pour elle !

Le ciel s'éclaircissait à l'est, Vénus brillait au-dessus des arbres.

Robert se dirigea vers le centre de la prairie où attendait Dolph. Lord Alec vint rejoindre Belinda et posa la main de la jeune femme au creux de son bras. Elle ne comprenait pas comment l'archange blond parvenait à rester aussi calme.

— Ça ira, mademoiselle Hamilton, je vous le promets. Rob est bien trop malin pour se faire tuer au risque de laisser Jack hériter du titre !

Les deux hommes se tenaient dos à dos, le pistolet à la main, quand les premiers rayons du soleil filtrèrent à travers les arbres.

Belinda avait la nausée. Un oiseau s'éveillait en chantant, et elle se mit à prier de toutes ses forces.

Lord Coldfell s'appuyait sur sa canne. C'était à lui que reviendrait l'honneur de lâcher le mouchoir blanc qui marquerait le début du duel. Au bord de la clairière, il attendait.

Le témoin de Dolph donna un autre signal, et les deux adversaires s'éloignèrent l'un de l'autre : douze pas chacun.

Puis ils se retournèrent, le corps de profil afin de présenter une cible aussi réduite que possible. Ils levèrent leurs pistolets, cruelles images reflet l'une de l'autre.

Le comte lâcha le mouchoir. Belinda, fascinée, horrifiée, fixait le petit carré de soie blanche qui mit une éternité à atteindre l'herbe grasse.

À la seconde même où il toucha le sol, les coups de feu explosèrent.

Belinda, pétrifiée, mordait son poing. Les médecins la bousculèrent en se précipitant vers les duellistes.

« Il est touché ! » se dit-elle.

Ce fut un véritable chaos sur le pré. Les jurons de douleur de Dolph emplissaient l'air, ainsi que les cris du chirurgien. Les deux hommes étaient à terre.

Retrouvant soudain ses esprits, Belinda s'élança.

— Robert !

— Belinda !

Il était conscient, et il la regardait malgré les docteurs qui l'entouraient.

Elle se fraya un passage et se laissa tomber à genoux près de lui au moment où un chirurgien ouvrait sa veste afin de chercher la blessure. Tout se brouillait. Belinda ne cessait de demander à Robert comment il se sentait, il ne cessait de répondre qu'il allait bien. Elle essayait de fermer ses oreilles aux cris de Dolph qui l'appelait quand le chirurgien poussa une exclamation.

— Regardez !

Il sortait la fiasque du gilet de Robert. Elle était cabossée, mais la balle ne l'avait pas traversée. Les deux jeunes gens étaient sidérés.

— Je savais bien que ce coup n'avait pas un bruit normal... fit Robert.

— Un flacon fichu, et un bouton de moins à votre gilet, Votre Grâce, déclara le médecin. Votre bonne étoile veillait !

— Laissez-moi voir ! exigea Belinda qui ne fut satisfaite que lorsqu'elle eut constaté que Robert ne souffrirait, au pis, que d'une côte fêlée par le choc.

Elle se jeta sur lui, les bras autour de son cou.

Il l'étreignit et l'embrassa dans la lumière du petit matin qui se répandait lentement dans la clairière. Sans se soucier de leur entourage, ils laissèrent éclater leur passion avec un joyeux abandon. Belinda se dégagea dans un petit rire en sentant sa virilité palpiter sous elle.

— Quel curieux parangon de vertu vous faites ! murmura-t-elle. Des duels, des courtisanes, du cognac... Que diraient les dames patronnesses ?

— Que le diable les emporte, mon cœur ! Rentrons à la maison.

Ils se relevèrent et se dirigèrent vers le carrosse, étroitement enlacés.

Lord Alec leur emboîta le pas.

— Tu devrais te remettre à jouer, avec la chance que tu as !

— Comment va Breckinridge ?

— Il est mourant...

Belinda s'immobilisa.

— Mourant ?

Elle se rendit compte soudain que Dolph l'appelait d'une voix douloureuse qu'elle ne pouvait ignorer davantage. Elle se retourna.

Il gisait dans une mare de sang, la tête appuyée contre son témoin, il était d'une pâleur mortelle.

— Accordez-moi un moment, Robert, s'il vous plaît.

— Belinda, ne...

— Il le faut, murmura-t-elle avant de se diriger vers le malheureux.

Les yeux de Dolph s'emplirent de larmes lorsqu'il la vit approcher, et il humecta ses lèvres.

— Belinda.

Les médecins avaient déchiré sa chemise afin d'examiner la blessure, et Belinda craignit de s'évanouir devant le sang qui ruisselait sur son torse.

— Je ne veux pas mourir sans que vous m'ayez pardonné, dit-il faiblement. Je regrette d'avoir fait jeter votre père en prison. C'était parce que... Mais vous savez. Tenez...

Il serrait quelque chose dans sa main ensanglantée, et Belinda s'agenouilla à ses côtés. Il s'agissait du collier orné d'une dent de l'ours qui l'avait blessé autrefois.

— Je vous aimais, à ma façon, souffla-t-il.

— Je sais, Dolph, chuchota-t-elle en posant la main sur son front. Essayez de vous détendre.

Il se saisit de son autre main.

— Je n'ai pas peur ! Mon oncle ! Où est mon oncle !

— Tu as quelque chose à me dire ?

Belinda leva les yeux sur lord Coldfell. Il semblait absolument indifférent à l'état de son neveu. Belinda échangea un coup d'œil avec Robert qui s'était joint au petit groupe assemblé autour du mourant.

Dolph serra davantage la main de Belinda, comme pour y puiser de la force.

— L'incendie de Seven Oaks, mon oncle, c'est moi qui l'ai déclenché. C'était moi.

— Oui, Dolph, je le sais, répondit le vieillard avec une froide satisfaction.

La respiration de Dolph se fit sifflante, il cracha du sang.

Le chirurgien se pencha sur le jeune homme, mais il n'y avait plus rien à faire... Son regard devint terne et l'étreinte sur la main de Belinda se relâcha.

Il était parti.

Comme elle restait figée, incapable de bouger, Robert la releva doucement et l'entraîna vers la voiture. Elle posa la tête contre sa poitrine.

— Hawkscliffe !

Ils se retournèrent. Lord Coldfell les avait suivis, et elle sentit Robert se crisper.

— Bien joué, mon ami ! approuva le vieil homme avec jovialité quand il les rejoignit. Vous avez fait justice, aujourd'hui, je ne l'oublierai pas. Votre père serait fier de vous.

Robert, las, secoua la tête.

— Il n'y a pas de quoi.

Choquée par la satisfaction non dissimulée du comte, Belinda serra davantage la taille de Robert.

— Si vous voulez bien nous excuser, Sa Grâce a besoin de repos. Venez, mon chéri.

Robert salua le comte d'un signe de tête et ils rejoignirent leur voiture. Belinda lança toutefois un bref coup d'œil derrière elle. Lord Coldfell n'avait pas bougé. Il la regardait s'éloigner avec une expression franchement hostile.

17

Environ une heure plus tard, Hawk se reposait, une Belinda légèrement vêtue entre les bras. Le soleil matinal jouait sur la peau de la jeune femme qu'il caressait en repassant en esprit les événements de la nuit. Elle avait posé le bras sur sa poitrine, la tête au creux de son cou. Il respirait avec bonheur le parfum de ses cheveux et les embrassait doucement de temps à autre.

Il était las, mais c'était surtout son cœur qui était exténué par les passions extrêmes qui l'avaient ravagé en si peu de temps. La rage et l'angoisse, la culpabilité et l'amour... La bouleversante confession de Belinda, l'accès de violence sauvage qui avait suivi, l'odeur de la mort qu'il avait frôlée au cours du duel avec Dolph. Cependant la vengeance n'avait pu effacer la souffrance de Belinda, et tout ceci avait laissé en lui comme un grand vide triste, mais aussi la certitude qu'il tenait un trésor serré contre lui.

Leur arrangement arrivait à son terme, pourtant il ne supportait pas l'idée qu'elle pût le quitter. Jamais il ne la laisserait retourner à sa vie de courtisane avec tous les dangers qu'elle comportait, mais qui était-il, pour lui dicter sa conduite ? Elle était, plus que jamais, « libre et indépendante ».

— Robert ?

— Oui ?

— Je me demandais...

Elle se redressa sur un coude.

— Je n'ai toujours pas bien compris au sujet de la

mort de lady Coldfell. C'était donc un accident, comme l'a dit le coroner ?

Hawk haussa les épaules.

— Je ne vois pas d'autre explication.

Elle fronçait les sourcils, perplexe.

— Pourquoi s'est-elle donnée à Dolph, si c'était vous qu'elle voulait ?

— Je me suis tellement trompé sur sa personnalité que je ne me risquerais pas à donner le moindre début de réponse, soupira-t-il.

— J'ai bien une hypothèse, mais elle ne va pas vous plaire.

Hawk lui lança un regard interrogateur, et elle poursuivit :

— Dolph prétendait qu'elle voulait devenir votre duchesse.

— En effet.

— Et lord Coldfell, dans tout cela ? Il est âgé, mais à part ses rhumatismes, il semble en bonne santé. C'est un peu alambiqué, pourtant supposez que lady Coldfell ait voulu se débarrasser de son époux, et le plus vite possible, afin de devenir votre femme avant que vous ne vous tourniez vers quelqu'un d'autre. En même temps, elle tenait Dolph sous sa coupe – un excellent tireur, avide d'entrer en possession de son héritage. Je suis désolée, mais je ne parviens pas à croire que lady Coldfell ait voulu Dolph seulement pour son plaisir. Les femmes ne fonctionnent pas ainsi. Quand nous séduisons un homme, c'est avec une idée précise derrière la tête.

— Vous êtes en train de me dire... qu'ils envisageaient tous les deux de tuer lord Coldfell ?

— Réfléchissez. Une fois le comte disparu, lady Coldfell était libre d'épouser qui elle désirait – vous, en l'occurrence – pendant que Dolph héritait du titre et de la fortune de son oncle. Dolph n'a-t-il pas avoué avant de mourir qu'il avait lui-même provoqué l'incendie de Seven Oaks ? Peut-être était-ce à l'instigation de Lucy.

Hawk secoua la tête. Cette éventualité le glaçait.

— Si vous aviez connu Lucy, vous sauriez que c'est impossible. Elle n'était pas une meurtrière.

— Oui, elle était aussi vertueuse, sage et pure, selon vous. Pardonnez-moi, mon chéri, mais je crois que vous ne la connaissiez pas du tout !

Il demeura quelques secondes silencieux, puis il reprit :

— Peut-être avait-elle des aventures secrètes, cependant je ne peux pas imaginer une seconde qu'elle ait été mêlée à un meurtre. Quant au vieux Coldfell, je n'ai pas l'intention de lui parler des frasques de son épouse, ni de son aventure avec Dolph. Il y a des secrets qu'il vaut mieux emporter dans la tombe.

— Et s'il savait déjà ? C'est de cela que je parle, Robert. C'est Coldfell qui est à l'origine de toute cette histoire ; c'est bien lui qui a imploré votre aide, non ? Franchement, ce vieil intrigant ne m'inspire aucune confiance.

— Coldfell est un ami de la famille, Belinda. Il a bien connu mon père, jamais il ne me mentirait.

Un peu agacée, Belinda lui caressa les cheveux.

— Vous avez un tel sens de l'honneur, mon chéri, que vous ne voyez pas le mal chez les gens que vous aimez bien. Vous accordez trop facilement votre confiance. Vous avez pourtant vu à quel point le comte était heureux, ce matin, de la mort de son neveu. Cela ne vous a pas semblé contre nature ?

— Ce qui me paraît contre nature, c'est que Dolph ait eu une relation amoureuse avec sa tante, même si elle ne l'était que par alliance. Le comportement de Coldfell est tout à fait cohérent, puisqu'il est persuadé que Dolph a tué Lucy. C'est vous, mademoiselle Hamilton, qui ne faites pas assez confiance aux gens. Mais je ne veux plus parler de cela, surtout si nous sommes en désaccord. C'est terminé. Lucy et Dolph sont morts, personne ne peut plus venir nous séparer, alors oublions tout cela et occupons-nous de notre vie.

— Oh, Robert ! soupira-t-elle avec un sourire de réprimande.

— C'est mieux ainsi. Si cela ne vous ennuie pas, j'ai frôlé la mort d'assez près, aujourd'hui, et cela remet les pendules à l'heure. Restez avec moi, murmura-t-il en déposant un doux baiser sur ses lèvres. J'ai envie de vous emmener dans ma demeure du Cumberland, de vous montrer les lacs, les montagnes, les vallées, tous les endroits que j'aime. Ils sont presque aussi beaux que vous. Nous partirons dès demain matin.

Elle lui lança un coup d'œil désolé avant de se détourner.

— Robert...

— Qu'y a-t-il, ma douce ?

— Je ne sais plus où j'en suis.

— À quel sujet ?

— À *votre* sujet.

— Pourquoi ? Tout est clair. Restez avec moi, et je prendrai soin de vous jusqu'à la fin de vos jours.

— Que voulez-vous dire ?

Elle le regardait dans les yeux. Il y avait les ombres violettes dans son regard, et il sut tout de suite qu'il avait commis une erreur. Elle avait cru qu'il lui offrait le mariage ! Il pâlit, incapable de trouver les mots pour rectifier.

Il la vit comprendre lentement la raison de son brusque silence, en tirer ses conclusions. Elle ouvrit la bouche, comme si elle voulait parler, mais elle y renonça et se contenta d'un demi-sourire contraint.

— Ma chérie, dit-il enfin, je ne veux surtout pas vous faire de mal...

Bouleversé, il posa la tête entre les seins de la jeune femme et la serra fort à la taille pour l'empêcher de s'enfuir, ce à quoi il s'attendait.

— Je sais, murmura-t-elle en nouant les bras autour de son cou.

— Si c'était possible...

— Je sais.

— Il y a des limites que je ne puis franchir.

— Je sais, Hawk ! s'écria-t-elle, agacée en se dégageant de son étreinte. Ça va, n'en parlons plus ! Je n'ai jamais imaginé que vous m'épouseriez. Si vous pensez que c'est ce que j'espérais, je m'en vais tout de suite et vous ne me reverrez plus jamais.

— Restez !

Il la ramena contre lui, le cœur battant à l'idée de la perdre.

— Je n'ai jamais cru cela. Ne partez pas, Belinda. Restez près de moi.

Elle se laissa retomber à côté de lui, appuyée sur ses coudes, le regard lointain, hostile, et il eut mal de la sentir si vulnérable. Il y avait tant d'orgueil, tant de feu derrière cette glace, songea-t-il.

— Je n'ai jamais connu quelqu'un qui vous ressemble, mademoiselle Hamilton, dit-il doucement.

— Je n'en doute pas ! rétorqua-t-elle en redressant la tête. Je n'ai que faire du mariage, même avec un duc. Je garde le contrôle de ma vie, je prends seule mes décisions, et jamais je ne renoncerais à mon indépendance pour votre couronne ducale, même si vous m'imploriez à genoux.

Il sourit, attendri. Quel courageux petit discours !

— Alors, vous restez ?

Elle s'adoucit.

— Je suis certaine que ce n'est pas aussi simple.

— Mais si ! Oubliez vos satanées règles de courtisane, Belinda, et accordez-moi une chance. Jamais je ne vous quitterai. Jamais je ne vous maltraiterai, vous devez le savoir. Tentons l'expérience, et découvrons ce qu'il y a à découvrir ensemble.

— Qu'espérez-vous découvrir, Robert ?

— Comment le saurais-je ? Je n'ai jamais rien éprouvé de semblable auparavant.

Des larmes firent soudain briller ses yeux, et elle les refoula bien vite. Elle s'assit, les bras autour des genoux.

— Vous nous demandez à tous les deux de nous

préparer pour un bien grand chagrin lorsqu'il sera temps de se quitter, soupira-t-elle.

— Se quitter ? Il n'en est pas question, ma chérie. Je vous veux pour toujours.

Il fut lui-même un peu troublé par ses paroles.

— En tant que maîtresse, dit-elle avec amertume.

— En tant que mon amour.

— Je ne sais que faire. Je vous aime tant, et...

Elle se passa la main dans les cheveux, puis elle posa son front au creux de son coude, sur ses genoux relevés.

— Quand je pense que j'ai failli vous perdre ce matin... Eh bien, c'est un peu comme si on nous offrait une seconde chance, n'est-ce pas ? Vous savez que j'ai envie d'être près de vous, c'est juste que...

— Quoi ? demanda-t-il, la regardant patiemment lutter avec elle-même.

— Ce n'est pas professionnel.

— C'est un problème d'argent ? Si vous souhaitez que j'apure les dettes de votre père, je...

— Non ! Cela n'a rien à voir avec l'argent, s'indigna-t-elle. Quant à papa, peut-être mérite-t-il plus ou moins ce qui lui arrive. Ce sera une bonne leçon. Il s'est mis dans cette situation tout seul, il s'en sortira seul. Voilà ce que ma mère aurait dit.

Il lui caressa l'épaule, réconfortant.

— Il faut que vous le sachiez, Belinda, j'ai tout dit à votre père.

Un long moment, elle absorba cette nouvelle, ramassée sur elle-même.

— Comment l'a-t-il pris ? demanda-t-elle finalement.

— Comme vous pouvez l'imaginer. Il s'en remettra, ma douce, ajouta Hawk, touché par sa peine.

— J'ai l'intuition que vous avez fait quelque chose de terrible au directeur de la prison, dit-elle d'une voix étouffée. Cela m'est égal, mais les autorités ne vont-elles pas vous poursuivre ?

— Non. Vous ne craignez plus rien de lui. Vous êtes en sécurité, dorénavant. Et je vous aime.

Elle se tourna enfin pour le regarder, les yeux immenses, les lèvres tremblantes.

— Je vous aime aussi, Robert, souffla-t-elle. Je ne devrais pas, mais je vous aime.

Le visage de Hawk s'épanouit. il la prit dans ses bras pour l'allonger sur les draps.

— Vous ne devriez pas ? Mais si, petite mule ! Et pourquoi, je vous prie, ne devriez-vous pas m'aimer ?

— Parce que vous ne m'appartiendrez jamais vraiment.

Il feignit de se fâcher.

— Jusqu'à présent, je vous prenais pour une femme intelligente, dit-il tandis qu'elle se mettait à rire. Restez avec moi. Je vous appartiens déjà depuis un certain temps, au cas où vous ne l'auriez pas remarqué.

— Vous avez failli me jeter dehors, avant-hier. C'est cela qui m'ennuie. Je n'ai aucune sécurité.

— Ah, je comprends ! La sécurité...

— Oui. Vous me chasserez dès que vous vous lasserez de moi.

— Et qu'est-ce qui pourrait vous persuader que je ne vous renverrai jamais ? Peut-être ceci...

Il se pencha pour attraper sur la table de chevet la fiasque bosselée et la lui tendit.

— Voici votre preuve, mon amour.

Elle l'examinait sous tous les angles, et il vit ses yeux s'emplir de larmes.

— Vous auriez pu mourir pour moi, souffla-t-elle.

— Oui. Et je recommencerais s'il le fallait. Sans hésitation.

Elle lui passa les bras autour du cou et se serra contre lui. Il sentit ses larmes rouler sur ses épaules nues.

— Je n'avais pas le droit de douter de vous. Vous êtes si fort, si patient avec moi... Vous ne méritez pas mes réticences. Je suis désolée, Robert, ce n'était pas de l'ingratitude. C'est nouveau pour moi, mais je crois... que je vous ferai confiance, à l'avenir.

— Voilà une bonne nouvelle pour commencer la journée ! s'écria Hawk en l'écartant légèrement pour cueillir du bout du doigt une larme qui scintilla tel un diamant dans la lumière.

La glace fondait... Très lentement, il se pencha afin d'embrasser Belinda, et, avec un doux soupir, elle ouvrit ses lèvres pour lui. Il se perdit dans leur baiser qui illuminait l'univers, comme si un nouvel astre était né de leur amour.

Il s'allongea sur elle, et elle noua les jambes autour de ses reins. Il ferma les yeux, ivre de désir, mais il mit fin à leur baiser lorsque la tentation devint trop forte.

Maintenant qu'il connaissait ses blessures profondes, il la traiterait avec la plus exquise douceur. Son heure n'était pas encore venue.

Une splendide idée naquit dans son esprit, et il lui baisa le cou en souriant de plaisir anticipé.

— Reposez-vous, mademoiselle Hamilton. J'aurai une merveilleuse surprise pour vous ce soir.

— Qu'est-ce qui pourrait être plus merveilleux que ceci ? murmura-t-elle, le regard rêveur.

Il joua avec une mèche de cheveux blonds.

— Vous verrez bien.

Sur un dernier baiser, il la quitta en lui donnant l'ordre de dormir.

Plus tard dans la journée, Robert s'installa à son bureau afin d'avertir de son départ à la campagne les présidents de ses divers comités parlementaires, de donner des instructions à son homme d'affaires, de s'occuper d'une foule d'autres détails, tandis que Belinda se chargeait de la maison. Elle passait vivement de pièce en pièce pour aider les femmes de chambre à garnir les meubles de housses quand elle croisa dans le hall un valet de pied qui venait remettre à Walsh une lettre arrivée par porteur spécial pour Sa

Grâce. Le majordome allait la porter au duc sur un plateau d'argent, mais Belinda coupa court aux formalités et se dirigea vers la bibliothèque afin de la lui remettre elle-même. Une excuse comme une autre pour le voir !

Elle remarqua au passage qu'elle avait été envoyée d'Islington, et que l'adresse au dos portait le nom de l'établissement pour jeunes filles de Mme Hall.

Elle hésita un instant devant la porte de Hawk. Qu'est-ce que cela signifiait ? S'en prenait-on encore à elle ? Mais lady Jacinta y était encore pensionnaire, et cela avait sans doute un rapport avec elle. Craignant soudain une mauvaise nouvelle, Belinda pénétra en hâte dans la bibliothèque et déposa la lettre devant Robert.

— Ce message vient d'arriver par porteur.

— Que se passe-t-il encore ?

Il brisa le sceau, et Belinda attendit, anxieuse, tandis que Robert s'assombrissait à mesure qu'il lisait. Enfin il froissa la missive.

— Qu'y a-t-il ?

— On m'informe que ma sœur est renvoyée quelques jours pour avoir parlé à un inconnu. Un dénommé Dolph Breckinridge.

Il jeta la boule de papier dans la corbeille en jurant entre ses dents.

Belinda porta la main à sa bouche.

— Comment a-t-il osé... ?

— Il cherchait sûrement à m'atteindre à travers elle. Heureusement, Lizzie Carlisle était là pour mettre un peu de plomb dans la cervelle de ma sœur !

— Il ne lui a pas fait de mal ?

— Non, grâce à Dieu. Lizzie s'est confiée tout de suite à son professeur. Apparemment, Dolph voulait emmener ma sœur se promener en voiture.

Belinda en resta pétrifiée. Si Dolph avait fait du mal à cette petite à cause d'elle... Non, c'était trop affreux !

— Je crains que Jacinta et sa compagne ne soient obligées de venir avec nous, dit-il, les poings serrés.

J'espère que cela ne vous ennuie pas trop, mais moi, j'en suis furieux ! Je n'avais pas l'intention de jouer les bonnes d'enfants !

— Cela ne me dérange pas du tout, Robert, cependant pensez à la réputation de ces jeunes filles. Peut-être ferais-je mieux de ne pas venir...

— Ne soyez pas stupide ! C'est pour vous que je pars, répliqua-t-il en se frottant le menton, pensif. Si vous n'y voyez pas d'objection, nous pourrions vous faire passer pour leur gouvernante. Personne ne vous connaît, dans le Nord.

— Encore une mascarade ? s'inquiéta-t-elle. Jacinta devinera qu'il se passe quelque chose entre nous. Elle est trop fine pour que l'on puisse lui dissimuler la vérité.

— Eh bien, il faudra qu'elle accepte la situation. Elle est très mûre, par certains côtés.

— Mais Lizzie sera scandalisée. À propos, j'ignorais que vous connaissiez bien Mlle Carlisle. Quelle délicieuse jeune fille, discrète, timide...

— Elle est ma pupille.

— Vraiment ? Y a-t-il quelqu'un à Londres qui ne soit pas sous votre protection, Robert ?

— Mlle Carlisle est la fille de mon ancien régisseur. Il est mort il y a dix ans, Lizzie était fille unique, sans famille vers qui se tourner. C'est l'amie de Jacinta depuis qu'elles sont toutes petites... et la voix de sa conscience. Je me félicite qu'elle se soit trouvée là quand Dolph a essayé de se présenter à ma sœur !

Belinda croisa les mains dans son dos.

— Je me sens affreusement responsable de tout cela, dit-elle. Quand je pense à ce qui aurait pu arriver, à ce qu'il aurait pu lui faire...

— Non, Belinda, coupa-t-il doucement. Il n'a rien fait, n'y songez plus. Maintenant, filez, j'ai une quantité de choses à faire avant l'heure de votre surprise.

Belinda lui sourit, le cœur en émoi. Il prit sa plume pour répondre à Mme Hall.

Ce soir-là, ils quittèrent Knight House à 8 heures.

Robert avait prié Belinda de porter une toilette habillée, mais sans lui préciser où il l'emmenait. Dans le carrosse, il tira les rideaux afin qu'elle ne pût deviner leur destination.

Elle n'en pouvait plus d'excitation lorsqu'elle entendit un valet sauter à terre pour venir leur ouvrir la portière.

— La surprise est là. Fermez les yeux, ma chérie.

— J'ai envie de vous voir ! Vous êtes si beau...

— La flatterie ne vous mènera nulle part !

Elle obtempéra en riant, mais son image était imprimée dans son esprit. Elle ne l'avait jamais vu d'une élégance aussi raffinée. Il avait échangé ses éternels costumes noirs contre une queue-de-pie de velours grenat dont le col droit faisait remonter sa chemise amidonnée jusqu'à la mâchoire. Sa cravate de soie blanche était nouée à la perfection, son gilet de soie était rebrodé de délicates arabesques vieil or. Son pantalon au genou moulait ses cuisses puissantes et les bas de soie blanche mettaient en valeur la musculature de ses mollets.

Il était l'incarnation de l'élégance virile. Malgré tout le soin qu'il avait apporté à sa toilette ce soir, Belinda n'avait qu'une envie : saisir la première occasion de déshabiller cet homme époustouflant !

— J'en ai assez ! se plaignit-elle, les mains pressées sur ses yeux. Où sommes-nous ?

— Vous verrez bien. Interdiction de tricher !

La portière s'ouvrit, le valet déplia le marchepied, et Robert lui prit le bras pour la guider sur la première marche.

— Ça sent le cheval, fit-elle en plissant le nez.

— Parfait. Vous pouvez regarder.

Elle ouvrit lentement les paupières. Robert se tenait de côté, rayonnant.

Belinda parcourut du regard le vaste bâtiment avant de le reconnaître.

— *Almack* ! murmura-t-elle.

— Surprise !

Almack ! Son rêve de jeune fille devenu réalité !

Elle se tourna vers Robert, effrayée.

— Je ne peux y entrer ! Je me ferai jeter dehors !

— Par qui ? demanda-t-il avec un sourire de gamin espiègle. Ce soir, l'endroit est à nous.

Elle écarquilla les yeux.

— Vous avez loué *Almack* pour nous ?

— Mmmm...

— Tout l'établissement ?

— Avec l'orchestre.

Elle se jeta depuis la marche dans ses bras.

— Hawkscliffe !

Il l'embrassa avant de la poser à terre.

— Jamais je n'ai reçu de cadeau pareil de toute ma vie ! Mais c'est une véritable folie...

— Vous le valez bien, murmura-t-il, toute la tendresse du monde dans son regard. Entrons.

Avec un rire joyeux, elle se précipita à l'intérieur, Robert sur ses talons.

— Robert, c'est... c'est... *Almack* ! s'écria-t-elle avec une sorte de respect émerveillé devant le grand escalier qui menait aux pièces de réception.

Elle mourait d'envie de le gravir, mais elle se sentait comme une intruse dans un lieu sacré. Elle croyait presque entendre les dames patronnesses chuchoter leur désapprobation... Quand Robert vint tout contre elle, elle leva vers lui un regard de détresse.

— Ce n'est pas ma place.

Il lui offrit son bras sans mot dire et, encouragée par sa tranquille assurance, elle se laissa escorter dans le fameux escalier où, le douzième mercredi de la saison mondaine, n'était conviée que la fine fleur de la société.

Elle s'émerveillait devant chaque détail du décor, bien que le cadre ne pût se comparer à la splendeur de Knight House. Sur le palier, Robert lui montra des deux côtés les salles de jeu qui servaient également pour des soupers et des banquets, mais droit devant elle découvrit le saint des saints : la salle de bal.

Retenant son souffle, elle y pénétra. La pièce mesurait au moins trente mètres de long et quinze de large. Haute de plafond, une frise dorée courait sur les murs céladon, et de vastes fenêtres s'ouvraient à intervalles réguliers. Il y avait des bancs le long des murs, ainsi qu'une estrade destinée à l'orchestre. Sidérée, elle y vit des musiciens qui se levèrent à son entrée.

Elle eut un petit signe de tête timide.

— Bonsoir.

— Bonsoir, mademoiselle, répondit le chef d'orchestre en saluant cordialement. Y a-t-il un air que vous aimeriez entendre plus particulièrement ?

— Ce... ce que vous interprétez habituellement, merci, répondit-elle avant de jeter à Robert un regard ébloui.

Les musiciens entamèrent un morceau, et elle se dirigea vers le centre de la salle en virevoltant, avide de tout admirer. Il y avait des miroirs étincelants, des chandeliers à profusion, deux dieux grecs grandeur nature portant des candélabres.

— Je ne parviens pas à croire que vous ayez fait cela pour moi, Robert. C'est un cadeau magique !

— Je me suis rappelé avec quel regret vous m'aviez parlé de cet établissement, quand nous étions à Hyde Park, et je voulais que cette soirée fût parfaite, dit-il d'une voix chaude. Me ferez-vous l'honneur de m'accorder cette danse, mademoiselle Hamilton ?

Elle eut un rire cristallin.

— Oh, monsieur, laissez-moi demander à mon chaperon ! répondit-elle d'une voix flûtée de débutante.

Il pria l'orchestre de jouer une valse, puis il l'emmena au beau milieu de la pièce, la salua. Elle répondit par une petite révérence, tandis que tous deux s'efforçaient de garder leur sérieux.

Enfin il la prit par la taille et ils dansèrent jusqu'à ce que Belinda ne vît plus aucune raison de s'empêcher de rire. Ensuite, ils burent une bouteille du meilleur champagne, dansèrent encore, burent, sans voir l'heure tourner.

Enfin, au milieu d'une valse, il la serra contre lui, lui releva le menton et captura doucement ses lèvres.

Elle caressait ses cheveux de ses mains gantées, puis elle ferma les yeux et lui rendit son baiser avec ardeur.

Elle avait la tête si légère, le sang si bouillonnant que le retour à Knight House lui parut ne durer que quelques minutes.

Ils s'arrêtèrent à de multiples reprises pour s'embrasser sur le chemin de sa chambre.

Robert chercha le bouton de la porte à tâtons, sans quitter ses lèvres, puis elle pirouetta pour passer devant lui et reprit sa bouche à son tour.

Un rayon de lumière menait tout droit au lit à baldaquin, mais ils restèrent adossés à la porte, elle accrochée aux revers de sa veste, debout entre ses jambes.

— Vous avez un goût de champagne, pouffa-t-elle en dénouant sa cravate avant de déboutonner son gilet.

Il glissa un doigt dans sa robe, au niveau de l'épaule, et suivit le décolleté. Elle gémit lorsqu'il effleura le bout de son sein.

En même temps, il la pressait contre lui, et elle ne put ignorer l'évidence de son désir, ainsi que l'effort qu'il faisait pour se dominer. Elle prit plaisir à mener le jeu et s'enhardit jusqu'à le prendre dans sa main. Avec un gémissement, il ferma les yeux, la tête appuyée au battant.

Elle laissa remonter ses doigts le long de son ventre, de sa poitrine, jusqu'à sa nuque.

— Enseignez-moi les plaisirs que vous m'avez promis, chuchota-t-elle. Je suis prête à apprendre.

Il eut un sourire qui la fit frémir jusqu'à la racine des cheveux.

Puis il la conduisit vers le lit et la fit asseoir. Il se pencha pour l'embrasser tout en caressant ses seins à travers la robe. Quand il se redressa, ce fut pour allumer les chandeliers.

Elle fut heureuse qu'il eût envie de chasser les ombres de la pièce en allumant toutes les bougies qui diffusaient une douce lumière orangée. Enfin il revint vers elle, son beau visage sculpté par la lueur mouvante des flammes.

Debout devant elle, il se débarrassa de sa veste, de son gilet. Belinda se leva, écarta les pans de sa chemise afin de baiser la peau hâlée si douce à ses lèvres. Il se mit torse nu, et leurs regards se croisèrent tandis qu'elle explorait son torse, son ventre. Puis il ferma les paupières et se laissa faire, languide.

Elle aimait tout en lui, ses muscles puissants, le grain de sa peau...

— Vous êtes... magnifique, Hawkscliffe.

Il rit doucement et, lui saisissant les mains, déposa un baiser sur chacun de ses doigts.

Ils demeurèrent ainsi un long moment debout près du lit, les doigts mêlés, à s'embrasser.

— Je veux vous voir, murmura-t-il enfin.

Elle rougit, mais elle en mourait d'envie. Elle lui tourna le dos, et releva ses cheveux afin qu'il déboutonnât sa robe.

Il la fit lentement glisser de ses épaules, et elle trouva le contact de la mousseline incroyablement sensuel. Sa robe rejoignit le sol sans bruit. Les mains de Hawk la remplacèrent, épousant les courbes de son corps, et elle se mit à trembler de désir.

Il s'agenouilla afin de lui retirer ses bas, puis se relevant, la fit pivoter face à lui, le souffle court, les yeux scintillant comme des étoiles dans un ciel d'été.

Elle posa une main légère sur son torse.

— Une minute, souffla-t-elle. Nous ne voudrions pas que vous deveniez papa par accident.

Elle se dirigeait vers le paravent chinois afin de se servir de la petite éponge dont Harriette lui avait expliqué le rôle, mais Robert la retint par le poignet.

— Serait-ce si terrible ? demanda-t-il.

Elle crut que son cœur s'arrêtait de battre.

— N... non.

— Êtes-vous prête, Belinda ?

— Oui. Je... je suis prête maintenant.

Ils finirent de se dévêtir, puis Robert se glissa entre les draps tandis que Belinda demeurait assise près de lui, indécise, le cœur battant.

Elle retint son souffle lorsqu'il prit un de ses seins dans sa paume, puis se redressa d'un mouvement souple et l'enferma dans sa bouche...

Alors ils se déchaînèrent. Ils se caressaient des mains, des lèvres, avec une fébrilité impatiente. Il la fit basculer sur le lit, et elle découvrit l'ivresse que lui procurait son corps nu contre le sien. Il la mettait littéralement hors d'elle.

Un bref instant, la peur lui étreignit le cœur, mais il lui suffit d'ouvrir les yeux, de regarder Robert pour se ressaisir. Il était si doux, si patient, si tendre !

— Je vous aime, Belinda.

Exaltée, elle lui murmura à son tour son amour, noua les jambes autour de sa taille. « Maintenant, oui », songeait-elle tandis qu'il s'insinuait entre ses cuisses. Mais il n'était pas déterminé à la satisfaire si tôt.

Soulevé sur les mains, il observait son visage tandis qu'il la taquinait de son sexe au point de lui faire perdre l'esprit.

Tout naturellement, elle se cambra vers lui, gémissante, mais il ne céda pas et continua à la torturer, le sourire aux lèvres. Puis il se laissa glisser sur elle et la prit entre ses lèvres, l'amenant au bord de l'extase. Son sexe vint de nouveau prendre la relève, et il alterna ce petit jeu jusqu'à ce qu'elle oscillât entre agonie et jouissance, ou les deux en même temps.

— Je vous en prie, je vous en prie...

— Vous êtes sûre ? murmura-t-il. Je veux savoir, Belinda.

— Oui ! cria-t-elle, arquée contre lui. Je vous veux en moi, complètement. Je vous en supplie, Robert !

Il déposa un baiser sur son front et entra enfin doucement en elle.

Elle ferma les yeux, l'entoura de ses bras, émerveillée par l'exquise sensation de le sentir là.

Ni l'un ni l'autre n'osaient bouger, tout à leur bonheur d'être si intimement unis après avoir attendu si longtemps.

Enfin le rythme revint doucement, puis s'accéléra, jusqu'à la frénésie. Soudain Robert s'arrêta.

— Une seconde, souffla-t-il, pantelant.

Il roula sur le dos sans la lâcher.

— Prenez-moi, ma chérie.

Elle se redressa avec précaution, et ferma les yeux quand elle fut à califourchon sur lui, jouissant de le sentir si profondément en elle. Puis, lentement, elle commença à se mouvoir.

Il la tenait aux hanches et la contemplait, les yeux mi-clos.

— Que vous êtes belle !

Quand il effleura du pouce la fleur de sa féminité, elle renversa la tête en arrière et ses mouvements se firent plus rapides. Alors il s'assit et prit ses seins dans sa bouche.

Une vague de plaisir aiguë, intense, la submergea, et elle s'abandonna à la jouissance qui la traversait de part en part, sans se soucier des cris d'extase qui s'échappaient de ses lèvres.

Elle tremblait encore de tout son corps, terrassée par la passion qui venait d'exploser en elle, quand Hawk la fit rouler sous lui et se mit à aller et venir en elle avec une ardeur renouvelée. Elle le sentit soudain se tendre comme un arc, un frisson le parcourut, puis il se laissa aller sur elle, le cœur battant follement contre sa poitrine.

— Dieu que je vous aime !

Il semblait bouleversé. Elle le poussa doucement sur le côté, mais il restait en elle.

— Je vous aime aussi, Robert, murmura-t-elle. Je vous aime aussi.

18

Deux journées de voyage sur la grand-route du Nord les avaient menés à travers des comtés verdoyants où les péniches transportaient lentement leurs marchandises sur les canaux, où les champs, avant la moisson, regorgeaient de blé et de seigle.

Il faisait beau, les routes étaient bonnes, et le trajet dans le confortable attelage de Robert fut fort agréable.

Lorsqu'ils franchirent le pont de l'ancienne cité d'York où ils devaient passer leur seconde nuit, le soleil d'août se reflétait encore sur les eaux du fleuve. En compagnie de Jacinta et de Lizzie, ils allèrent marcher un peu afin de se détendre et s'arrêtèrent au monastère. Belinda s'extasia devant le vitrail est qui illustrait la création du monde, puis ils contemplèrent le vitrail ouest par lequel pénétraient les derniers rayons du soleil en une explosion de couleurs. Ils quittèrent à regret le lieu sacré – Jacinta et son amie étaient lasses – et rentrèrent à l'auberge.

Robert avait commandé un souper dans leurs appartements, et ils dévorèrent les tourtes à la viande ainsi que le pudding. Belinda se réjouissait de voir Robert manger de si bon appétit. À mesure que Londres s'éloignait, il semblait revigoré.

Après ce repas roboratif, Jacinta les embrassa, Lizzie fit une révérence, et elles se retirèrent dans leur chambre. Robert s'adossa à son fauteuil et regarda Belinda avec dans les yeux une lueur qu'elle commençait à bien connaître.

Il ne leur fallut pas longtemps pour se retrouver au lit, où Robert perfectionna l'éducation de Belinda.

Ils arrivèrent dans le comté de Westmoreland le lendemain en fin d'après-midi.

— Nous sommes presque en Écosse ! déclara Belinda.

Le duc et sa sœur protestèrent vigoureusement, et elle rit de leur indignation quand ils lui assurèrent qu'elle n'avait pas encore vu le plus beau paysage du monde. Même le célèbre peintre Constable l'avait reconnu, fit remarquer Jacinta.

La journée s'était passée à grimper et à descendre des collines que caressait une douce brise. Il y avait comme de la magie dans l'air. Les montagnes étaient d'un vert pur, l'atmosphère devenait plus vive. Le panorama était d'une beauté à couper le souffle.

Lorsqu'ils firent halte pour admirer le lac Grasmere, Belinda s'attarda sur le profil de Robert qui se découpait sur ce paysage grandiose, et elle songea qu'il était là dans son véritable élément. Bien plus qu'au Parlement ou dans la luxueuse Knight House, ou encore dans les rues encombrées de Londres, il était chez lui au sein de cette nature libre aux cieux changeants.

Enfin ils arrivèrent en vue de Hawkscliffe Hall. Ils s'arrêtèrent un moment pour contempler le château qui se dressait au loin et se mirait dans les eaux d'un lac.

Hawkscliffe Hall semblait intemporel, et Belinda se rappela les mots que Robert avait murmurés le matin qui avait suivi le duel : « Restez avec moi, et je prendrai soin de vous jusqu'à la fin de vos jours. » Pour la première fois depuis qu'il les avait prononcés, elle réfléchit à leur sens. Cela signifiait sans doute quelque chose pour un homme qui vivait dans un château bâti des siècles auparavant, se dit-elle. Cependant elle ne pouvait s'empêcher de douter. Pour romantique qu'elle fût, leur union ne pouvait être que temporaire...

— Vous ne m'aviez pas dit que vous viviez dans un... vrai château, remarqua-t-elle en promenant le regard sur le mur d'enceinte gris-bleu qui défendait le sommet de la colline, à environ un kilomètre.

Hawkscliffe Hall avait des remparts à créneaux, des tours rondes à intervalles réguliers et un donjon carré. Belinda se prit à imaginer des archers tirant par les meurtrières, des chevaliers chargeant sur leurs destriers. C'était comme un rêve.

Un faucon cria, et Belinda leva les yeux, la main en visière.

— Il est magnifique !

— Il nous appartient. Je vous montrerai les écuries, si la fauconnerie vous intéresse. Allons-y, maintenant. Je ne suis pas venu ici depuis des siècles.

Elle le suivit à la voiture, un peu déconcertée. À Londres, il lui avait semblé incarner l'homme du monde, influent, puissant, un homme dont l'intelligence et le sens inné de la diplomatie préparaient la voie à un monde à la hauteur de ses idéaux. Ici, dans la demeure de ses ancêtres, elle voyait en lui un rude et fort seigneur de guerre dans la fleur de l'âge.

Il fallait bien un dragon au château, se dit Belinda lorsqu'ils croisèrent en chemin l'impressionnante Mme Laverty. Mais cette fois, Belinda ne se laisserait pas intimider.

À l'intérieur, Hawkscliffe Hall était un labyrinthe de couloirs, de coins et de recoins où elle imaginait aisément Robert et ses frères, enfants, jouant à cache-cache. Tandis que Jacinta lui décrivait avec enthousiasme les fantômes qui hantaient le château, Robert lui faisait faire le tour de cette étrange demeure.

Jacinta, exubérante, courait en tous sens, caressait des objets, renouait avec ses bibelots préférés disséminés dans chaque pièce. Il y avait un salon vénitien, un boudoir chinois, une salle de bal et une de billard qui portaient la marque de la duchesse Georgiana, inspirée de Versailles.

La partie la plus récente du château, claire et décorée avec goût, menait à un vaste réfectoire plus ancien meublé d'une longue table. Le grand hall et les salles des tapisseries étaient les plus vieux. Belinda imaginait les ancêtres de Robert en train d'y dresser leurs plans de batailles contre les clans de la frontière écossaise. Comme elle aurait aimé que son père pût voir cet endroit !

À l'arrière du château se trouvaient une orangerie et un jardin d'hiver. Au-delà des baies vitrées on pouvait admirer des arbres ornementaux, un jardin, et des hectares de terres qui appartenaient à Robert, tout comme le lac d'un bleu profond qui virait au noir à l'ombre des montagnes.

Ils sortirent dans une cour gravillonnée, et Robert lui montra la chapelle, les quartiers des domestiques, le bureau du domaine, le bâtiment des attelages, et les écuries.

Jacinta et Lizzie se précipitèrent pour saluer leurs chevaux favoris tandis que Belinda et Robert rentraient à l'intérieur.

— Votre demeure est splendide, Robert. Elle semble tout droit sortie d'un roman de Walter Scott !

— Et vous y êtes la bienvenue, dit-il doucement en portant la main de Belinda à ses lèvres.

Il ordonna à un serviteur de monter les bagages de la jeune femme dans la chambre adjacente à la sienne, et elle leva vers lui un regard interrogateur, à la fois étonnée et ravie qu'il ne prît pas la peine de dissimuler leurs relations.

Ils étaient enfin en harmonie. Elle avait renoncé à la règle primordiale des courtisanes, et il l'acceptait totalement dans sa vie.

Cette nuit-là, il l'emmena dans le grand lit où lui-même avait été conçu, et il la prit avec toute la vigueur puisée dans ses montagnes natales.

Les jours qui suivirent, Belinda s'aperçut que, bien qu'il eût été absent durant des mois, Robert était un pilier de la vie locale. On venait de loin pour lui demander son avis ou son aide, et il trouvait toujours le temps de recevoir ses visiteurs.

Quant à elle, elle se consacrait aux deux jeunes filles, qui la respectaient, même si elle n'était que la maîtresse du duc. Leur affection lui était presque aussi chère que l'amour de Robert. L'après-midi, toutes trois se promenaient dans la campagne, munies de leurs carnets à dessin.

Jacinta et Lizzie n'avaient jamais connu leurs mères, et Belinda était touchée par leur besoin de tendresse, leur propension à rechercher et à écouter ses conseils. Au fil des goûters, elle apprit que Jacinta était terrorisée à l'idée de faire son entrée dans le monde, car elle savait que les dames convenables s'attacheraient à rechercher en elle la moindre ressemblance avec sa scandaleuse mère.

Lizzie, de son côté, lui avoua que son statut de pupille pauvre avait longtemps été une épreuve pour sa fierté. Elle se demandait ce qu'il adviendrait d'elle lorsque son amie serait mariée. En outre, elle était désespérément amoureuse de lord Alec.

Le lundi de leur seconde semaine au château, Jacinta promit à Belinda une surprise magique.

— Je vais vous emmener voir l'endroit le plus spectaculaire du monde ! annonça-t-elle. N'est-ce pas, Lizzie ?

Les deux jeunes filles, complices, pouffèrent.

— De quoi s'agit-il ? demanda Belinda tandis qu'elles remettaient à un domestique le panier de pique-nique et les cahiers à dessin.

— Pendragon Castle, annonça Jacinta avec respect. Il y a bien longtemps, c'était le château de Pendragon, le père du roi Arthur ! C'est un endroit surnaturel. On raconte que l'enchanteur Merlin est prisonnier du grand if qui domine les ruines.

— Balivernes !

— C'est la vérité, mademoiselle Hamilton, je vous assure ! confirma solennellement Lizzie.

— Mes frères y jouaient aux chevaliers de la Table ronde, quand ils étaient enfants, ajouta Jacinta avec un grand sourire avant de sortir dans le soleil.

Elles partirent à pied et croisèrent de nombreux paysans en chemin. Trois petits bergers qui conduisaient leur troupeau, un vieillard qui menait sa charrette de poulets au marché, deux hommes burinés que Jacinta présenta comme le garde-chasse et le régisseur.

Belinda s'amusa de voir Jacinta leur poser des questions pertinentes sur les terres, sur les bois, avec tout le sérieux d'une future propriétaire. Les deux hommes lui répondirent de bonne grâce, mais Belinda se rendit compte qu'ils s'intéressaient surtout à la « gouvernante », et elle préféra se tenir un peu à l'écart.

Le régisseur ne tarissait pas d'éloges sur le duc qui avait su apporter la prospérité à ses fermiers en utilisant toutes les améliorations de la technique. Le robuste garde-chasse raconta quant à lui qu'il avait reçu l'ordre de fermer les yeux sur le braconnage – dans les limites du raisonnable – ce qui n'avait fait qu'ajouter à la réputation de générosité du duc.

Elles poursuivirent ensuite leur route, avec le domestique chargé de leurs affaires. En chemin, elles s'arrêtèrent un instant pour admirer un troupeau de poneys sauvages qui s'égailla à leur approche.

Elles arrivèrent enfin devant la ruine impressionnante de l'ancienne forteresse. Pendragon avait tenu bon d'un côté, près du grand arbre, mais l'autre pan des remparts s'était écroulé.

Belinda partit en exploration, pendant que Jacinta priait le valet de préparer leur pique-nique. Elle imaginait la bande de jeunes garçons jouant aux chevaliers quand elle entendit un léger bruit derrière elle. Lizzie se frayait un chemin parmi les éboulis.

— J'étais en train de penser que je ne sais rien sur les autres frères de lady Jacinta, dit Belinda à la jeune fille. Je connais seulement Hawkscliffe et lord Alec.

— Le second est lord Jack, mais on ne doit pas parler de lui dans les milieux bien-pensants. C'est la brebis galeuse de la famille.

— Est-il vraiment corsaire ? murmura Belinda.

— Je sais seulement qu'il a très bon cœur, mademoiselle Hamilton.

— Pourquoi est-il devenu contrebandier ?

Ni l'une ni l'autre n'avaient entendu Jacinta qui sautait légèrement de rocher en rocher, mais elle avait suivi la conversation.

— Parce qu'il voulait se rebeller contre Père, déclara-t-elle. Voyez-vous, ce n'était pas son vrai père. Robert et moi sommes les seuls de son sang. Robert est l'héritier, Jack était censé être le second en cas de malheur, et moi je suis le bébé de la réconciliation.

Belinda en resta bouche bée, et la jeune fille éclata de rire.

— Ne vous inquiétez pas, chère mademoiselle Hamilton. Cela ne me gêne pas de parler de la famille devant vous, puisque vous en faites partie.

Elle sauta à terre, serra brièvement Belinda dans ses bras, puis s'éloigna avec une pirouette.

— Tout le monde sait que ma maman avait un tas d'amants, et je serai comme elle quand je serai grande !

— Jacinta !

Elle haussa les épaules.

— Robert est le seul de mes frères que Père aimait bien.

Belinda hésita un instant à tancer la jeune fille, puis elle décida que Jacinta la mettait à l'épreuve.

— Il est assez courant qu'un homme accorde toute son attention à son héritier et néglige un peu ses autres enfants, fit-elle.

— Père est mort juste avant ma naissance, alors je ne pourrais me prononcer sur ses motivations, mais avouez que ce n'était pas très gentil de sa part. En tout cas, un jour Jack en a eu assez, il a laissé tomber ses études à Oxford, et il a pris la mer... Après Jack, il y a les jumeaux, Damien et Lucien.

— Ils sont diaboliquement beaux ! soupira Lizzie.

— Damien est colonel dans l'infanterie, c'est un héros de la guerre, annonça fièrement Jacinta. Il a pris un drapeau avec l'aigle impériale durant une bataille. Les officiers de son régiment lui en ont fait faire une copie qui se trouve à Knight House.

— Je l'ai vue, en effet. Et Lucien ?

— Nous ne sommes pas censées savoir où il est, commença Lizzie.

— Mais maintenant que la guerre est terminée, nous pouvons bien vous le dire, coupa Jacinta avec une pointe de malice. Lucien vit à Paris. Il est espion.

— Officier de surveillance, rectifia Lizzie.

— Espion, vraiment ? insista Belinda.

— Oui, mais il ne faut en parler à personne. Nous sommes supposées croire qu'il participe à une expédition archéologique en Égypte.

— Pourquoi ?

— Afin d'expliquer ses absences de Londres et du corps d'armée. Pauvre Lucien ! Je suis sûre qu'il aurait préféré être archéologue, mais c'est le devoir qui l'a appelé. Il est entré dans l'armée avec Damien – pour créer des armes et travailler avec les ingénieurs militaires – mais il y était malheureux. Il a horreur de recevoir des ordres.

— Lord Lucien est un scientifique, mademoiselle Hamilton, déclara Lizzie. Tout le monde dit que c'est un génie.

— D'ailleurs je ne comprends pas un mot de ce qu'il raconte ! Mais je meurs de faim, gémit Jacinta.

— Alors, allons déguster notre festin !

Belinda était à la fois fascinée par l'étrange famille de Robert et ennuyée par les paroles hardies de Jacinta au sujet de son avenir. Même s'il ne s'agissait que d'une provocation d'adolescente, cela n'augurait rien de bon...

Tandis qu'elles s'attaquaient à leur pique-nique, elle observa le fin visage de la jeune fille.

— Parlez-moi de votre mère, Jacinta. Vous la rappelez-vous ?

— Un peu. Elle était belle, intelligente et intrépide. Tout le monde l'enviait. C'est pourquoi les gens la détestaient – parce que son esprit était trop indépendant pour la petite cage dans laquelle on voulait l'enfermer.

Lizzie semblait gênée.

— Robert a honte de notre mère, mais c'est uniquement parce que Père s'est arrangé pour le monter contre elle.

— Vraiment ?

— C'est en tout cas la version d'Alec. Robert refuse que je lui pose des questions sur elle, bien qu'il soit l'aîné et en connaisse plus que nous. C'est injuste ! On parle beaucoup de ses amants, de ses réceptions, de ses scandales, mais savez-vous comment elle est morte, mademoiselle Hamilton ?

Belinda secoua la tête. Le visage de la jeune fille était soudain fermé, douloureux.

— Notre mère a commencé à s'intéresser aux réfugiés français au moment de la Terreur. Elle avait reçu une lettre de son amie intime, la vicomtesse de Turenne, avec qui elle avait étudié à la Sorbonne. Cette dame suppliait maman de faire sortir ses enfants de France. Son mari avait déjà été tué au cours d'une émeute. Au péril de sa vie, maman est partie pour Paris et, à partir de ce moment, elle s'est efforcée de faire passer les enfants d'aristocrates en Angleterre. Elle a effectué de nombreux voyages, durant les années suivantes, ramenant chaque fois des enfants avec elle. Bien que les Jacobins aient rangé la guillotine, les émigrés étaient toujours considérés comme des traîtres, et les aider à s'échapper était illégal. Maman a été arrêtée à l'automne 1799, durant les derniers mois du Directoire. On l'a accusée d'être un agent royaliste, une espionne anglaise, et on l'a menée devant le peloton d'exécution.

Belinda en restait muette. C'était là la femme que Robert méprisait ?

— C'est vrai, renchérit gravement Lizzie.

— Votre mère était une héroïne, Jacinta, dit enfin Belinda. Jamais je n'ai entendu parler d'une femme aussi courageuse. Je sais que vous souhaitez lui ressembler, mais j'espère que vous essaierez de suivre les règles de la bonne société, au moins jusqu'à votre mariage, car à la vérité, il est très pénible d'être désapprouvée par l'ensemble de ses semblables. Je suis certaine qu'elle aurait souhaité que je vous mette en garde. Je ne veux pas que vous soyez blessée, et rappelez-vous aussi que si vous avez des ennuis avec un jeune homme, l'un de vos frères sera obligé de se battre en duel afin de défendre votre honneur. Soyez-en sûre, Jacinta, voir quelqu'un que vous aimez mettre sa vie en danger à cause d'une de vos sottises... C'est affreux, croyez-moi.

Belinda avait gagné. La jeune fille l'avait écoutée avec attention et elle hocha la tête. Puis elles terminèrent leur pique-nique avant de s'installer pour dessiner les ruines. Belinda était parfaitement détendue lorsqu'elles décidèrent de regagner Hawkscliffe Hall.

Elles s'émerveillaient du chant des grives dans les prés quand elles entendirent le bruit d'un attelage. Elles se retournèrent pour apercevoir un landau ouvert.

— Mon Dieu ! marmonna Jacinta. C'est lady Borrowdale et ses poules mouillées de filles !

— Jacinta ! la reprit Lizzie en dissimulant un sourire.

— De qui s'agit-il ?

— La marquise de Borrowdale, la plus ennuyeuse de nos voisines. Elle est bien déterminée à offrir deux de mes frères à ses affreuses filles. Pauvre Robert ! Il est en première ligne.

Belinda se raidit tandis que le cocher en livrée tirait sur les rênes.

Aussitôt une matrone replète portant chapeau à plume se pencha par la portière et appela d'une voix de stentor :

— Hou hou ! Lady Jacinta !

La jeune fille soupira, et se dirigea avec Lizzie vers la voiture.

— Nous venions vous rendre visite, ma chère ! Quelle mine superbe ! Vous êtes une vraie jeune fille, à présent !

— Merci, madame, répondit Jacinta d'un ton de martyre.

— Mademoiselle Carlisle, dit la marquise en saluant Lizzie à contrecœur.

— Lady Borrowdale, lady Meredith, lady Anne, je suis heureuse de vous voir, répondit Lizzie avec une brève révérence.

L'air important, lady Borrowdale revint à Jacinta et tenta de la faire converser avec ses filles.

Belinda savait repérer les mères marieuses à vingt pas. Elle les considérait comme l'une des pires engeances pour les gens qui, comme elle, vivait une existence en marge de la société. Toutes les jeunes filles du Nord en âge de se marier rêvaient sans doute de devenir la prochaine duchesse de Hawkscliffe, et il n'y avait rien à faire contre cela.

Robert avait été fort discret depuis son arrivée, se contentant de vaquer à ses occupations, pourtant la nouvelle avait rapidement fait le tour du comté, et Belinda pressentait que cette visite n'était que le début d'une longue suite. Heureusement, aucune de ces deux jeunes filles au teint brouillé ne représentait un danger pour elle. Désagréables, pincées, elles ne possédaient ni charme ni humour, pour compenser leur absence de beauté.

Assises dans le landau face à leur mère, elles boudaient ostensiblement et jetaient des regards sournois à la ravissante Jacinta si pleine de vivacité. L'une avait le menton fuyant et le regard terne, l'autre un nez pointu et l'air stupide.

— Et qui est cette personne ? demandait dédaigneusement la marquise.

Belinda s'approcha prudemment en se demandant quel genre de repartie aurait eu Harriette à sa place.

— Lady Borrowdale, puis-je vous présenter ma gouvernante, Mlle Hamilton ? répondit Jacinta.

Belinda inclina la tête.

— Lady Borrowdale.

— Votre gouvernante ? répéta la marquise en examinant Belinda de la tête aux pieds. Je croyais que vous étiez inscrite dans un établissement pour jeunes filles de Londres, ma chère.

— J'ai été renvoyée, déclara fièrement Jacinta.

— Pas vraiment renvoyée, intervint Belinda en riant. Quelle vilaine fille vous faites !

Elle se tourna vers lady Borrowdale afin d'expliquer :

— Cette enfant plaisante, bien sûr. Sa Grâce a simplement pensé que l'air de la montagne lui ferait du bien, après tant de mois passés en ville.

— C'est fort aimable de la part du duc de vous confier la santé de sa sœur, mademoiselle... Comment, déjà ?

— Hamilton, répondit froidement Belinda, frappée par la note de malveillance qui perçait sous les paroles de la marquise.

— Ah oui, désolée ! Je m'étonne que Sa Grâce n'ait pas prévu un autre chaperon pour sa sœur.

— Mlle Hamilton est une gouvernante hautement qualifiée, protesta Jacinta avec sécheresse.

— J'en suis certaine, mais elle semble elle-même à peine sortie de l'école. Vous savez, la gouvernante de ma nièce cherche une place, depuis que son élève est mariée. Elle est suisse, très efficace, et elle vous conviendrait fort bien. J'en parlerai à Sa Grâce lorsque je le verrai. Après tout, que connaissent les célibataires en matière de convenances ?

Lady Borrowdale jeta de nouveau un regard mauvais à Belinda.

Pensait-elle que le duc risquait de folâtrer avec la gouvernante de sa jeune sœur ? Et pour qui cette femme se prenait-elle pour s'arroger le droit de critiquer le duc de Hawkscliffe ?

Incapable de se dominer plus longtemps, Belinda rétorqua :

— Je vous assure, lady Borrowdale, que Sa Grâce s'est acquis la réputation de respecter les convenances et de posséder un sens de l'honneur hors pair.

Voilà ! Elle avait défendu son maître en loyale employée.

Mais elle s'aperçut que si elle avait voulu rassurer la marquise sur la raison de sa présence à Hawkscliffe, elle avait obtenu l'effet opposé à celui souhaité. Les petits yeux de la matrone brillaient de colère à se voir rabrouée ainsi, pourtant Belinda ne flancha pas.

— Quelle impertinence ! s'écriait lady Borrowdale. Est-ce là l'exemple que l'on vous donne à suivre, Jacinta ? Une demoiselle de la capitale avec ses grands airs ? Cela ne marchera pas, croyez-moi ! Cela ne marchera pas !

— Le refus de ramper devant vous n'est pas de l'arrogance, répliqua Belinda, étonnée de voir comme il était facile de remettre les personnes prétentieuses à leur place.

Autant que d'éconduire des prétendants trop entreprenants !

La marquise suffoquait d'indignation.

— Je ne supporterai pas qu'une gouvernante me parle sur ce ton. Excusez-vous immédiatement, impertinente jeune femme !

— M'excuser de quoi ? Je vous rappelais seulement l'excellente réputation de Sa Grâce.

— Je n'ai nul besoin de vous pour cela. Me rappeler, à moi ? Quel aplomb ! Le duc en entendra parler.

Alors Belinda fit ce qu'elle n'aurait jamais dû faire.

C'était une erreur, mais elle supportait les regards haineux de ce genre de mégères depuis tant de mois que, cette fois, elle ne put se retenir. Elle répondit au regard noir de lady Borrowdale par un demi-sourire amusé, qui disait clairement : « Racontez ce que vous voudrez, il ne me renverra jamais. »

Un sourire de courtisane sûre de son pouvoir.

La marquise la fixait, déconcertée, lorsque Jacinta intervint prudemment :

— Peut-être n'est-ce pas le meilleur moment pour rendre visite à mon frère, risqua-t-elle.

— Nous avons passé la journée aux ruines, et nous sommes un peu lasses, renchérit Lizzie.

— Ne préférez-vous pas venir prendre le thé demain ?

— Hum ! grogna la marquise, soupçonneuse. Je suis prise demain. Mais Sa Grâce sera-t-elle au château mercredi après-midi ?

— Je ne saurais dire. Mon frère est extrêmement occupé et...

— Dites-lui que je souhaite m'entretenir avec lui, ordonna lady Borrowdale à Jacinta.

— Bien, madame, souffla la jeune fille de son ton le plus humble.

— Cocher ! aboya la marquise qui jeta un dernier regard acerbe à Belinda tandis que la voiture faisait demi-tour.

Elles regardèrent le landau s'éloigner, et Lizzie fut la première à éclater de rire.

— Oh, quelle tête elle faisait ! J'ai cru qu'elle allait en tomber de son siège !

— J'ai eu tort, dit Belinda.

Mais les deux jeunes filles étaient prises de fou rire, et même le domestique ne put dissimuler son amusement.

— Elle le méritait, elle le méritait mille fois ! contra Lizzie en s'essuyant les yeux. Ma très chère mademoiselle Hamilton, s'il vous plaît, m'apprendrez-vous à me défendre de cette façon ?

Robert sourit lorsque Belinda lui raconta l'anecdote, et il lui assura qu'il arrangerait les choses, pourtant Belinda ne s'était pas trompée, la marquise et ses filles furent les premières d'une longue série de visiteuses, et toutes n'étaient pas aussi laides que les sœurs Borrowdale.

De ravissantes et innocentes jeunes filles du voisinage défilèrent sous prétexte de venir saluer Jacinta. En même temps, elles passaient leur nez dans toutes les pièces dans l'espoir d'apercevoir Robert, qui ne se montrait plus au rez-de-chaussée de peur de les rencontrer.

Cette nuit-là, tandis qu'elle le regardait dormir à la clarté de la lune, Belinda songeait tristement qu'il faudrait bien qu'il se marie un jour. Que ferait-elle alors ? Resterait-elle ? Partirait-elle ?

Elle n'en avait pas la moindre idée, car c'était un sujet qu'ils n'abordaient jamais, et à juste titre, puisque son choix d'une épouse ne la regardait pas. C'était simplement une question de pouvoir et de rang, et elle ne l'empêcherait pas d'accomplir son devoir. Elle avait toujours su qu'un amant de si haute lignée ne pouvait lui offrir son nom, et elle ne l'avait jamais espéré.

Néanmoins, c'était douloureux.

Elle se consolait toutefois. Certes, elle ne porterait jamais son nom, mais il lui avait offert ce qui comptait vraiment pour elle, sa passion, son ardeur, son cœur.

Au départ, elle souhaitait acquérir sa liberté, son indépendance, une fortune qui lui assurerait la sécurité, or tout cela elle l'avait obtenu. Il l'avait sortie de l'ombre et de la honte qui l'empêchait de vivre, il l'avait rendue à elle-même, il lui avait beaucoup donné, pourtant elle ne voyait pas comment elle oserait trahir sa promesse de ne jamais avoir de liaison avec un homme marié. Elle ne renoncerait pas à l'intégrité qu'elle avait eu tant de mal à retrouver. Quand Robert se marierait – s'il se mariait –, elle chercherait un autre protecteur.

Elle tenta de se réconforter en se rappelant qu'il n'avait manifesté aucun intérêt pour les jeunes filles qui défilaient au château. Elle n'avait aucune raison de s'affoler. S'il avait des projets de mariage, c'était dans un avenir lointain...

Elle se rapprocha de son corps endormi, caressa son torse, son ventre plat et musclé. Elle avait besoin de lui faire savoir, à cet instant, qu'il lui appartenait.

Elle l'embrassa dans le cou, et il se réveilla dans un petit gémissement tandis qu'elle ramenait son sexe à la vie. Alors elle se mit sur lui et lui fit l'amour avec fougue.

— Dieu, c'est merveilleux ! souffla-t-il avant de se retirer et de l'allonger sur le ventre.

Elle sentit son torse contre son dos et se cambra de plaisir, émerveillée à son tour par la domination primitive qu'il lui imposait.

Lorsque l'extase les saisit tous les deux un peu plus tard, Belinda sentit les larmes lui monter aux yeux, des larmes d'assouvissement qui la laissèrent vide et désespérée.

Tout cela ne servait à rien, se dit-elle. Elle le tenait dans ses bras, dans le creux de sa main, mais jamais elle ne le posséderait comme il la possédait.

Quand on aimait un homme, on était en son pouvoir, songeait-elle, triste, en repensant à la règle d'or des demi-mondaines qu'elle avait si résolument oubliée. « Une courtisane amoureuse est une courtisane perdue. »

Elle était tout entière à la merci de cet homme, et il faudrait bien qu'un jour elle paie le prix de sa folie.

Robert lui caressait le dos et, la tête contre sa poitrine, elle écoutait son cœur battre.

— Je vous aime, murmura-t-il.

« Je l'espère », se dit-elle en fixant l'obscurité.

19

Peut-être était-ce d'avoir frôlé la mort, mais Hawk sentait monter en lui un tout nouvel appétit de vivre. Il était vigoureux, vibrant. Il était heureux, il était amoureux et se savait aimé de la femme qui lui insufflait cette force. La seule ombre au tableau était son sentiment de culpabilité vis-à-vis de Belinda, qui méritait mieux que cette situation bâtarde, et la complication nouvelle qui venait d'arriver sous forme d'une lettre de lord Coldfell. L'avenir de Hawk semblait en dépendre.

Elle était pliée sur le bureau devant lui, tandis qu'il pesait le pour et le contre de la proposition qu'elle contenait, les pieds sur la table, en taillant distraitement sa plume à l'aide d'un canif.

Quelques mois plus tôt, il avait entendu Belinda dire que jamais elle ne se compromettrait avec des hommes mariés. Hawk savait qu'il était de son devoir de prendre femme, d'avoir des héritiers, mais il savait aussi, avec tout autant de certitude, que le moment venu il serait prêt à tout pour garder Belinda à ses côtés. Jamais il ne la laisserait reprendre sa vie de courtisane. Il agissait pour son bien.

Avant de répondre à Coldfell, il lui fallait s'assurer que Belinda l'aimait suffisamment pour ne pas tirer sa révérence quand il déciderait de se marier. C'était peut-être cruel de sa part de la priver de son dernier principe moral, mais elle avait besoin de lui, bon sang, et il refusait de la quitter ! Si elle tenait sincèrement à lui, elle s'inclinerait devant la nécessité de son mariage avec son élégance habituelle.

Que faire ? Afin d'apaiser sa conscience, il s'était efforcé, comme il le lui avait promis, d'améliorer le sort de ses petits amis mendiants.

Quelques jours auparavant, il avait écrit aux principales sociétés de bienfaisance de Londres pour leur demander des détails sur leurs subventions, leurs statistiques, et ainsi de suite. Lorsqu'il aurait obtenu ces réponses, de retour à Londres, il avait l'intention de s'entretenir de la question avec lord Sidmouth, le secrétaire général de son club, et de lui demander son appui.

Un instant, il se souvint de la délicieuse façon dont Belinda l'avait réveillé la nuit précédente... Quel homme n'aurait rêvé d'être aimé par une telle femme ? Elle était imprévisible, et ses initiatives étaient plus excitantes les unes que les autres. Bon sang, il était vraiment amoureux fou !

Un bruit de pas le sortit de sa rêverie, et l'on frappa à la porte de son bureau.

— Oui ?

L'une des camarades de Jacinta apparut, une brunette insipide au visage encadré de bouclettes.

— Oh, pardonnez-moi, Votre Grâce ! Vos serviteurs m'ont dit que je trouverais Jacinta ici.

Poli, il se leva.

— Je crains que ce ne soit une fausse information.

La petite chipie fit un pas à l'intérieur de la pièce.

— Quel charmant contretemps ! Comment allez-vous ?

— Euh... bien, merci.

Elle ne manquait pas de toupet ! se dit-il, irrité, en reconnaissant la fille du baron Penrith. Un contretemps, vraiment !

— Savez-vous que je reviens de ma première saison mondaine ? minauda-t-elle.

— Félicitations. Vous avez sûrement brisé bien des cœurs.

Elle jouait, mutine, avec une de ses boucles.

— J'étais sûre de vous rencontrer, chez *Almack* ou ailleurs, mais je ne vous ai vu nulle part, Votre Grâce.

Avait-elle entendu parler de sa liaison avec Mlle Hamilton ? Non, une jeune fille était protégée de ces ragots par ses aînés. Mais si elle les avait vus ensemble, si elle reconnaissait Belinda ?

— Vous n'aimez pas les mondanités, Votre Grâce ? insistait la jeune fille en s'approchant subrepticement.

— Nous étions surchargés de travail, au gouvernement, répondit-il avec un sourire des plus formels.

— Ah...

Elle entreprit de commenter les réceptions londoniennes comme une véritable douairière.

Hawk était crispé.

Non seulement il redoutait ce qui se passerait si elle avait aperçu Belinda, mais il se disait aussi qu'il lui fallait absolument quitter cette pièce. Il se rendait compte que si la jeune fille restait trop longtemps seule avec lui, elle serait compromise... Même s'il ne s'agissait que d'une ruse féminine.

Les règles étaient les règles, et plusieurs parents ambitieux avaient essayé de lui mettre la corde au cou par ce biais. Ils avaient échoué, comme cette petite personne échouerait. Le mariage était assez horrible en soi sans qu'en plus on l'y piégeât !

— La campagne paraît sinistre, après la ville, vous ne trouvez pas ? Et l'on s'y sent terriblement seul... poursuivit la fille du baron en glissant de nouveau vers lui.

— Je suis certain qu'une charmante jeune personne telle que vous ne manque pas d'amis. Jacinta, par exemple. D'ailleurs, je vais la chercher.

— Ne vous dérangez pas, Votre Grâce, je vous en prie !

— Cela ne me dérange pas, coupa-t-il avec un sourire forcé. Je vais... la trouver et lui dire de venir vous rejoindre.

Comme il sortait de la pièce, il entendit la jeune fille taper du pied de dépit.

La baronne et d'autres dames prenaient le thé au salon, aussi dut-il se faire aussi discret qu'un voleur afin de ne pas avoir à les saluer. Il monta l'escalier quatre à quatre en maudissant sa sœur qui lançait des invitations et les oubliait ensuite.

Il trouva les chambres vides. Les filles étaient-elles sorties ? Belinda lui en aurait parlé...

Il croisa la camériste de Jacinta et lui demanda où était sa maîtresse. La domestique pâlit avant d'avouer :

— Elles sont dans le boudoir de la duchesse, Votre Grâce.

Il se rembrunit.

— Pardon ?

— Oui, monsieur. Dans les anciens appartements de la duchesse.

Les mâchoires serrées, le dos raide, Hawk s'engagea dans l'escalier et monta au deuxième étage. Il avait du mal à croire que sa sœur eût transgressé ses interdictions avec tant de légèreté.

Il ouvrit à la volée la porte derrière laquelle il entendait des rires frais et pénétra dans la pièce, furibond.

Jacinta, assise à la coiffeuse de sa mère, était absolument ridicule, coiffée de la haute perruque entrelacée de pierreries que Georgiana portait autrefois. Elle trempait un pinceau dans le petit flacon de colle pour appliquer une deuxième mouche de soie sur son visage.

— Que fais-tu ? tonna-t-il.

Tout le monde se pétrifia, puis Jacinta bondit de son tabouret en ôtant vivement la perruque.

— Rien du tout.

Lizzie Carlisle se débarrassa du boa de plume dont elle s'était drapé les épaules et, effrayée, vint se placer près de son amie.

— Tu sais que tu n'as pas le droit d'entrer dans ces pièces, martela Hawk.

— M... Mlle Hamilton nous a donné la permission, balbutia Jacinta.

— Que vous arrive-t-il, Robert ?

Il se retourna en entendant la voix de Belinda.

Elle lisait près de la fenêtre, et elle ferma son livre d'un geste sec avant de s'approcher, les sourcils froncés.

— Elles ne font pas de mal.

— Personne n'a le droit d'entrer ici, répéta-t-il, et ces deux jeunes personnes le savent parfaitement.

— Pourquoi ?

— Parce que je l'ai décidé. Jacinta, ôte immédiatement ces horribles mouches et dépêche-toi de descendre. La baronne de Penrith et sa fille t'attendent au salon.

— Pourquoi es-tu si méchant ? se rebiffa Jacinta. Tu es comme Père ! C'était ma mère à moi aussi !

— Regarde-toi. Tu as l'air d'une fille de mauvaise vie. Nettoie ton visage ! rugit-il.

— Robert ! Cessez de crier. Ce n'est qu'une enfant qui joue à se déguiser.

— Restez en dehors de cela. Jacinta...

— J'y vais !

La jeune fille ôta la dernière mouche et passa devant eux, l'air blessé. Lizzie se précipita à sa suite, sous le regard noir de Robert.

— Qu'est-ce qu'il vous prend ? demanda Belinda dès qu'ils furent seuls.

Il claqua la porte.

— Je croyais pouvoir vous faire confiance !

— Que voulez-vous dire ?

— Voilà seize ans que j'essaie de faire une dame de ce petit diable. Vous n'aviez aucune raison de l'amener ici !

— Elle a le droit de connaître sa mère, Robert, et vous aussi.

— À part les quelques mois où nous étions dans son ventre, cette femme n'avait rien d'une mère, mademoiselle Hamilton. Mme Laverty a été plus maternelle avec moi que la catin Hawkscliffe.

— C'est ce que vous pensez. Elle a essayé, mais votre père l'en empêchait.

— Vous ne savez rien de mes parents.

— Vous non plus.

Elle lui tendit le livre qu'elle tenait encore à la main. C'était en fait une sorte de cahier relié de cuir fermé par un ruban.

— Voici le journal de votre mère, Robert.

Il le fixait, stupéfait, mais il ne fit pas mine de le prendre.

— Vous avez lu son journal ? Qui vous a permis ?

— Elle m'aurait approuvée, j'en suis sûre. Surtout si cela me permet de vous expliquer à quel point elle vous aimait. Je commence à comprendre pourquoi vous êtes tellement en colère après elle, mon chéri.

— En colère ? Qui parle de colère ? rugit-il. Je ne le suis pas. Pourquoi le serais-je ? Je passe ma vie à racheter ses bassesses, il n'y a vraiment pas de quoi être en colère !

— Ne soyez pas injuste, Robert. Vous devez bien vous rendre compte que votre père a noirci volontairement son portrait bien avant que vous ne soyez en âge de réagir...

— Mon père était un bon père ! Il m'a appris à différencier le bien du mal.

Il luttait pour recouvrer son sang-froid et ne pas laisser voir à quel point le sujet lui était douloureux.

— J'étais tout pour lui, reprit-il. Il buvait trop, certes, mais il a eu la dignité de rester avec ma mère plutôt que de traîner notre nom dans la boue en divorçant après la naissance de Jack. Et comment l'en a-t-elle remercié ? Elle a séduit un marquis gallois qui lui a fait des jumeaux. Je suis content d'avoir des frères, mais ne trouvez-vous pas curieux qu'elle ait eu autant d'enfants alors qu'elle n'en voulait aucun au départ ?

— Vous croyez qu'elle ne vous a pas désiré ? Elle l'a toujours soupçonné. Je vous en prie, Robert, lisez ces pages...

Elle essayait de nouveau de lui remettre le journal, mais il la repoussa et se dirigea vers la porte comme s'il ne supportait plus l'atmosphère de cette chambre.

— Tout ceci est ridicule ! Je m'en vais.

Il posait la main sur le bouton lorsque la voix de Belinda l'arrêta.

— « Hawkscliffe a une fois de plus confié le rôle de père à Morley », lisait-elle.

Il se figea. Le comte de Morley était son titre, autrefois, avant qu'il n'hérite de celui de duc, et sa mère l'appelait souvent ainsi.

— « Mon pauvre fils, poursuivait-elle. Il se sent tellement coupable d'être le préféré de son père qu'il essaie à son tour d'être un père avec ses petits frères. C'est beaucoup trop lourd pour un enfant de treize ans. Il est si sage, si sérieux... Il ne sourit presque pas, et jamais à mon intention, en tout cas.

« Je pourrais pardonner à Hawkscliffe sa froideur et son indifférence à mon égard, mais comment pourrais-je lui pardonner d'avoir privé mon fils d'une enfance insouciante avant d'affronter les lourdes responsabilités qui lui incomberont un jour ? »

Hawk ferma les yeux.

— « Certes notre Morley se montre à la hauteur de son destin, mais parfois, quand je le vois si courageux, tellement mûr pour son âge, j'ai envie de le prendre dans mes bras pour lui dire : "Ce n'est pas ta faute si ton père n'aime pas tes frères. C'est la mienne." »

— Assez ! murmura Robert.

Il se consumait intérieurement, il avait les épaules douloureuses de s'être tenu si droit pendant tant d'années, toujours obligé de donner l'exemple, de se comporter sans la moindre faille, d'être parfait. Voilà la tâche dont son père l'avait chargé. Ne pas commettre la moindre erreur, ne jamais se tromper.

Il ne parvenait pas à se tourner vers Belinda, mais il y avait un miroir au mur et il la voyait fixer son dos avec une expression de compassion, d'amour.

Il fit du regard le tour de cette pièce poussiéreuse, avec le coussin de velours où se prélassait autrefois le chat de sa mère, et les souvenirs qui revinrent en force le mirent au bord des larmes.

Il baissa la tête tandis que Belinda s'approchait de lui.

— Parlez-moi, dit-elle très doucement.

— Je... il m'était interdit de l'aimer. Je n'étais qu'un petit garçon, j'avais besoin de sa tendresse, mais si je faisais un geste vers elle, mon père le considérait comme une trahison. J'étais son univers, et il prétendait que tout dépendait de moi. Elle pouvait bien s'occuper des autres, élever elle-même ses bâtards, disait-il, mais moi, j'étais son fils. C'était injuste pour mes frères, pour moi, et je sentais que ce n'était pas juste pour elle non plus.

Belinda murmura son nom et le prit dans ses bras. Il s'agrippa à elle tandis que des murs de pierre, des murs de colère s'écroulaient lentement en lui.

— Quand ce peloton d'exécution l'a fusillée, Belinda, j'ai eu envie de... disparaître, moi aussi. J'avais été tellement méchant avec elle, comme mon père le souhaitait ! Vous comprenez ? C'est moi qui l'ai menée là. C'est ma faute si elle est morte.

— Robert...

— Si je ne l'avais pas jugée froidement, si je ne l'avais pas regardée avec mépris, du haut de mon arrogance, elle ne se serait pas sentie obligée de se racheter grâce à des actes d'un absurde héroïsme. Si je lui avais dit ce que j'avais au fond envie de lui dire, elle serait encore en vie !

— Et que vouliez-vous lui dire, Robert ?

— Que je l'aimais, Belinda. Je vous en prie, dites-moi qu'elle le savait.

— Elle le savait. N'ayez plus jamais honte d'elle, Robert. Elle vous a donné en héritage le meilleur d'elle-même : son cœur qui savait si bien aimer.

La douceur de Belinda eut raison de lui.

— Belinda, c'est de moi que j'ai honte.

Il s'assit, prit sa tête dans ses mains, tenta de retenir ses larmes, mais elles s'échappèrent malgré lui et il jura entre ses dents tandis que son chagrin le submergeait.

Belinda le prit contre elle et le consola comme l'aurait fait la mère qu'il n'avait jamais vraiment connue.

Les jours passèrent.

La destruction de sa cuirasse avait laissé exploser en Hawk sa capacité à aimer. C'était comme si son cœur débordait au-delà de frontières qui avaient été si longtemps sa défense. Pourtant l'amour qu'il portait à Belinda le tourmentait. Il savait ce qu'il risquait, il savait ce qu'il devait faire, le choix suicidaire auquel il devrait se résoudre... Son honneur ou son cœur. Et il savait aussi qu'il ne pouvait davantage lui cacher ses angoisses.

Il se trouvait sur les remparts du château à observer les champs débordant d'activité, le premier jour des moissons, et tentait d'oublier sa culpabilité. Soudain, il remarqua un cavalier solitaire sur la route, et il plissa les yeux dans le vif soleil de l'après-midi.

Il sursauta, convaincu que son imagination lui jouait des tours, mais tandis que le cavalier, monté sur un lourd cheval blanc, approchait, il vit le livre que l'homme tenait sous le bras, les verres de lunettes qui brillaient, et il se rendit compte qu'il s'agissait bien d'Alfred Hamilton, qui se dirigeait vers Hawkscliffe Hall tel Don Quichotte en croisade contre les moulins à vent.

— Bon Dieu ! grommela-t-il.

Il descendit ordonner à des serviteurs d'aller l'accueillir sur la route, à d'autres de préparer une chambre.

Belinda et les filles étaient sorties regarder les paysans travailler, mais elles n'y resteraient sans doute pas très longtemps, car la chaleur était étouffante. Il se rendit donc dans la cour afin de recevoir lui-même le vieil homme. Bien qu'il en voulût toujours à Alfred Hamilton de son irresponsabilité, par égard pour Belinda – et parce qu'il était bien élevé –, il se devait de le recevoir aimablement.

Mais quand Hamilton arriva dans la cour, à la surprise de Robert, il descendit péniblement de son cheval, remonta ses lunettes sur son nez, et lui jeta un regard agressif.

— Soyez le bienvenu dans ma demeure, monsieur Hamilton...

— J'ai à vous parler, Votre Grâce, coupa le vieil homme d'un ton sévère.

Décontenancé, Hawk lui désigna la porte.

— Entrez, je vous en prie.

Il se sentait soudain dans la peau d'un galopin qui a fait une grosse bêtise. Une fois dans son bureau, Hamilton croisa les mains dans son dos tandis que le valet de pied refermait discrètement la porte sur eux.

— Venons-en directement au fait ! déclara-t-il. Je suis venu, monsieur, vous demander de régulariser la situation avec ma fille ou de renoncer à elle définitivement.

— Pardon ?

— Épousez Belinda. Lors de notre dernière rencontre, vous m'avez assené quelques vérités amères à avaler. Je suis venu vous rendre la pareille. Vous vous targuez d'être un homme d'honneur, alors conduisez-vous comme tel.

Hawk digéra la tirade avant de répondre, en choisissant soigneusement ses mots :

— Avec tout le respect que je vous dois, monsieur, je puis vous affirmer que Belinda est très contente d'être ma maîtresse. Elle est protégée, aimée, elle ne manque de rien. Je m'efforce de veiller à son bien-être chaque jour, chaque heure de ma vie. Nous sommes tous les deux fort heureux.

— Vous sans doute, mais pas ma fille. Belinda a été élevée dans le respect des convenances, et elle ne saurait être heureuse en situation illégitime. Elle en demande davantage à la vie.

Hawk se leva et regarda Hamilton de haut, sincèrement indigné.

— Mon cher monsieur, j'ai protégé votre fille, je me suis montré d'une grande générosité vis-à-vis d'elle, alors que vous la laissiez dans la misère, obligée de se battre pour subsister. Alors je vous en prie, épargnez-moi vos sermons sur les aspirations de Belinda !

— Je refuse que vous fassiez d'elle une prostituée !

— Franchement, Belinda se prostituait déjà avant que je la rencontre. Ne me regardez pas comme si je lui avais fait du tort, j'ai au contraire été son sauveteur.

— Cela avait un prix, Votre Grâce. Un prix.

Hawk baissa les yeux.

— Je crains que ce ne soit impossible. Nous sommes bien comme nous sommes.

— Et que deviendra Belinda quand vous ne serez plus « bien » avec elle, comme vous dites ? Quand vous en aurez assez de jouer, quand elle portera un enfant de vous ? Je connais les gens de votre caste, monsieur. Vous la paierez pour qu'elle s'en aille dès qu'une autre accorte jeune personne aura retenu votre attention. Ma fille n'est pas une catin, vous le savez mieux que personne ! Elle était vierge quand on l'a molestée, et elle a fait ce qu'elle pouvait pour survivre !

— Je ne joue pas avec elle. Il se trouve que j'aime votre fille, monsieur.

— Certainement, jeune homme. Je vous crois. Vous avez risqué votre vie pour elle. Mais comment pouvez-vous en rester là ? Il faut aller jusqu'au bout, Hawkscliffe. L'épouser. Et je crois que, tout au fond, vous le savez aussi bien que moi.

— Ce n'est pas si simple.

— Pourquoi ?

— Parce que je suis qui je suis.

— Ah, oui, un modèle de vertu ! Monsieur le duc, qui se bat pour parvenir au sommet. Alors que signifie la vie d'une jeune fille, un cœur piétiné en route ?

— Quoi qu'il arrive, j'ai l'intention de veiller sur elle.

— Tant que cela ne vous dérange pas trop. Jusqu'à ce que vous épousiez une petite aristocrate trop gâtée qui vous interdira de voir Belinda. Vous préférez votre nom à ma fille. Honnêtement, Votre Grâce, après ce que j'ai entendu raconter sur vous, je m'attendais à mieux de votre part. Comme moi, comme le jeune Mick Braden, vous avez trahi Belinda.

— Non, c'est faux, protesta Hawk, qui avait l'impression d'entendre encore la petite voix de Belinda : « Tout le monde me trahit, Robert. »

« Pas moi », avait-il promis.

— De très lourdes responsabilités pèsent sur moi, ajouta-t-il avec force, furieux que ce vieux fou l'obligeât à se défendre. Dans l'intérêt général, je dois me marier. Et franchement, je ne puis guère épouser ma maîtresse ! Le scandale ébranlerait tout le parti. C'est purement et simplement impossible !

— Voici donc l'attitude de l'homme de devoir : se plier aux règles de l'étiquette au lieu d'agir en son âme et conscience,

— Je vous prie de ne pas m'insulter sous mon toit, monsieur !

— Je ne voulais pas vous insulter. Et je ne peux pas non plus vous contraindre à agir comme vous le devriez. Mais je vais vous dire ce que j'ai compris dans ma cellule depuis que vous m'avez ouvert les yeux sur la douloureuse vérité : nous ne pouvons faire le tri dans la réalité entre ce que nous voulons savoir et ce que nous préférons ignorer. Nous devons considérer l'image tout entière, le difficile et le facile. J'ai ignoré ce que je ne voulais pas voir, et la personne que j'aime le plus au monde a souffert d'une blessure qui ne s'effacera jamais.

Des larmes d'impuissance montaient aux yeux du vieil homme.

— Il faut que je vive à présent avec le plus ignoble des échecs. J'emmènerais Belinda d'ici sur-le-champ si je pouvais la soustraire au mal que vous allez lui faire, mais j'ai perdu tout droit de me mêler de sa vie. Je sais qu'elle ne vous quittera pas, même si je l'en supplie. Elle vous aime, je l'ai su dès que je vous ai vus ensemble, à la prison. Si vous lui faites du mal, après tout ce qu'elle a subi, je jure sur la tombe de ma femme...

— Je préférerais mourir que de toucher à un seul cheveu de sa tête.

— J'espère que vous êtes sincère, dit Alfred, qui tenait toujours le livre bien serré contre lui.

Hawk remarqua qu'il ne s'agissait pas d'un manuscrit enluminé mais d'une Bible éculée.

— Je ne suis pas quelqu'un d'important, Votre Grâce, reprenait Hamilton. Finalement, je suis un vieil imbécile. Je ne peux que vous exhorter à montrer votre fameux sens de l'honneur, et vous avertir que si vous laissez échapper le véritable amour au nom de votre célébrité, un jour vous vous réveillerez pour découvrir que vous ne valez pas mieux que moi. Que vous êtes, vous aussi, un fieffé imbécile.

Belinda trouva Robert d'humeur étrange, lorsqu'elle rentra. Il semblait distrait, lointain, tandis que Jacinta et elle racontaient comment elles avaient apprivoisé des poneys sauvages avec des pommes. Puis les deux jeunes filles se retirèrent afin de se changer pour souper, et Robert annonça à Belinda que son père avait trouvé le chemin de Hawkscliffe Hall.

— Pardon ? s'écria-t-elle, à la fois étonnée, heureuse et un peu inquiète, car elle ne l'avait pas revu depuis qu'il savait tout sur elle. Comment a-t-il pu sortir de prison ?

— Je n'en sais rien. Nous n'avons pas abordé ce sujet. Il a choisi de s'installer à l'auberge du village, mais il reviendra dîner avec nous.

— Oh, non ! murmura Belinda, désemparée. Cela signifie qu'il me désapprouve.

— C'est en effet l'impression qu'il m'a donnée.

— Vous en a-t-il parlé ?

Robert détourna le regard.

— Belinda ?

Elle allait monter dans sa chambre afin de se préparer, mais elle revint à lui.

Il était sombre.

— Vous savez que je vous aime ?

Elle sourit.

— Oui. Autant que je vous aime. Quelque chose ne va pas ?

Il baisa doucement ses lèvres.

— Je veux que vous soyez heureuse.

— Je le suis plus que je ne l'ai jamais été de toute ma vie.

Elle posa un instant la tête sur son épaule, oubliant provisoirement son angoisse à l'idée d'affronter son père, puis Robert la laissa partir.

Par chance, Alfred arriva suffisamment tôt pour que père et fille pussent avoir une conversation à cœur ouvert. Il y avait au jardin un grand if dont le tronc était entouré d'un banc, ils s'y installèrent, tandis que les ombres s'allongeaient sur la pelouse.

Belinda s'attendait à une solide semonce, mais il montra tant de remords et de chagrin qu'elle en eut les larmes aux yeux. Il lui fallut du temps pour le convaincre que l'amour de Robert lui avait été d'un grand secours.

— Mais il n'est pas ton mari, ma chérie, protesta-t-il.

— Je sais, pourtant... j'ai confiance en lui, papa. Je l'aime. En m'épousant, il mettrait sa carrière, sa réputation en péril – sans parler de Jacinta –, or il peut faire tellement de bien dans le monde ! Qu'est-ce qui est le plus important, ma petite personne, ou bien les milliers de gens dont il peut améliorer l'existence ? Je vais te paraître affreusement anticonformiste, mais que signifierait un morceau de papier attestant que nous sommes mari et femme ? Au fond de mon cœur, je sais qu'il m'aime, que nous appartenons l'un à l'autre.

Il fronçait les sourcils, la bouche pincée, tellement préoccupé qu'elle faillit abandonner son air faussement joyeux et lui avouer qu'elle désirait par-dessus tout devenir l'épouse de Robert.

Mais avait-elle le choix ? Elle était une courtisane, sa maîtresse, et elle devait bien accepter cette situation. Robert n'aurait pas voulu d'une duchesse qui prolongeât le scandale de la catin Hawkscliffe – même si Georgiana n'en avait pas eu honte.

— Comment t'es-tu débrouillé pour sortir de prison ? demanda-t-elle pour changer de sujet.

Il se renfrogna.

— J'ai demandé de l'aide à des collègues de l'université qui m'étaient redevables.

Elle n'eut pas le cœur de lui demander pourquoi il ne l'avait pas fait plus tôt, mais il sembla lire dans ses pensées.

— Je n'avais pas pu m'y résoudre, au début, parce que je voulais préserver ma réputation... comme ton duc. Je ne me le pardonnerai jamais.

Belinda soupira et lui posa doucement la main sur l'épaule.

— Moi, je te pardonne. Et puis, c'est l'avantage d'être au plus bas, papa, moi, au moins, je n'ai plus à me soucier de ma réputation !

Il se rembrunit davantage encore, mais elle éclata de rire et lui assura que tout allait bien.

Le souper fut servi peu après.

Belinda sentit aussitôt la tension qui régnait entre les deux hommes, mais ils étaient assez courtois pour se dominer, et le joyeux babillage de Jacinta remplissait heureusement les vides en distrayant tout le monde. Lorsque Lizzie put enfin placer un mot, Alfred s'aperçut qu'il avait affaire à un véritable rat de bibliothèque, et il la lança sur ses sujets favoris.

Jacinta sembla un instant déconcertée de ne plus être le centre de l'attention générale, mais elle aimait suffisamment son amie pour ne pas lui en vouloir, et elle suivit gentiment la conversation.

Du coin de l'œil, Belinda remarqua que Robert avait l'air bizarre, et elle lui lança un regard interrogateur, mais il se contenta de lui prendre la main sur la table et de la garder serrée tandis que les autres discutaient des *Voyages de Gulliver*.

Ce soir-là, une fois tout le monde couché, il l'emmena sur les remparts et lui fit l'amour sous les étoiles en lui murmurant des paroles d'amour éternel.

Il se montra d'une tendresse si merveilleuse que c'était comme s'il avait su que, le lendemain, il allait briser le cœur de Belinda en mille morceaux.

Debout devant la porte du bureau de Robert, Belinda avait un mauvais pressentiment. Il lui avait demandé de venir, mais d'après ce qu'elle entendait à travers le battant, il ne l'attendait pas si tôt.

— Je sais que vous aimez beaucoup Mlle Hamilton, jeunes filles, mais la vie est plus compliquée en ville qu'ici. Si vous vous risquez à la saluer dans un parc, votre réputation en pâtira.

— Tu veux que nous la chassions de nos vies, Robert ? s'écria Jacinta.

— Il ne s'agit pas de la « chasser ». Et elle comprend. Ce n'est pas ce que je souhaite, mais c'est ainsi.

— Elle en souffrira...

— Et nous l'aimons !

— Bien sûr, nous l'aimons tous. Mais je ne me soucie que de votre avenir.

— Et toi, Robert, tu vas la chasser ? demanda Jacinta.

— Certainement pas ! Les règles sont différentes, pour les hommes, tu le sais.

Belinda jugea le moment venu de cesser d'écouter aux portes, et elle entra. Ils se turent, un peu penauds d'être surpris en train de parler d'elle en son absence. Elle les rassura d'un sourire.

— Votre frère a raison, Jacinta. Je n'en souffrirai pas. Nous n'avons qu'à décider d'un signal. Qu'en pensez-vous ? Si vous me voyez, ouvrez vos ombrelles, ou vos éventails, ce sera un joyeux salut, et je répondrai de la même façon.

— Mademoiselle Hamilton ! s'écrièrent les deux jeunes filles en se jetant dans ses bras. Nous sommes navrées !

— Ne dites pas de bêtises, vous n'y êtes pour rien. Je suis encore professeur au fond de moi, et si vous ne vous comportez pas convenablement dans les lieux publics, j'en serai très fâchée.

Robert lui lança un coup d'œil reconnaissant.

— Maintenant, dit-il aux deux amies, filez préparer vos bagages, parce qu'il me semble que nous devons rentrer à Londres. Allons ! J'aimerais m'entretenir en privé avec Mlle Hamilton.

Les jeunes filles parties, Belinda se tourna vers lui, les bras croisés sur la poitrine.

— Que se passe-t-il ?

Les yeux brillants de triomphe, il vint à elle.

— Vous n'allez pas le croire ! Asseyez-vous.

— Nous repartons pour Londres ?

— Oui, oui. Mais nous n'y resterons pas longtemps.

Elle n'y comprenait rien.

— Où allons-nous ? Enfin... si je suis du voyage.

— Évidemment ! Je ne me déplace pas sans mon arme secrète, ma belle, séduisante, fascinante hôtesse !

— Alors, quelle est cette grande nouvelle ? On dirait un chat qui vient d'avaler un bol de crème !

— On m'a désigné pour accompagner la délégation britannique de Castlereagh au congrès de Vienne.

Elle eut un petit cri de plaisir.

Il serrait les poings, dans l'enthousiasme de la victoire.

— N'est-ce pas incroyable ? Vous vous rendez compte que ce congrès sera la plus importe réunion internationale depuis Charlemagne ?

— Ô Robert, vous aurez votre place dans les livres d'histoire, comme tant de vos ancêtres !

Il sourit.

— Nous devons encore obtenir l'assentiment du Régent, mais j'ai la recommandation du Premier ministre, grâce à Coldfell. Naturellement, Wellington fera aussi partie de la délégation.

— Attendez un instant... Que vient faire Coldfell dans cette histoire ?

Belinda crut soudain déceler un certain malaise dans son regard.

— C'est lui qui a proposé ma candidature au comité.

— Robert...

— Oui ?

— Si cela vient de Coldfell, il doit y avoir une contrepartie.

— Ma foi, il y en a une, en effet, répondit-il en se frottant la nuque.

Il lui lança un regard suppliant, puis il baissa la tête.

— Seigneur, c'est difficile de vous en parler !

Elle pâlit.

— Il ne vous a pas demandé de nouveau de risquer votre vie...

— Non, rien de semblable... Je veux que vous le sachiez, cela ne signifie rien. C'est seulement...

Il déglutit avec difficulté.

— Robert ?

Il prit une profonde inspiration afin de se donner du courage, et se jeta à l'eau :

— Il souhaite que j'épouse sa fille, Juliet. Et j'ai accepté.

Hawk s'obligea avec peine à soutenir le regard de Belinda. Toute couleur avait disparu de son visage. Les yeux vitreux, elle se laissa tomber dans un fauteuil.

Il fit un pas vers elle.

— Je vous en prie, ne le prenez pas mal. C'est vous que j'aime. Il fallait bien que je me marie un jour ou l'autre...

Les pupilles dilatées, elle demanda d'une voix presque inaudible :

— L'enfant sourde ?

— Oui. Coldfell n'a plus d'héritier, et il veut que sa fille mette un fils au monde avant qu'il ne meure, sinon le titre retournera à la Couronne.

Il s'accroupit devant elle.

— Coldfell veut seulement s'assurer que quelqu'un veillera sur sa fille, Belinda.

Le bruissement de la soie tandis qu'elle se levait et passait devant lui lui fendit le cœur.

— Elle a l'âge de Jacinta.

— Cela n'a pas d'importance. Ma relation avec elle sera à peine plus que fraternelle. C'est vous que j'aime, que je désire, vous qui m'inspirez. Vous êtes mon égale. Je sais que vous me comprenez, Belinda. Je vous en prie, dites quelque chose...

— Je crois que je vais être malade, souffla-t-elle.

— Je ne veux pas vous faire de peine, Belinda. Il fallait que je saisisse cette opportunité, vous le savez.

— Un fils, Robert ? cria-t-elle. Ce n'est pas la cigogne qui va l'apporter ! Comment pourrais-je vous partager ?

— Vous n'avez aucune raison d'être jalouse.

— Cet horrible vieil homme ne peut-il vous laisser tranquille ? Et si c'était un piège ?

— Il n'y a pas de piège. Je viens de recevoir la lettre de lord Liverpool confirmant ma nomination.

— Confirmant ? Ainsi vous étiez au courant depuis... combien de temps ? Et vous ne m'avez rien dit ? Combien de temps, Robert ? s'emporta-t-elle.

— Quelques jours.

Avec un regard noir, elle se dirigea vers le bureau où elle se mit à fouiller dans les papiers jusqu'à ce qu'elle trouve le message du Premier ministre. Elle avait les mains tremblantes.

— « Castlereagh frôle une nouvelle dépression, lut-elle à haute voix. Nous avons besoin d'un homme sûr, à la tête froide... »

Semblant perdre soudain intérêt à sa lecture, elle jeta la lettre et alla se planter devant la fenêtre, les bras croisés sur la poitrine.

— Je savais que cela arriverait. Je m'y attendais.

Il fit un pas vers elle, mais renonça à approcher davantage.

— Étiez-vous obligé de l'épouser pour obtenir ce poste ? demanda-t-elle d'une voix neutre.

— Nous savons tous les deux qu'il ne s'agit pas seulement du poste, ma chérie. Même si je laissais passer cette opportunité, le problème resterait entier. Il faudra bien que je me marie un jour ou l'autre. Devrais-je renoncer à faire du bien à mon pays, si on m'en donnait l'occasion ?

Il y eut un long et pesant silence.

— C'est la chance de votre vie, Robert, dit enfin Belinda. Peut-être est-ce votre destin. Félicitations. Je suis sûre que vous servirez votre pays au mieux.

Elle se retourna enfin, un masque de sérénité plaqué sur son visage pâle.

— Maintenant, poursuivit-elle, il ne nous reste plus qu'à nous dire adieu.

— Non !

— Alors quoi ?

Elle tremblait soudain de rage.

— Que faisons-nous ici ? Nous nous cachons de la bonne société et des dames patronnesses ? Grands dieux ! s'exclama-t-elle avec un rire qui ressemblait à un sanglot. J'aime un homme qui a honte de moi !

— C'est faux !

— C'est vrai ! Vous avez honte de moi comme vous aviez honte de votre mère. Pour vous, je suis une prostituée, et je le resterai jusqu'à la fin de mes jours.

— Non ! hurla-t-il avec une telle violence qu'elle tressaillit. Je vous ai dit mille fois que je vous aimais.

— En effet. C'est ce qui rend votre décision si étrange.

Elle le regarda fixement durant quelques secondes, puis elle eut un geste de la main, comme pour le congédier, et marcha vers la porte.

— Adieu, Hawkscliffe. Je rentre à Londres.

Il la saisit par le bras au moment où elle passait devant lui.

— Non !

Elle regarda sa main sur son coude, puis elle leva les yeux vers son visage.

— Ne me touchez pas ! articula-t-elle d'une voix vibrante de colère.

— Vous ne partirez pas.

— Vous n'êtes pas mon seigneur et maître ! répliqua-t-elle en se dégageant d'une secousse. J'irai chercher mes affaires à Knight House quand vous n'y serez pas. Après tout, je les ai gagnées.

— Où irez-vous ? Que ferez-vous ? insista-t-il, la dominant de toute sa taille, comme pour l'intimider et l'obliger à céder. Vous n'avez nulle part où aller en dehors de moi !

Elle soutint son regard, ses yeux bleus lançaient des étincelles de défi.

— Harriette me reprendra avec elle. Je trouverai un autre protecteur...

— Il faudra me tuer, pour ça !

Elle eut un sourire glacial.

— Cela vous fait mal de m'imaginer dans les bras d'un autre ?

— Vous ne retournerez pas chez Harriette, grinça-t-il. Quittez-moi si vous voulez, mais je vous interdis de retourner à... à la prostitution. Je vous donnerai tout l'argent dont vous aurez besoin, et davantage encore.

— Je ne veux pas de votre argent ! s'écria-t-elle en le repoussant. Comment osez-vous ? Vous ne comprenez donc rien ?

Elle pivota vers la porte, mais il la retint de nouveau, et elle se débattit futilement en le frappant à la poitrine. Il la saisit aux épaules, murmura des paroles d'apaisement qui ne la calmèrent pas.

— Écoutez-moi ! tonna-t-il finalement en la secouant.

— Lâchez-moi !

— J'ai besoin de vous, dit-il d'une voix suppliante.

Ne partez pas. Vous êtes la seule qui me comprenne. Vous êtes ma meilleure amie, Belinda.

— Alors comment pouvez-vous me traiter de la sorte ? murmura-t-elle, les yeux brillants de larmes.

Elle cessa de lutter et se détourna, portant la main à sa bouche afin d'étouffer un bref sanglot.

— Seigneur ! gémit-il.

Il comprenait enfin qu'elle était vraiment en train de lui échapper. Il desserra son étreinte. Il avait commencé à la perdre, et il ne pouvait arrêter le mouvement. Il tendit la main pour lui caresser les cheveux, mais elle bondit en arrière.

— Allons, Belinda, ça suffit...

— Laissez-moi partir. Je comprends que vous ne pouvez m'épouser, et je ne vous le demande pas. En revanche, vous ne pouvez me demander de me déshonorer davantage. Je vous en prie, Robert, si vous m'aimez, laissez-moi partir. Je ne suis qu'une courtisane, mais j'ai quelques principes. Il faut que je me fixe des limites, sinon je me perdrai. Grâce à vous, à votre amour, j'ai fini par me retrouver. Je préfère perdre ce que nous avons plutôt que notre histoire ne tourne à la liaison sordide. Je suis désolée, je ne veux plus connaître la honte.

— Je croyais que vous m'aimiez.

— Si vous devez l'épouser, faites-le avec honneur. Et efforcez-vous de l'aimer, puisqu'elle sera votre femme.

— C'est *vous* que j'aime !

— Eh bien, je vous quitte quand même.

Il la saisit aux poignets.

— Non !

— Ayez pitié de moi, Robert. Avant que nous n'allions plus loin, avant qu'il ne me devienne impossible de vous dire adieu... laissez-moi m'éloigner de vous avec ce qui me reste de dignité. Je vous en supplie...

— Je vous aime, Belinda.

Elle s'arracha enfin à lui et sortit du bureau en courant.

— Belinda !

Il la suivit.

— Belinda !

Sans se retourner, elle grimpa l'escalier en sanglotant.

Il faillit s'élancer derrière elle, mais il se rappela son expression lorsqu'elle l'avait prié de lui laisser sa fierté et il se retint, en pleine confusion.

Il hurla son nom encore une fois, sans résultat. Alors il frappa du poing le battant de bois qui se fendit sous la violence du coup, puis il posa la tête contre le chambranle et ferma les yeux.

Tout le poussait furieusement à la poursuivre, à l'obliger à rester, dût-il pour cela l'enfermer dans sa chambre à double tour... Mais si demeurer sa maîtresse lui faisait perdre le peu d'estime qu'elle avait d'elle-même, alors il n'avait pas d'autre choix que de la laisser partir.

20

Harriette accueillit Belinda à bras ouverts. Les retrouvailles furent émouvantes. Comme elle racontait en sanglotant sa triste histoire aux Trois Grâces, celles-ci s'employèrent à la consoler.

Ainsi la Belle Hamilton était de nouveau disponible, et les affaires reprenaient sous le toit de Harriette. Belinda autorisait deux types d'hommes à la courtiser : ceux qui étaient nettement trop vieux pour elle et ceux qui étaient beaucoup trop jeunes pour être pris au sérieux.

Enfin, le cinquième soir de son arrivée en ville, elle se rendit au *King's Theater*, et il était là.

Elle tenait sa cour dans la loge qu'il lui avait offerte, entourée, comme d'habitude, d'hommes empressés qu'elle charmait par sa vivacité, quand elle eut une étrange sensation. Les mouvements ralentissaient, les sons s'estompaient... Agitant son éventail, elle parcourait la salle du regard quand elle le vit.

Il était appuyé au bras de son fauteuil, la main sur la bouche, et ne semblait pas le moins du monde intéressé par le spectacle qui se déroulait sur la scène. Le regard brûlant, il la contemplait.

L'éventail s'immobilisa, elle eut chaud, elle fut glacée, elle se mit à trembler. Enfin elle s'arracha à son regard et agita de nouveau nerveusement son éventail. Elle n'entendait rien de ce qu'on lui disait.

Elle demeura ainsi quelques minutes, puis elle s'excusa et quitta la loge. Quelques-uns de ses soupirants offrirent de l'escorter tandis qu'elle s'engageait vivement dans le hall.

— Laissez-moi ! leur cria-t-elle en arrachant son aigrette avec tant de violence que les larmes lui montèrent aux yeux.

Dans le foyer, elle envoya un valet chercher son attelage et y monta dès que le nouveau cocher qu'elle avait engagé s'arrêta devant l'entrée.

Une fois au lit, elle pleura toutes les larmes de son corps, mais au matin, elle savait ce qu'il lui restait à faire.

Harriette et les autres n'étaient pas encore levées quand elle rassembla la plupart de ses luxueuses toilettes, les chargea dans le cabriolet et les porta chez le prêteur sur gage où elles lui rapportèrent la coquette somme de quinze cents livres.

Ensuite elle se rendit chez Tattersall, où, après avoir payé les gages de son cocher, elle vendit l'élégante voiture ainsi que les deux superbes chevaux pour une fortune – deux mille guinées. Toutefois, elle ne pouvait se résoudre à se séparer du collier de diamants et lapislazuli que Robert lui avait offert le soir du bal des courtisanes.

Elle prit un fiacre pour aller déposer son argent à la banque. Stupéfaite, elle s'aperçut alors qu'elle disposait de trente-cinq mille livres ! Bien placée, cette somme lui rapporterait de quoi vivre décemment.

Elle allait pouvoir mener une existence calme, modeste – le genre de vie dont elle avait rêvé étant jeune fille – sans plus jamais dépendre de personne. Ni de ses riches admirateurs, ni de Harriette, ni même de son père. Comparée à la vie que lui offrait Robert, ce serait presque la pauvreté, mais c'était la richesse par rapport à celle qu'elle menait du temps où elle vendait des oranges. Elle n'aurait plus de comptes à rendre à quiconque. Elle n'aurait pas les moyens d'avoir de domestiques, à part peut-être une femme de chambre, mais pour la première fois de sa vie elle était... libre et indépendante.

Elle remercia silencieusement celui qui avait rendu cela possible.

Oh, Robert, comme vous me manquez !

Le chagrin fut soudain plus fort que le soulagement, mais elle s'empara résolument de son sac et sortit de la banque. Elle n'en avait pas encore terminé.

Le jour même, elle prit congé des sœurs Wilson et dénicha un logement dans une pension de famille tranquille de Bloomsbury, non loin de l'hospice des enfants trouvés. Les hôtels réservés aux femmes avaient refusé de l'héberger, mais elle s'en était détournée sans haine, étrangement en paix avec elle-même.

Les jours qui suivirent, elle s'appliqua à se reconstruire une nouvelle existence sur les cendres de la précédente. La nuit, elle lisait pour s'empêcher de penser, et dans la journée, elle se consacrait à des œuvres de bienfaisance.

Comment se portaient Tommy et Andrew, à Knight House ?

Bien qu'on la tolérât dans les bonnes œuvres, personne ne semblait rechercher son amitié. Son unique regret était finalement qu'elle n'avait plus de place dans la société. Elle n'était ni respectable ni à la mode – par le passé, elle avait été tour à tour l'un ou l'autre. Courtisane, elle avait été trop harcelée, à présent, elle était trop seule, seule avec le souvenir de Robert.

Elle était heureuse que son père se trouvât à Londres en train d'effectuer des recherches, car il était son seul compagnon. Il était d'ailleurs enchanté qu'elle eût renoncé à son existence de demi-mondaine, et ses yeux s'emplissaient de fierté chaque fois qu'il la voyait, c'est-à-dire presque chaque soir pour souper.

Elle avait gardé sa loge à l'opéra afin de lui faire plaisir, et ils s'y rendaient une fois par semaine. Après tout, l'abonnement était payé jusqu'à la fin de la saison, il aurait été stupide de ne pas en profiter, lui avait-elle fait remarquer. Ils avaient ri ensemble, car même s'il critiquait sa vie passée, il ne boudait pas son plaisir !

Un soir de septembre, un autre de ses amis refit surface. Le dos douloureux de s'être occupée d'enfants toute la journée, elle rentrait chez elle quand elle découvrit Mick Braden assis sur les marches de la pension de famille. Il l'attendait, comme autrefois.

Il se leva à son arrivée, et elle lut une espèce d'inquiétude sur son beau visage encore un peu enfantin. Ils se regardèrent un long moment.

— Bonsoir, Mick, murmura-t-elle enfin.

— Votre père m'a dit où vous habitiez.

— Voulez-vous entrer ?

— S'il vous plaît, répondit-il d'une voix rauque.

Lorsqu'ils furent dans le petit salon, il la prit dans ses bras et la tint un instant contre lui.

— Je suis désolé. Votre père m'a tout raconté, dit-il avant de la relâcher et de lui saisir les mains. Je me sens en partie responsable, Belinda, et j'aimerais me racheter. Épousez-moi.

Elle se détourna, soupira, lui fit face de nouveau.

— Je ne vous aime pas, Mick.

— Je sais, et cela ne fait rien. Voyez-vous, nous sommes quand même faits l'un pour l'autre, Belinda. Vos sentiments pour Hawkscliffe s'estomperont, avec le temps, mais moi je serai toujours là, parce que je fais partie de vous. Nous nous connaissons depuis toujours, n'est-ce pas ? J'ai de l'affection pour vous, et je ne suis pas homme à fuir mon devoir.

— Le devoir, Mick ? Vous ne m'aimez donc pas non plus ?

Il repoussa doucement une mèche de cheveux qui bouclait sur la joue de la jeune femme.

— Comment définissez-vous l'amour ? J'ai beaucoup de tendresse pour vous, je me sens responsable de vous. Je vous trouve même parfois plutôt jolie, la taquina-t-il. Vous et moi... cela semble raisonnable – appelez cela comme vous voudrez. Je sais seulement que vous ne pourrez pas vivre seule indéfiniment. Vous devez être une épouse, une mère, C'est dans votre nature, c'est ce que vous avez toujours souhaité.

Elle baissa la tête.

— Cette vie, reprit-il, je peux vous l'offrir. Je vous la dois. Je me moque de votre passé. J'en connais les circonstances, et jamais je ne me permettrai de vous juger. Nous pourrions quitter Londres, prendre un nouveau départ. Je sais, je vous ai trahie une fois, mais si vous m'accordez une seconde chance, je vous promets que cela ne se reproduira plus jamais.

Elle ferma les yeux, un peu étourdie. Les mots étaient justes, mais l'homme n'était pas le bon. Elle releva les paupières.

— Je ne sais pas, Mick. Tant de choses ont changé. Je ne suis plus la jeune fille que vous avez connue.

— Mais si, vous l'êtes encore, tout au fond. Et même si vous avez changé...

Avec un sourire, il lui prit tendrement le menton.

— ... je vous adore autant que lorsque vous aviez neuf ans, termina-t-il.

Elle ne put s'empêcher de lui rendre son sourire.

— Vous aviez jeté un ver de terre sur ma robe, à cette époque-là !

— Preuve de mon amour inconditionnel.

Amour inconditionnel...

Les larmes perlaient dans ses yeux.

— J'ai besoin de réfléchir.

— Prenez tout le temps qu'il faudra. J'attendrai. Bonne nuit, Belinda.

Il lui baisa les mains et sortit.

Cela faisait deux semaines qu'il l'avait vue à l'opéra, trois qu'elle avait quitté Hawkscliffe Hall comme une tornade. Hawk avait traversé cette période dans la plus profonde affliction.

Il avait ramené sa sœur et Lizzie à la pension, et un tourbillon de réunions et de comités avaient absorbé tout son temps. Il assistait à chacun avec son habituelle réserve cordiale.

« Hawkscliffe est de retour », murmurait-on partout, et cela ne voulait pas seulement dire qu'il était rentré de la campagne.

Les hommes de son club l'encensaient, les douairières l'accueillaient avec joie à leurs réceptions, bien que la nouvelle de son prochain mariage eût plongé la gent féminine dans la désolation. Ses admiratrices soupiraient, mais elles étaient touchées que son choix se fût porté sur la pauvre et douce lady Juliet Breckinridge. Cela ne faisait que rehausser son image de galant chevalier.

Or jamais il ne s'était senti aussi mal. Il était dans la peau d'un tricheur, et chaque fois qu'il voyait Coldfell, il avait la pénible impression d'avoir vendu son âme au diable.

Il traversait ces interminables journées en se persuadant que Belinda Hamilton avait disparu de la surface du globe. Hélas ! elle était partout dans Knight House ; où qu'il fût, son souvenir le poursuivait. Elle était présente dans son sang, sous sa peau, elle le hantait tel un fantôme impitoyable. Il sentait encore son parfum sur ses vêtements, son goût sur ses lèvres... Parfois, en se couchant, il croyait la toucher, et alors il avait si mal qu'il souhaitait mourir. Oublier...

Il oublierait.

Chaque fois qu'il entrait au *White*, il se raidissait, sachant qu'un jour ou l'autre il apprendrait par la rumeur publique le nom de son nouveau protecteur. Dieu merci, ses amis prenaient soin de ne pas l'évoquer en sa présence.

Tous sauf un.

Lord Alec rentrait de l'un de ses joyeux séjours à la campagne lorsqu'il pénétra d'un pas résolu au *White*, les yeux hors dc la tête. Il se dirigea droit sur Robert qui s'était plongé dans un manuel de langue allemande en prévision de son séjour en Autriche.

Les mains à plat sur la table, devant lui, Alec attaqua, bille en tête :

— Tu es un imbécile. Tu le sais ? Un idiot, un crétin prétentieux !

Levant à peine la tête de son livre, Hawk lui jeta un sombre regard d'avertissement.

— Tu as tué pour venger son honneur, poursuivait son frère. Tu serais mort pour elle. Je vous ai vus ensemble. C'est la femme de ta vie, Hawk, et tu l'as laissée filer. Pourquoi ?

Silence.

— Moi, je sais pourquoi, espèce d'âne ! Par lâcheté. Va la chercher.

— Non.

— Pourquoi ? cria de nouveau Alec.

— Elle m'a quitté. Que veux-tu que je fasse ?

— Ce qu'il faudra ! Tout plutôt que de rester là, le nez dans ton livre, prisonnier de tes sacro-saints principes ! Tu veux que j'aille lui parler ?

— Non ! Seigneur, Alec, baisse le ton ! Comme tu le vois, j'essaie de travailler. Alors, bon sang, pourrais-tu me laisser seul ?

— Seul, c'est exactement ce qui t'attend, mon cher duc, et ce que tu mérites. Tu veux mon avis ? Elle est bien débarrassée, parce que tu as un cœur de pierre, comme ton père !

Sur ce, Alec se redressa et sortit du club à grandes enjambées.

Hawk regardait sans les voir les mots en allemand. Une terrible panique le gagnait, le sang battait furieusement à ses tempes.

Il ferma le manuel, prit une feuille de papier, une plume. Il réfléchit un instant avant d'écrire d'une main qui tremblait un peu :

Notification de crédit illimité.

Je soussigné, duc de Hawkscliffe, accorde par la présente à Mlle Belinda Hamilton un crédit illimité. Les

factures des achats effectués grâce à ce certificat devront m'être envoyées à Knight House, St James Square.
Le 12 septembre 1814.

Hawkscliffe

Il apposa son sceau au bas de la page afin de l'authentifier, puis il plia le papier et le glissa dans la poche de son gilet.

Quelques minutes plus tard, il menait son attelage à un train d'enfer dans les rues de la City.

Il sauta à bas de la voiture devant la maison des sœurs Wilson et tambourina à la porte. Lorsque l'un des colosses lui annonça que Mlle Hamilton n'y habitait plus, il resta un instant bouche bée.

Harriette apparut sur le seuil et, après s'être fait longuement prier, elle lui donna à contrecœur l'adresse de Belinda.

Belinda avait toujours quelque appréhension quand elle se trouvait dans la rue seule la nuit. Ce soir-là, elle était restée plus longtemps que de coutume à l'hospice, et elle se mit en route avec l'intention de héler un fiacre, mais il n'en passait aucun. Par chance, il ne faisait pas encore complètement sombre lorsqu'elle arriva en vue de la pension de famille.

Soudain, elle s'arrêta net. Le long du trottoir était garé un carrosse noir, brillant, qu'elle ne reconnut que trop bien. Son cœur cessa un instant de battre, et elle eut l'impression que la terre tournait follement autour d'elle.

Elle s'obligea cependant à avancer. Elle entendit la belle voix de baryton donner un ordre à William, et son cœur bondit de nouveau.

Il était venu la chercher ! Il allait tout arranger...

Elle empoigna sa jupe de coton, accéléra l'allure. S'il allait repartir, ne l'ayant pas trouvée à la maison ? Elle se mit à courir.

— Robert !

Il fit le tour du carrosse, lui barrant le passage. Ses cheveux brillaient, ses yeux luisaient comme du jais. Il lui parut encore plus grand, plus élégant, plus beau que dans son souvenir.

Plus impressionnant aussi.

Elle ralentit en approchant de lui, intimidée.

— Je vous attendais, dit-il sèchement, une sorte de reproche dans la voix.

« Moi, je vous ai attendu si longtemps », se dit-elle, bouleversée. Elle n'osait croire à sa présence. Avait-il changé d'avis ?

— J'étais sortie.

— Pouvez-vous m'accorder un moment ?

— Bien sûr.

Il eut un bref signe de tête.

— Merci.

— Par ici.

William lui adressa un sourire d'encouragement quand elle passa devant lui pour emmener Robert à son appartement. Au salon, elle alluma les lampes, puis elle se tourna vers lui et le contempla avidement. Il y avait des cernes sous ses yeux sombres, il serrait les lèvres. Comme il avait changé !

Le dernier jour, à Hawkscliffe Hall, il débordait d'enthousiasme et de vitalité. À présent, il était raide, lointain, fermé.

— Vous allez bien ?

— Très bien. Et vous ?

— Je me porte comme un charme, grommela-t-il.

— Jacinta, Lizzie ?

— Au pensionnat.

— Comment m'avez-vous trouvée ?

— Grâce à Mlle Wilson. Pourquoi, vous vous cachez ?

— Non. Que me voulez-vous ?

Il regarda ailleurs.

— Je suis venu parce que je n'avais pas envisagé...

Il s'interrompit un instant, puis reprit :

— Mes nouvelles fonctions imposent beaucoup de réceptions et de réunions politiques dont ma future épouse, à cause de son infirmité, est incapable de se charger. J'ai besoin d'une hôtesse. Venez avec moi à Vienne.

La déception explosa en elle comme les feux d'artifice de *Vauxhall*. Donc, il n'avait pas renoncé. Lady Juliet était toujours sa fiancée.

— Je n'irai nulle part avec vous, parvint-elle à articuler.

Il serra les dents, et elle le sentit bouillir intérieurement. La douleur qui passa dans son regard démentait son expression hautaine.

— Je ne vais pas me ridiculiser, Belinda Hamilton. Nous avons tous les deux eu le temps de prendre du recul, de réfléchir. Vous vous êtes énervée quand vous m'avez quitté, et je suis prêt à oublier cet accès d'humeur, mais soyez certaine que je ne me traînerai pas à vos pieds. Revenez-moi, et nous reprendrons là où nous nous étions arrêtés, sans poser de questions. Je suis prêt à vous offrir ceci, si cela peut satisfaire votre orgueil.

Il lui tendit une feuille pliée. Il avait toujours son air intraitable, pourtant elle crut discerner dans ses yeux quelque chose qui ressemblait à de la panique.

— De quoi s'agit-il ? demanda-t-elle, suspicieuse.

— Ouvrez-la.

— Des ordres, encore et toujours ! souffla-t-elle en dépliant la feuille.

Hawk l'observait, redoutant sa réaction. Il avait un mal fou à se retenir de tomber à ses genoux et de la supplier de lui revenir. Il la dévorait du regard tandis qu'elle lisait.

« J'ai besoin de vous, pensait-il. Je meurs, sans vous. »

Elle prit une longue inspiration à laquelle, il en était conscient, était suspendu son avenir. Il reçut comme un choc l'éclat de ses yeux bleus.

— Crédit illimité ?

Il hocha la tête, effrayé par la froideur de son ton. « C'est ce que vous avez toujours voulu. Cela signifie que je vous fais autant confiance qu'à moi-même », avait-il envie de dire, mais les mots ne sortaient pas.

— Harriette ne vous a pas appris que je n'étais plus une courtisane ?

Inquiet, il fronça les sourcils. Harriette avait dit quelque chose de ce genre, en effet, mais il y avait fait à peine attention, tant il avait hâte de récupérer Belinda.

— Elle ne vous a rien dit ? insistait la jeune femme.

— Si, mais... C'est moi, Belinda, pas Worcester, ou Leinster, ou Dieu sait qui ! Vous allez venir avec moi. Je vous... je vous rendrai heureuse.

— Regardez autour de vous, Robert ! s'irrita-t-elle soudain. Est-ce que cela ressemble au boudoir d'une demi-mondaine ? Suis-je vêtue avec raffinement ? Non ! Vous voyez ? Finalement, j'ai fait ce que vous disiez. Je suis une femme ordinaire, qui mène une existence indépendante, et il se trouve que cela me plaît. Vous, vous avez votre fille de comte et votre glorieux nom pour vous consoler, moi, j'ai mon travail avec les enfants défavorisés. Vous n'avez plus besoin de moi et, comme vous pouvez le constater, je n'ai pas besoin de vous non plus.

— J'ai besoin de vous, souffla-t-il, déchiré.

La main de Belinda tremblait légèrement.

— Et c'est ce papier qui est censé me le prouver ? Vous proposez de m'acheter ? Est-ce encore une idée de lord Coldfell ?

Robert avala sa salive.

— Acceptez-le, Belinda. Rien de ce que j'ai obtenu n'a de sens, sans vous.

— Je n'ai plus envie d'être entretenue par quiconque, Robert. Pas même par vous, répliqua-t-elle en déchirant la feuille en mille morceaux avant de la lui lancer au visage.

Désorienté, il regarda les petits bouts de papier voleter jusqu'à terre.

Le menton haut, Belinda se dirigea vers la porte qu'elle ouvrit en grand, mais il ne bougeait pas. Il commençait lentement à comprendre qu'elle était déterminée.

Il avait l'impression de la voir pour la première fois, sans les atours de son ancienne profession, sans la façade lointaine derrière laquelle elle se dissimulait, mais dont elle n'avait désormais plus besoin. Elle devait être exactement ainsi avant que Dolph Breckinridge ne jetât son dévolu sur elle...

— Sortez, Votre Grâce, s'il vous plaît.

Elle était là, droite, forte, guérie grâce à lui, lumineuse comme un ange blond dans sa juste colère.

« Bravo, mademoiselle Hamilton ! » faillit-il applaudir.

Mais il se contentait de la contempler avec respect en se disant qu'il l'aimerait jusqu'à son dernier jour.

Il marcha tel un somnambule vers la porte.

— Au fait, ajouta-t-elle avec un petit signe de tête hautain, offrez-moi vos vœux de bonheur... J'épouse Mick Braden dans deux semaines.

21

Épouser Mick Braden ?

Le lendemain matin, Hawk était encore en état de choc, l'estomac noué.

Incapable d'avaler son petit déjeuner, il le renvoya intact aux cuisines, et se mit à arpenter le vaste hall de Knight House, les nerfs à fleur de peau, les yeux rougis par l'insomnie. Ensuite, il alla faire un tour dehors avec ses chiens sans se soucier de sa tenue.

Il était en retard pour son rendez-vous avec le secrétaire général de son club. Comme le *White* n'était pas loin de chez lui, il s'y rendait toujours à pied, ce qu'il fit ce jour-là.

Il fourrageait dans sa serviette de cuir à la recherche de ses documents, et il pesta quand le vent l'obligea à courir après une feuille échappée.

Mick Braden, songeait-il avec amertume en montant le perron du n° 37 après avoir distraitement salué le portier.

Mick Braden n'était pas digne de lacer les souliers de Belinda. L'idée du jeune soldat agenouillé près de ses chevilles assombrit encore son humeur. Bon Dieu, elle était à lui ! Il connaissait par cœur chaque centimètre de son corps !

« Mon pauvre vieux, se tança-t-il, tu es encore plus obsédé que Dolph Breckinridge. »

Il parcourut le club d'un pas précipité jusqu'à ce qu'il aperçoive le crâne chauve du secrétaire qui luisait derrière un fauteuil de cuir.

— Désolé, je suis en retard, s'excusa-t-il.

L'ancien Premier ministre leva les yeux de son *Times* pour lui lancer un regard réprobateur.

— Hum ! maugréa-t-il en pliant son journal. Que se passe-t-il, Hawkscliffe ? Vous n'avez pas l'air dans votre assiette.

Hawk s'efforça de sourire.

— Je suis un peu surmené, en ce moment. Avec les préparatifs de Vienne, et tout le reste...

— Oui, bien sûr. Félicitations pour votre nomination. Je suis sûr que vous nous serez très utile, comme d'habitude. D'autre part, je vous présente tous mes vœux pour votre mariage, Votre Grâce.

— Merci, marmonna Hawk, à qui le rappel de cet événement fit perdre le fil de ses pensées.

Le vicomte Sidmouth consulta sa montre de gousset.

— De quoi vouliez-vous m'entretenir, Hawkscliffe ?

— Ah, oui ! Euh... je me suis penché sur une situation qui pourrait vous intéresser en tant que secrétaire général, monsieur.

Il évoqua le taudis dans lequel vivaient les enfants de la rue, la pauvreté qui les menait tout droit aux galères, mais il s'aperçut bien vite qu'il perdait son temps.

Lord Sidmouth l'écoutait poliment, cependant son visage était résolument fermé. S'il était chargé des questions concernant les troubles sociaux à travers tout le pays, il n'aimait guère en entendre parler. Hawk fit de son mieux, hélas ! Sidmouth secoua la tête en invoquant les ressources limitées qui lui étaient allouées et devaient toutes être consacrées à étouffer les menaces d'insurrection.

Le gouvernement était secrètement terrifié par l'éventualité d'une révolution semblable à celle qui avait ravagé la France, et que les fêtes extravagantes du Régent risquaient de provoquer. C'était navrant, expliqua Sidmouth, mais le gouvernement ne pouvait gaspiller son énergie sur des détails. En outre, l'indulgence vis-à-vis des petits voleurs ne ferait qu'encourager les autres, qui penseraient se tirer d'affaire avec une tape sur les doigts.

Hawk quitta le *White* avec une cuisante impression d'échec, le refus de lord Sidmouth résonnant encore à ses oreilles. Il était profondément déçu par son parti et par le gouvernement.

Il retourna à Knight House dans un état de profond découragement.

Il ne savait plus que penser de ses collègues, avec leurs lois répressives et leur haine des paysans, des pauvres gens. Il savait que Henry Brougham, le libéral, faisait croisade pour l'éducation des enfants défavorisés, mais l'orgueil de Hawk l'avait jusque-là empêché de travailler à ses côtés. Écœuré, il décida d'envoyer à Brougham toute la documentation qu'il avait soigneusement rassemblée et étudiée. Peut-être cela serait-il efficace, et au diable la fierté d'être lui-même le sauveteur !

« Ils feront peut-être de vous un libéral », lui avait dit un jour Belinda.

« Peut-être, en effet, ma chérie, songea-t-il. Peut-être. »

Chez lui, il tendit sa serviette et sa veste à Walsh, ignorant son air inquiet, et grimpa à l'étage, attiré malgré lui par l'appartement qu'avait occupé Belinda. Le chagrin au cœur, il s'allongea sur le lit où il l'avait éveillée aux mystères de l'amour.

L'oreiller sur les yeux, il essaya de dormir. « Quelle que soit la cause de la dépression de Castlereagh, pensait-il, cela ne peut être plus grave que de perdre l'amour de sa vie. »

La journée avait été pénible, et la soirée s'annonçait pire encore. Un autre que lui aurait tenté de tout oublier dans l'alcool, mais il se replia sur lui-même et procéda à ses préparatifs. Vêtu d'une tenue de soirée, il monta dans son carrosse qui le conduisit à King Street.

Il devait se montrer en public pour la première fois avec sa future épouse. Lady Juliet, lord Coldfell et les membres de la meilleure société l'attendaient chez *Almack*. Comment aurait-il le courage d'y rentrer ? se demanda-t-il tandis que William lui ouvrait la portière. Il contempla longuement l'imposant bâtiment.

Tout allait de travers.

Pourtant, il y pénétra. Tout le poids du monde sur les épaules, il gravit le grand escalier. Belinda était partout, son ravissant visage rose d'excitation. Il aurait voulu mourir, pourtant, il plaqua un sourire sur ses traits et entra dans la salle de bal.

L'élite de la société était là – les pairs du royaume accompagnés de leurs épouses pomponnées et de leurs filles à marier, de vénérables vieillards, de jeunes aristocrates à l'air blasé. Comment Hawk avait-il pu un jour se sentir à l'aise parmi eux ? Il les haïssait tous, en particulier celui qui s'approchait de lui.

Coldfell s'appuyait sur sa canne, rayonnant de fierté, sa fille à son bras. Juliet ressemblait à une poupée, avec ses grands yeux bleus et son teint de porcelaine. Elle était vraiment ravissante dans sa robe rose toute simple, mais elle paraissait terrifiée. Hawk se rendit compte qu'il faisait grise mine, et il s'efforça de prendre l'air un peu moins rébarbatif.

— Nous voici, Robert ! déclara Coldfell.

Il parvint à grimacer un sourire.

— Monseigneur, dit-il avec un salut aussi formel que possible. Lady Juliet.

Elle fixait ses lèvres et fit une gracieuse révérence.

Après quelques minutes de conversation banale entre les deux hommes, le comte posa la main de sa fille sur le bras de Hawk.

— Si vous en profitiez pour faire plus ample connaissance, jeunes gens ? suggéra-t-il cordialement.

Hawk envisagea d'inviter la jeune fille à danser, mais c'était impossible, évidemment. Il pensa ensuite aller lui chercher un verre de punch, mais il n'osait la laisser seule un instant tant elle semblait terrorisée.

Il aperçut un banc vide, à l'écart de la foule, et l'y conduisit. Ils se considéraient l'un l'autre sans animosité, mais sans sympathie particulière. Il ne savait comment communiquer avec elle, ni même si elle avait la possibilité de le comprendre. Elle eut un pauvre sourire auquel il répondit sans plus d'enthousiasme. Durant les dix minutes qui suivirent, ils demeurèrent chacun dans son univers. Les gens les observaient à la dérobée en chuchotant. Sans doute murmurait-on qu'ils formaient un couple charmant.

Hawk se débattait avec des images de Belinda lors de cette inoubliable soirée qu'il avait voulu lui offrir pour la libérer de son sentiment de honte et de rejet. Il se la rappelait un peu grisée par le champagne, évoluant sur la piste de danse en tirant la langue à d'imaginaires dames patronnesses.

Il l'avait sous-estimée, tant il était arrogant, brandissant ses propres règles comme s'il s'agissait des Tables de la Loi. Il avait été aveugle, mais il comprenait à présent l'ampleur de sa perte. Par amour, elle l'avait remis à sa place. Il s'était complètement fourvoyé en lui offrant de l'argent afin de la faire revenir auprès de lui, et cette erreur de jugement l'avait probablement jetée encore plus volontiers dans les bras de son jeune militaire. En songeant à la façon dont elle lui avait lancé sa lettre de crédit à la figure, il avait envie d'applaudir !

Non, elle ne serait plus jamais la maîtresse de quiconque, elle avait retrouvé sa dignité, elle savait maintenant qu'elle méritait mieux. Elle était guérie, et il en était heureux.

Il sentit soudain Juliet se crisper près de lui, et il se rendit compte qu'il l'ignorait totalement. Elle fixait quelque chose à l'autre bout de la salle de bal et il suivit son regard. Clive Griffon !

Seigneur ! songea Hawk en voyant le jeune homme se diriger droit vers eux, se frayant un passage parmi les danseurs avec une expression mélodramatique. Son visage juvénile était rouge de colère et, apparemment, il avait bu plus qu'il n'y était accoutumé.

Hawk prit un air lointain et feignit d'ignorer l'angoisse de sa compagne. Griffon vint se planter devant elle, tremblant de passion.

— Vous êtes folle ! articula-t-il en détachant bien les syllabes afin qu'elle pût lire sur ses lèvres. Il en aime une autre, vous m'aimez, et moi, je vous adore, Juliet. Comment pouvez-vous me trahir ainsi ?

Elle lui prit la main, mais il se dégagea avec amertume.

— Ne craignez rien. Vos secrets sont à l'abri, avec moi.

— Des secrets ? répéta Hawk en se tournant vers la jeune fille.

Il n'avait pas besoin d'une autre femme chargée de secrets !

— Quant à vous, monsieur, poursuivait Griffon, même si cela doit me coûter mon siège à la Chambre, je tiens à vous dire que lady Juliet vous épouse uniquement parce que son père l'y oblige. Demandez-le-lui, si vous ne me croyez pas ! cria-t-il, incapable de se contenir davantage.

M. Willis et ses assistants se précipitèrent pour le jeter dehors.

— Quels secrets ? demanda Hawk.

Déjà les hommes s'emparaient de Griffon, et Coldfell arrivait en claudiquant.

— Emmenez-le !

— Dehors ! cria Willis tandis que Griffon se débattait comme un beau diable.

— Juliet, je vous aime !

On le traînait vers la sortie.

— Comment osez-vous vous attaquer à ma fille ? tonna Coldfell.

— Comment osez-vous la forcer à un mariage dont elle ne veut pas ? rétorqua le jeune homme sur le même ton.

Tout le monde se pétrifia. On n'avait jamais entendu quelqu'un s'adresser de cette façon au comte de Coldfell. Et apparemment, lui non plus.

Cramoisi, il piqua Griffon du bout de sa canne.

— J'exige que ce gredin soit jeté dehors. Je vous ai interdit vingt fois de voir ma fille !

Hawk se leva afin d'aider à rétablir l'ordre et s'approcha des deux hommes au moment où, baissant la voix, Coldfell déclarait à Griffon :

— Je vous ferai renvoyer de votre poste.

— Vous êtes bien le dernier qui devrait me menacer, monsieur, répondit calmement le jeune homme. À moins, bien sûr, que vous ne teniez à ce que tous ces gens apprennent la vérité sur la mort de votre femme.

Hawk et Coldfell furent les seuls à entendre ces paroles.

Griffon tira sur les pans de sa veste pour remettre de l'ordre dans sa tenue.

— Heureusement pour vous, lord Coldfell, je ne m'adonne pas au chantage.

Le comte était d'une pâleur de cire, à présent, et Hawk prit Griffon par le bras.

— Venez avec moi. Je m'occupe de lui, lança-t-il à l'intention de Willis et de ses assistants.

— Hawkscliffe ! protesta faiblement Coldfell.

Hawk l'ignora. Déjà il se dirigeait vers la sortie avec Griffon.

Les gens s'écartaient devant eux.

— Vous saviez que je l'aimais, Hawkscliffe ! Comment avez-vous pu me trahir ? Vous...

— Voulez-vous vous taire jusqu'à ce que nous soyons dehors ? grommela Hawk, furieux.

Ils se dirigeaient à présent vers les écuries.

— Dites-moi ce que vous savez sur la mort de lady Coldfell. À moins que ce ne soit que du bluff ?

— Pas du tout ! s'indigna Griffon qui se passa la main sur le front.

Il paraissait soudain très jeune et tourmenté.

— J'ai promis à Juliet de ne rien dire à personne... Mais si vous devenez son mari, il vaut sans doute mieux que vous sachiez, au cas où vous auriez besoin de la protéger.

— La protéger contre quoi ?

— Contre la vérité. Me jurez-vous de garder le secret, Hawkscliffe ?

Hawk lui lança un coup d'œil significatif.

— La mort de lady Coldfell n'était pas un accident. Juliet était là. Elle est terrifiée depuis la mort de sa belle-mère. Nous nous écrivons en secret, et elle a confiance en moi. Elle m'a ouvert son cœur, dans ses lettres. Elle a tellement peur que quelqu'un découvre la vérité ! Vous jurez de ne pas utiliser cette information contre elle ?

— Oui, bon sang ! Parlez ! Je vous donne ma parole.

Griffon regarda autour de lui, mal à l'aise.

— Quand un incendie s'est déclaré dans la propriété du comte, Juliet a soupçonné son cousin, sir Dolph Breckinridge, d'en être le responsable. Dolph était censé se trouver à Londres, mais elle avait senti l'odeur de son horrible eau de toilette dans sa propre chambre et dans le couloir avant que la fumée ne la couvre. Elle a réveillé son père, et ils ont pu s'échapper. Ensuite, elle a révélé ses soupçons au comte.

— Continuez.

— À la même époque, Coldfell avait appris que sa femme avait une liaison avec Dolph, et il a pensé qu'elle était impliquée dans l'incendie. Une semaine plus tard, ils sont tous retournés au manoir de South Kensington. Jusque-là l'histoire était seulement sordide, ensuite elle devient incroyable. D'après Juliet, Coldfell a convoqué Lucy et l'a accusée d'adultère. Elle a commencé par nier, mais il l'a harcelée, et quand il a fini par lui demander si Dolph et elle essayaient de le tuer, elle a répondu oui, s'est emparée du tisonnier et s'est jetée sur lui.

— Vous plaisantez !

— Pas du tout ! Juliet, qui avait assisté à la scène dans un coin de la pièce, m'a dit qu'elle le pourchassait comme une démente, et qu'elle a fini par le frapper sur sa mauvaise jambe. Le vieil homme une fois à terre, elle l'aurait achevé d'un seul coup si Juliet n'était arrivée par-derrière pour l'assommer avec un vase.

— Elle l'a tuée ?

— Non, elle était seulement inconsciente, rectifia vivement Griffon. Coldfell a ordonné à Juliet de l'aider à tirer le corps inanimé jusqu'au jardin. À eux deux, péniblement, ils l'ont jetée dans l'étang. Comme elle n'avait pas repris connaissance, elle s'est noyée. Ils se sont défendus, Hawkscliffe. Coldfell est un sale intrigant, mais Dolph et Lucy seraient allés jusqu'au bout. Pour couronner le tout, Lucy avait l'intention de faire enfermer Juliet dans un asile après la mort de son père.

Hawk avait du mal à digérer toute cette effrayante histoire. Quelque chose en lui se libéra soudain de ses entraves – il se sentait soudain fort, droit, d'une audace inouïe. Il sut immédiatement ce qu'il allait faire.

Il saisit Griffon aux épaules.

— Écoutez-moi. Vous devez épouser Juliet.

— Quoi ?

— Vous l'aimez. Elle est à vous.

— Votre Grâce...

— Ne discutez pas. C'est ce que vous souhaitez tous les deux.

— Mais son père m'a interdit de l'approcher ! Je n'aurai pas recours au chantage pour le faire changer d'avis. J'ai promis à Juliet...

— Ce ne sera pas nécessaire. Suivez-moi.

Il contourna l'établissement. Arrivé devant la façade, il demanda sa voiture.

— Je ne comprends pas...

— Une minute.

Exultant, Hawk attendit que William fût là pour expliquer :

— Je retourne à l'intérieur. J'en ressortirai avec Juliet. Emmenez-la et épousez-la avant que son père n'ait pu vous en empêcher. Ensuite, il sera trop tard pour qu'il puisse faire quoi que ce soit.

Griffon poussa un cri d'incrédulité.

— C'est bien ce que vous voulez ? insista Hawk.

— Oui ! De toute mon âme ! Mais cela ne marchera pas. Et Coldfell vous traînera en justice pour rupture de fiançailles. Vous qui avez horreur du scandale...

— Ne vous occupez pas de ça. Attendez sous la fenêtre de la galerie. C'est par là que je l'amènerai.

— Si vous nous aidez à nous enfuir, Votre Grâce, lord Coldfell s'arrangera pour que vous n'alliez pas à Vienne. Le Premier ministre écoute ce qu'il dit comme parole d'Évangile.

— Peu importe. Prenez place sous la fenêtre et tenez-vous prêt.

Griffon se glissa dans l'ombre du bâtiment tandis que Hawk rentrait, le cœur battant.

Pour la première fois de sa vie, il allait secouer le joug de sa classe sociale.

Il avait à peine mis un pied à l'intérieur que Coldfell l'aborda et se répandit en excuses.

— Je suis vraiment navré de la scène qu'a faite ce gredin. C'est impardonnable ! Il est devenu une plaie pour ma maisonnée depuis le jour où il a posé les yeux sur ma fille.

— Alors ce jeune Roméo a été une plaie pour nous deux, n'est-ce pas, Juliet ?

Juliet le regardait de ses grands yeux terrifiés, craignant qu'il n'eût fait du mal à celui qu'elle aimait. Hawk lui prit la main et se tourna vers Coldfell, l'air franchement contrarié.

— Si cela ne vous ennuie pas, j'aimerais m'entretenir en privé avec votre fille, afin que nous fassions le point sur cette fâcheuse situation, déclara-t-il, plus parangon de vertu que jamais.

— Je vous en prie...

Il indiqua à Juliet d'obtempérer.

Hawk lui offrit froidement son bras, jouant les fiancés outragés. Elle le suivit à contrecœur, pleine d'appréhension.

— Il n'y a rien à voir, mes amis, dit-il de son ton le plus altier aux curieux qui se pressaient autour d'eux. Il sentait un rire gigantesque monter en lui. Comme ils seraient choqués en apprenant son ultime trahison à leurs principes ! Il allait se rallier aux libéraux. Ce serait un merveilleux scandale ! Et quelle liberté !

— Par ici, Juliet.

Il l'entraîna vers le petit escalier qui menait à la galerie. Dès qu'ils furent hors de vue, il accéléra l'allure, l'amena à la fenêtre donnant sur la cour arrière, l'ouvrit, lui désigna le sol. Docile, elle jeta un coup d'œil en bas, et son visage s'éclaira lorsqu'elle vit Griffon qui l'attendait. Elle agita la main.

Hawk la fit pivoter vers lui.

— Juliet, commença-t-il en articulant pour bien se faire comprendre, tandis qu'elle ne quittait pas ses lèvres des yeux.

Elle hocha la tête.

— Vous... aimez... Griffon ?

Elle acquiesça de nouveau, le regard étincelant d'amour. Puis elle eut un petit haussement d'épaules qui pouvait ressembler à une excuse. Hawk se mit à rire.

— Vous voulez l'épouser ?

Les yeux de la jeune fille s'agrandirent.

— Grimpez là, et enfuyez-vous avec lui.

Elle hésita, mais un autre coup d'œil à son chevalier servant eut raison d'elle.

Hawk l'aida à monter sur le rebord de la fenêtre et, la tenant solidement, il la remit à Griffon qui attendait les bras tendus. Puis il suivit, sauta agilement sur le sol et secoua les jeunes gens qui se souriaient béatement. Ils s'élancèrent en courant, Hawk les poussa dans son carrosse, mais le jeune homme se retourna et lui serra vigoureusement la main.

— Je suis désolé pour mon éclat, Votre Grâce. Je ne sais que dire.

— Alors ne dites rien. Je vous fais confiance, à tout point de vue.

— Mon épouse ne manquera jamais de rien.

— Parfait. Maintenant, je vous confie ma voiture, alors veillez à ce qu'il n'y ait pas d'accident. Allez. William ! À Gretna Green. Et ne ménagez pas les chevaux. Coldfell ne tardera pas à se lancer à votre poursuite.

— Bien, monsieur !

— Attendez ! s'écria soudain Griffon. Mon étalon... Vous vous souvenez, le blanc... Il est à l'écurie de l'auberge.

— Je m'en occuperai. Venez le chercher chez moi à votre retour.

— Non. Gardez-le en remerciement de ce que vous avez fait pour nous ce soir.

Hawk repoussa d'un geste cette offre généreuse.

— Filez ! C'est votre seule chance. Coldfell ne vous laissera plus jamais approcher d'elle. Le fils de Juliet sera comte, avec quatre sièges aux Communes, et vous en serez le père.

Le jeune homme serrait Juliet contre lui.

— Je ne sais comment vous prouver ma reconnaissance, Votre Grâce.

— En menant une longue et heureuse vie, et en ne trahissant pas votre idéal lorsque vous aurez gagné en pouvoir.

Il referma la portière, et William lança les chevaux au galop.

Griffon se pencha par la vitre tandis que le carrosse descendait la rue à toute allure.

— Vous avez l'âme d'un poète, Hawkscliffe ! cria-t-il.

Tandis qu'il se rendait à l'écurie et grimpait sur le dos de l'étalon blanc, Hawk se dit qu'il aimerait bien en posséder aussi l'éloquence afin de regagner le cœur de sa dame.

— Un cheval ! Mon royaume pour un cheval !

Belinda et son père regardaient, fascinés, le comédien Edmund Kean attaquer le cinquième acte de *Richard III*. Même s'ils connaissaient la pièce par cœur, ils étaient complètement pris par la bataille que se livraient le roi et son ennemi, le comte de Richmond.

Le jeu de Kean était époustouflant. La salle retenait son souffle lorsque brusquement, avant que le comte de Richmond n'ait commencé sa tirade triomphante, les portes de la salle s'ouvrirent à la volée.

Belinda fut agacée par cette interruption, mais n'en garda pas moins les yeux rivés sur la scène. Soudain une vague de murmures s'éleva parmi les spectateurs. Puis des cris.

« Quelle grossièreté ! » s'indigna Belinda silencieusement.

Cependant elle resta bouche bée en voyant un magnifique étalon blanc monté par un cavalier aux cheveux de jais remonter l'allée centrale. Même M. Kean se releva.

Belinda n'en croyait pas ses yeux. Le duc de Hawkscliffe poussait son cheval jusque sous la scène !

— Que fait-il ? demanda Belinda en agrippant le bras de son père.

Le cheval hennissait, et la foule poussait des cris. Le directeur et ses employés se précipitèrent pour le mater, mais Hawk lui fit faire une volte, sa longue queue balayant les planches, avant de le cabrer.

— N'approchez pas ! cria-t-il. J'ai une affaire de la plus grande urgence à traiter. Vous aurez votre spectacle !

— Laissez-le faire ! cria quelqu'un.

— C'est Hawkscliffe ?

— Non, impossible !

Edmund Kean dit quelques mots au directeur qui rappela ses assistants avant qu'il y ait des blessés.

Avec un sourire diabolique, Hawk amena sa monture juste sous la loge de Belinda. Théâtral, il sortit de sa poche une rose rouge qu'il lui tendit. Le geste lui valut un tonnerre d'applaudissements. Même Edmund Kean éclata de rire.

Le cœur de Belinda se gonflait de joie incrédule.

Elle se pencha pour prendre la rose, étonnée d'être le centre de l'attention, car tout le monde savait qui elle était. La « Marie-Madeleine », disaient les chroniqueurs. La prostituée repentie.

— Venez, madame, dit doucement Hawk.

— Vous êtes fou !

— J'ai été fou de vous laisser partir. Reprenez-moi. Vous ne le regretterez pas, je le jure. Devenez ma femme.

— Robert !

L'auditoire se pencha tandis qu'il se tournait vers le père de Belinda.

— J'aime votre fille plus que tout au monde, monsieur, déclara-t-il de sa voix profonde de baryton. Ai-je votre bénédiction pour lui demander sa main ?

— Vous l'avez, répondit Alfred dans un petit rire.

— Papa ! protesta Belinda.

Les gens tapaient du pied et les ovationnaient.

— Robert, vous vous ridiculisez !

— Oui, ma chérie. C'est volontaire. Si nous voulons faire scandale, autant que ce soit un vrai scandale, bien spectaculaire !

Il s'approcha davantage et lui tendit la main.

— Venez avec moi. N'hésitez pas. Vous savez que je vous aime, ne laissons pas passer notre chance.

— Dites oui ! cria un homme dans les premiers rangs. Acceptez !

D'autres voix se joignirent à la sienne.

— Sois pas idiote, petite ! Il t'aime ! lança une grosse femme depuis le poulailler.

— Allez-y !

— Mais cela ne regarde personne ! s'écria Belinda.

Il eut de nouveau ce sourire qui la bouleversait.

— Ce sont les « oui » qui l'emportent. Venez, Belinda. À quoi bon vivre, si nous ne sommes pas ensemble ?

Elle sentit les larmes lui piquer les paupières. Les yeux de Robert brillaient, pleins de promesses. Il attendait, les mains tendues, risquant l'opprobre public. Et

Dieu sait qu'il le méritait, après tout ce qu'il lui avait fait endurer !

Elle se tourna vers son père, anxieuse.

— Que dois-je faire, papa ?

Il eut un sourire attendri.

— Écoute ton cœur, ma chérie.

— Et Mick ?

— Il ne souhaite, comme moi, que ton bonheur. Il comprendra.

— Oh, papa !

Elle se serra un instant contre lui.

Les ovations de la foule redoublaient, et Belinda grimpa sur le garde-fou, montrant audacieusement ses chevilles, dans un geste hardi qui aurait sûrement amusé Georgiana Hawkscliffe. Elle prit le bras que Hawk lui offrait. Il l'aida à monter en croupe, noua ses bras autour de sa taille.

— Tenez-moi bien, murmura-t-il. Et ne me lâchez jamais.

— Je vous aime.

Elle sentit contre elle le rire qui roulait dans la poitrine de Robert.

— Tant mieux, ma toute belle, parce que cette fois, c'est un arrangement définitif.

Il se tourna pour l'embrasser légèrement avant de la regarder au fond des yeux.

— Vous m'avez manqué, murmura-t-il. Accrochez-vous ! ajouta-t-il d'une voix forte en arborant un sourire canaille.

Il éperonna sa monture, et ils traversèrent le théâtre pour aller galoper sous les étoiles.

Écho publié dans le *Times* du 23 septembre 1814

Rubrique mondaine

Après un mariage célébré dans l'intimité de la chapelle de leur demeure ancestrale, la semaine dernière, le duc et la duchesse de Hawkscliffe se sont embarqués pour Vienne où ils passeront leur lune de miel en jouissant des festivités qui accompagneront le grand congrès.

Lady Jacinta Knight et son amie, Mlle Carlisle, les accompagnaient sur le Continent.

S'ajoute à ce bonheur familial le retour prévu avant la fin du mois du héros de guerre, le colonel Damien Knight, qui sera nommé pair dès son arrivée. Nous sommes impatients de lui exprimer nos remerciements et nos félicitations.

Il nous a aussi été rapporté que, quelque part en ville, le duc de L. et le marquis de W. avaient échangé des mots, ce qui n'est guère surprenant puisqu'ils se disputent depuis longtemps les faveurs de la célèbre Harriette Wilson...

6172

Composition PCA
Achevé d'imprimer en Europe (France)
par Brodard et Taupin à La Flèche
le 4 mars 2002. 11952
Dépôt légal mars 2002. ISBN 2-290-31751-9

Éditions J'ai lu
84, rue de Grenelle, 75007 Paris
Diffusion France et étranger : Flammarion